太阳是一颗种子——
播下种子就充满了希望，
这希望在于生长、收获。

木刻版画《矿山的旋律》　　（邵明聚　作）

目 录

前面的话 /001

引子·**永远的大坑子** /001

卷一·**草黄草绿，已是沧海桑田** /005
    牧羊人的阿里巴巴 /007
    那一鞭远去的呼唤 /019
    470号，我老爸的工牌 /040
    牵着白桦走的河流 /053
    赫鲁晓夫的礼物 /064
    沸腾的群山 /086

卷二·**荣光与梦想** /101
    掀起你的盖头来 /103
    可可托海夜话——石头讲述的故事 /131
    今夜星星点灯 /141
    在路上，地不老天不荒 /152
    你是我的传奇："111"—"115" /170

卷三·**可可托海的冬天** /187
    那一年雪野皑皑 /189
    我们是可可托海第一批汉族丫头 /196
    冬夜炉火 /209
    最是雪天明月夜 /215
    母亲的眼睛 /220
    风情老木桥 /231

卷四·晶石的能量 /237
我总是看见父亲举旗的背影 /239
一峰一世界 /255
我的师傅 /274
草原境界 /290
老兵团 /298

卷五·你说，最亮的那颗星就是我 /309
石迹耿千秋 /311
我的大学 /322
君子之风 /341
我们那个年月的风花雪月 /356
天上一颗星，地上一个人 /367

卷六·只有草原能留住骏马的蹄印 /377
一个留在可可托海记忆中的日子 /379
乌孙山下杏花沟 /388
你眼中银装素裹，我脚下风雪茫茫 /400
杏花沟酿出了我要的甜蜜 /409
我对爷爷有一个承诺 /417

后　记 /427

前面的话

当年我爹那样风华正茂的青年学子，在他们踏上去新疆可可托海、伊犁的西行之路那一刻，已经注定他们的青春、智慧和生命无条件地献给国家的核工业了。

——康湖川 "核二代"

我的爸爸十七岁来了可可托海，哈萨克族第一代矿工。那时间，矿山开采、选矿，方法很落后，也没有什么保护。爸爸三十岁不到矽肺病得下了。1967年，氢弹爆炸成功。他从北京来的大学生那儿知道，氢弹用的原料——锂，就是他们从三号矿脉挖出来的锂辉石。他向天上久久地望呢，眼泪流呢。爸爸坚持下矿坑，谁不让他下，他就对谁肚子胀呢。爸爸的工牌我宝贝一样珍藏呢，铝做的牌牌子，470号——我的爸爸到可可托海时，矿上的工人还不到五百人……

——巴哈提别克·加斯木汗 "矿二代"

小时候我问爸爸："为啥给我起了个'卫星别克'的名字？"爸爸说："你运气大得很！卫星上天了，你生下来了。我从医院往家里走的路上，广播里听见'东方红'卫星上天了！回家就给你爷爷说了，爷爷说：'我的孙子就叫"卫星别克"！'"

—— 卫星别克·加克斯汗 "矿二代"

我难忘的是1970年4月的一天晚饭后，父亲领着我们站在家门外的空地上，不顾寒冷的天气，遥望夜空。当熟悉的《东方红》乐曲声从浩渺的星空传来时，父亲激动得泪流满面，对我们说："卫星上天了！我们的卫星上天了！"那时我只有五岁，并不知道父亲这句话背后的深意，直到近些年国家公开了可可托海的资料，我才知道"东方红一号"卫星的原子钟用的正是可可托海三号矿脉的铯原料。父亲的工作就是在矿石开挖前将矿坑里的水疏干，确保矿石开采。

——宁南　水文工程师宁重华长女，"矿二代"，江西师范大学副教授

地质人的舞台在戈壁山野，翻山越岭是我们的基本功。也有必然中的偶然，韩凤鸣走运。捣鼓玉石的人有"赌石"一说，玉包裹在石头里，光看外表石头都一个样，有眼力的行家瞄几眼，石头里有没有玉，八九不离十。当众切开，有玉，发了。没有，认孬。地质勘探跑山寻矿和这差不多，叫法很豪迈——"赌山"！我们"赌"，有地质知识、现代科技赋予的底气，气足胆儿肥，只要见伟晶岩、斑马岩，预示着很可能有宝石。

——贾富义　可可托海地质工程师

可可托海是我上的第二所大学，我从工人师傅、老技术人员、领导干部的言传身教中学到了难得的学问和经验。是的，在可可托海磨炼过的人，劳累、艰苦、困难、压力都难不住，面对金钱和物质的诱惑都无动于衷。这绝不是我一个人的感受。

——孙传尧　从可可托海走出的中国工程院院士

为了和他在一起，我酿的酒喝醉了我自己，跟着他稀里糊涂来了伊犁。他舍不了伊犁，我舍不了他。我妈说我，现世里还真有梁山伯和祝英台呀！

——陈国贞　天山铀业技术人员，祖籍广西

引子·永远的大坑子

几乎就在太阳爬过山脊的那个点上，阿依达尔汗·恰勒哈尔拜老人已经从额尔齐斯河北岸的住宅小区走过老木桥，来到河南岸的三号矿脉。

太阳露出一线嫩红，急不可待地给矿坑阳面涂抹了一层辉煌的金色。山里人家喜欢暖洋洋的金色。

可可托海，一处不大的山间盆地，一慢坡北低南高。走过老木桥，坡陡了。早先，谁也不当个啥嘛，一蹦子也就上来了。这些年，腿一年比一年沉了。

晨光里，三号矿脉草帽状的矿坑层次分明，明暗映和。坑底一泓碧水，海蓝宝石样泛着晶莹。

阿依达尔汗老人刚来那阵儿，这里还是一座笔直耸立的山嘛！苏联人在的时候打竖井，井下坑道采挖矿石。后来苏联人走了，我们"大揭盖"，开始露天开掘矿石。

那些个日子真是苦啊！却也苦得红红火火、热热闹闹。蚂蚁啃骨头似的一锤锤、一钎钎，硬是把一座山凿成了一个大坑！

头次来可可托海看见这大坑的人，不能不为矿坑的巨大、纵深震撼！螺旋而上的矿道如一根纤细的草帽辫儿一圈又一圈，坑底的一台挖掘机，看上去也就是一只山里小丫头们叫作"花姑娘"的七星瓢虫。

阿依达尔汗老人把三号矿脉叫"大坑子"。他说，叫了一辈子叫惯了，"本来也就是个挖出来的大坑嘛！'大坑子''大坑子'，叫上亲得很。蔡祖风、孙传尧他们叫'地质圣坑'。大坑子啥样的宝石也有，宝石多嘛！

"我们当然知道，大坑子是给国家立下大功的'英雄矿'，五十年，六十年，好像一眨眼就过来了，跟上石头绕着大坑子转了一辈子。"

半个世纪前。

1964年10月16日15时整,罗布泊荒原上空闪过一道雷电难比的亮光,随着惊天动地的巨响,巨大的火球幻化为蘑菇云冲天而起——中国第一颗原子弹爆炸成功!

1967年6月17日8时20分,罗布泊荒原上空再次腾空而起一朵更大的蘑菇云——中国第一颗氢弹试验成功!

1970年4月24日这天,"长征一号"运载火箭成功发射中国第一颗人造地球卫星"东方红一号"。

"原子弹""氢弹""两弹一星"……无论媒体还是其他渠道,字里行间,言谈话语,但凡有这些个字眼闪烁,可可托海人立马全神贯注地看、听,就好像听人说自家的喜事,自豪、兴奋之情溢于言表。原子弹、氢弹、卫星……中国的原子能工业、国防工业离不开可可托海的铍、锂、钽、铌、铯、铷。在国家特殊时期,可可托海人精忠报国,为中国国防事业和科技发展做出了特殊贡献,留下了融入血脉和魂魄的铭记。

"只要可可托海待过,大坑子谁也要来呢!那个清华大学最早来到矿上的张广华,前年去世了,他老婆子送他回可可托海,大坑子边上哭得扯心呢。他老家不回,最后可可托海回来呢。还有,宁重华的大丫头,从江西远远来了,可可托海下车就大坑子来,抱上白白的菊花,下到大坑子最边边上,

新疆富蕴县可可托海三号矿脉露天采矿场

面对大坑子跪下,给她的爸爸悄悄说话呢。丫头泪一直流呢,我们泪也流呢。丫头的爸爸宁重华,大坑子立了大功的人。

"这几年,可可托海来的人多了,冬天滑雪嘛,夏天看风景……"

得天地厚爱,今天的可可托海已是5A级景区,有罕见的国家地质公园,有可以举办国际滑雪比赛的高山滑雪场。一曲咏唱牧羊人和养蜂女凄美爱情的《可可托海的牧羊人》,更是让可可托海的日月星辰亮相社会大舞台。

阿依达尔汗·恰勒哈尔拜还是天天来大坑子,"也就是散个步,看上一眼。就跟过了一辈子的老婆子、处了一辈子的老哥们儿一样嘛,看上一眼,心里踏实了;待上一阵儿,心安了,睡好了。

"一辈子了,谁肚子里没有几句话呢。

"我们的大坑子,装下太多的宝石,也太多的故事有呢……"

卷一

草黄草绿，已是沧海桑田

牧羊人的阿里巴巴 ·· 007

那一鞭远去的呼唤 ·· 019

470号，我老爸的工牌 ·· 040

牵着白桦走的河流 ·· 053

赫鲁晓夫的礼物 ·· 064

沸腾的群山 ·· 086

哈萨克族产业工人

牧羊人的阿里巴巴

草原上，时光就像初夏的风，不觉间半个世纪已悄然走过。

1979年夏日的一天，韩凤鸣如往常一样，带着罗盘、放大镜、地质锤，还有装满水的军用水壶，够吃一天的馒头、咸菜，开始又一天的野外踏勘。经过一条矿脉时，一块无色透明的石头引起了韩凤鸣注意。这块石头有成人拳头那么大，看上去很像无色透明的石英结晶体。凭直感，韩凤鸣又觉着进入视野的这块石头不是石英结晶体。他用地质锤敲下这块石头，带了回来。韩凤鸣时不时拿出这块石头琢磨。他先从折光率测试排除了这块石头是石英，然后再与已知矿物——比对，韩凤鸣初步认定这块石头很可能是一种新矿物。他把石头一分为二，一半送往当时国内分析设备较为先进的成都地质学院进一步测试研究。成都地质学院张如柏教授经X射线粉晶分析，初步肯定了韩凤鸣的认定。为了得到更权威的结论，样品又送往北京中国地质科学院做更为精准的分析测试，结果证实了韩凤鸣的判断。随后，韩凤鸣完成了发现新矿物额尔齐斯石的论文，刊发在《矿物学报》上。张如柏教授将这篇论文投寄到设在美国的国际矿物学协会新矿物及矿物命名委员会进行审定。

1983年3月3日，国际矿物学协会新矿物及矿物命名委员会主席、加拿大安大略博物馆J.A.Mandarino博士签发文件，确认额尔齐斯石为世界首次发现的新矿物，认可发现者为新矿物的命名：额尔齐斯石。

可可托海地质陈列馆的一方玻璃框里，珍藏着编号为K0325的白色半透明金属矿石，在灯光的辉映下折射出如梦如幻的星光，这就是镇馆之宝——世界上独一无二的额尔齐斯石。

或许只是一次偶然相遇的运气？凡事皆有个必然的缘分。如韩凤鸣所说："我在野外的时间比在家多，和石头在一起的时间比跟爱人、孩子在一起的时间多。"

韩凤鸣1959年毕业于长春地质学院稀有金属地质专业。1955年国家首次开设此专业，韩凤鸣是第一批毕业生。

风过草原，在以往的岁月里，和石头有缘、运气好的人还有呢。

一

2020年6月27日，周六。蓝宝石一样的额尔齐斯河，被太阳抹了一层胭脂红。巴哈尔（巴哈提别克·加斯木汗的昵称）叫上我，"阿图拜的孙子家去。"

窗明几净的客厅，沙发、地毯上老人孩子满座。巴哈尔笑了，"都在呢！"回过头对我说："今天你运气有呢！"

原来，阿图拜、阿依果孜两家是儿女亲家。今天阿图拜的孙子哈力别克·哈达一家会，对我来说很是幸运：矿山有名声的阿依果孜矿、阿图拜矿发现者的后人都在这儿了——

阿图拜的孙子哈力别克·哈达一，是可可托海稀有金属公司财务科职员；他的母亲沙黑达·哈达一，阿图拜的儿媳，是可可托海矿第一代工人；他的妻子阿依努尔·木合买提是沙里木·阿依果孜的侄孙女，任中学教师；阿依努尔·木合买提的妈妈哈帕莎·吾帕，沙里木·阿依果孜的侄女，也是可可托海矿第一代工人。

哈力别克·哈达一（阿图拜的孙子，可可托海稀有金属公司财务科职员）：

爷爷阿图拜是可可托海的牧民，祖祖辈辈游牧四季。听老人说，40年代，爷爷放羊时在沙尔布拉克河边捡到了一块手掌那么大的蓝石头。矿上的苏联人收石头。爷爷捡上的蓝石头就是绿柱石，卖给苏联人，换了茶叶、方糖，还有布料这些日用品。爷爷又带上人在捡石头的地方挖石头。那时候他们根本不懂支护呀什么的安全保护，结果矿硐塌方，爷爷被挖出来的时候已经不行了……后来爷爷发现的那个矿硐就叫"阿图拜矿"。可可托海矿硐都是谁发现的就用谁的名字命名。爷爷去世那年，父亲哈达一·阿图拜只有十二岁……

沙黑达·哈达一（哈力别克·哈达一的母亲，阿图拜的儿媳，可可托海矿第一代工人）：

哈力别克的爸爸小时候也放羊。苏联人在的时候，哈力别克的爸爸也到可可托海来了，"老毛子"（指俄国人）不收，嫌年龄太小了。后来到矿上，拣了四五年宝石。然后跟上师傅学压气机，边学边干，打钻、放炮，得了矽肺病，一夜一夜咳嗽呢。干到1990年，退休了。

哈帕莎·吾帕（沙里木·阿依果孜的侄女，可可托海矿第一代工人）：

今天你来得巧呢，缘分有呢，你来了，我刚巧也女儿家来呢。

山那边的阿图拜矿我们亲家的先人发现的，山这边的阿依果孜矿我们先人发现的，还是你们汉族说下的，千里姻缘一线牵呢，我们两家千里姻缘一山牵……

哈力别克·哈达一：

父亲有几次很危险。1963年，在九号山勘探遭遇塌方，和父亲一起的艾力·艾合买提，大学毕业没有多久，被压在下面，去世了。1965年，还是九号山，石头滚落，和父亲一起的郭惠英被砸死了。父亲躲过了几次险情……

妈妈沙黑达，比父亲小五岁，在矿上宝石队里拣宝石。宝石队都是家属工。妈妈出了一辈子苦力，最后，一次交了两万多"统筹金"，总算一个月能拿上一千多块钱的退休工资。这几年一年涨一点儿，拿到手上一个月两千多一点儿了。

1990年父亲退休那一年，我从可可托海考上了新疆财经学院；1995年毕业，回到了可可托海。

哈帕莎·吾帕：

我们是塔塔尔族。家里的事情，是小时候爷爷、爸爸说给我们听的。

1918年，爷爷那斯依·阿依果孜和奶奶哈玛尔·阿依果孜带上二爷爷哈米·阿依果孜、三爷爷热合木托拉·阿依果孜从苏俄哈扎里赶上羊群往阿尔泰草原游牧。我奶奶说，他们白天走晚上走，去阿尔泰的路没有尽头。三爷爷给我们说，他们没有童年，只有动乱，逃不出来只有死掉。那时候俄国闹革命呢，乱起来了，没有吃的。我爷爷带上一家人，最后游牧到了可可托海。山沟里，爷爷领上人修路、搭桥。二爷爷木匠手艺好，山里牧民走的桥就是二爷爷修下的。还有娃娃们最喜欢坐的马车，那种苏联样式的六根棍马车，二爷爷做的，很漂亮！我爷爷会种痘。有一年可可托海牧区天花流行，一家子一家子死人，牧民恐慌得很。爷爷奔走草原，劝说牧民自我隔离，自己配疫苗，给牧民点痘，阻止了天花在草原流行。爷爷给多少牧民种痘啊！跑了多少路啊！一个毡房一个毡房去，救了多少牧民！一直到现在，草原一代传一代，都知道我的爷爷就是种痘救命的那斯依·阿依果孜。

塔塔尔族是少数民族中的少数民族，人口少，但是很聪明，有经商头脑。爷爷也经历过贫穷的日子，但是他不甘心、不服输，凭着勤劳和敏锐的洞察力，改变命运。他收购牧民的羊皮、牛皮、羊毛，然后走丝绸之路嘛，从布尔津那边的码头到苏联去，卖掉皮子羊毛，再从那边带回来牧民需要的日用百货，洋火、洋油、洋布、洋胰子……生意好得很，解决了牧民的困难。

我们到了可可托海，宝石就找上了我们。山里放羊呢，走着走着，太阳下面亮晶晶的石头一闪一闪招手呢，看上去，海子的水一样，蓝莹莹的喜欢人呢！拿上划玻璃，玻璃破了。苏联人听说了找上门，要买呢，给的钱大！我们家都会说俄语，就是从那边过来的嘛。一看石头也卖大价钱呢，三爷爷的儿子沙里木·阿依果孜就跟上苏联人跑山上找石头去了。沙里木上了宝石矿，就用我们家族的姓"阿依果孜"命名了。

阿依果孜是我们古老的部落名。阿依，塔塔尔语"月亮"的意思；

果孜，是指眼睛。阿依果孜，就是月亮一样明亮的蓝眼睛。

阿依果孜矿谁都知道呢，发现它的沙里木·阿依果孜没有几个人知道。阿图拜矿是我们亲家的先人发现的，跟在羊屁股后面跑累了，在山根根下的石头坐下

沙里木·阿依果孜（左）和白成铭（右）的合影

抽烟呢。走的时候，烟屁股要踩灭呢，这是草原的大规矩。跐了几下子，脚底下的绿柱石露出了头。阿图拜发现了矿脉，就叫"阿图拜矿"。苏联人跟上阿图拜往山里打硐子，没打多深，人的眼睛就给闪花了！全是绿莹莹的宝石。噢哟，阿里巴巴，芝麻开门！

万物有灵呢！别人咋没有看见，咋就让你发现了？石头和你有缘呢！说不好前世就有了这个缘分！

我是青河出生的。1963年七八岁才上学，上的汉语学校。没上几年就没学上了，成分不好，给爷爷划的"牧主"。划成分时，我家也就一千只羊，爷爷、爸爸我们一家子还都一起过着呢，家里的底子是到了青河以后打下的。解放军刚到青河就住我们家。我、大哥萨帕、小哥娃帕，都赶上了最乱的"文革"，没有上成学，两个哥哥一直在青河农村务农。

十七岁我嫁人了，从青格里又回到可可托海。我嫁到可可托海时，公公热阿西·哈哈尔曼还是二矿的"黑帮"。我公公是1946年到矿上的，矿上干了二十多年，成了"黑帮"，说他里通外国。婆婆把两个丫头，也就是我的小姑子，给了舅舅带到苏联去了。老伴儿木合买提·哈哈尔曼比我大五岁。他是有学问的人，教数学。他的命也不好，四十九岁早早走了。我一个寡妇养三个丫头。我没上出来学，再苦再难也要让女儿上学读书做好自己。我的三朵金花，聪明的娃娃，没有给我惹过麻烦。大女儿阿依努尔，新疆工学院毕业；二女儿玛依努尔，新疆

大学毕业；小女儿乌木提留学哈萨克斯坦，学计算机。老大帮着我供老二，老二本事有了供小丫头，我的三个女儿全都学有所成。小女儿乌木提，哈萨克语"希望"的意思。我和老伴儿木合买提希望有个巴郎，结果老天没有给，我就是三朵金花的命。

老天给了我一个好脑子，时代没有给我好机遇，心强命不强。

一直到80年代，我们大家族的日子才好过了一些，我们塔塔尔族的聪明才找到了可以用的地方。爸爸平反以后，选上了政协委员，县上让他城里住。爸爸说，不去了，就过这样的日子，和我的羊在一起。天上下雨下雪，地上有花有草。我们塔塔尔、哈萨克，还是向往传统生活，山里的日子太诱惑人了，年轻人说下的，放飞心灵。

头顶上的太阳，

剪开草浪，

牧人和牧人的牛羊，

去往生命的天堂。

羊给牧人带来幸运。话说"羊从山上往山下走，羊蹄子给牧人夹着金子"。草原上，人是羊的神，羊是人的神。哪一天走运了，羊蹄子踩出宝石，牧人就有了阿里巴巴的运气。

聚宝盆可可托海，是哈萨克族牧人口中的"绿色丛林"和蒙古语里的"蓝色河湾"，额尔齐斯河水滋养它在新疆"三山夹两盆"最北面的阿尔泰山东段南麓的一块山间。这可是一个不小的、面积1.6万平方公里的盆地：额尔齐斯河上游支流大胡斯特河由东往西，把它分隔成南北两半，东起大青格里河西边，西到巴拉额尔齐斯河，北紧挨中蒙边境，南接富蕴喀拉通克。林木繁盛、牧草丰茂藏匿了它的秘密和宝藏：喀拉哈依（松树）、铁列克（杨树）、塔勒（旱柳）……遮掩了一座座山头；比达列克（滨草）、别特给（狐草）、加勒布孜（薄荷）、炅结勒肯（车前草）、巴克巴克（蒲公英）、阿克古勒却普（茉莉花）、哈拉哈特（黑加仑）……祖祖辈辈最好的游牧地，上天的恩赐。牧人和他们的牛羊自然地把草场区隔成夏牧场、春秋牧场和冬牧场，游牧四季。

大自然就像喜欢藏东西的外婆，偶尔呢，又要显摆一下，结果就露了马脚。在持续了亿万年，被称为"华力西"的地壳演变活动下，古海退却，山脉隆现，一条斜亘于亚洲古陆西北部的山脉育生了十数万条藏金蕴宝的花岗伟晶岩脉。阿尔泰山和可可托海之间，是花岗伟晶岩最密集、矿化最成熟的集中带，百分之七十以上具有工业意义的花岗伟晶岩矿床都集聚于此。233平方公里矿田内，自东南而西北伟晶岩矿脉有一千多条，规模、结构的复杂性，有用矿物种类之多、储量之富，在目前阿尔泰已发现的几十个伟晶岩矿田中，没有一个可以与之相比。

无尽的宝藏是大地留下的无处不在的隐秘的门，它等着你，看着你，等待发现它的慧眼和幸运。

沙里木·阿依果孜是个幸运的人，阿图拜也有这份幸运和眼力。脚下就是晶莹剔透的宝石，放羊鞭子拨拉一下，它就蹦出来了！稍稍剥去花岗岩的包裹，六棱体晶亮得星光璀璨，让人眼花缭乱，"天哪，我们找到宝石啦！"

> 据口碑资料介绍，1946年原牧民（青河县人）沙里木·阿依果孜、阿图拜来到可可托海放牧，在三号矿脉外围发现含铍、锂、钽、铌矿物。因此他们俩分别按自己的姓氏命名：阿依果孜及阿图拜矿。阿图拜当年任采矿班长时因塌方身亡。沙里木·阿依果孜自命为私采矿脉的矿长，苏联经营时又吸收他任该矿值班长，直到1949年解放。50年代初期，中苏金属公司阿山矿管处将他提任民工采矿科长。后又派他到青河县区域内任采矿队长（副队长为南依曼别克）。50年代末，沙里木·阿依果孜因年事已高，退休在原籍青河县定居。
>
> ——《可可托海矿志》第二章

羊羔子珍珠点点撒在山坡上，松树下草地上望出去，半山腰一道道白色石头拉出来的白线天天见。苏联人来了，说那些一条又一条的白石头是伟晶岩矿石，教牧民分辨哪些石头有用、哪些没有用。有用的石头捡回来，交给苏联人可以换钱，也可以换洋火、洋布、方块糖和茶。

那时候，在可可托海捡上了"花石头"，是很平常的事。

差不多又过去了三十年，一个叫肉孜·尼亚孜的维吾尔族矿工又有了一次幸运。他和搭档库尔班接受了一项任务，采凿4吨黑宝石，也就是钽铌矿石。这一天，在阴冷潮湿的矿硐不停歇干了一上午，刚走出矿硐吃午饭，肉孜·尼亚孜就看见了矿硐山顶那块注定给他带来好运的闪闪发光的石头。他和库尔班爬上山顶，一人紧握钢钎，一人挥动铁锤，砸下来的石头正是他们苦苦寻找的黑宝石！水桶那么粗壮的黑宝石重达80公斤，你说运气不运气？！肉孜·尼亚孜和库尔班的好运气一时间风传可可托海。

雪从南往北一线线消融，牧人赶着羊群从冬牧场往北游牧。浅草远看四月天，羊群进入春秋牧场，一个又一个羊娃子争着从云端降生草原。芍药落花，草原菊一片金黄，蹦蹦跳跳的羔娃子紧跟上妈妈钻进风景如画的山里。毡包门上牛皮绳轻轻系上，一声口哨，牧人跟上羊群撒向草滩。一年里最舒坦的日子，慌得河里的水一样，不知不觉秋雨就黄了夏牧场，牧人跟上牛羊恋恋不舍地循南游牧又一个轮回。

二

进入依山傍水的可可托海小镇，就望见了散布在额尔齐斯河北岸山坡上绿荫掩映的幢幢红屋顶、黄屋顶的苏式老建筑。不同于中式建筑的色彩，它提示着你这里的过往。

听着额尔齐斯河水与月色和鸣的夜曲，灯下翻开蜡纸油墨印刷的《可可托海矿志》。"矿务局领导名目"下，绝大多数是苏联人的名字：什马诺夫、高洛莫勒晋、谢诺夫、米尔查诺夫、德日鲁宁、沃斯克辛斯基、费德夫……可可托海的矿业价值发现和初期开发，都与苏联有着直接关系。

巴哈提别克·加斯木汗（中国第一代哈萨克族空降兵，可可托海"矿二代"）：

一大堆老照片里发现了一张照片，引起我注意的是"9月9日"——毛主席1976年9月9日去世。这个叫拜山伯的人，1979年9月9日去世。

我再仔细看，拜山伯老前辈是我们哈萨克族。但是他的档案是俄文的，从苏联过来可可托海，1948年去了苏联驻迪化（今乌鲁木齐市）领事馆。

这样一个前辈，矿工吗？苏联的少数民族哈萨克？最早来可可托海的翻译？工程师？

2016年夏天，地质博物馆讲解员跑过来找我，"巴哈尔，有一个人在二楼哭呢，你快快去看一下。"我上到二楼一看，一位知识分子模样的哈萨克族女士，在拜山伯照片跟前哭得伤心。

"这是我的父亲……"

噢，心里的一块石头放下了。

盛世才主政新疆后，民国二十四年（1935年）与苏联签订条约，允许苏联科技人员在新疆阿尔泰山区开展地质普查、勘探、矿业开采。历史上俄国人借地缘之便，一度探宝寻金至阿尔泰。乾隆五十七年（1792年），俄国人斯涅基洛夫自塔尔巴哈台入我国境，东行阿尔泰山勘探矿产资源，寻找金矿。之后，沙俄探宝求金者接踵而至：1856年阿布拉莫夫、1874—1875年索斯诺夫斯基、1879年裴夫佐夫、1881年波达宁、1893年柯洛夫、1910年克列门茨……民国时期，苏联地质学者到中国阿尔泰的地质勘探活动多为苏联政府行为。

1935年这一年，苏联政府组织阿尔泰特别地质考察团来阿尔泰进行地质勘探。涅赫洛舍夫分队考察范围从克兰河东南一直到可可托海盆地，额尔齐斯河上游；斯托里亚兰分队从克兰河西北到哈巴河中苏国界。考察内容涉及阿尔泰山脉地层、构造、岩浆活动、火山作用、矿产分布等基本情况。他们绘制的1∶50万地质图首次标注了八处绿柱石矿化点。1935—1938年间，考察团陆续在阿尔泰山区进行地质勘探，以可可托海三号矿脉为重点进行试开采。

民国二十九年（1940年），苏联组织以巴涅科为团长的地质考察团到可可托海考察，在可可托海矿床探明多条含绿柱石、钽铌铁矿的伟晶岩矿脉，对其中的一、二、三、四号伟晶岩矿脉做了地表勘探、开采，首次绘制了可可

20世纪50年代，中苏合营时期的可可托海矿山职工

托海—托依吐古斯10平方公里的1∶1万地质图，确定了新疆阿尔泰山区稀有金属的储量远景广阔。

就在1940年这一年，盛世才未经中央政府同意，在斯大林威逼下签订了《新苏租借条约》，俗称《锡矿协定》。

自1935—1942年，卡尔加洛夫率队的苏联军事测量局在新疆阿尔泰先后测定了十二个天文点，测绘了1∶50万地形图和1∶20万地形图。卡尔加洛夫地形图一直使用到1959年，中国版航摄图印刷发行后方终止使用。

民国三十四年（1945年），可可托海矿山勘探、开采大规模展开。《可可托海矿志》记载："1946年，是新疆阿尔泰山稀有金属探采矿的盛期。"1949年，苏联地测采矿工程队在三号矿脉布置重型矿山勘探设备，三号矿脉地质勘探大规模展开。苏联地质专家加森科率队对可可托海矿床外围、额尔齐斯河上游进行了1∶20万地质测绘。

新疆稀有金属矿藏资源逐渐在大国军事角力的国际舞台上，绽放它独特的价值色彩。

1935年后短短几年间，苏联派出了多达二百多人的专业地质考察团在阿尔泰踏勘、考察，最后目标聚焦在铍矿石、锂矿石富集的可可托海三号矿脉。

1937年到可可托海的二十七岁的拜山伯·欧夏拜就是其中一员。风华正茂的他，在可可托海矿山里度过了十一年。青春的激情留在了这儿，爱情的花儿开在了这儿，生命的种子也播撒在这儿，最后归依新疆大地——异乡已是故乡。

阿斯亚·拜山伯（拜山伯·欧夏拜的小女儿，新疆医科大学教授、博士生导师）：

我对父亲的印象是从母亲的讲述中得到的，直接记忆只有上小学一年级时父亲手把手教我写俄语单词的情景。

父亲随苏联专家到可可托海是 1937 年，他是工程师，也

20 世纪 50 年代，苏联专家在可可托海矿区

是俄语翻译。那时候可可托海矿山全是哈萨克族矿工。我父亲是最早来可可托海的苏联专家之一，也是最早的俄语翻译，只不过他是苏联的少数民族哈萨克族。

1948 年，苏联人调父亲到苏联驻迪化领事馆，父亲才离开可可托海。

1966 年，"文革"开始了，领事馆的苏联人开始回国。因为母亲是新疆人，不愿走，父亲只好留了下来，从此再也回不去故乡。结婚时，父亲已经三十多岁了，母亲还不到二十岁，人又长得漂亮，不管是什么事，父亲总是让着母亲依着母亲。这些事都在我童年模糊的记忆里。1963 年我出生在乌鲁木齐，十多岁时，父亲过世了。"文革"开始我们家倒霉了，父亲被赶到南山六大队六小队劳动改造。本来父亲的胃病就很严重，但父亲对可可托海感情很深，他付出了很多嘛。他同意到迪化领事馆工作，也是为了工作之余治疗胃病。到六小队劳动改造后，父亲的身体很快就垮了。弥留之际，父亲给母亲交代，一定把孩子们教育好，要吃苦耐劳，上学读书。交代大哥记住苏联老家的地址，望着妈妈说，有机会一定要回故乡。

父亲去世后，母亲很坚强，和大哥一起把我们下面六个小的抚养成人。我留学法国回来后，2012 年去哈萨克斯坦参加学术会议，联系上了父亲的亲哥哥、我的大伯的女儿。堂姐也是大学教授。2015 年到 2016 年，我在哈萨克斯坦国立医科大学做访问学者、客座教授，带博

士研究生。这期间，我寻访了父亲的出生地，见了堂兄弟姐妹。真是血浓于水，从没见过面，刚一看见迎了上去，果然没错！哈萨克斯坦国立医科大学多次找我谈，希望我能留下来。我笑着听他们说。他们有他们的道理，但是我的父亲母亲已经埋骨于乌鲁木齐的黄土下，我是在这座天山脚下的城市长大的，小学在这儿读的，中学在这儿读的，这里也是我扎根的黄土，我的根咋能扯断呢？父亲留在了中国，为中国贡献了自己的智慧，给了我们七个子女生命。父亲朴实的工作作风，认真的专业精神，渗入了我们的血脉，我们没有辜负父亲的嘱托和希望，都为国家做出了贡献。

我的父亲给中国新疆留下了三代二十几口人呢……

那一鞭远去的呼唤

一

　　金子，黄黄的，发光的，宝贵的金子！只要一点点，就可以使黑的变成白的，丑的变成美的，错的变成对的，卑贱的变成尊贵的，老人变成少年，懦夫变成勇士……

——莎士比亚《雅典的泰门》

　　黄金，人类最早崇拜的贵金属，化学符号 Au，源自罗马神话黎明女神欧若拉，意味着黎明的第一束光芒，照亮人类最直接的欲望。

　　20 世纪 80 年代的一个冬夜，雪落无声，在山城阿勒泰的一间泥坯土房，火墙铁炉，塔巴馕块块就着砖茶一壶，《阿勒泰报》的老报人断续地夜话金山。

　　金山阿尔泰因黄金闻名于世。

　　外地人到阿勒泰，听得最多的一定是"阿尔泰山七十二条沟，沟沟有黄金"。草原上说得更夸张，"羊从山上走到山下，敲一敲羊蹄子能落下 10 克金子"。阿尔泰山采金源于何时，众说不一。有关阿尔泰山黄金的最早文字记录出自古希腊学者希罗多德的《历史》：公元前 4 世纪，独目人为抢夺黄金，与阿尔泰山的黄金守护神鹰头狮身兽格里芬搏斗。很早就出现在神话中的独目人和格里芬都是神秘的草原民族。

　　阿尔泰山产金是真。蒙古语、哈萨克语 Altai，都是"金"的意思。汉文典籍中的"金徽山""金山"，皆指阿尔泰山。清乾隆年间的阿尔泰山哈熊沟、哈图山一带"列厂十区，矿丁数万"，"矿丁依山凭谷蚁屯蜂聚"，年产金六七万两之多，竖井老窑至今可见。

我旅行在阿尔泰山一个由喀拉额尔齐斯河和柯鲁木特河流域连成的百里黄金开采区。

同车的哈萨克族"老地质"胡玛尔先生，一路上更是激情难抑，一会儿追蜂捕蝶，一会儿撮沙拣石，并以他所得的蜂蝶和沙石为由头，如数家珍般地讲起此山此水和黄金的故事来了。

在一个叫"三〇四"的黄金采矿点的采金船旁，胡玛尔先生兴奋不已地指着周围的地形地貌，说起河床、阶地和河谷冲积层集金带三种不同类型沙金矿床的特点来。他指着一座跨度90多米的拱形混凝土单孔大桥，对我说："这座大桥是1967年就地取沙建造的。建成后每逢阴雨天，桥身一湿便金光灿灿，俨然是一座金桥。这些年被一些淘金者刮得伤痕累累。"我走近一看，他的话果然不假。在一个叫"后威"的原始木溜槽采金点，胡玛尔先生指给我看河谷两岸山崖上冰河时期的遗迹——冰河擦痕、羊脊石，还介绍了冰积层型金矿床。回程，我们到了富蕴县萨尔布拉克堆浸采矿场。他指着那金字塔一般的堆浸采金堆，又侃侃地介绍了坡积金矿床的形成。

在胡玛尔先生的介绍中，我明白了品位最高的沙金在额尔齐斯河上游的晚古生代的早二叠世花岗岩接触带和断裂构造上，每立方米中含金量可达数十克，且颗粒大。1943年秋，西山辛家坑采金点，有个叫张兴斋的淘金者采得一块重达240两（7.5公斤）的狗头金。1959年，富蕴县一牧民在喀依特额尔齐斯河谷赶路，一脚撞出一块重达2两的指状金块。1986年，福海县一淘金人在新金沟采到一块382.5克的狗头金。10克左右的自然金块，历史上采到的就更多了。

三天金矿之行，虽没有走遍"阿尔泰山七十二条沟，沟沟有黄金"的全部沟，却也看到了不同类型的金矿床，还有那纯黄、金黄、淡黄等色的粒状金、板状金、树枝状金、细脉状金、薄膜状金、麸皮状金，学到不少有关地质和黄金方面的知识，对东汉称这里为"金徽山"，西晋称之为"金山"，蒙古族人称黄金为"阿尔泰（Altai）"，古希腊神话中"阿尔泰是看守身插双翅的狮身鹰头神的金块怪兽"等缘起，有了更深的理解。

阿尔泰山了不得！绵延两千多公里，横跨中国、俄罗斯、蒙古国三国，西北—东南走向的庞大山系横亘亚欧大陆中部，嵌在漠南漠北、哈萨克和西伯利亚几大草原间，构成了重要的欧亚草原大通道。有着额尔齐斯河，水草甚是丰美，孕养了众多生灵。不仅天马对此贪恋，循着金徽山，踏出条黄金路，更化育了马背上的游牧民族的游牧文化。历史上新疆有着极早的青铜制造工业，其制品吸收欧亚大陆四面八方的造型和工艺技术，又与中原交流互通。哈巴河县域六十一座古墓构成的古墓群，出土了三百多件（套）黄金饰品，其形制与工艺和哈萨克斯坦、南西伯利亚出土的黄金饰品高度相似。山东、江苏、河南西汉诸侯王墓和广州西汉南越王墓中斯基泰艺术风格的金或镏金当卢、节约和腰带扣饰等，都昭示着丝绸之路上草原黄金文化的流播广布，草原与中原生产、消费、繁复交通而跃动的冶金技术和工艺水平。阿尔泰到处是蒙古语命名的山川河流，透闪着诸多蒙元时代历史的星点文化遗迹。最显赫的无疑是六度金山、筑"成吉思汗西征大道，过往行人下马鸣钟"、促世界历史改弦易辙的成吉思汗。

百年前，俄国探险家普尔热瓦尔斯基在地图上标注新疆时，将其地质形态的主体架构特点概述为"三山夹两盆"，被世界地理学界普遍接受，沿用至今。阿尔泰镇北，天山居中，昆仑坐南——这三山积亿万年之力，在曾经的四大古海隆起，北抱准噶尔盆地，南拥塔里木盆地。

自古到今，金戈铁马，战争与和平，在跟中原王朝两千多年的交融中，阿尔泰山下诸多游牧民族共助着历史长河里中华民族大家庭的成长。马头琴、冬不拉，蒙古长调、阿肯弹唱，岁月深处有着天地万物的交响。

纵观西域—新疆历史，自张骞"博望凿空"，西域屯田是历代王朝安邦治国的国策。历经卓有成效的汉、唐、清三朝经营，至乾隆年间，屯田耕地已有70多万亩，"沙碛之区，绝无弃地，泻卤之土，尽变膏腴"。总体来说，中央王朝对西域的经营随时运而时强时弱。中央政权强，西域则稳；中央政权弱，西域则乱。乾隆二十七年（1762年），清廷设军政合一军府制，置将军府于伊犁。进入19世纪，沙皇俄国与大英帝国在西域大地的角逐日趋激烈，远地边陲的新疆陷入百年动乱。

1840年鸦片战争爆发，皇权独尊的大清国发现，"以不变应万变"不灵验了！丧权辱国的《南京条约》，开启百年国耻。1856—1860年的第二次鸦片战争，清廷大败。沙皇俄国借清王朝内忧外患之机，弱肉强食，强迫清廷签订《中俄北京条约》。1876年，左宗棠督饬湘军总统所部二十余营大军抬棺西征，剿灭英、俄等国扶持的阿古柏侵略政权，助阵曾纪泽前往彼得堡进行中俄谈判。1884年，清廷准了左宗棠"新疆设置行省"奏请，授刘锦棠为新疆首任巡抚，驻迪化（此时新疆政治、军事、经济中心自伊犁东移迪化），这是沙皇俄国强权扩张的直接后果。沙皇俄国与清政府前后所订有关中国领土主权的侵略条约有十五个之多，其中牵涉新疆的一系列丧权辱国的不平等条约，割掠的疆土面积之大——133.7万平方公里中国国土被划归沙皇俄国，使巍巍阿尔泰山只剩下伸向东方的脑袋。

时任中华民国驻中亚总领事广禄先生，作为民国时期中国新疆与中亚外交重要活动的参与者、亲历者，在其回忆录中提到——

终清之时，沙皇俄国依据咸丰十年（1860年）《北京条约》作母约，与我前后签订条约十五种之多，每订一次条约必损害我权益，并掠去我土地若干，因而失去土地不止数千百万方里。除上所述各种特权外，其商民也享有"蒙古及天山南北两路各处俄商民均行享用任便往来居住，买卖各国货物之权，中国不得直接或间接征税，以及垄断暨他项禁令限制"的特权。

又于光绪二十一年（1895年），竟将我帕米尔高原与英国私分了。我国在帕米尔高原本设有卡伦八处，防守国土。光绪十五年（1889年）俄国无端派兵驱走我方卡兵，窃据了帕米尔，几经交涉，始终置之不理；光绪二十一年（1895年），竟与英国合谋，把帕米尔私分了。从此英国便在喀什设有领事馆，作为侵略南疆的大本营，享有"治外法权"，各县设有"阿克萨喀尔"（白胡子，含头目之意）为其耳目爪牙，并利诱我人民私入英国籍，以扩张侵略势力欲控制南疆，与沙皇俄国平分秋色。无如先则阻于帕米尔高原之天险，未能畅所欲如，继则本身已趋没落，国势日蹙，故未能有何发展。

沙皇俄国侵略新疆，享受特权，割掠土地，犹不足餍其侵略欲壑，到了民国三年（1914年），便决定在这一年以军事占领整个新疆。在塔城、阿山、伊犁、喀什四处边境，每处开来一师团兵力，同时违约加强驻扎伊、迪、阿、喀、塔五领馆的卫队人数，不时举行演习，并公然在街市上示威行军，侵略计划，一切停当，只待一声令下，就要进占新疆全省。无如事与愿违，第一次世界大战突然爆发，沙皇的军队不得已而在一夜之间都撤走了，其处心积虑并吞新疆的美梦终遭粉碎，侵略历史，也至此告一段落。

沙皇想占领新疆因第一次世界大战之爆发未达目的，要不是二战，史达林（斯大林）亦把新疆变相地据为己有了。威廉第二也好，希特勒也好，他们所奉行的主义好坏，我不予批评，但因他们的侵略野心而掀起了两次大战，这两次大战加诸人类的浩劫，岂为浅显，惟间接的倒救了新疆两次，而摆脱了斯拉夫人的魔掌，说起来似是耸人听闻，其实确为事实。

《清史稿》也记载，沙皇俄国曾多次侵入我国领土阿尔泰山，考察资源，探求矿区，偷掘黄金。1821年，又有人在哈图山区采金，队伍达两万人，分布百里间。

1917年俄国爆发十月革命，部分白俄窜入中、苏、蒙边界阿尔泰境内哈巴河、布尔津禾木、冲乎尔、海流滩、小克孜勒哈答等地定居。1918年阿尔泰各族群众自发组织开赴位于阿尔泰的西岔河、红山嘴、库尔木图、阿克萨拉等地淘洗沙金。

——《可可托海矿志》第二章

曾经骁勇善战称雄马上，历康乾盛世四海归一，治国近三百年的赫赫大清皇朝被骄横傲慢的沙俄贵族、俄国蒙古学学者阿·马·波兹德涅耶夫戏谑："我们进入大清国，就像牧羊人从这一块草场到那一块草场一样自然而然。"他曾利用各种关系和手段，广泛收集政治、经济情报，对沙皇俄国窥伺已久的库伦、乌里雅苏台、科布多以及它们之间的陆路交通，尤其是内外蒙古历史，有详尽的考察报告。沙俄诸如此类的"学者""考察"，在外蒙古被强行割裂的种种历史进程中留下其指南针般的线索。在世界各国科技生产力飞速发展推动的国力竞流之下，此千古之大变局，即便是一代天骄成吉思汗再世，也无力回天。

步入动荡的20世纪，亚洲最大的板块更是风雨飘摇。继1931年九一八事变、1932年一·二八事变后，中国陷入艰难、动乱的年月。位于复杂地缘政治带的新疆是中国变幻莫测时局的缩影。虎视眈眈的野心家，蠢蠢欲动的民族分裂分子……中国西部的历史命运堪忧。

1933年11月12日，民族分裂势力建立所谓"东突厥斯坦伊斯兰共和国"，寿限虽短，匪患问题却滋扰新疆久久不散。

1945年，二战以德国、意大利、日本先后无条件投降告终。9月3日，饱受战争苦难的中国军民得以庆祝抗战胜利。

1949年，解放战争全面推进，中国局势出现根本变化。继1949年8月26日兰州解放，中国人民解放军又迅速解放西宁。第一野战军二、六两军一路西进，势如破竹挺进甘、新两省。

新疆又一次处于十字关口：如果彭德怀的第一野战军十万进疆部队和陶峙岳的十万驻疆部队对阵，新疆危如累卵的局势会更趋复杂。

1949年9月8日，毛泽东约见张治中将军，希望将军致电新疆军政要人，以民族团结、国家统一为大义，和平起义。

兵临城下，大势所趋。中华民族数千年一脉相承的家国情怀，是国民党主和军政将领选择和平起义的内在动因。

1949年9月25日，国民党新疆警备总司令陶峙岳将军率领国民党驻新疆十万官兵起义，通电全国——

> 新疆为中国之一行省，驻新部队为国家戍边之武力，对国家独立、自由、繁荣、昌盛之前途，自必致其热烈之期望，深愿为人民革命事业之彻底完成，尽其应尽之努力。

9月26日，新疆省主席包尔汉宣布新疆省政府起义，与国民党广州政府脱离一切关系，通电全国——

我们深刻了解，新疆人民的唯一愿望，是在统一、独立、自由、民主祖国的扶助之下，才能完成富强康乐的新新疆的建设，更进而为全国和平建设贡献其力量。

1949年9月25日，兵不血刃，民不祸乱，新疆进入历史新纪元。那仍在继续的，是背着不同时代重负推进历史的人。

二

阿尔泰山静立不语，看尽流金的历史角色在不同时代演绎。

清末民初杨增新主政新疆期间，黄金课税成为当地财政的主要来源，采金盛期年产五六万两。盛世才掌权新疆后设置阿山金矿局，其岳父邱宗浚任阿山金矿局总办。仅西岔河一带，每年集民工万人，产金10万两以上。至今，当年的金库、巨石碉堡的残垣断壁仍依稀可见。

麦宗禹（毕业于黄埔军校第四期，国民革命军新编第二十五师参谋长、少将副师长，第七十六师第一三五旅少将代理旅长；中国人民解放军新疆军区挖金大队大队长）：

驻疆部队为了解决建设经费问题，成立了挖金大队。王震将军对我说："老麦，老百姓说'阿尔泰山七十二条沟，沟沟有黄金'，你去阿尔泰挖金吧……你行的！"王震将军的信任和重托，我在所不辞，立即回答说："好，我去！"

我被任命为新疆军区挖金大队的第一任大队长。挖金大队配属新疆军区独立团，团长肖飞，政委杨烈光。新疆军区从军政干部学校抽调了三百多名学员，一个大队编成两个中队，每个中队下设三个区队。

1950年，王震在新疆军区军政干部会上动员干部、战士自力更生，开荒、种田、采金。随后新疆军区组建了挖金大队

每个区队配轻机枪两挺，六〇炮两门，水连珠步枪十支，弹药充足。还配发了十字镐、钢钎、榔头、铁锹、斧头这些生产生活用品。

新疆军区独立团就是二军独立团，王震将军的老部队。王震交代杨烈光政委，独立团进驻阿尔泰有两大任务：第一个任务是防止乌斯满叛乱分子逃窜，维护社会治安，保护人民安全；第二个任务是进山挖金，搞建设需要资金。独立团3月就冒着风雪严寒进军阿尔泰了。挖金大队5月24日从乌鲁木齐出发，经过昌吉、景化（今呼图壁县）、绥来（今玛纳斯县）、车排子、庙尔沟、托里、额敏，沿额敏河到和布克赛尔草原，穿过黑山头、布尔津、盐池，徒步九天终于到达承化山城，就是现在的阿勒泰市。

1950年8月，我带领挖金大队和肖飞团长带领的独立团采金队伍一起进山挖金。翻山越岭，在吃住都不能正常保证的艰苦环境里，用了一个多月的时间就在西岔河挖出黄金近百两。王震知道后，亲笔写信向我祝贺，对我和部队都是极大的鼓励。

拜访麦宗禹前辈，是在老先生七十七岁这一年，1984年4月25日。条案上摆放着两本岁月沧桑的硬皮本——灰色布面封皮硬皮本上印有"三大纪律八项注意"，红底硬皮本上印有金色烫字"红星"；摊开的新闻纸上密密麻麻写满了蝇头小楷——老先生在为兵团农十师史志办公室整理回忆录。

这本灰皮的是1948年的一本，这本红皮的是1950年的一本。"文化大革命"全被抄走了，只还回来这两本。

你们都知道的，我和王震将军，从两军对垒到建立友谊，由敌人成为朋友，是有一些故事的。

我是广东中山人，1925年7月考入粤军第四军军官学校。不久，蒋介石整编军事学校，湘粤军的军事学校都并入黄埔军校，我编入入伍生第三团三营，经过测验后升入黄埔军校第四期本科班。1926年9月毕业，分配到国民革命军第二十二师六十五团。

抗战胜利后，1946年我驻军柳林待命，后一路追击王震率领的南下部队未果。我虽然不见其人，但闻其名，的确佩服他的英勇善战。这便是我对王震将军最初的印象。

我与王震将军第二次交锋是1947年4月在解放区的羊马河战场上，我带的一三五旅败阵王震指挥的三五九旅、教导旅和独四旅。

从4月17日被俘，到离开二军司令部，我跟王震司令员、王恩茂政委生活了八天。之前我们双方还在枪炮对阵，现在却像老朋友似的一起吃晚饭，同在一盘大炕上休息。这实在出乎我的意料。他们对我的热情照顾，不能不使我大受感动。对我来说，这八天终生难忘。我和王震将军在这八天中加深了认识，建立了个人友谊。

中共中央联络部在黄河东岸山西兴县为投诚、被俘的蒋军军官开办了一个学习班，组织上决定让我参加学习。

12月上旬，学习班结业，我被分配到二军教导团一队任副队长。教导团主要培训二军的师团干部。我去了负责学员的文化教育，担任队列、投弹、射击这些军事科目的教练。

王震来教导团视察。教导团领导请王震一行吃饭时，把我和另一个在瓦子街俘虏的教官曾文思也叫去了。王震很亲切地对我说："老麦，听说你不仅典范操令十分标准，各种步兵动作非常熟悉，射击技术好，懂得各种枪炮的性能，还会开汽车，而且国文基础扎实，还懂些英语。到这里受训的，都是农民出身的干部，文化水平很低，你这个当过黄埔军校七分校教官，又是总队长的老师可莫要保守，把看家本领拿出来，好好地教他们哟！"

我是抱着赎罪和接受教育的态度来教导团的。为了帮助学员尽快提高文化水平，除了课堂学习以外，我利用一切时间辅导，报答王震将军的知遇之恩。

新中国成立后，我随王震将军的西北野战军进入新疆……

在农十师史志办公室，我见到了王震写给麦宗禹的亲笔信——

宗禹同志：

据杨肖谷等同志报告，你率队生产，甚为努力，并获富金矿。部队又经镇反，清出几个反革命分子后，正气抬头，甚慰。祖国抗美援朝、土改、镇反、生产，全国人民都在毛主席的领导下，新中国已呈现伟大成就，望鼓励全体，为抗美援朝，发展增产，全体同志辛勤劳动改造，为在生产战线立功，并望保护健康。

此祝　胜利！

王震

九月十九日

1964年5月，王震视察新疆来到阿勒泰，一定要见麦宗禹。农十师从阿尔泰山中的云母矿接来麦宗禹。看见风尘仆仆的麦宗禹，王震关切地说："你比我大一岁，是五十七岁的人了，要注意身体哟！"

1985年，王震率队参加新疆维吾尔自治区成立三十周年庆祝活动。10月6日，王震来到农十师师部北屯，在听取农十师领导汇报时，又提起麦宗禹。10月8日，农六师接麦宗禹到五家渠，他一走进青格达湖宾馆，王震就迎上前去，握着老朋友的手，拍着老朋友的肩膀说："老麦呀，我把你们带到新疆，让你吃苦了。我知道，前些年你受了不少委屈呀……"麦宗禹也很激动，说："你可不能这样说，我到新疆很好！生育五男一女，媳妇女婿，孙子孙女，二十多口人，一个大家族，儿子媳妇中有七个大学生，搞什么的都有啊！"王震听得连声叫好。

就在这次见面后，王震要求兵团按政策安排麦宗禹迁居石河子。在王震的过问下，麦宗禹晚年迁居石河子市干部休养所。

这是两个老朋友最后一次相见。

三

20世纪50年代初，新疆生产建设兵团尚未成立，新疆军区组建了工程处，下属一到五团。五团是由陶峙岳将军领导起义的一支部队，原为第二十二兵团骑兵第七师二十一团（1949年9月25日国民党新疆警备总司令部通电起义后，骑兵第五军整编为中国人民解放军第二十二兵团骑兵第七师），起义后经整编改造，加入中国人民解放军政工军事干部混编，简称"工五团"，驻可可托海。

张生荣（"工五团二代"，可可托海矿务局一矿副矿长）：

二十二兵团骑七师二十一团于1950年开始执行由驻地阜康至可可托海沿线的剿匪任务。先头部队从1950年初一路向北开进，途经三台、吉木萨尔、古城子（今奇台县）、北塔山、二台，进入可可托海。

在富蕴境内剿匪也牺牲了不少指战员。土生土长的土匪依仗地势、人数众多和长年骑射的军事本领，很难对付。加之千里戈壁水源地极少，而仅有的又被土匪占据，剿匪部队一人只有一只行军壶，干粮仅是锅盔和炒面。听先辈讲夏天行军路上所带水喝完后，渴得实在受不了只有喝自己的尿来维持，每个人的嘴唇都裂开数道血口子。运气好碰到黄羊或是狼，打死后赶快在脖子上割一刀，嘴对上大口喝血以此解渴。虽然解了渴，但人眼都是通红，浑身也很热。冬季在扬风

新疆生产建设兵团工五团建设者

交雪的天气中还是照常行军，齐马肚深的雪，马匹行走都很费劲。渴了饿了还好说，抓把雪就着干粮吃，既解渴又解饿。零下三四十摄氏度的严寒，人身上有皮大衣还算可以抵寒，但露出皮帽子的脸就遭罪了。有次，送给养的两辆汽车遇袭，押车战士及一些随车军属被土匪包围，警卫战士全部牺牲，而车上的军属被土匪浇上汽油连人带车烧毁，其中有我同学张福全的父母。

我是在1951年5月随后续部队进的可可托海。

1952年春节刚过，新疆军区骑兵第七师二十一团从吉木萨尔县三台镇出发前往富蕴县。那时间富蕴县城还在可可托海（1958年矿区扩建，富蕴县政府迁出可可托海）。骑兵第七师大转移，师部从古城子迁往承化（今阿勒泰市）驻防，骑兵二十一团迁往富蕴县驻防。

熊善君（新疆生产建设兵团工五团第一代建筑工人，新疆生产建设兵团建筑工程师副师长）：

二十多辆敞篷十轮大卡车，经奇台、二台、将军戈壁前往富蕴县。

400多公里的路程走了一个星期，除在二台休整一天住了两晚，全在行军途中，在没人走过的戈壁滩开出了一条路来。尤其是冬天，雪大，风大，积雪很深，真是太不容易！每前进1公里都十分困难，特别是在距离吐尔洪乡4公里处，一个晚上只往前拱了两公里。战士们不怕苦不怕累，硬是在雪地里挖出了两公里路，前拉后推，第一辆车过去了，后面的车才能跟着前进。

第二天11点经海子边进入富蕴县城，部队在原边防站整装集合，全副武装，在富蕴县数百各族群众的夹

熊善君

道欢迎下，正式进驻我国最大的稀有金属矿区。从此，这支部队成了保卫矿山、建设矿山的骨干力量。

部队进驻可可托海矿区不久，发生土匪叛乱，为了保卫革命胜利果实和边疆地区的永久安宁，新疆军区决定以骑兵第七师师直、十九团、二十一团部分指战员和新疆军区阿山独立团为主组建剿匪部队，骑兵第七师副师长韩荣福任总指挥。韩荣福副师长在九二五起义前是国民党整编骑兵第六旅少将旅长，有丰富的作战经验。剿匪部队分三个支队，经过五个多月围剿，大部分土匪投降，剿匪任务完成，为维护地区正常生活秩序和矿山开发建设提供了安全保障。

由于历史原因，中苏有色及稀有金属股份公司可可托海矿务局的专家和技术骨干大多为苏联派遣人员。骑兵二十一团进驻可可托海后，一营一连、二连、三连四百多名战士担起保卫矿山的任务，同时抽调部分战士投入矿山开发建设，从井下打钻、爆破、开挖到矿山机械加工、维修，各个岗位都留有骑兵二十一团的印迹。

1953年6月5日，骑兵二十一团代政委王从义带领团直人员和王合月连长的四连，以及骑兵二十一团代管的新疆军区独立工程大队共计六百多名指战员，就地集体转业，从此脱下军装，成为可可托海矿区首批产业工人。

四

我是在可可托海边的都孜拜村相识赵新的。都孜拜，哈萨克语音译，"一百个有钱人"的意思。有口头传说，因为额尔齐斯河的滋养，都孜拜水丰草茂，转场下山的牧人都会在这儿休养生息一阵儿，牛羊个个上膘，毡房换了雪白的毡子，人人手里有钱呢。因此，"都孜拜""都孜拜"地叫开了。

赵新在可可托海读的小学、初中，1977年初中毕业。为解决一年比一年多的待业青年就业，可可托海矿务局成立青年农场。赵新在青年农场待了两年，1979年应征入伍。1983年12月赵新复员，回可可托海后发现，繁荣一时的"小上海"已渐趋沉寂。矿山军转民，不粘锅、锂电池、LED

等多是用可可托海出产的矿产品制造的。开始，赵新也在三号矿脉附近的手选厂拣宝石，一公斤锂辉石三分钱，一公斤黑宝石（钽铌矿石）十块钱，锂辉石定额一个月三吨，取样检测质量合格可以拿到一个月八十多元的工资。一年后，赵新被调到扎河坝煤矿，在井下掘进、支护。这是煤矿最危险的活儿。在井下十年，之后赵新维修柴油机，再后来又走上企业管理岗位。1993年他被调回到可可托海机修厂，直到2013年退休。

两年前，赵新和妻子王桂兰从乌鲁木齐回到可可托海。

赵新在额尔齐斯河南岸买了一处牧民的小院落，紫燕衔泥砌筑了远离喧嚣亲近山水的暖巢，沿袭草原冬去春归的习俗，每年春夏候鸟一样回到这儿，在一小片黑土地上种了青菜、西红柿，还有可可托海名声在外的红皮洋芋。晨风微雨菜畦边，午后骄阳柳荫下，从赵新不那么连贯的讲述中，他父系、母系及相关家族史，草蛇灰线般脉动着可可托海那动荡的百年历史——

赵新（可可托海"矿二代"，可可托海三号矿脉综合修理厂党委书记）：

父亲赵祥侦抗美援朝，1953年底回国，集体转业，有三个地方可以选——湖南长沙、（辽宁）鞍山、新疆，也可以复员回甘南老家榆中。当时国家号召"建设边疆，保卫边疆"，父亲最后还是决定到新疆。毕竟还很年轻，他们陆军十五军那批一共有六十七个志愿军战士转业到可可托海矿务局。父亲被分到青河县境内的老三矿，在井下打风钻、清砂。三矿海拔高，供水难，天寒地冻，打不了水钻，只能打干钻。水钻降尘效果好，干钻只是一个风管，巷道里粉尘弥漫，一年下来就得矽肺病。新三矿也是这个问题。父亲他们那批最早来矿上的转业军人是立了大功的！哪一天不是一下井就十一二个小时啊……

我外公到可可托海比我父亲还早。外公方宇瑞是黄埔十五期学员，先是在步兵科，因为一手好字，算盘又打得好，转到了后勤军需科。新疆九二五起义前，是新疆警备总司令部被服厂工务段少校。起义后，是新疆军区后勤部总务科保管。"三反""五反"运动中被诬告贪污，于1951年下放劳动，1952年被判有期徒刑两年，发配至兵团工五团可可托海劳改。可可托海最早的公路、桥梁就是外公他们修的。两年刑满后，留在工五团就业。二厂房，就是海子口深井电站，在花岗岩山体打眼放炮，硬是从花岗岩山里凿出导流洞、引水井，这些最难干的工程全是工五团干的，牺牲了多少人啊！额尔齐斯河北岸职工俱乐部、苏联专家楼等可可托海的老建筑，全是工五团建的。

我岳父王传友是张仲瀚从渤海湾带出来的兵，一路行军一路打仗，两次负伤，1949年底到迪化，1950年进入新疆军区步兵学校学习，1952年转业到可可托海。岳父一直在生产一线。在88-59机选厂，老岳父像横枪立马长坂坡的赵子龙，把控流水线的"虎口"，镇守选净率、出矿率的第一道工序——矿石破碎。8磅、12磅的榔头破碎大石头，一个班要砸多少锤！大石头砸碎了，矿石进入"虎口"——破碎机，然后才能进入球磨机，再进入棒磨机……"虎口"的活儿最重最累，夏天热死，冬天冻死，危害最大的还是粉尘。岳父王传友1974年9月去世，不到五十岁，是矽肺病。老人家枪林弹雨走过来了，却把命给了可可托海。

岳母刚秀琴是1952年参军进疆的山东女兵。山东女兵大部分到了兵团，可可托海矿务局也来了不少。到矿上一开始也是在手选厂拣宝石，后来开卷扬机，三班倒……三年困难时期，国家困难了，号召、动员女职工离职回家"勤俭持家"，岳父积极响应组织号召，非让岳母下来。结果呢，还是要天天去选矿厂拣宝石，一天也没待在家里"勤俭持家"，只是没有了"工人"的身份。作为1952年参军进疆的山东女兵，在矿上干了差不多十年了，工资没有了，成了家属排、"五七排"的廉价劳动力。

我和老伴儿两家子祖孙三代人，真是献了青春献老命，献了老命献子孙……

咋说呢？和可可托海，剪不断理还乱。末了，还是舍不得这么一个山窝窝子。

1949年深秋，中国人民解放军第一野战军一兵团二军六师十八团风驰电掣，挺进新疆。雄赳赳气昂昂的队伍里，英姿勃发的小战士王传友健步如飞。他从渤海湾商河参军入伍，一路西进一路打仗，边打边学。

西进的队伍中，还有十五岁被马家军抓壮丁，不到一年解放军攻克西宁被俘的娃娃兵赵祥侦。小赵甚至来不及换装，只把青天白日帽徽扯下来，缀上"八一"五星帽徽就跟上西进队伍走了。

就在解放军西进新疆的途中，陶峙岳将军所部国民党驻疆部队立足国家、民族最高利益，举起了和平起义义旗。赵新的外公方宇瑞是其中一员。

之后，三五九旅七一九团、渤海教导旅、第一野战军二军六师十八团、兵团二师二十九团，把"花篮的花儿香"从南泥湾唱到了荒原大漠。一粒粒种子撒播新疆大地，绿洲、草原、矿山，落地生根，花开籽结。因了各种机缘，或如赵新的岳父岳母王传友、刚秀琴头顶新社会的光环，或如赵新的外公外婆方宇瑞、赵永贞背负旧时代的荆条，走进了可可托海，汗流在了一处，苦吃在了一起，为国家干了一件大事，也因此拥有了共同的时代记忆。

五

"我希望能出生在公元纪年刚开始的一个地方。在那个地方,古印度文明、古希腊文明、古伊朗文明和古老的中华文明融合在一起",英国历史学家汤因比把他无限憧憬的地方——中国古代西域，今日新疆，称作"诗意的栖居"。

巴哈提别克·加斯木汗：

我爷爷的故事多。爷爷司马古勒·哈力是我们阿尔泰草原有名的阿肯。

爷爷的阿肯弹唱，阿尔泰草原好听的歌！我的老哥，你听说了吧，歌和马是我们哈萨克族的两只翅膀。爷爷冬不拉弹起来，唱起来，羊娃子耳朵竖起来听呢！野芍药漂亮的眼睛睁大呢！毡房炊烟直直地天上听呢！你信不信，我的老哥……

我爷爷的故事，最大一个亮点，就是你们说下的"不战而屈人之兵"。一个作家，王玉胡，你一定知道，他写我爷爷的故事有呢。

《新疆日报》1953年10月22日第3版，繁体汉文，有王玉胡前辈撰写的《哈萨克民间诗人司马古勒》一文，题头配有司马古勒·哈力的照片，一个英俊的哈萨克族汉子：

> 去年十月间，我在阿山富蕴县人民政府看见了一位近五十岁的老人。当这位老人走进县政府的大门时，县长特斯干拜同志就亲切地向他打着招呼，并远远地伸开双手去欢迎他。迎着县长的招呼，老人也亲热地走过来，并滑稽地打着招呼。
>
> 县长听着他那滑稽的语言大笑了，老人也大笑了，他笑得多么开朗！多么亲切！
>
> 这是怎样的一个人呢？我瞬时被这个奇怪的老人吸引住了。经过介绍，我才知道这是阿山有名的司马古勒"阿肯"（"歌手"或"诗人"）。他被请到县政府一所房子里，人越来越多，他的每一句话都深深地吸引着大家，并不时引起一阵阵的笑声。因为翻译不在身边，我无法知道他在说些什么，但从他的语调和手势，从大家的情绪看来，他的语言一定非常幽默生动。于是我记下了他的地址，准备到他家进行一次访问。
>
> …………
>
> 初次见面我们便结成了很好的朋友，第二天老头子便冒着风雪看我们来了。当时我们了解了他的一些歌唱活动，并记录了他编唱过的一些歌曲。他从十几岁就开始弹唱，到现在已有三十多年。在他整个的弹唱活动中，给我们印象最深的，是他在阿山人民政府争取流散的谢尔得曼归向政府的谈判中的歌唱。
>
> 去年九月间，司马古勒正准备从承化搬往富蕴的时候，阿山专署派一个干部把他请去了。副专员阿不都热合曼恳切地向他说道："现在谢尔得曼愿意归向政府，为了阿山人民的和平和安全，我们准备组织代表团同他谈判，代表团里有各方面的代表人物，你是个'阿肯'，我们希望你也参加代表团，来贡献自己的力量。"

他听了后不安地说道:"像我这样的人能贡献什么呢?"

副专员说道:"能啊,把你的冬不拉带上,到那时候弹一弹唱一唱,有时候这要比说话顶事得多。"

这时他感到无话可说了,可是又有一件事情涌上心头:"天气快冷了,搬家的东西也准备好了,如果再拖些时候,天再下上一场大雪,又怎么搬到富蕴去呢?"

当时他并没有说出自己的心事,因为他感到这是自己的私人小事,而谈判却是人民的大事,于是他便同政府代表一起进山了。

政府代表团到达了事先谈好的谈判地点,谈判的地方却空无一人。随政府代表团一起来的对方代表只好翻过"大宛"(高山)去寻找谢尔得曼。他翻过两个"大宛",终于把谢尔得曼找到了。谢尔得曼对政府依然很怀疑,于是,他带了五十余名武装的骑手到谈判的地点来了,这便造成当时非常紧张的空气。政府代表团并没有因此而慌张,也没有斥责这种带着武装来和平谈判的违约行动,政府代表团仍然屡次表示着自己的诚意,并非常恳切地招待着对方的代表团。尽管这样,对方依然有很多疑虑。司马古勒看到这种情形,便弹着冬不拉唱了起来:

祝你们扬起眉毛再不要忧愁,
过去是乌斯满把你们领走,
飞鸟的翅膀累了终归要飞回窝巢,
祝你们回到温暖的故乡和人民的怀抱。
阿尔泰的树荫多么凉爽,
阿尔泰是你们生长的摇床,
父亲在这里割下了你们的脐带,
母亲在这里洗尿布把你们抚养。
你们把人民吆到遥远的地方,
父亲离开儿子母亲离开姑娘,
多少人在深山里埋葬,
这痛心的日子怎么使人遗忘!

> 过去的事情我不愿意多唱，
> 你们能了解宽大政策是我们的希望，
> 做错的孩子只要认识自己的过错，
> 慈善的父母会把孩子原谅。
> ……………

司马古勒多么生动而中肯地唱着，外面许多武装的骑手被歌声吸引到毡房跟前。他们掀开毡房的毡片凝神地听着，并不时擦着感动的眼泪。骑手们的这种情绪，不能不引起谢尔得曼和他的代表们的极大关注，于是他们也似乎很沉痛地听着，并对阿肯的歌声连连赞叹不已。

司马古勒歌唱以后，紧张的空气逐渐消失着，双方代表们的谈判也逐渐地向前进展。经过许多周折，和平解决的原则终于得到双方的同意。

1949年9月25日新疆和平解放，新政权面对的仍是老问题——匪患。1951年2月，祸乱北疆时间最长、势力最大的武装匪首乌斯满在甘肃敦煌被擒。事过半年，乌斯满的儿子谢尔得曼纠集残部啸聚山林为匪。短短半年间，可可托海方圆百里的牧场悉数遭到谢尔得曼股匪的抢劫、胁迫，可可托海的矿山生产也受到严重威胁。

与阿肯司马古勒"不战而屈人之兵"传奇佳话应和的是奉行"政治争取为主，武力消灭为辅"彻底消除匪患方针的何家产，其时任中共中央新疆分局、新疆军区以骑兵十九团为骨干组建的剿匪指挥部总指挥、骑兵第七师师长，下辖一、二、三剿匪骑兵支队。《新疆兵团十师武装工作史》有记载：

> 剿匪部队在阿尔泰深山中的萨尔布拉克将谢尔得曼围而不打……行署副专员阿不都热合曼学识丰富，银髯过胸，很受哈萨克牧民尊重。他亲自前去劝降，对谢尔得曼等人说："解放军无敌于天下，全国都解放了，你们几个能干什么，看看阿山的新生活吧！哈萨克人应该回到自己的部落去放牧，回到各民族团结的大家庭里来吧！"

著名阿肯司马古勒深入匪巢……

1952年9月15日，谢尔得曼率百余名土匪到承化正式归降，但缴械时，有些匪徒以曾对上天起过誓，枪上洒了羊血（宣誓的仪式和标记），不能交枪。正当气氛紧张之时，阿肯司马古勒又一次拨响了冬不拉：

提起枪我又不得不来啰唆，
就是那几条破枪把你们害苦了，
留下这祸害的东西干什么，
像我这没枪的人又弹又唱多快活。
你们的心再不要东来西往，
要忠实我们的握手和誓言，
谁不喜欢和平的日月，
和平的日月用不着刀枪。
…………

随着司马古勒的一曲日月和平，那些发过誓不交枪的土匪缓缓走出队伍，放下手中的武器……政治上争取谢尔得曼股匪的成功，为新疆平叛剿匪斗争画上了一个圆满的句号。

巴哈提别克·加斯木汗：

我问过爷爷："土匪的枪口对着您的时候您不害怕吗？"

爷爷说："我咋不害怕呢，可是我再也不想看见草原流血了。你不知道打过来打过去牧民有多苦，我的孩子……"

爷爷司马古勒·哈力1979年去世了，安葬在阿勒泰市烈士陵园。2010年11月28日，阿勒泰市举办了"纪念司马古勒·哈力（1900—1979）诞辰一百一十周年"研讨会。

水过留痕。

"歌声和骏马是哈萨克族人的两只翅膀"，这是巴哈提别克·加斯木汗一再提起的哈萨克族谚语。草原上，广受牧人尊敬喜爱的传唱哈萨克族文化的阿肯是诗人，也是歌手。触景生情，即兴创作，自弹自唱，文化就在流动生发的记忆里代代传承。

阿肯活不到千岁，他的歌声却流传千年。

炊烟早已和天地融成一色，克兰河的絮语在明月下伴着小女子的跟唱。总是远山难近、芳泽难亲的阿尔泰山，绵延不绝地在远方，还在远方。在这辽阔的大地，山有山的故事，水有水的风情，天上云彩走过也悄悄有着自己的传奇。

东自青格里，西到吉木乃、哈巴河，阿尔泰山绵荡千里，有着三千多幅岩刻留存祭祀岁月、鼓角争鸣。太阳崇拜迷离、生殖交媾狂欢、日月星辰奇幻，三道海子巨石堆叩问一目国的太阳神殿，还是一代天骄成吉思汗与家族奉安、归宿之地……石人历尽沧桑，月光里千年守望，看那鹿石通灵天、地、人三界又要奔飞何方？

一只土拨鼠扒开月光的洞口张望，一棵小小白桦夜风里黑眼睛等着星芒。月光熄灭了最后一苗篝火，往事千年，沉入夜色。那一鞭响彻云天的鞭声终究是远去了。

英雄的时代终会落幕。牧人、牛羊和他们永远仰望的阿尔泰山，头戴熠熠生辉的银冠，迎来万道金光的太阳。

在草原，传奇就是历史。

470号，我老爸的工牌

一

20世纪30年代中期，苏联在可可托海矿区开始稀有金属的勘探、开采，劳动力主要来自阿尔泰牧区、伊犁和塔城牧区。参加劳动的工人们以哈萨克族为主，还有蒙古族、汉族、回族、维吾尔族，以及1917年俄国十月革命后逃亡流落阿勒泰的俄国前朝遗老遗少与自巴克图、霍尔果斯进入新疆的俄罗斯族和苏俄归侨。矿工最多时有三千多人。

生产工具是最原始的十字镐、钢钎、铁锤、柳条筐、牛皮口袋、轱辘车、马车、爬犁，人背、畜驮把矿石运到矿场，以后才慢慢有了风钻、铁矿车、压缩机、柴油机等节省劳力的大型工具。

矿山管理戒备森严，配有机枪、步枪的警卫队有百人之众，筑有炮台工事。矿工不允许进入苏联管理、技术人员的工作、生活区域。

开采最初主要选择散采，后逐渐发展为集中开采。散采，是指苏联管理者给矿工提供矿石样品，

20世纪50年代，可可托海三号矿脉平硐开采时期

工人上山采回相似的矿石。像矿脉资源集中的三号矿脉，则采用集中开采。可可托海的二矿、三矿是露天开采；一矿三号矿脉则为井下开采，打竖井在井下爆破，矿石由矿工或背或拉运到地面。阿依果孜矿是平硐开采，矿石由矿工用简单的机械如手推车等运出矿硐，流水线作业，劳动强度大。劳动过程中，矿工学会了分辨、挑选有用矿石，但是不知道这些矿石叫什么，更不知道有什么用。他们把矿石统统叫"宝石"，绿柱石叫"绿宝石""海蓝宝石"，钽铌矿石叫"黑宝石"。开采出来的宝石经过人工手选后，被装进标准木箱外运苏联。

夏日午后，微雨牵着细风。巴哈提别克·加斯木汗和我漫步在额尔齐斯河南岸野玫瑰掩盖的草径，"你不要急，我慢慢给你说……"

巴哈提别克·加斯木汗：

这是我老爸的工牌，470号。我推断，老爸到可可托海时，矿上的工人不到五百人。

老爸是1947年到可可托海的。他听说苏联人招矿工，钱多得很，俄罗斯大列巴吃多少都有，到矿上就给前掌钉黄铜的皮靴子，天堂一样。老爸决心可可托海去。他没有给爷爷讲，只给他的哥哥说了。那时候出门就跟放羊一样，走路。爷爷家还在哈巴河，从哈巴河走到可可托海，我的天哪！2月离开家，很冷。老爸的哥哥给他装了些胡椒、丁香，走到哪个毡包，给女主人一点儿香料，提起爷爷司马古勒，哪个毡包都有热热的奶茶呢。在布尔津借宿时，那家毡包的女主人，看老爸脚上的靴子破了，给了他一双毡袜。毡袜穿到脚上，十七岁的爸爸哭了……一路上，又冻又饿，他一滴眼泪没有。好几次老爸差点儿给狼吃掉，要感谢哥哥给他装上了洋火，才救了他的命。狼怕火嘛，走到哪个地点都是草、柴火，火烧得大大的。走了半个多月到了可可托海，老爸记得清楚，还没走到矿上，听见水声了，看不见河，原来是可可托海的森林太密了，把额尔齐斯河盖上了。

爸爸领上工牌就下井了。工牌苏联人做的，铝压制的，俄罗斯师傅点名："加斯木汗·司马古勒！"老爸就这样成了可可托海第一代矿工。

一开始也是拣宝石，野外散采，打野矿。一把铁锤，一根钢钎，打眼放炮。挖上宝石，人背肩扛，毛驴子驮，运到手选厂。一年多，老爸俄语流利地说，当了班长，领上十多个人拣宝石。1956年，老爸当上了二矿工会主席，一千七百多个矿工呢！老爸这一年查出了矽肺病，找到了总是干咳的病因。

70年代，老爸担任了采矿队队长。他们去东沟找矿，山上炸了一个点取矿石样本，一大堆石头，老爸翻拣了一阵子说，没戏，全是飞石。

技术员说不是飞石，是矿石。

两个人争执不下。技术员说："我学的就是这个专业，加斯木汗师傅，是矿石。"技术员是北京来的大学生。好吧，那就带上样品，送到乌鲁木齐化验。

结果，是飞石。北京来的大学生问老爸："加斯木汗师傅，你怎么一下子就认定是飞石？"我老爸指着自己的眼睛说："你看一下我的眼睛，化验师就在这里头呢。"

我从部队回到可可托海，有一次说到这件事，老爸说："我和石头朋友的交情差不多三十年了，天天摸过来扒过去，石头的一点点脾气不知道吗？"

千百年来，羊是草原哈萨克的神，哈萨克是羊的神。一个哈萨克的人生是从学一只小羊在没有路的草滩踩出一条小径开始的。巴哈提别克·加斯木汗告诉我，他们属于哈萨克乃蛮部落，"乃蛮是哈萨克族中玉兹的一个大部落，我们部落主要生活在阿尔泰、伊犁、塔城……"

一顶小小的霍斯（毡房）孤零零地浮游在风吹草低的茫茫原野间，只见一缕青烟直冲苍穹，草原瞬间无比明丽生动！

随牛羊逐水草，顺四季遵时令，日出而行，日落而归，草原的时间只有白天和夜晚。

突然，在加斯木汗·司马古勒领上470号工牌这天，在沙里木·阿依果孜走进矿硐这一天，在阿图拜身着工装这一天，在买地·纳斯依操起风钻这一天，草原世世代代的日子有了变化，时间以小时计算，一天二十四个小时被切割，成了坚硬的分分秒秒。放下羊鞭子，牧人拿起了小小的、圆形的、压制有号码的工牌，这个新的"他"，按时上班，按时领工钱，按时学习、开会……

阿尔泰啊！孕育了牧人、羊群的摇篮，也成长着哈萨克族第一代产业工人。可可托海，天边的草原，眼前的矿山。

二

> 买地·纳斯依——自担任四矿爆破工作以来，由于冬季经常大雪封山，车辆无法通行，他曾组织大家，经常从可可托海背上爆破材料步行到四矿，保证了四矿的正常生产。他注意节约原材料，仅1956年就节约炸药700多公斤。他在民族团结方面也做出了榜样，被授予"自治区青年社会主义建设积极分子"称号。
>
> ——《可可托海矿志》第二十六章

买地·纳斯依、加斯木汗·司马古勒和他们的工友，用最原始的工具，每人每天能开采15吨矿石。这得干十二个小时以上。

买地·纳斯依在可可托海矿区干了四十五年，因为长年在生产一线，患有Ⅱ期矽肺病，右眼、肋骨、头部都受过伤。

那是1953年11月20日发生的事故。那天，买地和邝代英下矿硐施工爆破，十六个爆破孔有四个因为导火索潮湿无法点燃。邝代英继续点火，先点燃的导火索眼看就要燃到炸药了，买地发现后立即冲上前拉着邝代英扑倒在地，就在不足两秒的时间里十二孔炸药爆炸了，巨大的冲击波裹挟着碎石暴雨般砸下来。当场，买地的右眼就看不见了，胳膊、肋骨被砸断。邝代英的伤势更重，身上多处受伤。

事故后，邝代英的眼睛彻底失明。这位部队复员转业到可可托海的工友拖着病体到买地病床前，泣声说："谢谢你，买地兄弟！我的好兄弟，是你救了我！"

买地·纳斯依（可可托海第一代哈萨克族矿工）：

1950年秋天，我从哈巴河去可可托海找哥哥，再没有离开可可托海。

那年我十四岁，个子太小，矿上不要。哥哥找富蕴县县长写了个条子，苏联人看了条子收下了我。两个哥哥是1947年来矿上的，苏联人说："你哥哥矿上呢，咋不早说！"又问我认不认识字，我说在哈巴河上过两年学。他让我先去选矿厂拣宝石。

选矿厂就在三号矿跟前。十个人一组，拣矿坑里拉出来的石头。先是两个人架着筛子不停地晃，筛掉矿石渣子和土，再从剩下的矿石里拣宝石。我们年龄小的矿工拣绿宝石和黑宝石，年龄大、有经验的矿工拣锂辉石。拣出来的宝石从矿坑里背出来。背矿石的牛皮口袋结实得很，生牛皮缝下的。一天最少拣3公斤，宝石多的时候，一天10公斤拣呢！

干了两年，调我四矿去了。四矿偏远，矿点乔拉克赛山上呢，冷得很。四矿去还是手选矿，在野外。工作服发得多，棉衣、棉裤、大衣、毡筒。在山上，大衣穿上跟没穿衣服一样，风大得很。一个人一天900克大列巴，300克肉，50克糖，还发肥皂、火柴、茶叶……感到很幸福。

1953年，让我跟上苏联师傅学爆破。风钻工打眼，打好了眼，我装炸药。苏联师傅叫海尔佐夫。我的师傅对我好。这一年，斯大林死了，赫鲁晓夫上台了，苏联专家一个一个回去了。我们学徒工爆破证没拿上，不让干活儿了。我的师傅海尔佐夫是苏联专家的头头儿，师傅说："我担保，给买地临时工作证，矿上要用他。"学徒的临时工作证是白颜色的皮皮子。那时候，头头儿全是苏联人，他们说了算。

1954年，参加爆破工考试，我拿上了最高等级，一级爆破工。工资涨到八十四块八毛钱，高兴得很！

苏联人管理严得很！他们算账太厉害了，专门有记录员，抽烟、大小便全部记录。三个人，三十矿车石头运上来，完成任务六小时可以下班，八小时还完不成定额扣工资。

我是一级爆破工，井下打了三年风钻，得了矽肺，好不了的病。

1960年，调我五矿去。五矿有让人笑话的事情呢，吃大锅饭。每家的锅碗集中到矿上食堂，集中吃饭。5月开始，10月解散，到最后野葱、野蒜都吃不上了。

五矿干了不到两年，调我回可可托海，保管枪支弹药，在三号矿。这个担子重得很，看上去轻松，其实责任重大，太不好干。

回可可托海这一年，"伊塔事件"发生了。苏联师傅专家走了，哈萨克族员工走的也有。

说是三年困难时期，最大的麻烦是吃不饱。矿上的活儿全是流汗的重活儿，空肚子咋干？打眼，风钻都抱不住。安桂槐书记，打走日本鬼子的人，一个大好人，领上我们矿上干六天，礼拜天还要义务劳动，挖引水渠，帮助红旗公社种麦子，种洋芋、萝卜……生产自救，没有别的办法。

1965年，三号矿停下了。和安书记一起来的，也是打下日本的老革命王从义，他们带上一千多人全到海子口大会战，建水电站。我们全上了。我亲眼看见，雪太大了！从山上往下打洞，100多米深！从山下往山里打引水洞，两公里长，全是花岗岩，风钻打炮眼，山上石头松了，房子一样大的石头掉下来，推土机砸扁了，太吓人！

我们哈萨克祖祖辈辈阿尔泰在呢，我们克烈部落阿尔泰最早来的。我爷爷扎克热亚，毡房里的老人都知道爷爷呢，矿上的头头儿白成铭、安桂槐也知道我爷爷呢。

1911年辛亥革命爆发。第二年，扎克热亚、拜穆拉率阿勒泰代表团抵达北京，代表哈萨克族见证了中国封建王朝的结束，参政议政，共筑一个新的纪元。

半个世纪后，扎克热亚的孙子买地·纳斯依在神山圣水环绕的可可托海，为新中国国防工业的发展贡献着一份力量。

听吧，

在高远的蓝天下，

在绿色的河谷中，

传来牧人高亢的歌声：

"噢嗬——

毡房是生我养我的摇篮，

坦荡的世界容我终生奔行。"

在这儿，人人都有故事，经历差不多，又各自不同。

杰德力汗·沙因都拉（可可托海第一代哈萨克族矿工）：

很小的时候我就矿上干活儿了，九岁。大哥十五岁，二哥十二岁。一个可可托海的矿工回家到布尔津，我们就跟上他到了可可托海。认识宝石就可以，苏联师傅就要。苏联人问我："嗨，你个头还没桌子高呢，是你搬石头呢还是石头搬你呢？"我说："你不要看我个子小，牛犊子我能摔倒呢！"

刚开始，手选宝石可不是简单的活儿，先要分清宝石、废石，还要拣干净的、杂质少的宝石。其实，手选宝石也是一门技术活儿。我九岁嘛，先跟上大人学。比我大的娃娃，十三岁的十四岁的，一天干八小时，我也干八小时。矿上我们哈萨克族工人最多，也有蒙古族、回族、汉族、维吾尔族。阿尔泰来的，塔城来的，伊犁来的。汉族从苏联回来的华侨多。刚来的时候，夏天我们住帐篷，冬天住地窝子。冬天太冷，不住地窝子冻死呢！发工资苏联人不是每次都给钱，吃饭的钱扣掉，给方块糖、茶、白布、靴子抵钱。我们穷人家的娃娃，肚子吃饱，不受冻，高兴得很。

第二年我十岁了，苏联师傅让我半工半读。半天上课。四门课：语文、算数、地质、体育。学校在河（额尔齐斯河）南边。半天在三号脉手选厂拣宝石，绿柱石、黑宝石分开拣。年纪小的手选矿，长大了挖矿石，钢钎、铁榔头，打眼放炮，用牛皮口袋背、筐子抬，也有轱辘车把矿石弄到井口的棚子里。

到了1958年,调我柴油机厂去,跟上师傅学柴油机操作、修理。1965年修飞机场,然后就是海子口水电站大会战。

我们接上工五团的活儿,清华大学来的工程师刘履中带队,他要求严得很。我是清洗班班长,带上几个人清洗石头。清洗不干净,水泥和石头结合不到一块儿,不能保证工程质量。刘履中说:"不要小看清洗工作,这是一项基础工作,技术含量不高,但是责任重大,这项工作不到位,以后再顶尖的技术都没用,白费劲。一块一块的石头我们都刷洗得干干净净。"

海子口水电站建好了,发电了,建87选厂。除过刚到矿上那些年砸石头、选石头,可可托海所有大的项目我全干过,干了四十三年。

九岁到可可托海砸石头、拣宝石的杰德力汗·沙因都拉如今已是年逾八旬的老人了。老伴儿包孜亚·苏力旦比他小十六岁,"我们的爸爸要是还在的话,已经有九十五岁了。那时候,爸爸愿意,把我给了杰德力汗……"苏联刚在可可托海开矿,包孜亚·苏力旦的父亲苏力旦·奥巴克尔就放下赶羊的鞭子,离开乌伦古湖滋养的大草滩,到了可可托海,"一辈子的力气全给了三号矿脉。"

"我们的爸爸都没有上过学,老头子杰德力汗半工半读学了一点点。我们的娃娃不一样了,一个丫头兰州的民族大学去了;小丫头阿勒泰卫生学校出来,是富蕴县大医院大夫;儿子在乌鲁木齐工业学校学电工……都好着呢,好着呢!"

坚铁克·木汗买提的个子还没招工报名的窗口高时,就进入了可可托海的小水电站锯木头。到1955年苏联人把矿山交还中国时,刚满二十五岁的坚铁克已经是个老矿工了。

坚铁克·木汗买提(可可托海第一代哈萨克族矿工):

记得是秋天了,草黄了嘛,听一起放羊的朋友说,可可托海的苏联人又要招收矿工了。我一定要去呢！给牧主放羊吃不上，穿不上，我怕饿不死也冻死呢。我没有给姐姐说，和几个一起放羊的朋友说好，悄悄可可托海去。天还黑着呢，先是走路，后来又坐上了苏联人拉矿石的汽车，到了可可托海。

苏联人问我哪一年生下的，我说不上。小小的时候爸爸妈妈没有了，我是姐姐养大的。姐姐给我说过，羊下羔子的时候妈妈生下了我。问我话的苏联人从窗子伸出头看了看我，摇了摇头，说："巴郎子，你个子还够不上窗子，矿工干的是体力活儿，天天跟石头打交道，你恐怕连铁锤也拿不动，还是回去吧，好好长长，明年再来。"我一听，忍不住哭了，求他留下我。这个苏联人的心硬得石头一样，就是不要。

我不能回去，回去咋办？大家一起想办法。过了几天，又报名处去了。轮到我了，心慌得很，一起来的朋友赶紧蹲下，往我脚下垫上了砖。报名表递进窗子里，看见登记的换了一个人，谢天谢地！招工表领上了，眼泪又流出来了，哈萨克男人的脸丢了。这个苏联人没有问我啥时间出生的，他抬起头看了我一眼，说了一句俄语我也听不懂。招工表上他给我填上了"1930年"，以后一直就是"1930年"。

我长得矮，又瘦得很，让我去了小水电站。每天，我把长木头锯成能放进锅炉里烧的木头块子。这是可可托海第一座水电站。这个锅炉能吃得很，就跟一次能吃一只羊的人一样，喂不饱就不干活儿，蒸汽不足就发不了电。紧赶慢赶锯上一天木头，两只胳膊都是肿的。累我不怕，心里高兴呢。

三

很难相信，眼前腰挺背直、气宇轩昂、言谈举止间中气十足的杨顺山前辈已是耄耋之年的老人，颜面、肤色找不到山东籍父亲的丁点儿形影，俄罗斯母亲芭莎的遗传基因实在强大。

清末民初，战乱频仍，民不聊生，中国山东、河北一带的贫苦农民，大量流落东北，出逃至俄国苦寒之地西伯利亚谋生。第一次世界大战爆发，沙俄在东北招募华工，到十月革命前后，在西伯利亚谋生的华工、华商已有三十多万人。他们中许多人娶当地俄罗斯女子为妻，繁衍生息。1931年九一八事变，日本入侵中国占领了东北，苏联当局自1932年开始遣返远东地区的华工、华商。七七事变后，中国抗日战争全面爆发，经伊犁、塔城口岸回国的华侨和他们的俄罗斯妻子儿女有两万多人，就地落户、流散，杨宝银一家即为其中之一。

于落难逃荒且有冒险精神者而言，新疆最大的诱惑是地远天阔的兼收并蓄、开放的包容性和善意的认同感。直到今天，阿尔泰草原，和布克赛尔草原，伊犁河谷的尼勒克草原、昭苏草原……毡包的门都是敞开的，最多轻轻系着一根细细的牛皮绳。你遇上的羊羔牛犊，笑脸坦荡，眼神友善。

杨顺山（可可托海第一代矿工）：

我们一家到可可托海算是早的，1946年，我十岁。父亲老家在山东泰安边缘大王庄。他从小习武，庄上聂姓大户是地主，欺负人，父亲年轻气盛，又有功夫，打了他们。出了气赶紧跑，人家有钱有势啊！先跑到上海，再到天津，跑码头的穷弟兄告诉他，闯关东！哪里都不如东北，穷人活命的地方。

父亲是很豪爽的山东汉子，到了东北，结交蒙古族朋友、满族朋友，还有不少山东老乡。在我的记忆里，父亲说得最多的是"东北三宝"之一的乌拉草，说乌拉靴子真是好东西，暖和，走在雪地没声响。

日本进犯东北，父亲和朋友走了苏联，最远跑到了西伯利亚。父亲说西伯利亚比可可托海还冷，冬天见不到日头，雪一下就是几米深。紧赶着往外走，一走就走到了符拉迪沃斯托克（海参崴）。跑船，当船员。

那时间苏联生活苦，黑列巴都吃不上。船一到码头，俄罗斯姑娘就往船上跑。船员生活好呀，给姑娘面包、巧克力，瞄上了谁就给香水，一来二去，给来给去，不就有故事了。父亲就是这样找上了母亲。我母亲叫芭莎，俄罗斯人。父亲五十三岁上有了我，我1936年出生。少小离家的父亲一天天见老，思念家乡，老辈人说叶落归根。西安事变后国共合作，父亲带着一家人从塔城巴克图口岸回国，又从塔城到了阿勒泰。终于盼到打败了小日本，二战结束，没想到新疆"三区革命"又打了起来。父亲说，生逢乱世，能活下来就不错了，老天保佑吧！在阿勒泰母亲又生了一个弟弟，父亲给他取名杨顺庆，我们兄弟是顺字辈的。

1946年，苏联人又回到可可托海开矿，招矿工。父亲会说俄语，船上干过，母亲是俄罗斯人，一家子又从阿勒泰到可可托海。矿上不收我，嫌我年龄太小，个头又矮，刚十岁的娃娃嘛。父亲跑过船，会说俄语，分到火力小电站。

满打满算干了一年，乌斯满又打了过来，凶得很。一个苏联专家从富蕴回可可托海，路上遇上了，给杀掉了。苏联人先撤了，父亲领上一家人东躲西藏，山里面流浪着。

1951年，听说可可托海又招工了，中国和苏联一起开矿，会说俄语的先招呢，我们一家人又回到可可托海。父亲岁数大了，我个头长起来了，十五岁了，招工的苏联人问我话，我用俄语跟他说呢，他高兴了，"这个小伙子挺不错！"让我给公司领导郑新河当通信员。那时间中苏有色总公司还在伊宁市斯大林街上呢，第二年才迁到迪化南梁坡。我跟上的领导郑新河北京调呢，问我："你是跟我上北京呢，还是想留在新疆？"我说我想回可可托海，哪个娃娃不找自己的爹娘？

1952年5月，我又回到了可可托海，分到手选厂，拿个尖嘴榔头选宝石。我认识的宝石多，手选厂主任是苏联专家格里高列，水平高，人好，矿工都认他。我干活儿不怕出力气，一口流利的俄语，小伙子也长得帅，二转子嘛，格里高列很喜欢我，教我认识宝石，咋样多拣宝石。来可可托海的苏联人并不是每一个都是专家。我在手选厂时，从苏联来了一个大学实习的女专家，啥也不懂嘛，没待几天就回去了。我们尊重甚至崇拜苏联专家，但是他们搞掠夺式开采，你还不能说一个"不"字！矿上的压力也很大。苏联人实行他们那一套管理，供给制，管吃，每月发面粉、羊油、包菜、西红柿，再给上一点儿现金。我们穷怕了，感到生活太好了，太幸福了。

那时候的人太能干，啥条件也不讲。哈萨克族矿工太朴实！坚铁克·木汗买提，生牛皮做的口袋，锂辉石一袋子百十公斤背，矿上都叫他"哈熊"，力气大嘛。汉族师傅叫他"老黄牛"，太能干的老黄牛。

1953年矿上实行工资制。手选厂不是技术工，实行计件工资，完成定额拿一百块，完成定额200%，拿二百块，大家高兴得很，公平嘛。我最低拿二百块，很多时候一个月拿四百块。没两年，调我去三号脉跟上师傅学打钻、爆破。后来又调到四矿。四矿在野外，艰苦，我报名要求去的。我身体棒，干活儿厉害，8磅的榔头我不用，要选12磅的榔头，钢钎两米长，那是真功夫！我们一组两个人打到14米。1958年我们运气来了，找到了一个富矿，一个炮眼炸出了1吨宝石！

我们家的日子过得一年比一年好了，父亲和母亲离婚了。母亲丢下我们兄弟自己走了。听父亲说，她没有回自己娘家，也没有回符拉迪沃斯托克（海参崴），母亲去了哈萨克斯坦阿拉木图。父母离婚第二年，1955年，父亲退休了，终于叶落归根，回到他的老家大王庄，于1968年离世。山东人乡土观念太重。

"反右"开始，生活困难了。粮食配给，井下一线，一天六个"刀把子"，就是那种发面揉成长条、一刀一个的馍馍；手选厂四个；机关的一天四碗糊糊。那时候的领导好啊！安桂槐、王从义领上矿工、家属房前屋后种地，苞米、豆子、洋芋、青萝卜……只要是能吃的，见地就种。安桂槐往上面跑，要生产基地，建了东风农场。家属队领上待业青年种菜、种粮食、养猪，干下好事的人，谁也不能忘了人家。

吃不饱，活儿重，啥防护也没有，得矽肺病的多。我算幸运，要是得上矽肺病也早死了。

还找上了她，老伴儿张爱梅，烈士的女儿，给我们杨家养下了四个儿子……

杨顺山前辈对我说，可能真是老了，开始怀旧，时常想念父亲——"在父亲苍凉的身影背后，我感受着生活艰辛、人世无常。我无从得知父亲命运多舛的人生到底有过怎样的大起大落、大喜大悲。漂泊一生最终还是执意叶落归根,这让我一下子明白了故乡的分量。无论帆在何处,锚还是在山东那个魂牵梦绕的大王庄。"

　　杨顺山前辈对父亲诗意的怀念,透着缕缕艾草的苦寒。他回顾自己颠沛流离的人生时,说了一句让人久久心痛的话:"'哈熊'坚铁克·木汗买提、杰德力汗·沙因都拉……我们这一代矿山人,没有童年,没有春天。"

牵着白桦走的河流

一

"吉娜的俄啤""俄罗斯老太太",曾是边城布尔津的一张名片。

老太太个儿很高,虽然年纪不小了,却腰挺背直。每次夏天去,总见她穿着连衣裙,时尚地束着一条腰带;点缀着一条色彩亮丽的三角围巾,不是系在头上,就是搭在脖子上;脚上总是穿着自己做的布鞋,看上去尺码不小。

成为俄罗斯老太太的忘年交,起源于布尔津的名片——"吉娜的俄啤"。俄语称"比瓦"的俄啤,口感与别家不同,散发着淡淡的苦甘,入口后有沁人心脾的酸甜。俄罗斯老太太底气十足地说:"现在喝的啤酒大工厂生产,一汽车一汽车地拉来。我的格瓦斯,祖传的手艺,从小跟上爷爷奶奶爸爸妈妈做俄罗斯格瓦斯。俄罗斯女孩不会做格瓦斯让人笑话呢!我的格瓦斯,自己养的蜜蜂采的山花蜜,自己山里采的啤酒花,大工厂敢和我比吗?"

"没有格瓦斯的夏天,跟没有雪的冬天一样嘛,有啥味道?"老太太说的一句话,给人的记忆比她的格瓦斯还要悠长。雪压屋顶的冬夜,红红的炭火泥炉,暖心的火苗,是这一方生灵的生活底色。

老太太告诉我,1982年她就开始做格瓦斯。"企业又改制呢,两个跑线路车的儿子下岗了,日子还得一天天过吧。天上鸟有呢,树上虫有呢,草里蛇有呢,各有各的活路。"

老太太邀请我去她家,说家里有两个宝贝,都是爷爷留下的。

夏日早起的太阳给布尔津河面洒了一层金。面对周边新建楼宇的围堵，吉娜红砖屋泥坯院的祖居，显得有些沧桑破败。进入院门，却生机勃勃，绿荫环绕，草花争艳。门口的世纪夏橡，一副长者为尊的慈祥。莳弄花草的吉娜迎上来，"花花草草通人性呢，你不打扮它，它胳膊伸上拦你呢！"一位眼睛透着水蓝的漂亮少妇走过来，老太太介绍，是儿媳妇耶丽娅·契里巴诺夫。随后对儿媳妇说了几句俄语，耶丽娅点头，对我笑笑离开了。吉娜说，我让她煮茶招待你，用我们家的宝贝。边说边扯上我进屋，从橱柜顶上拿下来一只木桶，"我的一个宝贝。"看上去只有尺把高，直径差不多有30厘米的一只木桶。"爷爷一块一块木板手工刨子刨，手工拼接的，桦木的。从伏尔加带到斋桑，斋桑带到哈巴河，哈巴河又带到布尔津，爷爷一样的年龄。下面一截截朽了，一截截锯掉，成了现在的样子。刚到布尔津还好着呢。格瓦斯、大列巴手艺，这是传家宝，但最珍贵的是传了几代的茶炊。"擦得锃亮的铜茶炊已摆在餐桌上，耶丽娅往精致的小茶杯里调蜂蜜。"也是伏尔加带到斋桑最后带到布尔津，几次要搜走呢，我们藏得好，保住了这个传家宝。"老太太看它的眼神就跟见了亲人一样。

吉娜·契里巴诺夫：

我已经七十六岁了。

俄罗斯那边的事情，听父母亲说的。早先，我爷爷领上一家人在伏尔加河的岸上生活，到处白桦树。爷爷家有一个很大的马场。十月革命爆发，就是我们到中国以后常常听说的"一声炮响"，爷爷领上一家人离开了伏尔加。我妈告诉我，爷爷说，跟上桦树走。走到斋桑停下不走了，我出生在斋桑。

后来斋桑又乱起来了，今天你打过来，明天我打过去。打过来打过去，爷爷领上一家子又顺着长满桦树的额尔齐斯河走。从斋桑走到了哈巴河，不走了，白桦树多！哈巴河水流到哪儿，哪儿就是一片一片白桦。我妈眼泪流了，这就是我们找的地方！桦树通灵，我们俄罗斯人的福音。

一起来的不是一家两家，八九十口子人呢！有亲戚，有朋友。住下了才慢慢知道，还有蒙古（此处系指蒙古国）来的哈萨克族，甘肃来的汉族，俄罗斯人也不少。来这里的人，不是避战乱就是躲灾荒，俄罗斯人都是斯大林时代避难逃出来的。

哈巴河有水有地，河里还有鱼。为了活下去，我们啥活儿都干。养蜂，哈巴河里捕鱼，林子里找啤酒花酿造格瓦斯，烤黑列巴，卖劈柴。到哈巴河的时候我也就五六岁，跟在我妈后面帮助干活儿呢。哥哥比我大两岁，也在地里跟上大人干活儿。哈巴河地多得很，水多得很。

在哈巴河，我妈又生了一个妹妹。

日子刚过得好些了，"三区革命"了，地又种不成了。我爷爷已经过世了，父母也过世了，我和哥哥孤儿一样。哥哥从哈巴河往布尔津跑，我跟上哥哥一起跑。不跑咋办呢，不跑命就没有了。我姥爷被打死了，跑过来的不是一个两个，要活命嘛！

哥哥到苏联人开的有色金属公司开上了车，从可可托海宝石矿拉上宝石到布尔津。

哎呀，那时候我们布尔津热闹得很，苏联小火轮到的日子我们一次一次码头上望呢。船到了，欢乐就来了！还没下船，俄罗斯帅小伙儿就跟你飞眼呢，手风琴拉上才下船。多的时候一天三十多条船来呢！拉来的东西多，白布、呢子布、洋火、洋油、面粉、罐头、方块糖、"骆驼"牌香烟……我最高兴的是香香的洋胰子。我就在靠近船运办事处的商铺卖一些苏联来的日用百货，铺子旁边是苏联领事馆。苏联船员吃饭的食堂在领事馆里面，热热的咖啡、熏肠，刚出炉的大列巴，香香的味道码头上闻到了，咽口水呢。有事没事，三蹦两跳船上下来的俄罗斯小伙儿，口哨吹上、口琴吹上，就进来了，跟你套近乎献殷勤呢。晚上灯光亮了，皮靴子嘭嘭嘭，领事馆的地板敲踏呢！他们的心思我咋能不知道？我最漂亮的时候嘛！十七八岁的俄罗斯姑娘，要身条有身条，要脸盘有脸盘，大大的眼睛，最漂亮是两条长长的麻花辫，多高的回头率呀！我可不会轻易上钩，我心里已经有我的格列高里了！

那时候特别喜欢听小火轮的汽笛声，贴着河水汽笛声传得很远。

听见远远的汽笛声，我的格列高里就快到了。

一开始说了人家也不相信，我们两个的媒人嘛，是桦子。格列高里手风琴拉得好，啥样的手风琴都会拉，巴扬拉得最好。他总是去河边那片桦树林拉手风琴，我也爱往那片林子去。次数多了，他注意上了我，我也发现了他。也说不上是哪一次，他早早躲在一棵白桦树的大眼睛后面，那是我每次路过的地方。我走到这棵白桦树前，他在树后突然说："我的眼睛一直望着你呢。"说着从树后转过来，指着白桦树的大眼睛说："你看！"那双眼睛好像看透了我的心。那时候，格列高里是一个很漂亮的小伙子！我的心动了。不是说，桦子就是为了爱情才长的树嘛，相爱的两个人，你把我的名字写在桦树皮上，我把你的名字写在桦树皮上，悄悄许下心愿，愿望就实现呢。我解下红头巾，蒙上了桦树的大眼睛。这样的话，我的格列高里就再也不看别的姑娘了，只爱我一个（哈哈哈……）。我的格列高里说："你问问它们，为什么不说话，是不是见到我们害羞了。"

1950年，我们结婚了。

我的格列高里布尔津长大的，布尔津是他的老家。他的妈妈俄罗斯族，爸爸，就是我的公公，河北的汉族，保定人。他骑骆驼走了一年从河北到迪化，他是跟上打仗的左大帅做小买卖来的，你们说的"赶大营"。公公房树林是最早来布尔津的汉族人。三户汉族人挑上担子来了布尔津，做生意，也种菜。夏天，哈萨克夏窝子去了。冬天布尔津街上住的人也不多。"三区革命"的时候，公公带上一家人逃到迪化去了，后来又回来了。俄罗斯婆婆是公公的第一个老婆，娃娃们都叫"大奶奶"。格列高里是大儿子，长得像婆婆，二转子嘛，漂亮。我老公的汉族名字叫房克敏，苏联肃反，为了保命，我公公赶上马爬犁，拉上大奶奶和儿子逃到了布尔津。公公和大奶奶在那边的事情我们谁也不知道。

公公不识字，让儿子从小上学，儿子的教育上心得很，还送格列高里到迪化、兰州上学。

我老公给阿勒泰领事馆（指苏联领事馆）的苏联人开小车。他忙得很，夏天最忙。布尔津码头建了一号库、二号库、三号库，装的都是宝石，最好的宝石都是我老公的小汽车拉。冬天，苏联的汽车从可可托海、阿勒泰把宝石一汽车一汽车拉到布尔津码头。到了夏天，水涨高了，船从苏联来了，阿勒泰领事馆的苏联人全都跑到布尔津了，白天晚上装宝石，往苏联运。布尔津河的水小了，汽车把宝石拉到阿黑吐拜克上船，运到苏联去。额尔齐斯河的水大，码头上的大油罐，银白色的，一个挨着一个，装满了从苏联运来的汽油。拉宝石的汽车吃汽油，运宝石的船也吃汽油。

年轻的吉娜夫妇

　　我和老公结婚那阵子，布尔津的俄罗斯人还多得很，苏联跑来的，阿勒泰来的，还有塔城、伊犁来的，禾木俄罗斯庄子也跑来呢！手风琴一响，人群就河边去了，跳起来了，唱起来了。天边边上晚霞烧得红红的，河上吹来的风凉凉的，房子顶上冒出的烟都有一股子列巴出炉甜甜的、香香的味道。

　　那时候的日子真好啊！

　　好日子总是那么短，晃一下就溜走了。斯大林死了，赫鲁晓夫上台了，我们这些逃出来的人让回去了。开始没有人走，后来有人往外走了。我老公开的十轮大卡送他们，从禾木俄罗斯庄子，从红旗公社拉到布尔津，再送到乌鲁木齐，拉了一个多月。阿勒泰的走了，伊犁的走了，克拉玛依的俄罗斯人一下子走得差不多没有了。那时候路不好走，阿勒泰到布尔津走一天，老公的十轮大卡灰头土脸，一回到布尔津我就赶紧洗车，河里的水一桶一桶冲。一家一家地走了，走得我们心里慌。我哥哥也走了，澳大利亚去了，最亲的人难见上了。我们布尔津走的俄罗斯人，去澳大利亚、新西兰的多，还有到加拿大的。没有回苏联的，以后也都不往苏联去，没有一家回故乡。谁又不想故乡呢？

　　我们动摇过，也想走，走到乌鲁木齐又回来了。父母埋在哈巴河，他们走不了了。公公是中国人，我和格列高里也舍不下布尔津，这儿长大，这儿嫁人。

　　这条布尔津河，牵扯我们一家子的心，汉族人说的牵肠挂肚。公公房树林一辈子活得不容易，河北挑上货郎担走了新疆，最后布尔津落下了根，做个小买卖，开荒种地，很受布尔津老人尊敬的老汉。"文革"中挨批斗，想不通，跳了河。这棵世纪夏橡，公公种的，都一百多岁了。唉，不说了不说了，伤心的事不说了。

　　好不容易盼上了几天好日子，我的格列高里扔下我也走了，飞机场旁边的地里去了，是刚到布尔津我们家住的地方。一块儿熬过了苦日子，一块儿走过了金婚，不管我了，走了。2003年，刚刚七十岁。再也听不上我的格列高里拉琴了……

　　喝着加了蜂蜜的茶，老太太让耶丽娅从墙上摘下一个玻璃镜框，指着全家福里一个很漂亮的俄罗斯小伙儿说："谢尔盖·房杰，北京呢，大学生，和他爷爷一样，爱学习。我跟孙子说，你们记住，俄语你们要会说，身上俄罗斯的血流着呢。我几个舌头呢，俄语生下来就会，祖宗传的。汉语，是母语。哈语，哈巴河就会说了。"

　　斑驳光照里，俄罗斯老太太吉娜的银色发丝柔和悠然，一年比一年矮了的小木桶与她不断矮缩发胖的身子如影随形。

　　　　小白桦，小白桦，
　　　　林中沙沙响。
　　　　小白桦，
　　　　抚弄我金黄的发辫，
　　　　迎着你沉思的目光。
　　　　白桦低语，
　　　　伏尔加河上。

最早来到可可托海的苏联地质勘探专家，在神钟山下额尔齐斯河谷遇见了一群羊，他问牧羊人："从这里到河流的终点，有多远的路程？"牧羊人说："一直到世界的尽头。"

额尔齐斯河，中国唯一一条敢向西奔流，投身北冰洋的河。

新疆有两条可以航运的跨国河流，一是发源于阿尔泰山西南坡的额尔齐斯河，另一条是源于天山的伊犁河。额尔齐斯河离开阿尔泰草原的地方叫"克孜乌雍克"，前去的斋桑湖，百年前还是阿尔泰草原的领地。汇流额尔齐斯河的布尔津河发源于中国、蒙古国、俄罗斯、哈萨克斯坦四国交界的友谊峰，蒙古语意指"发情期的雄驼"，尽显布尔津河注入额尔齐斯河的激情和冲力。布尔津河交汇额尔齐斯河的水路船运史，文字记载始见于《新疆图志》中伊犁将军长庚的奏稿：光绪八年（1882年）中俄分界，俄人于斋桑湖顺额尔齐斯河北行，经俄国斜米州至托波利尔州为彼国极便水路，其轮船溯额尔齐斯河而上直达阿尔泰山前。

《中国交通丛书》也有记载：光绪二十七年（1901年）四月，俄国设斋桑到阿拉克别克河口中国边境定期航班，经额尔齐斯河水路至鄂木斯克，可与西伯利亚铁路相接，通往俄国欧洲部分和中亚地区。

伴随商贸活动应运而生的地质勘探、采矿，也是布尔津航运缘起、发展的重要原因。

1950年中苏有色及稀有金属股份公司成立，促进了布尔津的航运发展、港口建设。布尔津港、河北岸两座码头，长近百米；河南岸也是两座码头，比北岸的还要长些。专用油码头岸长50米，大小油罐四个，容量3600吨。受浮桥载重限制，10吨以上物资北岸不能装卸，要移泊南岸装卸。港口起重设备有3.5吨吊车一部，7.5吨吊车一部。北岸、南岸各有仓库一座，总库容达3700立方米。港口还有为船运服务的机械维修厂、电厂、汽车运输队，还有一辆消防车。

额尔齐斯河进入汛期，河面上汽笛声声，码头就热闹起来了。进入布尔津港口的苏联货轮有三十多艘，载重60—600吨不等，最有名的是"聂维尔维叶里夫斯基海军上将号"。

伴随牧歌行进的河流，静静地梳理大地草原，哺育万物生灵，见证草原如河流一样古老的历史，传唱着蒙古大汗横扫欧亚大陆的传奇，也背负着割地丧权的百年国耻。千百年来，无论多少次战争和部落间的械斗，都没能驱散河两岸的牧人、牛羊、渔火和炊烟。

中苏有色及稀有金属股份公司布尔津办事处

二

1950年，中苏有色及稀有金属股份公司在布尔津设物资储运中心，这在《布尔津县志》中有记载：

> 1950年至1956年，布尔津为与苏联通商口岸，是中苏有色及稀有金属（股份）公司物资储运中心所在地，苏军一个连驻防值班。

苏方从国内派遣管理层四十余人，搬运工为中方工人。可可托海、阿勒泰矿区所需风压机、发电机、炸药、汽油，甚至钢钎等生产设备、器材，全从苏联进口运抵布尔津。返航时，满载来自可可托海、阿勒泰矿区的绿柱石、锂辉石、钽铌铁矿石、云母，顺流而下，直抵斋桑码头。

在前往阿勒泰矿管处报到、途经布尔津的长春地质学校1955届毕业生曹惠志眼中，储运中心是这样的漂亮繁华。

曹惠志（可可托海地质工程师）：

我们六人在敞篷车厢颠簸两天，才到达布尔津中苏有色及稀有金属股份公司转运站招待所。

转运站位于县城西边，独门大院，院内建有招待所、职工住房、办公室、食堂、库房等，清一色苏式传统的木质结构平房，高大整齐，门廊连接宽阔的走廊，室内装饰天棚、木地板，显得漂亮、阔气。县城南边额尔齐斯河上建一座木质结构大桥，桥南岸下游有个小型码头，可停靠苏联水上运输的小火轮。往上游运苏制矿山机械设备、各种物资、劳保用品、食品等，向下游运往苏联的全是中国产的稀有金属矿产品。

河面上，小火轮的汽笛一响，布尔津不管哪个单位哪个门面的人都往码头跑，等着拉锚链、铺舷梯的装卸工早到岗就位了。从船上卸下矿山设备、粮食、洋布、白糖……再往船上装矿石，一吨货物的装卸费一块钱，差不多是现在的一百块。中苏关系正常时，一次背两箱。中苏关系紧张时，不想落给苏联人话柄，伤国家面子，就一趟背四箱、五箱。船的下层装满了，就要往上堆，一箱沉沉的50公斤啊！一船装下来，汗水湿了身上所有的衣服，甲板上散发着雄性的汗腥。远远地，一筐筐馒头从河堤上抬过来了，一人两个开花馒头、一碗清水菜汤。

达尼亚·卡吉（可可托海第一代矿工，汽车司机）：

我可可托海去的时候，十一二岁。我们几个小娃娃想过去干活儿，就跟上阿勒泰拉粮食的骆驼队，可可托海找我哥去了。

我们阿勒泰人，家里穷，爸爸死得早，剩下我、妈妈、哥哥三个人。哥哥给羊多的人放羊，放羊的时候听说可可托海矿上招人呢，就骑上骆驼往可可托海去了。哥哥去得早，1947、1948年春天到的吧。

我哥在现在的可可托海隧道附近迎上了我们。矿上不要我们，嫌我们年纪太小。有个招工的窗口嘛，苏联人说，个子够上窗口就要你。我们两次去都不要。我哥想办法，一个一个报名，窗口跟前到了，站上两个人的肩膀，慢慢起来。苏联人问多大了，十八岁了。苏联人笑呢。连去四天,我们阿勒泰一块儿来的四个娃娃都招上了。苏联人知道我们的把戏呢,可能是可怜我们小娃娃吧。一天只让我们干四个小时,下午上学。长到十五岁了,干六个小时。

开始干活儿,手选宝石。矿石倒下来,两边坐满了人。敲石头选宝石。我好好干呢,两只手上的指甲都没有了。

干了五年手选宝石,1956年,干得好的人,矿务局让机械厂去学开汽车,一百五十多个人呢!白天学开车,晚上学修理技术。我太高兴!十六岁,我拿上了驾照,开苏联的嘎斯车运矿石。

拉一车宝石,可可托海到布尔津,跑了三天,路太难走。冬天,大雪封山,有时候路断了,跑三四天。拉得最多的是绿柱石,十七辆汽车才能装满一船。高级宝石木箱子装,一箱子50公斤,一点儿不能少。低级宝石牛皮袋子装,一袋子也是50公斤。汛期船来得多,一百七十多辆汽车拉宝石。干得好,给你的车拉上红布,写上字。

夕阳烧红了天边,微风掠过河面,手风琴欢快地响起来,青春的口哨亮出来,多情的飞眼抛过去抛过来,超极限的体力损耗释放在欢乐的梦境中:甩着麻花辫的吉娜走过来,蓝眼睛的卡琳娜媚眼抛过来,布尔津的码头工人都有梦中情人,青春万岁!

谁也没想到,俄罗斯老太太吉娜在离她家最远的那棵白桦树下悄然无声地告别人世,去了天国。2013年7月29日,她整整八十岁。得知消息当天,我赶往边城,送老人最后一程。这天,布尔津十分罕见的盛夏落雪,雪花迷眼。

骨殖化为泥土,爱的心灵却已随桦树叶茂根深,沦肌浃髓。

我记起坚持留在布尔津老码头,军旅出身,在中国政府接手中苏有色及稀有金属股份公司后,重新握枪巡逻守护布尔津码头的徐延欣老人。老人回忆,1962年从布尔津码头运走的最后一船货,是从兵团农场拉来的莲花白和冻猪肉。网绳揽着的莲花白从码头工人视线消失后,苏联轮船再没有来过。额尔齐斯河上再没了小火轮一甲子的笛鸣声。

如今,布尔津的又一道风景远去了。再也喝不上"吉娜的俄啤",再也见不上"俄罗斯老太太"吉娜了。

河堤上多了铜塑的俄罗斯水手,裙裾飘拂的女郎,还有黄铜手风琴。那幢典型的俄式建筑已改成了中苏航运纪念馆,不知能否激活往昔时光。

雪还在落。雪花飘飘,这个夏日的雪花会带给我们怎样的花信……

赫鲁晓夫的礼物

1954年国庆节，苏联党和国家最高领导人尼基塔·谢尔盖耶维奇·赫鲁晓夫率苏联党政代表团出席中华人民共和国成立五周年庆典，出现在天安门城楼，与毛泽东谈笑风生。

日月如梭！毛泽东感叹，自生平第一次出访莫斯科，已匆匆五年。

1949年10月1日，在北京天安门城楼上，毛泽东昭告世界：中华人民共和国成立了！中国人民从此站起来了！

1949年12月21日是约瑟夫·维萨里奥诺维奇·斯大林的七十大寿，毛泽东以祝寿名义出访苏联。

历百年战乱的国家满目疮痍，百废待兴是毛泽东和执政党面对的现实，新中国成立仅两个月即首次出访的目的很明确：同斯大林就中苏两国间重大的政治、经济问题进行磋商，当务之急要妥善解决《雅尔塔协定》背景下，苏联政府与国民党政府签订的《中苏友好同盟条约》遗留的诸多问题，寻求苏联对中国经济、技术援助。

《雅尔塔协定》是1945年2月4日至11日美国、英国和苏联强权霸凌，在回避中国的情况下，密谋雅尔塔，商讨战后列强利益分配，为制定所谓国际新秩序签订。此协定严重损害了中国的主权和利益：

德国投降，欧洲战争结束后二至三个月之内，满足以下条件的前提下，苏联协同同盟国对日宣战：

1. 外蒙古（蒙古人民共和国）的现状须予维持。
2. 对1904年由于日本背信攻击（日俄战争）所受侵害的帝俄旧

有权利，应予恢复如下：

（1）库页岛南部及其邻近的一切岛屿均须归还苏联；

（2）维护苏联在大连商港的优先权益，并使该港国际化，同时恢复旅顺港口作为海军基地的租借权；

（3）中苏设立公司共同经营合办中长铁路、南海铁路，并保障苏联的优先利益，同时维护中华民国在满洲的完整主权。

3.千岛群岛让与苏联。

新中国成立后，中国政府力主废除《中苏友好同盟条约》，签订新的两国关系条约，就必然涉及《雅尔塔协定》。斯大林对签订新的中苏条约，最大顾忌是怕触及以美国为首的西方利益，从而损害苏联的利益。

签订新的中苏条约，是毛泽东访苏的主要目的。1949年12月16日至1950年2月17日，毛泽东滞留莫斯科两个月后，国际舆论聚焦克里姆林宫，在谈判接近利益的平衡点时，斯大林让步了，同意签订新条约取代旧条约。

1950年2月14日，中苏两国签订了《中苏友好同盟互助条约》，约期

1950年2月，中国政府与苏联政府在莫斯科签订《中苏友好同盟互助条约》

三十年。新约宗旨和条文比之旧约做了重大修改和补充。两国代表就关系双方重大权益问题反复谈判，最终做出相应让步，达成协议：苏方不迟于1952年末将中长铁路的一切权利及该路的全部财产无偿移交中国政府；苏方不迟于1952年末从旅顺口撤回其驻军，并将该地区设施移交中国政府，中方偿付旅顺港口的恢复与建设的费用；苏方保证将大连的行政管理权完全交予中国政府，中方同意大连自由港问题等到签订对日和约后再作处理。

中苏关于贷款协定谈妥后，贷款年利率定为极优惠的1%，苏方要求中方提供战略原料钨、锡、锑，用以偿还贷款，双方商签了一个秘密议定书。在此基础上，双方达成在中国创办经营石油、有色金属、航空和造船四个合营公司的协议，开新中国利用外国资本促进工业化发展之先河。

中苏四大合营公司有两个在新疆。1950年3月27日，中苏两国政府《关于在新疆创办中苏有色及稀有金属股份公司协定》《关于在新疆创办中苏石油股份公司协定》在莫斯科签订。12月30日，中苏有色及稀有金属股份公司在迪化注册挂牌。1951年1月1日，白成铭被任命为中苏有色及稀有金属股份公司党委书记，西蒙诺夫被任命为总经理。

新疆的地理决定了新疆的命运。中国新疆与苏联的经济、商贸往来传统悠久。

1917年俄国十月革命爆发，由于双方经济发展的需求，新疆与新生的苏维埃政权先后签订了一系列经济、贸易合同。仅1941年，新疆与苏联的贸易总额就达九千多万卢布。

1935年8月，新疆省政府与苏联政府合办独山子炼油厂。设备、技术由苏联提供，从勘探、钻井到提炼石油，也由苏联专家指导、主持。1937年1月14日，独山子第一口油井出油、出气。1942年，在苏联方面经营下，独山子炼油厂日产石油达110吨。

其实，早在18世纪沙俄就已涉足阿尔泰的地质勘探、矿山开采。20世纪30年代，苏联政府借助新疆督办盛世才的政治投机，取得了新疆矿产资源的优先勘探权，成立阿尔泰特别地质考察团，对阿尔泰地质构造展开全面的地质勘探，基本确定了稀有金属资源的地质范围。由于苏德战争爆发，苏联政府暂停项目采掘。之后，美国在日本投下原子弹促使二战接近尾声，苏联政府与中国国民党政府签订《中苏友好同盟条约》，加快了可可托海稀有金属的大规模采掘。1950年《中苏友好同盟互助条约》签订，中苏组建股份公司合作开发，苏方继续给予技术、资金支持，开采的矿石仍然不能售卖第三方，时限仍为三十年。

在《中苏友好同盟互助条约》的框架背景之下，彭德怀、王震领导的驻疆部队立足国家、民族最高利益，肩负"屯垦戍边"历史使命，以高屋建瓴的战略意识，放眼四海，独立自主，继往开来，不仅从苏联直接进口汽车、拖拉机等工农业现代机械，更冲破西方封锁，经香港从日本、德国、英国、瑞士等国引进急需的纺织、发电、冶金、粮油加工等先进技术设备。

说出来怕有人不相信，单行采棉机就是在王震将军的主导下1951年从苏联引进到了军垦农场。

紧接着，一批接一批的专家、工程师、各门类专业技术骨干，刚刚走出炮火硝烟的军人，刚离开学校的青年学子，大家一路向西奔赴大漠荒原、深山老林。留学苏联归国的棉田机械专家林起、浙江农业大学大四学生陈顺礼、南京农学院留校任教的高才生王彬生等，都是听了王震将军的一句大白话"国家是多么需要你们啊"而义无反顾到了新疆。从踏上西行长途的第一步，他们的人生就已融入新疆的辽阔大地：林起工程师和采棉机纠缠了一生，陈顺礼成了中国"长绒棉之父"，王彬生教授一生心血浇灌在麦田……

1950年，中苏有色及稀有金属股份公司矿山技术培训学校开班，新疆军区俄文学校开始招生。一场场春雨，迎接着雨后的春笋：八一钢铁厂、八一面粉厂、七一棉纺厂、八一棉纺厂、十月拖拉机制造厂、红雁池电厂、一号立井、中苏有色及稀有金属股份公司等现代大型厂矿企业诞生在辽阔的新疆大地。

那可真是激情燃烧的岁月！

一

作为一名老兵，杨德宽最早在傅作义的麾下，1948年12月和平起义，

杨德宽

部队整编，他转到了中国人民解放军第一野战军第六军十六师山炮连，六军的军长是罗元发。随后，他跟着彭德怀、罗元发一路往西打，进军到新疆。先是在哈密驻守大营房，然后被拉到石城子，炸山取石修红星渠。1950年6月，他们又转移到新疆军区第二步兵学校，学习建设祖国的本领。一年不到，1951年5月提前结业，全军总动员，投入生产建设。

杨德宽（中国人民解放军第一野战军第六军转业战士，可可托海第一代矿工，原可可托海小水电站站长）：

1951年5月，第二步兵学校一次来了我们八十名战士，转业可可托海。

我到了可可托海，住帐篷，外面下大雨里面下小雨。我们八十名战士上山打石头背石头，进山伐木，先盖房子，苏式的，木地板。住的房子建好了，我们分到不同单位。我分到了小水电站，主任是契柯连阔，小个子，黄毛，蓝眼睛。因为中苏合营，车间以上正职是苏联专家，中国人副职。小个子契柯连阔对工作要求严，脾气大，人好。8点上班，我10点才到。契柯连阔问我："你为什么迟到？"我老实说："睡过了。"他接上话："那你是没有睡好，回去继续睡，不用再上班了。"说着说着骂人了。到矿上我就迟到了这一次。我们和脾气大的小个子契柯连阔处得很好。没过多久，我可以用俄语和他交流，不影响工作。那时候矿上80%以上的矿工是哈萨克族。这个民族善良、实在、能干。我和吐尔达洪、沙地尔，还有看水闸的芒头，都是好朋友。矿上还有不少老华侨，山东人多，闯关东后东北战乱，又跑到苏联，逃个活命。

后来，他们又从塔城、伊犁（边境）到了新疆。他们进来时都带着苏联洋婆子。1955、1956年前后苏联专家回国，苏联洋婆子带上娃娃又往苏联去了。扔下老汉，年龄大了，干不动了，杨顺山的爹就是嘛！苏联人做得好，让住养老院，那时候中苏还友好着。

崔可芳是山东参军进疆的女兵，1952年6月离开蓬莱，9月到迪化，走了三个多月。她们同一批三十个汉族女兵从新疆军区调到可可托海，到矿上时都已经下雪了。一群十六七岁的小丫头，最小的十三四岁，由苏联专家指导，在四矿、五矿拣宝石，人工选矿，选云母，一干就是四五年。1955年，崔可芳与年长十一岁的杨德宽结婚成家，婚后转到一矿的电工房上班。矿山生产，电是关键的关键。她与同是山东来的芦润善一起，负责整个矿区照明。爬电线杆子，维修路灯，十字路口的照明灯五六米高也得爬！哪哪灯不明了，机器停了，再晚再冷也得去，也得上。她常说，我们三十个山东姑娘是可可托海的姑奶奶！

结了婚就有孩子，杨德宽与崔可芳相继有了三个儿子：1957年老大杨林出生，1962年老二杨森出生，1972年老三杨杰出生。生第二个孩子时正赶上三年困难时期，崔可芳饿得浮肿，腿一按一个窝儿。但山东丫头都是苦出身，会过日子，自己舍不得吃舍不得喝，疼老头子疼儿子，省吃俭用拉扯大了三个孩子。

杨德宽：

1955年跟了我，一辈子就这么过来了，还走在了我前头。再苦再难，工作从不落人后。海子口会战搬到山下的干打垒筛沙子，供应搅拌机，工地最重的活儿。老二杨森，小小年纪再生障碍性贫血，血液病，孩子受了二十多年罪，最后在武汉医院又拖了两年半。老二拖累了他妈，那时候谁知道啥辐射病呀！1977年，魏兴诚大夫给我们一家子体检，下了结论说，老杨一家血小板偏低，二儿子已经罹患再生障碍性贫血症，不宜再在山上。

1977年，我们一家调到乌鲁木齐。

说到老伴儿，九十三岁的杨德宽老人声音哽咽，泪流满面。

二

马思明来可可托海算是早的，他自己也没想到，后来竟成了一个特殊历史时期矿山文化演进的见证者。

马思明祖籍青海，他父亲早年从青海一蹦子就到了塔城。塔城的青海人不少，有些是年份不好逃生过来的，也有为逃马家军的壮丁落脚的。父亲落脚塔城后，娶了一户哈萨克族人家的丫头，之后有了马思明和妹妹。

1952年，苏联发展军工，急需稀有金属，可可托海中苏合营公司大量招收矿工，马思明就是这个时候到可可托海谋生的。还不满十七岁的他，在三号矿脉一号竖井下井挖矿。

那时候的工人爱岗敬业，加班加点，拼了命地干活儿。矿上实行计件工资，每个人都超额完成任务，工人工资普遍比干部高。除过工资，苏联人还有带薪疗养一个月的奖励。1953年矿上就有职工疗养院，苏联管理模式。还可坐直升机在可可托海上空转一圈。这些奖励很受矿工欢迎。当然，苏联师傅要求很严。老矿工受苏联师傅影响很深，直到现在，使用频率高的工具、设备、汽车等名称，老矿工张嘴就是俄语单词，管理基本照搬苏联工业管理体系。当时，苏联的生产力水平远远高于中国，这也使可可托海第一代矿工整体素质都很高，为以后很好完成生产任务打下了基础。

马玉琪（可可托海"矿二代"，三号矿挖掘机手）：

父亲在井下干到1956年，不下井了，成了电影放映员。他在塔城上过三年哈语学校，从小喜欢文艺，爱看电影。塔城紧挨上苏联嘛，商贸往来的历史长，受苏联影响深。俄国十月革命后，涌到塔城的俄罗斯人多，有沙俄时代的老贵族，还有阿连阔夫那样的白军残部，更多的就是像父亲一样跑到这边谋生的老百姓。可可托海是苏联专家多，也带来了他们的风俗文化，天天放苏联电影。父亲总爱往放映机跟前凑。他悟性好，一来二去掌握了放映技术，苏联放映员就带上了这个徒弟。他的师傅放映技术好，人很严谨，对机器像对自己的儿子，动机器一定先戴上白手套。讲起这一段经历，父亲是很得意的，打我从小就跟我说，在矿上，不知道局长是谁的人多了，但是没有不知道我依斯玛尔的。

马思明祖上是回族，到了可可托海，他又找了一位回族老婆，后来有了马玉琪他们兄弟三个。让马玉琪引以为傲的是，矿上的人知道他是马思明的儿子后，往往会说："你是俱乐部依斯玛尔的儿子？"

三

1951年3月，何儒从北京国立高工采矿专业班毕业后，被分配到中央有色总局工作。5月，中央重工业部决定将他调往新疆中苏有色及稀有金属股份公司工作，他成了第一位分配到中苏有色及稀有金属股份公司的中方采矿技术员。

何儒（中苏有色及稀有金属股份公司第一位中方采矿技术员，可可托海矿务局副总工程师）：
　　总公司免费为我制作了一套纯毛中山装，发了一只"英纳格"手表，一支"金星"钢笔及一百元生活费。
　　1951年刚到矿管处时，中方人员很少，主要以苏方为主。一矿矿长是苏方伊万诺夫。我到了可可托海矿务局后作为中方技术人员被分配到一矿（三号矿脉）现场工作，先进行劳动实习，学习矿山凿岩、爆破、巷道支护，半年时间。当时三号矿脉矿体大部分露出地表，采用露天开采，在矿体中心部位分开挖成两个露天采场，其中一号采场规模较大。除两个露天采场外，还在矿体东侧打了一口50米的深竖井。当时露天和井下巷道凿岩设备是苏制干式凿岩机，虽然工人工作时戴上防尘口罩，但工作场所满是粉尘，防尘效果很差。采场爆破下来的

20世纪60年代，何儒（左一）、刘履中（左二）、王从义（左三）在刘家峡水库考察

矿石，工人用铁锹装入手推矿车，推往选矿室。

何儒在三号矿脉的劳动实习结束后，被分配担任副值班长。当时一矿实行的是行政一长制，一矿的值班长由当地苏联人承担，矿部下设生产技术组、地测组、设备组、维修组、财务组，实行生产值班制。何儒是第一位担任副值班长的中方人员。值班长每天要根据矿长的生产指令安排工人在露天作业区工作，当班期间需深入每个露天、井下采区检查生产情况，当班结束后要用俄文详细填写本班生产记录。

在何儒的记忆中，凿岩工的劳动强度大并且十分辛苦。他们每天接到值班长的作业指令后，一正一副两名凿岩工在凿岩机修理房领取凿岩机和胶皮风管，肩背沉重的设备和二三十米的胶皮风管到采场作业区。在天井作业区的工人，首先要爬上20米高的支架天井，然后用绳索将凿岩机、胶皮风管提吊到工作面，工作结束后再将凿岩机和胶皮风管送回凿岩机维修房。这一流程下来，每个人都满身粉尘、疲惫不堪。

何儒在矿务局工作初期，并不了解三号矿脉所开采的稀有金属产品的用途，只知道所采出的有用矿石是绿柱石、钽铌铁矿、锂辉石，也见证了早期采富丢贫的开采方式。中苏合营初期，苏方对三号矿脉还没有整体开采规划，只是将一座世界级的典型花岗伟晶岩矿床，在绿柱石、锂辉石、钽铌铁矿比较富集的含矿带优先开挖了两个采矿场进行开采。采出的绿柱石矿石，会被人工手推矿车运到一座木结构选矿室，在这里有许多女工坐在地板上、矿石堆上，手选有用矿石。而在开采锂辉石矿石时，则是由背着牛皮口袋的选矿工人们在矿石堆上手选有用矿石，选好后再将沉重的产品背往成品库。

1951—1955年，矿务局开采出的全部产品均出口到苏联。每逢夏季额尔齐斯河汛期，苏方便通过船运将存放布尔津转运站的矿石装船运走。让何儒痛心的是，矿务局初期为解决开采用电，在额尔齐斯河南岸安装了两台燃烧木料的蒸汽锅炉发电，一年四季工人们在矿区周围的原始森林砍伐木料，供蒸汽锅炉燃烧使用，导致大片原始森林被毁。直到1953年，矿务局在额尔齐斯河上游建设了一座小型水电站，才结束了燃烧木料用蒸汽锅炉发电的历史。

何儒：

1954年我被调到了阿勒泰矿（三矿）工作。阿勒泰矿本部在阿勒泰市区内，它管辖三个小矿山，主要开采稀有金属。1955年苏方股份移交中方后，我在阿勒泰矿担任矿生产技术科科长、矿总工程师职务。阿勒泰矿每年生产出的稀有金属虽然比可可托海三号矿少，但对当时偿还苏方外债承担了一部分任务。

1962年6月，冶金局又将我调回可可托海矿务局工作。这是我第二次返回可可托海矿务局，在局里担任副总工程师职务，主管局技术工作。可可托海矿务局矿区面貌与1954年离开时比较，发生了巨大变化，整个矿区原来森林覆盖、满山野花盛开的美景已不复存在。

1965年因海外关系，我被调到新疆与甘肃交界处柳园，在荒无人烟的戈壁沙滩，负责恢复建设一座辉铜矿矿山，工作了七年。"文革"结束后，才从辉铜矿调到白银市白银有色金属公司矿山处工作，直到退休。

何儒来后，接踵而至的是西北工学院的应届毕业生葛振北，中苏有色及稀有金属股份公司党委书记白成铭亲自接机。

一路向西，向西。当年，对走进可可托海的每一个青年学子来说，向西的距离都不能不说遥远。这一片遥远的风景却又有着那样强大的时代磁性，吸引着精忠报国的铁血男儿。

如今年逾九旬的葛振北前辈回忆，当年他和苏联地质学家H.A.索洛多夫曾有一面之缘。这位专家很友好，传授专业技术认真，但是对中国的技术力量仍存有疑问。相遇于三号矿脉，索洛多夫问小青年葛振北："你认识长石吗？"葛振北从专家的用词表达听出了轻视、怀疑。年轻的葛振北笑着点点头，心里说："过两年请您再来看看。"

1957年，由中国地质专家独立自主编制的第一份三号矿脉地质报告《1957年地质综合储量报告》完成。经国家相关权威部门审核、批准，这份报告为三号矿脉大规模露天开采提供了可靠的数据资料。而主持编制这份报告的首席地质专家正是葛振北。

1952年，北京工学院的毕业生李藩来了，来到中国紧西边的深山老林可可托海。他们一起来了八名大学生。

既然到了可可托海，那就从采矿实习生干起吧，先钻阿图拜、阿依果孜矿硐。不久，肩上就被加了担子，李藩担任二号竖井副井长，苏联专家是井长。一早下井，中午在井下吃午饭，一直干到晚上。每天晚上从井下上来，身上穿的苏联那种黑色皮大衣变成了白大衣，除了两只眼睛，浑身全是白的。

走过一个冬天，又走过一个夏天，大学生李藩开始主持一矿生产技术科的工作。还是下井，上井，还得操心运输宝石的车。生产技术科签字，宝石才能运走。拉运宝石的司机问他："巴郎子，你在这儿干啥？"李藩笑了，说："看来我这个巴郎子还很年轻。"人长得年轻，又混在装宝石的矿工里，后来大家才知道他就是生产技术科科长。矿上都叫他名字，临时工都直呼其名"李藩"。后来李藩当了局长，矿上还是叫他名字。哈萨克族老矿工弗拉索夫说："叫惯了嘛，叫上亲得很。"

井下处理哑炮很危险，李藩不让别人去，"你们先让开，我来！"这样的事多了，就像一粒粒优良的种子，在人心里扎根、发芽，成长为一种能量。

二号竖井的工作也时有危险，苏联专家不让李藩下井，但李藩当班时一定要下井。井下干得长了，矽肺病不可能单单绕过他，夜里咳得睡不成，去世前几年他去医院查了查，"这个结果心里早就知道了。"

一个人的精力总是有限的，放在工作上多了，别处就少了。头生子难产，妻子两天后才见到从矿山赶到医院的李藩。"几乎见不到他，天天一早就走，夜里不到一两点就见不到他的面。回来就跟上辈子没睡过觉一样，累得睡不醒。奶水不够，半夜给孩子弄吃的，我一个人手忙脚乱，困极了，气得把孩子放到他耳朵边，孩子哭啊，哭啊，也没把他哭醒……他说，我一点儿不敢放松，就怕出事故。"

儿子李宾回忆："小时候印象最深的是，一个礼拜见不上我爸，我妈是一个星期偶尔可以见上一两次。晚上我们睡觉了爸爸才下班回家，等早晨我们起来上学的时候他已经走了。这就是小时候我们对爸妈的印象，也一直是这个记忆。"

> 1951年8月，中国人民解放军骑七师十九团二营奉命调至承化矿场，执行保卫和建设矿山的任务。二营建制为三个连（四、五、六连），四连驻巴寨，五、六连驻群库尔，营部设在群库尔。同时，原驻矿区的苏联红军根据协议撤回苏联。
>
> 1952年5月12日，中国人民解放军阿山军分区首批军人五名，经组织批准分配到承化矿场工作。这五人中有四人是中共党员，因此成立了临时党小组，此为承化矿场最早的党组织。
>
> 1952年5月，新疆军区第二步兵学校一、二、三大队学员九十余人，军区参训队学员十余人分配到阿山矿管处所属各单位工作。
>
> 1953年5—6月，中国人民解放军骑七师二十一团全体官兵就地转业到阿山矿管处各单位工作。
>
> 摘自《新疆有色的辉煌历程 20世纪1950—1955年》

1954年金秋十月，赫鲁晓夫来了，率领苏联党政代表团，带着一份"大礼包"，来北京祝贺中华人民共和国成立五周年。

匆匆五年间，人世今非昔比。

1953年，共和国总理周恩来密访莫斯科，恳请苏方履行援助中国工业建设的承诺，遭到婉拒。1953年3月，斯大林去世。9月，赫鲁晓夫担任苏共中央第一书记。

据俄罗斯解密档案，1954年9月，赫鲁晓夫首次访华前主持召开苏共中央主席团会议，决定对华大幅增加援助作为祝贺中华人民共和国成立五周年的礼物。伏罗希洛夫表示反对，说"这是苏联经济难以承受的"。赫鲁晓夫坚持，"不这样做，就不能让中国人民感受到我们的友谊。"

赫鲁晓夫访华的"大礼包"——落实，可可托海可见冰山一角——

1954年10月12日，中苏两国政府签署《关于将各股份公司中的苏联股份移交给中华人民共和国的联合公报》。

1955年1月1日，中苏金属公司更名"中华人民共和国重工业部有色金属工业管理局新疆有色金属公司"。白成铭为新疆有色金属公司总经理。

1954年底开始，从苏联进口的新设备陆续运抵可可托海。除了矿山机械，还有发电设备、机械加工设备。

可可托海的老矿工没有一个不认为，矿山的基础建设完全是在苏联专家、技术人员的帮助指导下完成的；可可托海稀有金属工业发展之所以能在较短时间形成气候，无不与苏联奠定的基础、苏联专家的努力直接相关。

苏联政府派往中国的专家不仅人数多，延续的时间长，而且涉及的领域也是最广的。据苏联解密档案记载，1956年来中国的苏联专家

1953年5月，中国人民解放军骑兵第七师二十一团全体官兵就地转业到阿山矿管处各单位工作。图为部队战士与白成铭等领导合影

有5092人,"帮助建设工厂,传授先进技术和经验"。由于苏联专家的指导,全国煤炭生产能力提高60%,部分矿井采掘期限延长了20—40年;阜新发电厂安装工程采用苏联专家的建议降低成本60亿元(旧币);山西浑河水库工程设计蓄水量增加2.25倍,节约投资2000亿元(旧币);第一汽车厂全套设备从苏联引进,苏联专家手把手传授技术,直到第一辆中国制造的"解放"从车间开出……到1960年,来华工作的苏联专家总计超过了2万人。

阿山矿管处移交我国初期,除少数苏方顾问和技术专家外,苏联工作人员包括苏侨技工陆续归国,企业行政、技术、经营管理、熟练生产技工严重缺员。此时由国家统一从关内大中专院校、部队、有色企业厂矿、地方等单位和部门调、招来几批工作人员,边干边学,短期培训,以资补充。

——《可可托海矿志》

自强内力的驱动,加上外援的助力,带动了整个工业系统的初创建设,各行各业的话题都是"缺人",没有比缺人更紧迫的事了。1954年,就在赫鲁晓夫送来"大礼包"的这一年,在彭德怀的第一野战军进疆、《中苏友好同盟互助条约》签订的背景下,1950年开班招生的中苏金属公司矿山技术培训学校毕业了二百一十一名技术干部,三千多名技术工人,专业门类涉及七十多个工种。一代开国者的战略眼光越发令人感念。

四

与苏联签订《中苏友好同盟互助条约》后,一批批工业建设项目投产,各个领域急需大量的专业技术人员。为了保证工业项目的顺利实施,国家决定派遣青年学生到苏联留学,培养各类科技人员。郑清和是1952年5月接到六师师部命令,到新疆军区俄文学校学习俄语。到了俄文学校后,他才知道组织要派他到苏联留学。

郑清和的履历并不耀眼。1929年4月22日,他出生于陕西省大荔县,后就读于渭南固市中学。在高三毕业前几个月，王震的一兵团二军招兵，他和班上六十多名同学一起报名参军，于1949年3月入伍西北野战军第一兵团二军六师十八团。一路往西走，一路打，一直到了南疆库尔勒。

恰逢此时国家建设需要人才，王震司令员指示，要选择在行军作战中表现突出、吃苦耐劳、不怕牺牲、勇挑重担、身体健康、精力充沛、具有高中文化水平的年轻干部进行培养。从新疆军区每个师挑选五个人，从军直单位挑选一些人，组成留学干部预备队，先集中在新疆军区俄文学校培训俄语，进行文化考试，最后确定留学人员名单。

经过部队严格审查和全面测试，郑清和他们这批五十名被"万里挑一"选出来的留学人员成了时代的宠儿。

1952年8月29日，他们这批留苏学员一行十七人带着祖国殷切的希望，肩负振兴中华的重任，乘飞机离开乌鲁木齐，经过伊犁地区上空，当天晚上抵达哈萨克斯坦首府阿拉木图，第二天再乘飞机到达乌拉尔有色干部培

新疆有色金属公司委派到苏联留学学员影像合集

训学院所在地——苏联东部乌拉尔地区工业城市叶卡捷琳堡（当时叫斯维尔德洛夫斯克市）。

叶卡捷琳堡（英文 Yekaterinburg，俄文 Екатеринбург，以俄国女皇叶卡捷琳娜的名字命名），始建于1723年，位于莫斯科以东1667公里，乌拉尔山麓东部。叶卡捷琳堡是欧亚两大洲分界处，距离该城10多公里处有一座界碑，左侧是亚洲，右侧是欧洲。来到这里，就跨越了两个大洲。后来，苏联为了纪念叶卡捷琳堡首任苏维埃主席斯维尔德洛夫（苏联电影《优秀的党员》的原型），将市名改为斯维尔德洛夫斯克市。苏联解体后，恢复为叶卡捷琳堡。

乌拉尔地区以稀有的宝石矿和丰富的有色金属矿而著称，盛产铁、铜、金。据说，美国纽约自由女神像所用的铜就来自这里。从18世纪起，叶卡捷琳堡成为俄国采矿和冶金工业中心。

乌拉尔有色干部培训学院是一所有着二百年历史的大学，为俄国和苏联培养了大批冶金专业人才，为国家的经济建设做出了杰出贡献，荣获过苏联劳动红旗勋章。

郑清和他们很幸运，既是中苏合营金属公司派来的首批留学生，也是学院接待的第一批中国学生，因此特别受到米哈洛维奇校长的重视，对他们十分关心，在学习生活上给予了很多照顾。出国前，中苏合营金属公司已经给他们置办了四季服装，但米哈洛维奇校长考虑到乌拉尔地区冬季寒冷，担心冻坏了他们，特批给每人做了一件苏式黑呢子大衣和一套校服。他们穿上后，既暖和又神气。校长的关心还体现在宿舍的安排上。米哈洛维奇校长特意把他们安排在宿舍楼的二楼，让两位苏联同学和两位中国同学同住在一个宿舍里，以便苏联同学在生活上随时帮助他们。在语言上，逼着他们用俄语交流，促进他们提高俄语水平。

郑清和（新疆有色金属公司冶金机械厂厂长、党委书记，机电工程师）：

我们这批从硝烟战场中走出来的军人留学生，只在乌鲁木齐培训了三个月，学习了点儿俄语的基础知识，就匆匆来到苏联。说实在的，当时的俄语水平差到几乎等于零。我们刚到学校的时候,那种有眼不识字、有耳听不懂、有口张不开的苦涩艰难和心理压力,比战争年代的行军打仗和饥寒交迫还要难受,就好像是一群赤手空拳的战士冲上了前线。每天,怀着紧张的心情走进教室,盼望能比前一天多听懂一些。每当上了一天基本什么都没听懂的课,拿着记得残缺不全的笔记走出教室时,感觉头昏脑涨,心情沮丧。一个月下来,我吃不下饭,睡不着觉,十分痛苦。其他同学也和我的心情差不多,大家都说上课就是"坐飞机,听天书"。我们不怕学习上吃苦,就是怕吃了苦还没有学好,对不起祖国和人民,心理压力特别大。

俄语障碍不仅给听课带来困扰,还闹出许多笑话。在食堂买饭发生的笑话最可笑。一个同学拿过菜单琢磨了半天,最后肯定地对服务员说"要这个"。服务员一看,笑得弯下了腰,半天都直不起来。原来,这位同学手指的地方是菜单最下面的"食堂主任"。上街买东西也闹出了不少笑话。一位女同学走进生活用品商店,想买一把切菜用的刀子。不料,她一开口说道:"我想要一个丈夫。"店员听了莫名其妙,但还是一本正经地回答:"我们这里不供应丈夫。"原来,俄语中的刀的发音是"诺士",而丈夫的发音是"慕士",女留学生一紧张,把"诺士"说成了"慕士"。俄语中"матрац"是"床垫",而"моряк"是"海员",两个单词的读音很接近。我们的女留学生到宿舍后发现床上没有床垫,就去找宿舍管理员,说:"没有'моряк',怎么睡觉?"管理员是位老太太,不无幽默地说:"我的天哪,我到哪里去给你找个海员!"女生发音不准确,把"床垫"说成"海员"了,闹了个大笑话。

米哈洛维奇校长为了使中国留学生尽早摆脱语言上的困境,专门开办了俄语强化班,配备优秀的俄语教师单独教他们。俄语女老师四十来岁,中等身材,笑容可掬,很有亲和力。她教课认真耐心,特意放慢语速,句子简短,声音洪亮,吐字清晰,用食物、图片连带手势,图文并茂地生动讲解,逐步培养郑清和他们学习俄语的信心和兴趣。她还邀请一些品学兼优的苏联同学和他们结成"一帮一"的对子,在语言上辅导他们。据郑清和回忆:"不夸张地说,只要是清醒状态的全部时间,包括走路、乘车、购物、吃饭,甚至去卫生间,都在背诵俄文单词或常用句子。睡觉前,要把当天背过的单词过一遍,看看是否还有没有记住的。有段时间连做的梦都是背单词背句子,用俄语对话的情景。"

一年的俄语强化学习结束时,艰苦努力终于获得回报,课堂内容他们基本可以听懂了。第二学年开始,他们终于可以和苏联同学一起坐在教室里上专业课!郑清和就读的是矿山机电专业,包含有基础课程和专业课程。他对机械设备方面的课程特别感兴趣。不光是他,他们这批留学生学习都非常努力。在学院里,起床最早的是中国同学,自习最晚的是中国同学,熄灯最晚的还是中国同学。

苏联大学非常注重培养学生的独立思考和研究能力,鼓励学生勇于表达自己的观点,大学里的讨论课是常见的教学方式。对于这种全新的教学模式,郑清和他们很不适应。刚开始很害怕上这种讨论课,课堂上总低着头,目光不敢和老师相对,生怕被老师点名发言。

讨论课上多了,郑清和发现,对于大胆提问和发言的学生,不管问题有多简单,回答得怎么样,老师都会赞许欣赏。在这种开诚布公的讨论中,得出怎样的结论并不重要,关键是鼓励学生勇于形成自己的独到见解,并且有条理、有依据地表达出来,在激烈的意见交锋中阐述、完善、捍卫自己的观点。这种日复一日的锻炼,对于学生们培养开放交流的心态和坚持己见的勇气是大有裨益的。慢慢地,他们也就放松大胆地表达自己的想法了,也开始主动举手发言。通过讨论课的锻炼,郑清和他们的思考研究能力和语言表达能力都得到了提高。郑清和现在回想起来,他在回国后的工作中体现出来的许多能力,都是当时在大学里"逼"出来的。

苏联大学非常注重学生实践能力的培养,老师们不仅自身有丰富的实践经验,而且在教学中要求学生重视实践,关注细节。比如,一位教机械电器的老师带队到农场支援夏收时,遇到生产队的机械坏了,他二话不说,自己动手开始拆卸修理。

中国留学生出国前几乎没有接触过机械设备,更谈不上动手操作能力,实践经验是他们这些应用科学的中国留学生最薄弱也是最渴望掌握的部分。

学院为促使他们多了解矿山企业管理工作，多掌握工艺技术操作，获得实践知识，每年寒暑假都安排他们到矿山企业参观实习。各科老师还特意为他们制订了具体的实习计划，尽可能多地安排实习课程。

1953年4月，郑清和他们中苏合营金属公司的八名留学生走进了苏联著名的马格尼托戈尔斯克钢铁联合企业（类似我国的鞍山钢铁公司）的大门，开始为期一个月的实习生活。该企业拥有从铁矿山、烧结、生铁、炼钢、轧钢到机械加工等一条龙的生产链，1953年就生产出500万吨钢，是苏联重要的大型钢铁军工企业。带他们实习的师傅很自豪地给他们介绍："卫国战争时期，每三发炮弹中就有一发是我们工厂生产的。"厂方很重视实习生的学习，尽管厂里生产任务繁重，还是安排了各岗位的业务骨干担任他们的导师，一对一进行辅导。从厂长、主任到工人，从一线生产、辅助生产到后勤保障，从产品设计、工艺制造、计划统计、质量监督到财务管理，几乎所有的关键岗位都得到了苏联同行毫无保留的指导。一线技术工人将操作步骤分解成一步步的程序，逐一示范给郑清和他们看，详细讲解每道工序的技术要领，然后让中国徒弟亲手实践，再手把手地纠正，传授给他们许多在书本上学不到的宝贵经验。

1952年9月1日到1956年7月31日在苏联留学的四年，这批中国留学生如饥似渴地刻苦攻读，废寝忘食地不懈努力，终于有了最大的回报——中苏合营金属公司的八名同学以优异的成绩毕业了。

他们虽然是新疆中苏合营金属公司派遣的留学生，但是管理归属国务院高教部。他们按要求到高教部报到，等待分配工作。作为新中国第一代留苏学生中早期学成归国人员，在祖国经济建设处处都急需用人的时候，高教部有意将他们留在冶金工业部工作。1956年8月7日，郑清和他们回到北京的第二天，冶金工业部有色金属工业局领导郭超、罗琪等同志接见了他们，详细询问了他们在苏联的学习生活情况，提出希望他们留在冶金工业部有色金属工业局或者内地的有色系统工矿企业工作。尽管他们留在北京总局有很好的发展前途，留在内地企业有优越的条件和环境，同时有及时赶回老家尽孝照顾父母亲的便利，但思想单纯、意志坚定的他们没有一丝的犹豫，没有片刻的考虑，一致表示：坚决回到新疆工作！因为他们在部队的培养锻炼下成长，随部队进军和平解放了新疆，部队又派他们作为新疆中苏合营金属公司的留学生出国深造，他们一定要回去为新疆工业建设和各族人民做贡献。

1956年10月，郑清和从苏联留学回国后被分配到新疆有色金属公司工作。这一干就是三十五个春夏秋冬，直到1991年2月离休，没有离开过新疆有色金属系统。作为一名与有色金属公司同呼吸共命运的参与者和建设者，他奋斗过，奉献过，感到无比的欣慰和自豪。

五

2020年6月初到10月初，走访可可托海、阜康、乌鲁木齐明园期间，青春岁月、生命光华与新疆有色稀有金属事业难解难分的"老地质""老矿山"贾富义、肖柏阳、沈炳度、曹惠志等同志，买地师傅、阿依达尔汗师傅、巴哈提别克·加斯木汗兄弟等，述说可可托海人和事，都提到一个名字——刘爽。买地师傅说："刘爽，安桂槐、王从义一样的人，我们心里记下了！"

巴哈提别克·加斯木汗指着刘爽的照片对我说："这是一个有大功的人，三号矿脉露天开采他开始的……"

1957年7月的一天，随着一声巨大的轰响，可可托海三号矿脉地动山摇，爆破的作用力掀起山体覆盖层冲上十几米的高空，砂石落在了预定堆积区，三号矿脉整个矿体裸露出来，这就是记录在册的三号矿脉"大揭盖"。刘爽现场指挥完成了三号矿脉定向爆破，三号矿脉开启露天开采新的一页。

1954年，国家有色金属工业局高杨文局长请来辽宁杨家杖

20世纪50年代，时任可可托海矿领导张子宽（右三）、总工程师刘爽（左二）与苏联专家共议方案

子矿务局副局长刘爽面谈，拟调刘爽支援新疆中苏有色及稀有金属股份公司。国家从全国各大企业抽调优秀技术、管理干部支援新疆建设，他是其中之一。

杨家杖子矿务局，是有百年历史的老矿。清光绪二十五年（1899年）开始开采硫化铁，炼制硫黄，后来由私人开办福厚铅矿、兴隆铅矿，开采铅锌矿产。1933年日本入侵，攫取铅锌矿开采权。1940年转为以开采钼矿为主，是中国最早的钼矿产地。1945年后停产。1949年恢复采掘生产钼精矿，兼产铅、锌、硫精矿和钼酸铵。钼精矿质量优良稳定，是中央直属企业，国家"一五"期间一百五十六个重点项目之一。

1954年12月，二十七岁的刘爽携爱妻刘树懿和两个年幼的孩子，冒雪御风西行新疆。

这一年，
风华正茂，
我们正年轻。

杨家杖子也好，三号矿脉也罢，它们有一个共性——共和国矿山的长子。作为长子，建设祖国责无旁贷。

如何提高三号矿脉的采掘速度和矿产产量？刘爽依据地质构成特点，提出三号矿脉由巷道式作业改为露天开采的建议。他的这个建议得到各级主管部门和相关领导的认可，建议被采纳。新疆有色金属公司成立了设计处，刘爽主持进行周密严谨的技术分析和论证，尼肯庭等多位苏联专家参与方案设计、制订。最后，

1957年，可可托海三号矿脉1260水平硐室抛掷大爆破。这是三号矿脉从地下开采向露天剥离开采的标志性第一爆，又称"大揭盖"

刘爽拍板采用定向爆破、揭去矿脉覆盖层的作业方案。露采设计生产规模为年矿石开采量 40 万立方米，年岩土剥离量 80 万立方米，合计 120 万立方米，每年开采细粒钠长石含铍矿石 18.2 万吨。

三号矿脉"大揭盖"成功，为三号矿脉后续安全生产，低成本运营，多出矿、出好矿奠定了坚实基础。

这一年，刘爽年仅三十岁。而立之年的作为令人震撼，留给后世经久不衰的敬仰。

> 这一年，
> 壮怀激烈，
> 英雄自古出少年。

刘爽主政可可托海期间，还成功奠基了一项关系可可托海存亡、发展的基础工程——可可托海水电站。

随着矿山不断发展，可可托海的供电能力、设备系统已不能满足矿山需求。1955 年，能源已成为在技术层面制约可可托海矿山建设、发展的瓶颈。刘爽和苏联专家在充分调研论证、前期勘测、选址的基础上，提出在可可托海西南峡谷、额尔齐斯河干流——海子口，兴建地下水电站的建设性意见。经报批立项，建设可可托海水电站正式列入计划。在刘爽的主持下，地下水电站设计如期完成，1958 年 4 月正式上马建设，历经常人难以想象的艰辛和困难，1967 年第一台机组终于发电。直到今天，可可托海水电站还是我国极寒地区功率最大、位处最深 136 米的地下水电站。

刘爽充满青春、智慧的创造，已融入"绿色丛林""蓝色河湾"，从未走远。

沸腾的群山

1957年11月2日,莫斯科时间下午3时20分,毛泽东率中国党政代表团出席十月革命四十周年庆典的专机徐徐降落在优努科夫机场。赫鲁晓夫快步迎向舷梯。

赫鲁晓夫请毛泽东入住捷列姆诺依宫,这是苏联给毛泽东一行的特殊礼遇,出席庆典的其他客人都被安排在莫斯科郊外的别墅。初冬的莫斯科已是寒气凛凛,主人如火的热情冲淡了寒意。

为毛泽东这次出访,7月上旬,赫鲁晓夫派主席团委员米高扬秘密来华。

1956年,东欧出现反对苏联控制的波兰、匈牙利事件;1957年6月,苏共党内莫洛托夫等元老又要求推翻赫鲁晓夫,赫鲁晓夫在控制了军队的朱可夫元帅支持下击败了多数中央主席团成员,却仍未摆脱内外交困的处境。赫鲁晓夫曾不止一次说:"在那个时候,我们很需要中国的声音。"

这就是米高扬7月秘密来华的背景。中共中央公开表态支持苏共中央的决定。

米高扬秘密访华后,聂荣臻旋即提出,借助赫鲁晓夫政治上的对华诉求进一步交涉核技术援助。

其实早在1954年赫鲁晓夫来华时,毛泽东曾主动提出过是否能在核弹、导弹技术层面提供帮助,苏方婉拒。赫鲁晓夫打了圆场:同意先帮助中国建造一座小型原子反应堆。1954年10月3日,在中南海颐年堂举行了一次中苏两国最高级别会谈。这是五年来中苏最高领导人的第一次会晤。赫鲁晓夫后来对这次会晤的回忆是这样的:

> 每当我们要改变话题时，中国人就送来茶——请喝茶，请，请……按照中国的文化习惯，如果你不立刻喝光，他们就会把杯子拿走，再泡上一杯，放在你面前——如此不断重复。

日本在广岛、长崎遭到原子弹"小男孩""胖子"的毁灭性打击后，被迫无条件投降。无论苏联的斯大林，还是中国的毛泽东，都认识到新式武器原子弹令人恐惧的威力。毛泽东阐述原子弹的重要性时说："没有原子弹和氢弹，我们说话就没人理。"

艰苦卓绝的抗战，朝鲜战场美军火力造成的巨大伤亡，更让中国高层认识到军事现代化的紧迫性。

1955年1月的第二周，中国核武器计划决策启动。周恩来邀请核物理学家钱三强，主管相关事务的薄一波，地质部李四光、刘杰，在他的办公室开会。会上，物理研究所所长钱三强向周恩来讲解了原子弹原理，汇报了中国核研究现状。周恩来还向刘杰询问了有关铀的地质学问题。

1955年1月15日，毛泽东主持召开中央书记处扩大会议，讨论实施核武器计划的必要性和可能性。物理学家钱三强，地质学家兼地质部部长李四光，地质部党组书记、副部长刘杰应邀出席会议。紫禁城中南海会议室成了介绍核物理和铀矿地质学的大课堂。在这次会议的基础上，政治局通过了核武器计划。这项计划代号为"02"。中国高层对"02"计划达成了共识：计划开始时要集中精力抓中国铀矿储量普查和科学基础建设。

在此次会议后的几个月里，核计划的内容和方向逐步明确，地质部部长李四光领导的主管铀矿地质勘探的三局组建了两支勘探队——三○九地质普查勘探大队、五一九地质普查勘探大队，两支勘探队有十个地质分队，一千多名成员，派遣勘探队伍奔赴新疆、湖南。

张爱萍回忆，"1956年党中央确定研制导弹和开发原子弹，为国防现代化的两个关键项目"。

米高扬秘密访华后，聂荣臻的提议经周恩来请示毛泽东做出安排。这一次苏方反应迅速，苏联驻华顾问阿尔希波夫代表政府回应：同意。

苏联解体后解密档案记载，1957年赫鲁晓夫不顾军方坚决反对，决定向中国提供原子弹生产技术，帮助建立核工厂。

1957年9月，聂荣臻率团访苏。10月15日，中苏两国《关于生产新式武器和军事技术装备以及在中国建立综合性的原子工业的协定》，即"新技术协定"在莫斯科正式签订。这一协定约定，苏方将于1957—1961年底，供应中国原子弹的教学模型和图纸资料，供应中国导弹样品和技术资料。

同年11月，毛泽东如期抵达莫斯科，庆祝十月革命四十周年，出席各国共产党、工人党代表会议，在大会发言中支持赫鲁晓夫战胜"反党集团"，拥护苏联在社会主义阵营的首要地位。

1955—1958年，在核科学技术和核工业领域，中苏两国政府共签订了六个协定，涉及在铀矿普查勘探和核物理研究方面的合作和援助，援助中国建设一批原子能工业项目和核科学技术实验室，在核武器研制方面的国防新技术协定。

苏联对华提供了P-2导弹作为中国导弹事业起步的最早样品。1958年，苏联向中国提供了所需核工业设备，派出近千名专家，建成了湖南和江西的铀矿、包头核燃料棒工厂以及酒泉研制基地、新疆核试验场。

一

康湖川是位"核二代"，据他回忆，从他记事的时候起，父亲就常年在外，很少回家。他祖父说，父亲从西安地质学校毕业后直接被分配到了新疆。那时，正值我国第一个五年计划的实施期，工业要发展，地质勘探要先行。大西北地域辽阔，资源丰富，开发的潜力巨大，康湖川父亲他们那一批刚出校门的学子正好派上用场。

康湖川从小跟爷爷奶奶生活，因为条件限制，长到七八岁时才被父母接到身边。父母新疆的家在乌孙山的一条山沟里，本地人叫它"达拉地"。沟里有一条不大的小溪向北常年流淌，最后在一个叫"喀拉塔其木"的小村边汇入伊犁河。由沟口曲折向南，可一直到达长满松柏杉树的坡顶端。沟长达几十公里，以沟内小河为界，东西跨两县，河东归巩留县辖属，西边是察布查尔锡伯自治县的地盘。沟东边的坡地和山脚下零零散散地居住着一些哈萨克族牧民。沟西边的宽阔处，依山就势，错落有致地盖了一排排的新房子。这些新房子有的是生活区，有的是工业区。工业区的新房子不多，正在建设中。用来居住和办公的新房子，有的还盖着红红的铁皮屋顶，房子有长长的走廊，有些房间门窗高大还铺着地板。那时候的康湖川听大人们说，这是"老毛子"的建筑式样。谁知道这块看似荒芜的山沟里，地下埋藏着数百万吨的煤，更重要的是煤层的深部含有国家急需的放射性金属——铀。

铀是核工业最基本的原料，发展核工业首先要抓铀矿资源的勘探。1955年4月，刚刚成立的地质部三局在国务院第三办公室的统一领导和组织下开展全国地质勘查工作。为迅速建立铀矿地质队伍，中共中央、国务院先后发出通知从中央各部委、各省市自治区抽调近五百名管理干部和专业技术干部，同时从朝鲜归国的志愿军中抽调五百多名无线电通信兵，以及部分高校相关专业师生，以上述人员为基本骨干，很快就组建了两支普查勘探大队，其中一支就是五一九地质普查勘探大队。

五一九地质普查勘探大队初探工作期间实行的是专家挂帅。在专家的技术支撑和指导下，五一九地质普查勘探大队第一分队来到了乌孙山里的达拉地沟进行实地初探。因为有前些年苏联人的线索引导，工作进行得异常顺利。真是不探不知道，一探吓一跳，异常点连片延伸。探情上报后，上级部门立即决定：加大力度，从各地抽调人员。此时伊犁州地方政府的支持也同时到位，从提供后勤保障开始，先后分批抽调选派急需的临时工进入现场。有了这些基础条件做保障，没过多久，新疆境内第一个具备工业开采价值的大型铀矿被确认。随后，在达拉地沟西边的蒙其古尔铀矿又被发现并确认。达拉地沟地下含铀煤层矿脉，专家说，生成于距今二百多万年前的中生代侏罗纪时期。

1955—1960年是五一九地质普查勘探大队的初创期，当时主要是在苏联专家的指导下学习技术，锻炼队伍，普查找矿。在新疆境内有多个分队展开初探，采用较为简单的地质、物探联合，路线穿越式的踏勘性区域调查。那时中国国内还未建立专门组织或机构进行找矿方法和手段的研究，一切照搬苏联人的办法，所以在建队初期配置了数架直升机，用于配合地面踏勘和后勤保障。

此时，五一九地质普查勘探大队参与详探的工作人员已发展成几千人的队伍了，详探手段主要是槽井探、钻探、硐探。槽井探也称"地表坑探工程"，在当时是以人工手掘槽沟，通过坑道作业，其工作量大而繁重，所有这些都明显反映了事业初创时期的工作特征。尽管如此，好消息却不断传来。

康湖川（"核二代"，就职新疆矿务局七三〇矿、七三四厂）：

有一件事我记得很清楚，当年五一九队所有的钻探岩芯标本都要远运归集到西安临潼库存、保管。记得是1973、1974年间的时候，家父和同事到西安取标本资料，矿上还专门为他们配了手枪随身携带。

他们那代人有担当，一心扑在工作上。记得我十来岁的时候，每天都要给远在两三公里外钻机工地上的父亲送饭。到地方后，父亲把饭放在野地里的一堆余火上热热。可想而知，一个孩子从家走到钻机工地，还是山路，最少也是半个多小时。工地上的工人大多是自带饭。那时的生活水准吃饱就不错了，母亲尽可能让干活儿的人吃点儿顶事的干粮，她和孩子们经常吃土豆玉米面熬的粥。我经常学娘碗空后舔一遍，直到前些年女儿还嘲笑我。父亲在钻机工地上是负责岩芯检测。不知您见过没有？从钻机里取出来，一截一截平放到一个个事先备好的专用木箱子里，木箱边上父亲用毛笔标注上编号及深度位置，有时还摆到一张专用的临时木桌上，手里拿着放大镜，旁边还有助手帮着记录。那时钻机场是两班倒，如果夜班父亲就自己带饭。

1960年，我到矿上的第一年，驻在矿山的苏联专家小组走了，一夜之间全走了。他们走的时候，拿走了全部的图纸资料。不久人们便得知，矿山建设急需的仪器设备人家也违约停供了。达拉地铀矿山基地的建设，被迫停了下来。

五一九队一队的大部分人员随着国家经济调整，被调派到甘肃新的矿点上，留守人员负责管护矿产及井下抽水值班等一些日常维护工作。家父因此前参加核工业湖南衡阳的铀矿山攻关大会战未归，我家被暂留下来。往日的那种人来车往，从矿山各个角落里迸发的热闹景象显得平静了许多。由于停产限电，一到夜晚许多闲置不用的区域里甚至出现了狐狸的身影。过去一块儿上学玩耍的小伙伴，一下子少了许多，能凑到一起玩打仗的男孩子更是所剩无几。

二

李盛兴是1956年转业到可可托海的，在可可托海矿务局一直工作到离休。我见到他时，已经是九十一岁高寿的老人，心脏装着起搏器，因为矽肺病需要吸氧。老人家乡音难改，我在他长女李洪敏、儿子李宏斌的协助下完成了采访。

李盛兴祖籍广东信宜农村，1930年夏天出生。七岁时，父亲给人盖房从房上掉下来摔死了，母亲一个人带大了他和弟弟。因为家里穷，他十二岁就参加了游击队，后来整编到中国人民解放军第四野战军。朝鲜战争时，他们越过鸭绿江抗美援朝，李盛兴作为机枪班班长，在朝鲜经历了残酷而难忘的对阵。战争结束后，他们一百多号人转业到了可可托海。李盛兴先是被分到七〇一地质勘探大队，进行野外探矿。后来又被调到宝石队，担任支部书记，人工选矿。"文革"开始后，他又被弄到四矿山里伐木头。回来后，依旧领着人拣宝石。

李盛兴（复员转业军人，在可可托海矿务局工作）：

打钻……开始不懂，当小助手。师傅张继兴，青海人，人好！钻机班长，教我。我好学，脑子快，零件坏了，我很快换好，继续干……围着山头转，转了一辈子……

宝石，狡猾，藏大石头里面。羊角榔头，取宝石，还苏联债……

（人工拣宝石是很苦的，哪个人的手不是胶布裹了又裹，你看我父亲的手，到现在老茧子还没蜕光呢！我妈的一双手看上去还要难看。我妈拣宝石，剥云母片，一双手缠满胶布，一年四季，风吹日晒，冬天零下几十度还是在露天地里干活儿，让人心疼得很。）

老母亲，对不起，没有尽孝……

（父亲常常看着奶奶的照片流泪，说没有尽孝。父亲少小离家出来，只有叔叔照顾奶奶。抗美援朝回来后，奶奶很想让父亲回老家，可是哪能呀，听党的话呀，一下子就拉到新疆了。父亲转业可可托海后，回广东老家找了我妈。一说是抗美援朝回来的解放军，家乡的人都崇拜呀。父亲比我妈大九岁。1958年有了大姐。我妈生大姐时刚十九岁，父亲快三十岁了。二姐1962年生的，最困难的时候。1964年又有了我。终于有儿子了，父亲和奶奶很高兴。小时候的记忆，一个是冷，还有就是饿。真吃不饱，天天喝稀粥。我妈常说，好久没吃饭了。广东人白米饭才算饭，别说白米饭了，掺玉米高粱的馍馍能吃饱就高兴了。听父亲说，最困难的时候塔城的战备粮都拉来了。一发工资，先给奶奶寄五块，给外婆寄五块。父亲想奶奶，他离休后一趟趟回广东，但是没有叶落归根。奶奶去世后，父亲回老家处理完奶奶的后事就急着回新疆。其实呀，新疆，可可托海，已经是父亲的老家了。饮食早习惯了羊肉、拉条子，米饭不怎么吃了。他们这一代人，最让我们佩服的就是始终如一的信念，哪怕是说过去的苦日子，都是那么乐观。我长大问过父亲："'文革'谁打过你？"父亲从不说什么，笑笑："你还要去报仇啊！"这把年纪了，矽肺病越来越重，离不开氧气，起搏器十年一换，换了两次了。该讲究还是讲究，衣领笔挺，军装、制式外套，一定系风纪扣，还戴党徽……）

打游击的战友，唤我回老家……抗美援朝的战友，在可可托海，一百多号人……

2021年3月，接到李盛兴前辈的长女李洪敏的电话：父亲于2021年3月2日在乌鲁木齐家中过世……

三

1953年，又一批应届毕业生被选派到苏联学习。兰州工业学校当年应届毕业生中有九名被选上，其中就有吴焕宗。恰逢此时兰州正在演出苏联话剧《曙光照耀着莫斯科》、电影《列宁在十月》，这让他们非常高兴，天真地认为苏联的今天就是我们的明天。

1953年8月12日，他们乘飞机到乌鲁木齐（当时叫迪化），参加集训，与新疆当地选派的少数民族同学会合。飞机是中苏民用航空公司的，飞行员是苏联人。吴焕宗他们第一次坐飞机，十分新奇和兴奋。

10月下旬，中苏有色及稀有金属股份公司的专车送他们到苏联哈萨克斯坦加盟共和国首府阿拉木图。第二天到阿拉木图，当晚12点到机场候机，凌晨3点起飞，在卡拉干达市和阿克莫林斯克停靠，晚上10点才到目的地斯维尔德洛夫斯克，也就是后来的叶卡捷琳堡。

吴焕宗他们一行被安排在斯维尔德洛夫斯克矿冶专科学校学习，前身是刚刚更名的乌拉尔有色干部培训学院。这个学校已经连续三年接收中国留学生，中国留学生和苏联学生混合住宿，便于学习俄语和交流。吴焕宗与文新铭，同班的苏联同学范启扬、铁尔诺夫斯基四人，被分配到三楼的一间宿舍。

吴焕宗他们的俄语学习从零开始，学校给每三个中国学生配一名俄语老师。吴焕宗和范家琪、卢恩怀为一个小组，老师叫叶莲娜，漂亮端庄，对他们非常有耐心，又很热情。学俄语最大的困难是语法，俄语语法有格和位的变化，有性别和时间的变化，开始他们非常不习惯，但也只能当作硬骨头硬啃、硬记。

学习俄语一年后，他们开始分班分专业。学校设置的专业比较多，吴焕宗在兰州工业学校的专业是机械，和采矿专业比较接近，所以选了采矿专业。他们采矿班有三十八人，其中中国学生有六人。

留学这几年，他们参加了两次专业实习。第一次是1955年到俄罗斯克拉斯诺乌拉尔斯克铜矿实习。这个铜矿储量大，矿种多，技术在当时比较先进，在苏联占有重要地位。在井下，他们见到了真正的矿房、竖井、斜井、盲井、平巷、通风机房、水泵房，以及各种矿山机械。先跟着苏联师傅学习采矿工作的基本工序——打眼、放炮、电起爆器和手工点火；学习凿岩机的操作要领，根据岩石的情况，掌握炮眼的方向和深度，计算炸药的用量和装药的方法，保证安全。这个过程大约一个月，师傅手把手地告诉他们要领。一个月后，他们开始跟着值班工长学习值班长的工作。幸运的是带领他们的实习老师斯科雷宁曾经在可可托海矿担任过苏方矿长，对中国有很深的感情，对他们六个中国留学生特别照顾。

第二次实习是冬季在哈萨克斯坦的肯套铜矿。给他们留下很深印象的是在一次实习结束返回斯维尔德洛夫斯克途中，在奥伦堡一带，大雪阻塞了前方的铁轨，无法前行，清理积雪用了十多个小时。

两次专业课的实习，使吴焕宗他们对苏联矿业有了初步了解，使学校书本知识和矿山开采的实际情况有了对接。

1957年，吴焕宗他们毕业了。在斯维尔德洛夫斯克上车，他们乘莫斯科至北京的直达列车，经过四天四夜，终于回到了祖国的怀抱。一路上都是一望无际的西伯利亚大平原和远东原始森林。回到北京，有些同学已经分配到地质部、煤炭部，还有的同学分配到湖南长沙冶金工业部某科研单位。吴焕宗觉得他们是新疆派出去的，便要求回新疆。当时，苏联专家都在撤回，新疆有色金属公司急需懂专业的技术人员和管理人员，迫切希望他们能够回到新疆工作。冶金工业部和高教部对他们的要求非常支持，表扬了他们支援新疆、建设新疆的热情。

1957年10月，吴焕宗一行回到了乌鲁木齐。吴焕宗直接提出要到基层工作，随后他和范家琪被分配在阿勒泰矿务局，侯启光和沈兆澍分配到物探队，卢恩怀分配到喀什矿务局。

阿勒泰矿与可可托海三号矿脉相比，由于矿体规模不大，分布分散，交通不便，开采条件更为困难，见之于报道也少，但是同样在国家建设中做出了突出的贡献，建设者在矿山建设中付出了艰苦努力甚至生命。阿勒泰矿包括群库尔矿、巴寨矿、哈拉苏矿三个矿山，主要开采稀有金属铍矿（俗称"绿宝石"）和钽铌矿（俗称"黑宝石"）。钽铌被称为"宇宙太空时代的稀有金属"，它的合金被广泛应用于火箭、人造卫星、航天飞机制造，为我国第一颗原子弹、氢弹成功爆炸和人造地球卫星上天立下了不朽功勋。群库尔矿生产规模较大，年产量占阿勒泰矿的70%以上。

由于吴焕宗坚持到基层第一线去，矿领导便分配他到群库尔矿，范家琪被分配在矿部地测科。吴焕宗和刚从东北地质学校毕业的张守仁一同到群库尔矿报到。群库尔矿下属有四个矿段，分布比较分散，一矿段和二矿段相距比较近，相隔一个山头，都使用地下和露天开采相结合的开采方法；三矿段和四矿段相距较远，还要步行，翻山越岭，都是分散的小矿点，是露天开采。吴焕宗被分配到山背后的二矿段，张守仁被分配到更远的四矿段。

二矿段有露天和地下两个部分，有发电机房和压缩机房，用机械开采。埋藏较浅的矿体露天开采，先把地表土层和无用的岩石剥离掉，露出矿体再开采；埋藏深的部分采用井下开采，首先由地质人员确定符合开采品位矿体的位置和方向，打巷道直奔矿体，用爆破的方法，把矿石装入矿车，再由人工推车运出硐外，把矿石倾倒在矿尾堆放。通常被他们称为宝石的绿柱石，与花岗伟晶岩、石英、云母共生，一般个体都不大，由于爆破的原因，绿柱石和周围岩石同时破碎，石头多，宝石少，大块宝石20厘米左右，小块的蚕豆大小，甚至米粒状的颗粒，颜色有绿色、蓝色、灰色、褐色等。如果破碎程度不大，可以看见明显规则或不规则的六方柱形，非常漂亮。选矿工作就是从破碎的岩石中，手工选出宝石，装袋运到宝石库房，过秤，打包待运。吴焕宗到矿上先参加实习，参与露天和井下开采各个工种的工作，肩负打钻、爆破、推车运输、选矿、安全工、值班长的工作任务和职责。矿上的同事都比较年轻，有维吾尔族、哈萨克族、朝鲜族、乌孜别克族。尼亚孜别克是地测科技术员，海以沙是保卫干事，木拉特是选矿组长，库纳皮亚是宝石库主任，大家到野外出差，住在一个帐篷，关系都很好。

吴焕宗（高级工程师，可可托海"矿一代"，伊犁"核一代"）：

刚到矿上很不适应，海拔高，走路感觉头晕目眩，胸闷气短，喘不上气。

我在群库尔矿工作八年，担任过一矿段和二矿段的矿段长。担任生产股长的时候，为了制订生产计划，走遍了群库尔矿的每个矿段和每一个采矿点。每个矿点的地质情况都不同，采用的采矿方法也不尽相同。每个矿点我们根据不同的特点起了名：白桦山、陡坡、陀伦沙子、可可沙子……四矿段在库马拉山，有四个采矿点，分得散，大都是鸡窝矿、蜂窝矿，而且山势陡峭，骡马都难以到达。这一带发现了露头矿或者是埋藏不深、宝石品位达到开采标准的矿脉，就标定位置，在矿点附近挖开一块平地安营扎寨，搭帐篷，挖地窝子，用树枝、树条搭成床。这里没有条件机械采矿，只能手采，大锤和钢钎，手工打钻，爆破，选矿。采矿工具、爆破器材和生活物资全是人背肩扛，土豆、萝卜、面粉，趁着下雪前运到山上储备好。我在陀伦沙子时，小组长叫阿凡提，维吾尔语的意思是"有智慧的人"，四十岁出头，会简单汉语，野外找矿、采矿非常有经验。他能根据周围环境和岩石的情况，大体上判断有没有宝石，且身强力壮，背上几十公斤的物资跋山涉水，不在话下。一个小组九个成员，住一个窝棚，挤在树枝子搭的大通铺上。采选后的宝石背到矿段集中，再运到群库尔矿部，待到七八月雪化完，用汽车运到阿勒泰矿部集中，然后运到布尔津码头，最后由轮船顺额尔齐斯河运到苏联。

在山上，矿工最盼望三件事：第一件是夏天秋天能吃上运到山上的新鲜蔬菜；第二件是盼望矿部的电影队来山上放几场电影，这是寂寞的山上能享受的唯一娱乐活动；第三件是夏天到来，好客的哈萨克牧民从福海赶上牛羊骑上马转场到群库尔雪线下的夏牧场，矿上的人利用休假时间到牧民的毡房里喝新鲜奶茶，听牧民弹冬不拉，也能吃到牧民煮的美味可口的清炖羊肉。这对常年生活在与世隔绝的矿山，没有机会下山的矿工来说，是最大的精神和生活享受。每年的这些日子如同过节一样，大家心情格外愉快。

面对西方封锁，立足"自力更生"国策，20世纪50年代中期，中国地质普查大规模推进，发现、探明了一批关系国家经济发展、战略安全的大型、特大型矿产资源。仅新疆阿尔泰区域可可托海、柯鲁木特、阿斯喀尔特、库卡拉盖、群库尔等大中型锂、铍、钽铌、白云母等稀有金属矿产资源已让世界瞩目。

如今已经八十四岁高龄的高工吴焕宗说起当年发现铯榴石矿脉时，欣喜之情仍溢于言表。"民工先在阿勒泰东北10公里处发现了一处品位富、质量好的单一锂辉石矿脉。又在群库尔上山达坂和阿祖拜交界处发现了一处矿脉，矿脉中有一种白色晶体矿石，我们不了解它的成分是什么。地质科化验分析后确认白色晶体矿石是以铯榴石为主的矿脉。这在阿勒泰矿开采历史上从未有过，自此增加了一个重要的稀有金属新品种。中苏合营时期阿勒泰矿只生产绿柱石、钽铌矿，苏方股份移交中方后，阿勒泰矿新增加了锂辉石、铯榴石两个稀有金属产品。"

山里的路看着快到了，但翻过这座山又是那座山，深一脚浅一脚地你就走吧……走得又渴又累，腿拖不动了，突然有了发现，一下子浑身是劲！地质工程师贾富义告诉我，退休都这些年了，梦里还是山里探矿时的情景。20世纪50年代从长春地质学校毕业，贾富义就到了可可托海。那时，他还是个对啥都好奇的年轻小伙子。

七三四厂总工程师、北京五所所长、中国核工业"老将黄忠"禄福延话说当年，手中的伽马仪"嘎巴、嘎巴"声突然变成了急促的"嘎嘎嘎嘎"声，年轻的队员就会一下子蹦起来！这是探测到岩石、地底下有金属铀的声音！那是怎样的激情岁月啊！

新疆也是我国发现铀矿最早的地区。铀是发展核工业最基本的原料，铀矿资源勘探是核工业发展的基础。

1955年春，五一九地质普查勘探大队奔赴伊犁河谷，在苏联专家早年铀勘探的基础上，跋山涉水，风餐露宿，为祖国寻找矿藏。

> 地脉至此断，
> 天山已包天。
> 日月何处栖，
> 总挂青松巅。

天赐之山给这一方生灵恩泽。源于天山北麓的伊犁河，蜿蜒拥揽天山娇养的娃娃——伊犁河谷。伊犁盆地南、北、东三面环山，只在西边轻启芳唇，得享北冰洋湿气流滋养，出落得绿意盎然、典雅柔美，得"湿岛"之称。而这湿岛表象下，却有着炽热的埋藏。

伊犁盆地位于哈萨克斯坦—准噶尔板块与塔里木板块夹持的伊犁微板块上，在南北对冲挤压应力作用下形成大型山间拗陷盆地。在元古界和下古生界，盆地为浅海相碎屑岩及碳酸盐岩沉积；在上古生界，为海相火山喷发沉积和海陆过渡相碎屑沉积组合，上古生界火山岩和海西期花岗岩构成了盆地的直接基底。

盆地基底在石炭—二叠纪经过断裂、拗陷、挤压、褶皱等系列构造活化作用形成富铀地质体。二叠纪末期，周边山系逆冲推覆抬升，引起盆地萎缩。蚀源区富铀地质体大面积暴露，遭受风化淋滤，大量的铀从基底岩石中活化迁移，在三叠纪得到了初步富集。侏罗纪时期，盆地内发生了广阔地区的夷平沉降和断陷沉降，现今盆山构造格局至此基本形成。

三叠纪至早中侏罗世，伊犁盆地的古气候由干旱—半湿润转变为温暖湿润气候，使含矿建造中形成的大量有机物得以有效保存，为后期还原障的形成提供了地球化学环境基础。到晚侏罗世时，盆地南缘相继发生地壳抬升，古气候随之转向干旱，含矿建造被抬升至近地表，因而侏罗纪也是伊犁盆地的沉积成煤期。

初战告捷，五一九地质普查勘探大队在伊犁河谷侏罗纪煤系含铀矿脉获得线索，最终在达拉地沟发现、探明隐伏含铀煤矿床。不久，又在达拉地沟以西蒙其古尔发现大型铀矿脉。同时，天山北麓喀什地区也发现了大型含铀沥青砂岩型矿床，展现了新疆地区探寻砂岩型铀矿的良好前景。

1956年，五一九地质普查勘探大队二十四分队在和布克

阿勒泰三矿柯鲁木特选矿厂

赛尔蒙古自治县白杨河找到了晚古生代火山岩系形成的铀矿床,是我国首次发现具有工业价值的火山岩型铀矿床。

1958年,五一九地质普查勘探大队编制完成1∶100万新疆铀矿成矿规律图,对了解新疆铀矿矿化空间分布特征有重要指导作用。

在历史时光的磨砺中,人们找寻、体认着山川大地脉络之音的神秘和价值,自然给予的辉映深入人心。

群山沸腾!

卷二

荣光与梦想

掀起你的盖头来 ·· 103
可可托海夜话——石头讲述的故事 ·· 131
今夜星星点灯 ·· 141
在路上，地不老天不荒 ·· 152
你是我的传奇："111"—"115" ·· 170

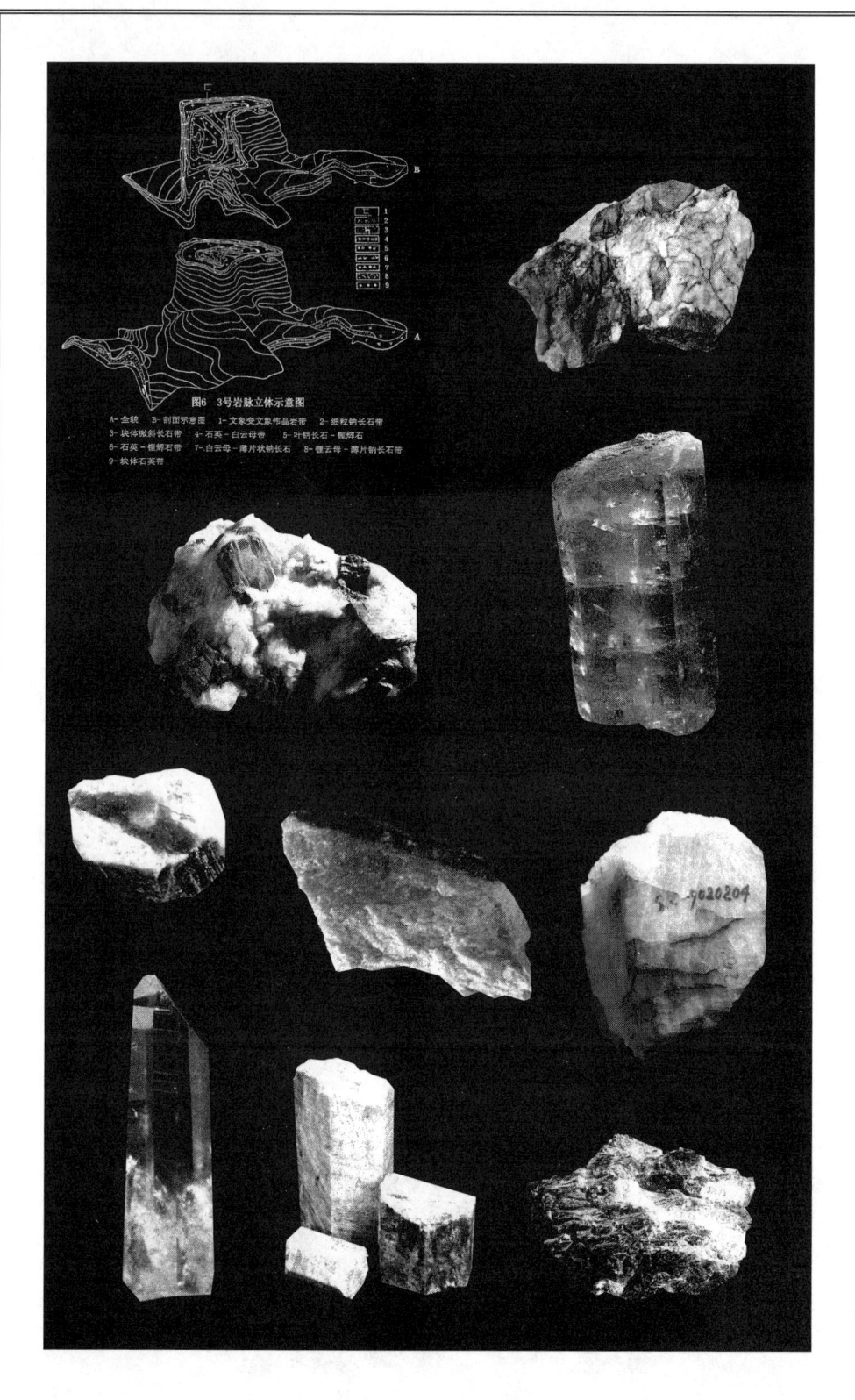

图6 3号岩脉立体示意图
A-全貌 B-剖面示意图 1-文象变文象伟晶岩带 2-细粒钠长石带
3-块体微斜长石带 4-石英-白云母带 5-叶钠长石-锂辉石
6-石英-锂辉石带 7-白云母-薄片状钠长石 8-锂云母-薄片钠长石带
9-块体石英带

稀世珍宝 国之秘藏

掀起你的盖头来

如果说，可可托海是中国有色稀有金属百舸争流的洋面上引人瞩目的一支舰队，那么三号矿脉就是这支舰队鼓满风帆的旗舰。

可可托海三号矿脉，天赐恩泽，素以"地质圣坑""世界地质博物馆""研究矿床学的天然实验室"享誉海内外。因其助"两弹一星"推动中国战略崛起，维系多极世界的战略平衡，被国人称为"功勋矿""英雄矿"。

人类已知构成地壳的矿物有三千多种，由一百一十八种化学元素结构而成。可可托海三号矿脉拥有其中的八十六种。可可托海矿田处于阿尔泰加里东—华力西造山带中轴部、西伯利亚板块与准噶尔板块之间，经新元古代、早古生代大陆裂谷期、石炭纪碰撞造山期等多阶段构造演化，稀有金属矿化普遍。其稀有金属锂、铍、钼、铷、铯、铪、铀、钍占矿山储量九成以上，铍资源量居国内首位，铯、铀、钽资源量亦在全国前列。可可托海三号矿脉，长约2000米，走向310°—335°，倾向南西，倾角10°—40°，总体形态特征由下部倾斜部分和上部近乎直立的岩钟体构成。岩钟体具有独一无二的同心环带状构造，是举世公认结晶分异作用最完善的典型伟晶岩脉。由于三号矿脉结晶分异完全，自交代作用强烈，规律性强，含矿花岗伟晶岩熔浆晶出过程中，为稀有金属富集提供了非常有利的外在条件，富矿"共生—结构体"矿化含量比矿脉原始平均值高数倍乃至十数倍，生成具有工业意义的矿床。规模之大，矿种之多，品位之高，成矿层次之分明，储量之丰富，为世界罕见的超大型伟晶岩矿脉，与加拿大贝尼克湖坦科伟晶岩、津巴布韦比基塔伟晶岩齐名。

出自可可托海三号矿脉的"好看的石头"令人大开眼界：16公斤重的

海蓝宝石、17公斤重的黄玉、60公斤重的钽铌单晶矿、500公斤重的水晶、12吨重的石榴石、30吨重的绿柱石晶体。最引人瞩目的是被称为"宇宙时代的稀有金属"、俗称"黑宝石"的钽铌单晶矿，通体黑得透亮，钽铌含量超过70%，世所罕见。

最清楚它价值的当数热切关注的"邻居"。

从沙俄到苏联，可可托海"好看的石头"一直被惦记着。沙俄地质勘探自18世纪涉足阿尔泰，对阿尔泰的矿藏资源开始由浅入深地认知，后来随时代科技发展深度利用。可可托海诸多名矿的前身——阿牙阔孜拜矿、阿依果孜矿、阿图拜矿等一直是其关注的焦点。可可托海独特的花岗伟晶岩脉吸引着世界顶级学者，推动着世界地质科学研究的发展。苏联地质学家K.A.弗拉索夫、A.A.别乌斯、H.A.索洛多夫、M.B.库兹明科、谢维洛夫、丘洛契尼可夫、列昂杰夫等先后对三号伟晶岩矿脉做过矿物学、地球化学和矿床地质学研究，发表多篇论文和专著。K.A.弗拉索夫在可可托海期间研究的基础上提出伟晶岩共生构造分类解，这一科研成果奠定了他在世界矿物科学界的地位。苏联科学院副院长A.A.别乌斯教授专程到中国阿尔泰可可托海考察，完成专著《铍》。

可可托海的矿藏无形中助推了苏联航天军工核工业等领域的发展。苏联人在可可托海主持的勘探、开采一直持续到1954年12月31日。

1955年1月1日，可可托海矿区全部企业包括三号矿脉移交中国独立生产、经营。

可可托海纪年翻开了新的一页。

"可可托海"，中华人民共和国地图上不见这一地名，它被保密代码"111"替代。

贾富义（可可托海地质工程师）：

毕业后我去了哪里，父母一直不知道，我寄信的地址是邮码代号"111信箱"。我爹打信问我，这个"111"到底在哪儿呀？直到1995年，中国地图上又有了"可可托海"，几十年完全与世隔绝，隐姓埋名……

曹惠志：

  野外收队，回到矿部。正在办公室忙着，突然间有人闯入，让每个人原地不许动，宣布保密检查，翻查办公室抽屉等，紧接着回宿舍，打开个人行李包，搜查完毕，宣布解除。50年代，矿山严格执行保密制度，经常突击性抽查。通信地址设保密信箱，矿产品有保密代码。

  1964年罗布泊荒漠上空的第一朵蘑菇云，1967年罗布泊上空神奇的"太阳"，1970年的天籁之音《东方红》，是对所有疑问的回答，是所有价值在共和国天空的片刻彰显。

  可可托海三号矿脉亿万年晶化璀璨的绿柱石、锂辉石、铯榴石、黑宝石……见证着人与天地物宝互认、砥砺淬炼、成就与被成就、入地上天的奇迹。

  坎坷几番，艰难几度，敢问路在何方？路在脚下。

一

  在可可托海工作过的人都知道，三号矿脉经历了一段艰难的开采史。据中苏有色及稀有金属股份公司第一位中方采矿技术员、可可托海矿务局副总工程师何儒回忆，中苏合营初期，因为对三号矿脉没有整体开采规划，而是将一座世界级典型的花岗伟晶岩矿床在其较富集的绿柱石、锂辉石、钽铌铁矿含矿带优先开挖了两个矿场进行开采，导致掠夺性开采，对矿山毁坏严重。随后，为偿还苏方外债，又对三号矿脉进行了强化开采，导致三号矿脉被开采成一百余米宽、一百余米长的露天深坑，露天开采剥离严重失调，被迫停止了开采。

  矿务局为了恢复三号矿脉生产，将三号矿脉西北边坡平台作为重点剥离工程，派何儒会同一矿共同指挥这一重点工程。当时在露天西北边坡剥离平台采用的单一深孔凿岩爆破方法，因该地区岩石结构原因，每次爆破后在平台上产生大量大块岩石，在平台根部留下硬根，严重影响了电铲运矿汽车的作业效率。为了消除大块、硬根，每次爆破后还要进行二次凿岩爆破。

曾任可可托海矿务局总工程师、新疆有色集团副总工程师的刘灏也是这段历史的见证人。1952年春，正值国家建设急需科技人才，他从华北大学毕业后一腔热血，进入中苏有色及稀有金属股份公司，投入到了即将开始的第一个五年计划。他先被安排在三号矿脉实习。那时三号矿脉开采规模很小。矿段标高海拔1186—1302米，1190米以上是露天开采，以下是竖井开采。当时没有正式的矿山设计，露天矿西高东低，碰上哪个矿层就采哪个。刘灏从1955年开始搞矿山建设，1958年成为一矿的总工程师。

杨云新（曾任可可托海总会计师，刘灏夫人）：

为还苏联外债，冶金部号召"加快开采，抢出产品"，苏联只要可可托海的锂矿和钽铌矿，他们搞核工业和航天工业急需的原料嘛。赶进度，搞产量，很多采矿平台挖断了、破坏了。结果没两年矿山停摆，不得不大工程量剥离、整修采矿平台，重新进行矿山设计。

大会战还外债那些年，可可托海真是做出了很大牺牲呀！当时技术设备落后，凿岩作业时为了降尘，从钻杆注水进去。可可托海的冬天滴水成冰，钻头打滑，影响进度，只好打干钻。谁都知道粉尘的危害，但是没有什么好办法。和我们刘灏一起工作的几十个工程师，大多得了放射性矽肺病。

辩证地看，人类对客观存在的认知都有一个逐渐精确、深入的过程。而历史地看，出于欲望、利益诉求，人类对客观存在的改变往往是功利而罔顾事物发展规律的。三号矿脉的开采也是如此。据《新疆通志·有色金属工业志》记载：

三号矿脉做过四次总体设计。1956年和1958年，新疆有色公司及北京有色设计院先后对三号矿脉做过两次露天开采设计，当时因已勘探出的矿量等级较低，加之选矿正做试验，选矿方法未做出结论，因此编制开采总体设计的条件还不够成熟。但为了指导近期的开采，并能符合长远计划,编制了"56"及"58"设计。这两个设计基本相似。开拓方案、开拓境界及生产规模都是相同的。该设计的特点是:开采境界大,开采深度深,年剥离量大,基建时间长,投资大……

按"56"及"58"设计执行后,出现了不少问题,致使剥离落后,采剥严重失调……

在上述情况下,国家为还清外债保出口,每年仍下达了较重的产量任务,在完全无备采矿量和极不正规作业条件下,仍坚持继续生产。这样的情况持续到1961年完全被迫停止采剥……

继1961年被迫停采,1963年三号矿脉又被迫停止剥离、生产。为了彻底解决这一历史遗留问题,1964年以李藩、宁广进为代表的矿区地质采矿技术专家配合冶金工业部有色冶金设计总院专家问诊把脉三号矿脉,制订了更为科学的《可可托海三号矿脉露天采矿矿场改造工程扩大初步设计计划》,得到冶金工业部批准,史称"64设计"。1965年又进行了修正、补充,缩小了三号矿脉的开采境界和开采深度,史称"65设计",为三号矿脉平稳有序地开采生产提供了求实、可靠的科学依据。

1965年夏,可可托海三矿职工在采矿场合影

如老革命王从义所说，一旦战略思想明确之后，每一个精准到位的战术动作和手中精良、先进的武器就成为决定胜负的法宝。执行"65设计"方案遇到的第一道关卡仍是困扰三号矿脉采掘的老难题——大块、硬根。

解决这一难题的关键，是爆破技术创新和凿岩钻机的选择更新。

三号矿脉使用的矿山机械仍是苏联人留下的使用多年的苏产设备，落后且破损严重。凿岩钻还是 6у-20-2 型钢丝绳冲击钻；挖掘机是 э-1004 型、э-754 型、э-505 型小型挖掘机；自卸载重车还是 3.5 吨的小型吉斯卡车……那个年月，无论生活领域还是生产领域全是"新三年，旧三年，缝缝补补又三年"的习惯。

知彼知己，百战不殆。可可托海人针对三号矿脉矿岩特性，引进潜孔钻，创新爆破技术，以及与凿岩潜孔钻配套的新型铲装和运输设备。但是引进的潜孔钻原机只带一个钻头，配件进不来，以致大家自己制造的钻头一个班次顶不下来头儿就磨秃了、掉光了……

二

兵来将挡，水来土掩。沧海横流，方显英雄本色。就在三号矿脉遭遇开采危机的关键时刻，可可托海的工人们中涌现出了一批技术革新能手。

刘玉正祖籍河南新平，家中成分不好，初中毕业就上不起学了。1955年，他十七八岁时，听说黑龙江佳木斯依兰招人，便跑去了那边，但转年就被遣散。1957年，他又拿着户籍跑到了新疆，直接到了新三矿，跟着贾富义挖探槽。那时候大家干活儿都拼了命似的，一个人当几个人用。几个月后，刘玉正被调任二矿矿段长。1964年又被调到三号矿脉，开始做冲击钻工，一年后开始学电工。

刘玉正好学，喜欢琢磨，爱动手，也爱尝试新事物。当时矿上引进了一台潜孔钻机，这可比冲击钻先进多了。潜孔钻机，指在凿岩过程中冲击器潜入孔内，减小由于钎杆传递冲击功造成的能量损失，从而减小孔深对凿岩效率的影响。进口这台潜孔钻用了不少外汇，非常宝贵。可洋宝贝水土不服，最主要的问题是钻头只有原机带的一个，厂家"卡脖子"不供应，买不到。三号矿脉，整个阿尔泰矿床花岗伟晶岩要用多少钻头呢！可没有钻头，潜孔钻不就是个摆设吗？

矿上马上成立攻关小组，组长是爆破手董拉子。他是哈萨克族和回族结合的后代。组员有刘玉正，一名钳工，一名冲击钻工，还有两名实习大学生。他们先改进潜孔钻机干湿除尘设备，这部分比较简单。关键是钻头，它的对手可是花岗伟晶岩，所以选材很重要。此外，热处理作为核心技术，也是成功的关键。首先是炉子。他们将现有的坩埚试了试，太小，钻头下去温度一下子降了下去。这条路走不通。再试远红外电炉，镶坑一样，钨丝嵌入耐火砖，还是不行，受热不匀。又试了盐浴淬火炉，炉膛容量为450厘米×600厘米×750厘米，两根电极插入盐里70厘米，180千伏安变压器供电。盐熔化，成为传热介质，温度达到1800—2000摄氏度，但是由于两个电极太大，占用了有效空间，加盐有限。最后他们改造了盐浴淬火炉，采用埋入式电极，炉膛容积利用系数变高，增大了空间，各种参数达标，受热均匀，淬火温度1500摄氏度左右，钨钴合金成功焊接到了钻头上，温度正好达到淬火温度。焊接难关解决，热处理成功了！最后一个拦路虎是加工工具。钨钴合金是硬质合金，被称为"工业牙齿"，钨钴合金钻头匹配钻杆，什么工具才能啃得动硬度仅次于金刚石的钨钴合金呢？刘玉正在书本上看到过电火花加工，受天上打雷原理的启发，放电区域产生的瞬间高温足以熔化甚至蒸发任何高硬度、高强度材料，他们制作出了电光切削机。真是初生牛犊不怕虎啊！在当时，就是大专家也不敢搞。三个臭皮匠顶个诸葛亮，还硬是让他们搞成了！

这一下彻底解决了三号矿脉的问题。当时影响三号矿脉生产的大问题是爆破后大块岩石多，硬根难除。和打仗一样，武器很重要。苏联的老冲击钻，利用惯性原理，精度差，爆破用药量大，大块岩石多，这个问题困扰矿山几十年。不是大家没能力，是没有设备。但潜孔钻能彻底解决这个问题。布局上，纵向横向布局要合理，孔距要小，炸药分段装，一层炸药一层土，不用太大药量，搞"微差爆破"，不会产生大块岩石，也解决了硬根问题。1977年潜孔钻机的引进，不仅解决了钻头难题，淘汰用了几十年的苏联产

"文革"期间，改装潜孔钻机试验组主要成员

冲击钻，更使矿区采矿技术水平迈上一个新台阶，还解放了大量劳动力。就这唯一的一台潜孔钻，保证了三号矿脉的运转，从1977年直到闭矿。

刘玉正（可可托海电工，技术革新能手）：

我1985年调到新建的铝厂任副厂长，生产正常了，1988年又到阜康冶炼筹建处。1993年春天，打报告退休。一是身体，腿疼得不行，可可托海冷，三号脉露天工作零下三四十度，落下了病。二呢，该尽尽孝了，回到河南老家侍候两个老人五年多，送走了他们又回到新疆。

这辈子人生遗憾，想读书没机会读，做梦全是小时候上学的事。梦到表姐，叫韩玉巧，去北京上北大，赵永信哈军工，张梦更是天津南开，他们三个在村头又说又笑，上大学了，我穿得叫花子一样饭还吃不饱……

梦醒了，眼泪湿了枕头。想想，我搞的创新，很多高学历的科班不相信，自我安慰……

人类创造力的重要标志，是对未知世界不断地探索、发现。在这个以时间为系数的漫长过程中，一定会不断遭遇失败，并为失败付出代价。

无论背负着怎样的历史枷锁，古老的华夏一族都能从其精神禀赋中汲取继续前行的力量。

冥冥之中，如地壳裂变，有一种能量不断集聚着，等待喷薄而出改天换地的历史契机。

1961年，在可可托海入冬的第一场风雪中，矿区召开"百日会战誓师大会"，可可托海担起国家重任，完成出口矿产偿还苏联债务任务。二百名能打硬仗、经验丰富的青壮矿工组成采矿营，在营长、矿务局团委书记曹孝义带领下喊出了"大干苦干四十天，完成保出口任务"，誓言铿锵。

据挖掘机手李运广回忆，1961年想回家结婚都不让，怕再不回来了。那时候国家培养一个人不容易。迫不得已，他的老父亲把媳妇给他送来了。火车通到盐湖，再找车就不好找了，因为三号矿脉要保密。可谁知道"111"在哪儿？结果，从老家泰和到可可托海，老父亲和新媳妇走了二十多天。

大打矿山之仗

那真是个刻骨铭心的寒冬。天不亮，爆破警报解除，身背两三个牛皮口袋，手拿镐头、铁锹的尖兵就拥向采掘面，镐头挖，铁锹铲，装满锂矿砂的牛皮口袋重达百十公斤。矿车到不了矿点，只能人背肩扛，穿插在乱石成堆的小道把矿石运下来。一天最少背两三次，有的好汉能背四五次，采矿营的尖兵一天最多能采1吨矿石！

比严寒更大的威胁是饥饿。正是三年困难时期，矿上实行了"配给制"，一线矿工一天六个"105"黑馒头，车间工人四个，机关人员四碗糊糊。何谓"105"黑馒头？就是老百姓说的"一箩到底"的麸子面。加班加点的一线矿工超极限付出，不说营养，连肚子也填不饱。矿务局领导费尽心思，也只能和炊事班一起搜罗食堂的老底子，给采矿营尖兵每人每天补贴两个黑馒头。

国画《保出口大会战》

"可不要小瞧这两个黑馒头,那可是巨大的精神能量啊!"

采矿营奋战在采矿一线,全矿男女老少参加保出口大会战。三号矿脉手选厂就有一千多人!主力军是"五七排"、家属队,全家齐上阵。学生放学直接跑到矿上找妈妈奶奶,跟在妈妈奶奶后面拣绿柱石、锂辉石、黑宝石。装箱外运出口还债的矿石,全是他们用双手从矿石堆里一块一块拣出来的。

可可托海的劳动模范买地·纳斯依回顾当年:"那时候,我们只有一个心愿,早一天把债还上。人家和我们不好了,不是老大哥了,欠人家的债一定要还呢!腰累弯了,不害怕。矽肺病得了,还要干呢!人要站起来走路嘛!腰挺起来说话嘛!"

那一年,雪特别多,一场接一场。男人在前面蹚雪开路,女人手挽手在后面跟上,几百人在上班路上的雪里往前拱。犯过错,就要吃犯过错的苦,违背科学强采强剥,导致采剥比例失调,三号矿脉边坡破坏严重,没路可行,矿车上不去,生产陷入被动。运力最紧张时,矿区中小学七百多名师生冒着零下四十多摄氏度酷寒,硬是拉爬犁把矿石从汽车无法到达的矿点拉运出来。风雪路上,爬犁组接的长龙成为可可托海一道泪涌心底的风景。

阿依达尔汗·恰勒哈尔拜(可可托海"矿一代",挖掘机手):

说到三号矿脉,两个人的名字要记下呢:一个是张志呈,一个是田昭。我们不叫他们的大号,喊"张硬根""田大块"。

三号矿脉最大的难题,爆破后大块石头太多,留下的硬根太多,一直解决不了。潜孔钻替代了苏联人留下的冲击钻,给张工他们研究新的爆破方法创造了条件。张志呈这个人是干大事的好人,一辈子想一件事,就是爆破。就跟一个人喜欢上了一个丫头，她哪里去，他也跟上哪里去；她喜欢啥，他也喜欢啥，做梦也想着呢。干事情是一个道理。张工学采矿，昆明工学院来的，他就盯上了爆破，最后还是搞成了可以控制爆破质量的微差起爆器，他研究的耐高寒铵油炸药推广到了全国。

他和田昭他们在三号矿脉搞成了高台阶光面爆破先进技术，彻底解决了大块、硬根难题。"张硬根""田大块"就是这么叫开了。谁也没想到，干了这么大好事的人，吃了大苦。张工人家记工作日记，他是读书人，又是技术员，钻研技术是好事嘛！结果，招来了麻烦。1967年冬天，张工上班的地方贴满了大字报："打倒反动技术权威张志呈！"好几十个本本子收走了，记下的全是可可托海矿上的事，都被烧了，你说可惜不可惜！

一个人做下了啥，人心里有呢。矿上的人谁都知道，张工露天爆破搞了几百次、几万次，没有他们一次次科研攻关，三号矿脉早就挖不成了！有色局白成铭来可可托海一定要见"张硬根"呢！张工写了很多爆破的文章，他的好几项科研成果填补了国内空白，有大贡献的人！张工是四川人，他比我大几岁，差不多九十岁有了……

爆破质量直接影响矿山采掘、运输等方面的效率。爆破质量优劣不仅与地质条件、矿岩性质、爆破方法、炸药性能有关，与所采用的起爆方法和布孔方式以及参数等都有直接关系。三号矿脉剥离开采过程中，不断探索爆破方式，采用过小眼爆破、深孔爆破、硐室爆破。老爆破工叶里斯汗·马尔旦他们在当时极为有限的技术条件下，成功实施了三号矿脉第一次100吨级炸药爆破。

潜孔钻凿岩、多排深孔微差爆破法成功之后，三号矿脉的高台阶光面爆破法日臻成熟，为全国同类型矿山提供了示范。

这一先进技术的主要贡献者张志呈教授，1955年从昆明工学院采矿专业毕业后，被分配到可可托海，自此认准一条道："爆破是我的职业，离开爆破、采矿，我就无所事事。"近六十年爆破、采矿实践中，张志呈教授主持各类型爆破近六百次，无一失误，零事故。

20世纪60年代，可可托海矿务局爆破工程师张志呈在配制矿山爆破炸药

有"地质圣坑"之尊的三号矿脉，坑壁上的十三层螺旋状的盘山矿道，铭刻着可可托海人群策群力、万众一心的创造和付出。

雨后夕阳，从伊雷木湖望过去，苍山如海。巴哈尔突然说："可可托海三号矿脉就跟唐僧师徒西天取经一样，走过一难又一难，走了九九八十一难。"

巴哈尔说，可可托海最大的景观是悬在山上的河——额尔齐斯河。

三号矿脉露天采场中心距额尔齐斯河水面最近处不足700米，矿体延伸绝大部分位于河床切蚀基准面以下，河底标高高于采场底部设计标高120米，水文地质条件复杂。河床是矿床地下水主要补给源，矿床裂隙涌水量每昼夜约8000—12000立方米。

三号矿脉露天深部开采的又一只拦路虎——矿床地下水治理，在那个年月还是一个世界性难题。二十年间相继提出额尔齐斯河人工改道、帷幕灌浆、露天排水、利用2号竖井地下坑道与冲积层泄水井排水疏干等方案，都一一败阵。

李庆昌（可可托海地质工程师，西北大学地质系金属矿产普查与勘探专业1954届毕业生，可可托海七〇一地质勘探大队创始人之一）：

三号矿脉、可可托海离开阿尔泰山还真是说不清楚。

阿尔泰山，西北—东南走势，界山斜跨中国、哈萨克斯坦、俄罗斯、蒙古国的中段南坡在我国境内。西北500公里不到，南北80多公里，总面积4万平方公里有了。4万平方公里有12万条伟晶岩脉，从青河到哈巴河我们围了35个伟晶岩矿田，9个矿集区。三号矿脉，花岗伟晶岩，七号矿田，包括可可托海矿床。

我们1954年来可可托海，当时苏联专家要撤回，正提前做准备。我在西北大学地质系学金属矿产普查与勘探。我记得分到矿上的第一课：保密。军人站岗，保安检查，那时候还不知道我们挖的矿干什么用。有一个上海人，是采集员，在他的背包里发现有信封装着的云母标本后，让他一次次地做检讨。

1957年冬，在阿斯喀尔特。前排左起：李庆昌、杨升祖、杨鹏林、李凤林、贾富义、赵斌

地质勘探一开始和苏联合作，后来我们自己独挑重担。七〇一队，是功勋地质队。三号矿脉一共提交过四份地质报告，1943年苏联人提交了第一份报告；1957年三号矿脉的第二份地质报告是中国人提交的，这份报告的主要负责人是葛振北；1960年宁广进主笔完成了第三份地质报告，宁广进是我同学；1991年，宁广进又主笔提交了三号矿脉的第四份地质报告。

三号矿脉勘探改革了苏联人的勘探密度、网度，加快了进度。随着采掘下行，透水问题出现了。打竖井，水突然汹涌而至。额尔齐斯河床比三号矿脉高得多。这时候认识到了水文地质的重要，组织了两次水文勘探：第一次是1957年到1958年，这次没解决问题；第二次是1963年到1965年，七〇一队水文队从陕西请来了水文工程师佀连城，与三号矿脉水文技术员宁重华一起。宁重华是一个好学、有独立见解的人。干了三年，大家选择在矿体一圈打水文钻孔，钻孔深度低于额河水面，然后测出透水量，最后水泥浇筑，等于给三号矿脉做了一道防护墙。然后是深孔排水预先疏干，终于解决了三号矿脉的一大难题。天寒地冻中施工，挖堑沟，输水打钻，引水管一直引到钻机底下，

保温啊，不保温管子不就冻裂了，还咋干？工五团拉马粪，用马粪埋上引水管子。马粪热性，保温。工五团，马家军的骑兵营整编过来的，人家骑兵营积攒下的马粪，谁想到起了这么大的作用。

三号矿脉高台阶光面爆破、地下水深孔排水预先疏干，那都是国家级课题啊！

西北大学地质学系创建于1939年，是我国综合性大学最早的地质学系之一，培养了新中国第一批地质、石油专业人才，有"中华石油英才摇篮"之誉。李庆昌前辈有《新疆稀有金属矿、稀土矿、锡矿成矿规律与成矿预测》等多部专著问世。

秋阳洒金的日子，拜望从河南省济源市承留乡玉阳村走出的地质学家李庆昌。前辈腰挺背直、脸色红润，告诉我，刚庆祝了九十大寿，"儿女们非要弄一下。"老人哪里看得出已是鲐背之年，历经坎坷砥砺的人生到底不一样啊！

1974年春，三号矿脉进入深层采掘，因排水问题又一次被逼上梁山。冶金工业部在北京召开可可托海三号矿脉地下水排水疏干方案审查会议。各路专家又一次给三号矿脉地下水治理把脉问诊，方案逐渐集中在冶金工业部有色冶金设计总院的《2号竖井坑道与冲积层沱水井排水疏干方案》和以宁重华为核心的可可托海现场水文地质技术人员的《深孔排水预先疏干方案》。经过反复论证对比，可可托海独立完成的方案胜出。同年5月，冶金工业部【1974】冶基字0810号文批准了《深孔排水预先疏干方案》。

1974年9月，可可托海组建了一百四十人的疏干排水工程队，总工程师宁重华组织完成了深孔排水预先疏干方案施工图设计。为了确保这项设计成功，首先要查明地下水的来龙去脉，需采集地下水位升降、流量变化的水文数据三十多万个。为了完成这个庞大的数据采集，水文技术员充分展示了他们一丝不苟的工作态度和专业水准。此外，十多位巾帼不让须眉的测水工也加入采集队伍，她们一次又一次重复着走过三号矿脉的二十多个观测孔，无论烈日当头还是风雪拥路，"就是下刀子，俺们每个人每个班最少徒步五公里才能完成测井任务。"水文组必须精确掌握每一天二十四小时地下水位的变化状态，还要跟班上钻井机台，收取钻井样品，给岩芯编号造册，把记录的各种数据整编成工程分析图案，为整个工程实施提供第一手资料。经过大量的论证工作，他们摸清了地下水补给流动条件，系统分析校正了地下水垂直下渗运动计算参数，运用地下水动力学分析法，找到了隐伏在第四纪厚覆盖层下的五条基岩强透水裂隙带和强裂隙下渗补给地段，为最终深孔排水预先疏干工程设计方案提供了可靠依据。

深孔排水预先疏干工程胜利在望。1979年隆冬，寒气越逼越紧。三号矿脉最低处需要打一眼最终水文观测水孔，疏干排水工程队总是身先士卒的胡久孝书记领着一众人马开始安装三脚架钻塔。坑底气温受矿坑气压影响急剧下降，有零下五十多摄氏度！就在支立钻架过程中，因大气温度过低，钢铁构件脆化，塔架顶端主轴突然断裂，塔架倒塌，砸在正指挥安装作业的胡久孝身上……年富力强的胡久孝倒在疏干工程即将竣工的最后一刻。

疏干排水工程队队员、可可托海各族矿工，为失去这样一位好领导、好同志、好兄弟悲痛不已。少数民族矿工自发为"我们的好书记"守灵三天。矿山按湖南老家的葬仪习俗送胡久孝同志最后一程，留下了可可托海历史上最深情的告别。

苍天动容，漫天的白雪飘飘洒洒，为山川大地披上了寿衣，片片雪花为好书记、好大哥、好人胡久孝飘撒纸钱。

可可托海疏干排水工程队两度被评为全国冶金系统"红旗单位"，授旗评语："这项工程为全国同类矿山的疏干排水提供了系统的经验和技术。"

矿山前辈李庆昌对矿山机械设备维修有一番形象的比喻：老百姓说穷家难当，穷人家的媳妇打发穷日子，老大的衣服小了改给老二穿，老二又穿不上了，补补给老三穿。20世纪五六十年代的可可托海，就是俗语所说的"新三年，旧三年，缝缝补补又三年"。苏联人走了，留下的设备有年头了，加上可可托海那可全是硬碰硬的花岗岩，损设备，还没配件。那些年，可可托海的苦日子全仗着"巧媳妇"们撑着过。机械设备故障多，三号矿脉露天矿中15吨自卸载重汽车的钢板经常断裂，最缺的配件就是钢板，但郭道荣能让断了钢板的自卸车起死回生；15号电铲大轴断了，苦战三天三夜，电铲又动了起来，伸缩吞吐着……

"可可托海，哪一个都是能工巧匠！"

三

郭道荣是可可托海一矿的电气焊工，有色总公司特等劳动模范、技术革新能手。作为一名"老新疆"，1958年他刚满十六岁就报名到了哈密钢铁厂，被分在技工班。

那时，一个技工班一百八十多人，住地窝子的两排大通铺。老师是锡伯族，郭道荣他们车、铣、刨、焊样样都要学。转年3月考试，考完进行分配，再到各地实习、培训。郭道荣被分到了哈密铁路局桥梁厂，一个班有八个人，他的师傅王长年是河北人，技术是桥梁厂最好的。郭道荣学得上心，师傅也喜欢他，电焊、氧气焊都教。王师傅常对他说，师傅领进门，修行在个人，没有状元师傅有状元徒弟。

干到9月，哈密钢铁厂召回他们，郭道荣被分到了机修车间。他很高兴，机修车间的技术门类最齐全。不过钢铁厂高温高压，焊工质量不能有一点儿问题，一出问题就是大事故。郭道荣很幸运，又遇上了好师傅刘洪钧。刘师傅是成都拖拉机厂德高望重的技术权威，为支援哈密钢铁厂建设来到这儿。郭道荣跟着王长年、刘洪钧师傅学电焊，像唐僧西天取经一样，体会到了心诚的重要。虽然家就在哈密，他周末也不回家，专心在厂里练技术。到1960年，厂里一百八十多名学员升级考试，一级工三十人，二级工七人，郭道荣是这七人中的一个，还被评选为"突击红旗手"。那时候大家支援南疆，焊坎土曼，别人一天焊一百个，他两小时就能完成。

1962年4月17日对于郭道荣来说是难忘的一天，他离开哈密前往可可托海，五天后抵达。

郭道荣（可可托海一矿电气焊工，有色总公司特等劳动模范、技术革新能手）：

到了可可托海又让学开车，那就学嘛，艺不压身。教练师傅全是朝鲜战场下来的汽车兵。我的师傅叫田锦章，跟他学了三个月，几乎所有的科目学完了，只剩倒杆一项。正转着圈倒杆，通知我到三号脉修理厂帮忙，那边的电焊工回家探亲，三号脉生产不能误，紧着还苏联债呢，由我替代他。这一替代，我的工种又回到喜欢的电氧焊。三号脉最紧要的是把矿石从坑底运上去，转着圈就一条路，几十上百辆载重汽车转着圈上去转着圈下来。可可托海的冬天零下三四十摄氏度是常事，那时候有啥防冻液，三天两头就有缸体冻裂的车，有的连杆断了，把缸口打掉了。我开始琢磨，一点点成本，几根焊条的事，说不上就起死回生能干活儿了，为啥不干？我不吭声，悄悄干了。还是心里喜欢。开始连报废的"尸体"都找不见，只有找领导说，能不能让我试一试。领导有些不好意思了，缸体扔到垃圾堆里了。又从垃圾堆里找回来。我焊的第一个缸体，只有缸口打掉了三分之一。我用低碳钢补铸铁缸体缺损，技术难点是异性材料焊接，不同材料的收缩系数、膨胀系数都不一样，这一点我琢磨过无数次了，采用消除应力焊接法。焊接好，加工好，装到了吴宝的18号车，结果月月高产。当时拿计件工资，吴宝高兴得很。实践检验焊接成功，往后矿山缸体冻裂的汽车、破损的机械设备都可以修复了。

对待技术你一定要"任性"呢，你得一是一，二是二，不唯权威，不唯关系。最难的还不是技术，是人的脸面啊！不能模棱两可，不能弯弯绕，非得一针见血，认死理。科学是严谨的，探索没有止境，奇思妙想，往往能曲径通幽。记不下哪里听来的，"真正的科学家，应当是个幻想家"。我喜欢不断挑战自我，总想着把不可能变成可能。有辆法国引进的 $8M^3$ 车，发动机缸体六道瓦座和瓦盖破损，柴油机修理组的师傅问我能不能把瓦座、瓦盖堆焊出来，机修厂加工。那时候引进一辆 $8M^3$ 得用不少外汇，堆焊瓦座、瓦盖我还没干过，没把握，但我想试试看。

我琢磨了几天，然后用氧气乙炔焰把缸体瓦座加热到八百摄氏度以上，用铸208电焊条堆焊瓦座，堆焊一道再加温下一道瓦座，焊完后立即用氧气乙炔加温八百摄氏度以上，然后慢慢自然冷却，这样不会产生白口。铸208电焊条四十年前两块八毛钱一公斤,用最便宜的堆焊瓦座、瓦盖,机械厂加工后,装配好试车运行,成功!一辆可能要报废的8M³又活了,再没坏过。我感谢机修厂的师傅加工我焊修的瓦座、瓦盖,让我把又一个不可能变为可能,为我焊修汽缸体积累了经验。人怕出名猪怕壮,矿上的设备只要是遇上"疑难杂症","找郭道荣!"哪台设备趴窝了,"找郭师傅!"攻克一个难关,解决一个难题,哪有那么容易。矿山设备都是露天作业,可可托海夏天烈日当头,冬天一泡尿还没浇到地上就结成了冰。说起来也怪,这些铁疙瘩往往都是滴水成冰的夜里出毛病。我从不嫌烦,那个年代,谁不是"国家兴亡,匹夫有责"。连可可托海、富蕴农村的都找上门了,我只能干好。达子湾五队,母女二人大冬天的找来了,柴油机冻裂了,焊好后我打到5个压试了试,一点儿问题没有,循环水2.5个压力标准,超过一倍试过,保险系数高嘛。母女两个提上一篮子鸡蛋找上门。这哪能收呢,谁的日子不难呢。一定让她们拿走,心领了。我给周围农村焊过拖拉机,百分百的成功率,循环水压力试验全超过标准一倍,保险!农民的日子太不容易。冶金部在鞍山开会,表彰先进生产者,新疆这边选我出席了。记者问我,这么干为什么。我说,天地良心,我从没想过"这么干为什么",我就是想延长汽车的寿命,因为我们国家穷……我爱这个行当,有百分之一起死回生的希望,我要付出百分之九十九的努力。那么年轻的司机,车子碰得不成样子了,如果没有强烈的责任心,谁也不碰这一堆破烂。但是我过不了自己这一关,我要想尽一切办法让它起死回生。当时没有这样的思想支撑干不出来这些事。

那时候汽车都是螺丝铰合,时间长了疲劳磨损,断的多。钳工修复费时费劲,我琢磨焊工可以巧取,修车节约了材料,节约了时间。只是焊工给自己戴上了"金箍",随叫随到,加班加点,在矿上沿袭了几十年。从自己说,啥好处也没有,但我不后悔。1965年搞大钻头,王宗泗把我调出来,去大钻头加工组。王宗泗、刘玉正他们搞热处理,改进炉子,在火碱里淬火,增加钻头的强硬度。火碱气化,人喘不过气,比喷辣子面还难受,从那里出来的人早早没命了。那时候矿上只有一台引进的潜孔钻机，比起苏联当时的老冲击钻，优越性太多了。王宗泗叫上我、杨衍稼开会，一台旧冲击钻改一台潜孔钻。三个臭皮匠顶个诸葛亮，改革成功，潜孔钻逐渐替换了冲击钻，减轻了矿工的劳动强度，提高了劳动效率。

　　海子口会战，三号脉暂时停产，人马全部拉到海子口水电站，只有我一人留下了，换三号脉全部载重卡车的车厢！那时候可可托海没有矿山工程车，跑的是盘山路，拉的是石头，普通卡车的厢体砸不了几次就散了。运载矿石的工程车，不仅要强度大，还得有弹性，可以分解石块砸下去的重力。我找到了矿上废弃不用的3号导轨，把厢底先撑起来，厢体也是以结实、抗损伤为原则。利用矿山可以找到的旧材料，先改造制作"解放"卡车车厢，再改造制作 $8M^3$ 的车厢。$8M^3$ 车厢大，吨位大，改造难度大。1966年上半年完成了所有卡车车厢的改造，海子口大坝灌浆派上了用场。

　　郭道荣说，年轻的时候，他看到一幅画，画面上有许多电焊工在焊造大轮船，电焊弧光闪闪，火花四溅，画的标题是："与日月争辉，为祖国江山添锦绣！"这两句豪言壮语一直激励着他要为祖国江山添锦绣，所以他努力做好本职工作，不断挑战自我，做别人不愿做的事，做别人做不到的事。

　　他说这一生很幸运，一工作就遇上了师傅王长年、刘洪钧。长本事的时候又遇上了王宗泗、蔡祖风，都是有学问的实干家。王宗泗是他最敬重的人，电气方面没的说，信任理解他，还是他的恩人！当年王宗泗讲三国故事，诸葛亮怎样恩威并重治理西川，到现在他也忘不了，可惜英年早逝。蔡祖风是机电方面的专家，被打成"右派"后到他们车间的，专职给电瓶充电。蔡祖风学生娃出身，上海人，搬电瓶也搬不动，但他用脑子，改进工艺，设计滑道，省了很多力。郭道荣感慨说，王宗泗、蔡祖风他们这一代知识分子是中国最优秀最可爱的人！

　　人这一生，都是有命数的。1992年4月22日，郭道荣调到阜康有色铜镍冶炼厂。他心里一惊——三十年前的同一天，1962年4月22日，他到了可可托海。

宿命难违。

我希望看一看郭师傅获得的奖状,他老伴儿刘新冉打开一只看上去留满岁月风尘的木箱。

"干了一辈子,只落下这些纸片片子,一年一年往下排。我带的班组也是一年一年排下去的先进班组。每个本本都有故事,每个本本都有高兴也有眼泪呢。"

眼前一片红色,都是郭师傅的奖状、证书:红色硬纸壳的,红色烫金塑料皮的,红色金丝绒的,红色缎面的,有冶金工业部的、自治区的、矿务局的……"一辈子落下一堆纸片子,没有钱,没有私人财产。最大的安慰是有儿子,还有丫头。我手把手教儿子电氧焊,女儿在铜镍厂干,技术熟练能干了,却下岗失业了。当劳模、先进,宣传部的、报纸的,总是问我:'你咋有这么高的境界?你是咋想的?'我真不知道咋给他们说。那时候学'毛选',1963年5月毛主席发表了《人的正确思想是从哪里来的》,他们再问,我就给他们背这篇文章。"

令人惊奇得难以置信,年近八旬的郭道荣师傅竟还能一字不差地背出《人的正确思想是从哪里来的》!

"年少时留下的,石头上刻下了。"

"每次看见这些红纸片子、红本本,心想,他这一辈子辛辛苦苦,不顾自己不顾家,就为了这些吗?现在谁会多看一眼这些。"比郭师傅小六岁的老伴儿,1957年跟随母亲从山东曹县千里迢迢投奔工五团的火头军父亲。应了郭师傅的话,命中有缘。天南地北相识相爱可可托海,落地生根,儿女双全。

哈德尔·赛特哈力1947年进到可可托海矿上,只有十五六岁,脚底下垫两块砖后下巴颏儿才勉强够到苏联人房子的窗台。他先干手选矿,两年后个子长高了就跟着苏联师傅学开压气机,修压气机。可能因为语言不通,师傅不太教,哈德尔·赛特哈力就悄悄学,看在眼里,记在心上。后来苏联专家回国了,矿上自己培养技术人才,哈德尔·赛特哈力就半天干活儿半天上学,学压力机、柴油机,成了哈萨克族的第一代技工。

巴哈提古丽·哈德尔（哈德尔·赛特哈力的小女儿，可可托海出生的"矿二代"）：

父亲话不多。矿上的人都知道呢，想让哈德尔师傅说话，你往三号脉上扯，他高兴了，就说。问父亲："哈德尔师傅，为啥叫你'压气机哈德尔'呢？"父亲说："压气机有病了我听出来呢，我能让风机吃饱，有力气干活儿嘛。"父亲老中医把脉一样，听压气机声音对不对，准得很！一次听声音不对，压气机赶紧停下来，一检查，压气机零件上的螺丝帽松了，就要从螺杆上掉下来了，父亲发现得早，防止了一次事故。矿上给父亲提了一级工资。还有一次是压气机进气口堵塞了，跟矽肺得上了喘不上气一样，停下压气机，清理进气口，又避免了一次事故。

时间长了，矿上"压气机哈德尔"就叫上了，压气机有了毛病，都喊他呢。

父亲这个本事是长期工作中总结下的。改锥，就是起子，是他手上的听诊器，压气机有没有毛病听得清楚。

再也找不上"压气机哈德尔"了，父亲去年（2019年）6月1日走了，库儒尔特山坡上去了。

我妈矿上也干了一辈子。十七岁可可托海来了，拣宝石，破冰发电，海子口会战筛沙子、扛水泥、烧砖，啥苦活儿、累活儿全干了。

我把两个老人送走了。

哈德尔·赛特哈力，就像可可托海山林里的一株白桦或是一棵西伯利亚红松，春来了，冬去了，活得悄然、自然。草长花开的6月的第一天，得知他魂归山林，他的过往又那么清清楚楚地回到老哥哥们的眼前。时间也真是丢得快！哈德尔从切木尔切克来时，还是个跟上羊群绕着山转、沿着水走的小巴郎嘛，啥时间成了"压气机哈德尔"？啥时间就退休了？矿上转了一辈子，成了没走出过大山的人。那一次，在水电站工地，水淹竖井，上海请来的潜水师傅没找到冒水原因。带班领导再派出两个青工潜井，平时话不多的哈德尔师傅拦住了他们："下面的事情你们知道吗？还是我下吧。"哈德尔师傅潜入30多米深的竖井，找到了接驳排水设备的准确位置，排除了故障。还有那个冷得伸不出手的冬夜，在三号矿脉坑底，最后还是哈德尔师傅启动了压气机……一辈子的日子这么长，人的记性能捡回来多少呢？

宋万夫是1957年秋天到可可托海的。他们沈阳冶金机械工业学校来了七个人，都是一个专业——金属切削。当时号召"好儿女志在四方"，团员带头去支援五大艰苦地区——新疆、甘肃、云贵高原、内蒙古、海南岛，其中新疆排第一。宋万夫是团员，又是班干部，便报名到新疆。朱吉林和他一批，分到了可可托海。

宋万夫（可可托海机械工程师）：

一矿，也就是三号脉，矿山设备像挖掘机、冲击钻这些全是苏联制造，冲击钻钻头撑不了一个班次就不能用了。钻杆、钻头还是最早锯齿状螺纹连接，强度不够。我改成了常规标准螺纹连接，增大了强度，这个问题得到解决。我刚去时，只是三号脉机械厂的一个小技术员。三号脉有两台苏联产的29-20型固定式空压机，矿上师傅习惯叫"压气机"。在生产中，空压机的曲轴突然断了。矿长陈淳诗，广东人，人很好，但脾气大，矿工师傅都喊他"陈老广"。陈老广高喉咙大嗓门地命令我："三天给我动起来，动不起来拿你是问！"也难怪陈老广着急，三号脉只有两台空压机，一台趴窝了，没了动力供应，意味着生产至少减一半，在那个出口还债时间紧迫的年头，谁担得起这责任。苏联早已停止了配件供应，国内没有。这种单拐曲轴只有上海能加工，联系了说至少五个月后才能供货。我找到动力科蔡祖风、林开华，还有可可托海唯一的一位八级钳工，这是行业最高级别，搁现在可以参评"国家工匠"，我们自己干！

那些天，全泡在厂里，能想的办法都想了，能用的招数全用了。正是三九隆冬，工棚的炉子烧旺了，技术员们一团火样地搞设计、绘图纸。院子里也架起了火，维修的设备在露天大院里。结果成了！空压机又转起来了！陈老广跑到机械厂，喜笑颜开，一巴掌拍得我肩膀痛了几天，说："小宋啊，真有你的！没有苏联，有你就行！"搞得我不好意思。收到上海发的货，我们土法上马的单拐曲轴还工作得好好的。

三号脉实行四班三运转，设备损毁率很高，电焊机在小爬犁上，哪台挖掘机坏了，值班车就拉上小爬犁到哪儿，我的任务就是要保证矿山设备正常运转。后来蔡祖风、冯先述他们一起，挖掘机柴油动力改电动，设备损毁率大大减低，生产效率大幅度提升，他们是为矿山出了大力的。

额尔齐斯河通航时，可可托海的矿石水路在布尔津上船，陆路自吉木乃出关。早先苏联经营时，苏联的老"吉斯"往布尔津、吉木乃拉矿石。可可托海矿山交给中方后，苏联的运输升级换代，清一色的"吉尔"替换了老"吉斯"，矿石直接拉到苏联境内。矿山的老"吉斯"，仍被宋万夫他们凑合用着。后来耿升富科长去北京申请，国防部一次给了六十辆新"解放"，被他们全部改成了矿山自卸车。

一矿最早进口的矿山自卸车是"菲亚特"，一辆就是四十多万元，用外汇才能购买，矿里一次进了四十辆。这车牵引力大，效率高，最大的问题是"水土不服"，"牙包"存在不适应可可托海生产环境的安全隐患。可可托海的冬天气温太低，后桥断钢板成了老大难问题。没有配件，怎么办？宋万夫他们找七〇一地质勘探大队那边废弃的钻杆，加工后桥钢板，经过热处理，能顶两三个班。接着改造车厢，

20 世纪 60 年代，可可托海矿务局新进的国产"解放"车

高度降30多厘米，重心稳了颠簸轻了，自身重量轻了1吨多，损毁率下降，但直到后来八一钢铁厂能生产弹簧钢了，这个问题才彻底解决。除此，风扇皮带断了也没有备件可换，他们和补胎工人一起琢磨、研究，自己土造的风扇皮带也能撑一两个班。没办法，拉一车算一车。进口的"菲亚特"是柴油车，油泵备件也没有，在洛阳高压油泵厂的帮助下，宋万夫他们改进国产"黄河"的输油泵，没让"菲亚特"趴一天窝。

1972年，矿里进口了法国贝尔莱德矿山专用自卸车，10吨的10M^3，8吨的8M^3，宋万夫和陈老广就车是直接装大石块还是装二次粉碎的矿石问题，发生争执。陈老广为了加快工程进度，坚持直接装。结果，举升器砸坏了，大梁断了，陈老广闭嘴了。进口车都会"水土不服"，可可托海作业气候条件太差，他们被逼上梁山，只能是逢山开路，遇水搭桥。宋万夫主持工作的这些年，把苏联留下来的、库房里有的废旧材料，能用的全拾掇拾掇用了，国家穷呀！法国的10M^3、8M^{3}离合器故障多，问题出在离合器摩擦片原装配件进不来，宋万夫就试着加工苏联人留下来的离合器摩擦片，半径大的车掉一圈，孔眼不合的就对孔眼。摩擦片是石棉做的，加工粉尘很大，说明情况后，工人二话没有。这就是那个时代！10M^3、8M^{3}的自卸车一辆辆起死回生又跑起来了。1957年，来可可托海的大中专院校应届毕业生有一百二十多人，地质、采矿、冶炼、机械等专业门类齐全，他们在这里为矿山发展做出了巨大贡献。深山老林，入冬封山，没有任何娱乐活动，他们这些年轻人工作尽职尽责，无论什么时候什么原因，电话铃声就是命令，风雪无阻。也正因如此，可可托海矿山的机械维修能力、加工水平伴随着地质勘探不断深入和开采规模不断扩大，也在不断提升着。

1966年前，矿山机械、（机械）配件和汽车配件主要靠机修厂自己制造。当时机修厂具有各种机械配套设备和技术力量，可以承担这一任务。不但能造一般机械配件满足矿山生产需求，也能制造技术难度较大的机械配件。如推土机上的绝大部分齿轮、轴，气压机上的活塞、活塞环、活塞销，各种类型柴油机上的活塞、活塞环、活塞销、缸套、瓦片进排气阀和喷油泵的柱塞，以及民族号柴油机缸头等。机修厂制造生产的活塞销子及套筒扳手等，质量优良，获得自治区机械配件产品一等奖。当时，矿区机械配件自给率达 80% 以上。

在设备制造方面，机修厂可自制 4M 龙门刨床。自制 C618 车床二十台，除自用外，还出售给外单位。能成套制造 5 立方压气机，罗茨式鼓风机，4K-8 水泵、2K-6 水泵和 3K-6 水泵。

——《可可托海矿志》第六章

巴哈尔给我说，他小时候的梦想不是当兵，是开"大头车"，就是从法国进口的自卸运矿车。这种车有一个好听的名字——"贝利"，但他们还是喜欢叫它"大头车"。"大头车"车厢又长又宽，轮胎很胖，驾驶室高高大大，脑袋方方正正，这就是叫它"大头车"的缘由。那时候，可可托海的小伙子最高兴的事就是能开上"大头车"。"大头车"拉上矿石快快跑过来时，大地发抖呢！苏联的"吉斯""吉尔"，我们的"解放"，"大头车"跟前尕尕的矮人一样。有时候运气好的话，碰上认识的叔叔，让他们坐上去河南岸、河北岸兜一圈，高兴好几天！

回想一下，三号矿脉开采了六十多年，出力最大、贡献最多的是"贝利"$10M^3$。从 20 世纪 60 年代末 70 年代初到 90 年代，这二十年中最繁重的剥离任务都是"大头车"$10M^3$ 完成的。那时候三班运转，人歇车不停，车的性能真是好，零下四五十摄氏度也没趴过窝。矿上老少爷们心里，"大头车"就像一头头默默无闻的老黄牛，在三号矿脉十分艰苦的工作条件下，任劳任怨不停歇地跑了一年又一年，是矿山最忠诚的老伙计。

在中国极为特殊的历史年代，引进西方先进的技术和设备，不仅为可可托海完成国家任务提供了条件，也为中国肇始于 20 世纪 70 年代末的改革开放探路先行。

山高林深的聚宝盆可可托海，不仅聚物华天宝，更孕养淬炼五湖四海的英才于此，助成一支秉持职业操守、成就千秋大业的队伍。他们行为的最高准则是"国家"。

四

新疆建设，有赖于一代开国者的先见之明。王震还在进军新疆的路上，就已经开始谋划培养自己的建设人才。

1948年，耿升富高中还没毕业就入伍了东北野战军，出关后到了第一野战军。当时第一野战军需要有文化的参谋干事、文化教员，他被整编到第一野战军二军，而二军的底子就是王震的三五九旅。他到迪化后，先后修建七一棉纺织厂，建设玛纳斯河大桥，驻军玛纳斯县搞"土改"，荷枪实弹地搞大生产，住地窝子，喝涝坝水。1952年，王震"培养自己的人才"落到了耿升富的头上，他先被送进俄文学校强化俄语，三个月后到苏联乌拉尔斯维尔德洛夫斯克矿冶培训学院学习，这是苏联冶金工业部直属院校。耿升富被分科到矿山机械动力系，是四年制本科。1956年毕业回国，他直接被分配到可可托海，和苏联专家奥什力科夫斯基一起工作。可可托海技术基础是苏联人奠定的，这是客观事实。奥什力科夫斯基年纪比耿升富大得多，于1958年回国，是可可托海最后一个走的苏联专家。耿升富回忆说，老头人很好，一下班就拉他们去喝酒，"你们刚工作，我比你们有钱。"奥什力科夫斯基工作认真，一是一，二是二，工作、休息时间划分严格，从不迟到早退，非常严谨，这对耿升富影响很大。他走时，把全部资料留给了耿升富。也因此，耿升富很快掌握了三号矿脉的所有苏联设备。

耿升富（机械、电力工程师，七〇一地质勘探大队创始人之一，新疆维吾尔自治区经济计划委员会副总工程师）：

1957年，"反右"开始了。因为我机械、电工都还行，没被集中，留了下来。幸亏留在矿上干活儿，我爱说话，要是也集中运动还不知什么结果。蔡祖风、张广华被打成了"右派"，都是清华的高才生啊！干得多出色啊！张广华，柴油电站的主任。蔡祖风，可可托海线路布局都是他设计的，电机出了故障，电上面有了难题，都找蔡祖风解决。当时我很纳闷，想不通。王震有远见，爱惜人才；毛主席有远见，爱惜人才。这是怎么了？他们都是新中国自己培养的人才呀！多么优秀的人才啊，糟践了，让人心痛。我们有心无力，平时能帮就帮，能关照就关照。1966年"文革"开始，我也成了"苏修特务"，留苏的嘛，"反动技术权威"。但我是雇农出身，作为解放军进疆，根正苗红。矿山生产离不开我们，军代表让我回一矿，我提出要带技术人员。就这样把张广华、蔡祖风保护起来，把蔡祖风调回机动科，让他到不惹人注意的小水电站。水轮机、发电机全是德国造，只有他能维修。我告诉蔡祖风按时上班下班，一句话不要说。矿工也对他好，处处保护他。大喇叭通知开批判会，挖掘机手阿不都阿依木拉住了他，说你不要去会上，从这个后门走，悄悄回家去。

在可可托海一干就是十九年，一直在一矿，一直是机动科科长。要说对可可托海有点儿贡献，还要数去北京一次要了五十辆4.5吨的新"解放"。可可托海啥都缺，苏联人留下的设备一年一年老化，备件都缺，汽车破得都跑不成了。跑北京，给了五十辆南京"跃进"，我不要。冶金工业部孟司长问我："你们一趟趟跑北京，给你们了，为什么又不要了？"我说："我们可可托海山高路险，雪厚天寒，过去用的是苏联的老'吉斯'，现在咱们4.5吨的新'解放'拱雪可以，2.5吨的'跃进'载重量太小不说，一到冬天就跑不了，拱不动雪。"我再说，人家就是不松口，最后吵起来了，吵得很厉害。我向安桂槐、王从义汇报，可可托海的严寒大雪别人不理解，可以想办法把部长弄到可可托海，最好是元月份，雪一下就是1米深，要碰上寒流最好！弄不来部长也得弄个司长来，要不然4.5吨的新"解放"就到不了咱可可托海。你别说，那时候这些打过日本小鬼子的老革命真能耐，他们真把司长弄来了，就在元月份！从乌鲁木齐到可可托海走了三天，从一矿到海子口电站在皑皑雪野中拱了一天！司长一句接一句地说："这里太困难啦！太困难了！"结果，一汽4.5吨的新"解放"刚下线给了五十辆，飞机场也修了，就是现在的富蕴机场，这一下给可可托海解决了大问题。

1995年离休，超期服役的耿升富前辈拿出一本很有年代感的绿色硬皮笔记本，一页一页翻着："你看，前两天这个也走了。三号矿脉从一座山挖成了一个坑,电话号码本划掉的越来越多,老战友越来越少了,一起工作过的工友也一天比一天少了。"

三号矿脉,凝聚了多少青春岁月,承载积淀了多少国家记忆!它不仅见证了中苏两国的交往和情谊,也羁绊着两国的过去和未来。

走访可可托海、伊犁河谷,还有遍布天山南北的兵团农场期间,凡是与苏联专家一起工作过的老人们,说起那段岁月,说到"我师傅"(当年他们跟随的苏联专家)时,无不泪湿双颊,无不万分怀念。可可托海会计师杨云新对我说:"怎么会忘记?不要说七十年,只要不糊涂就不会忘记。那时我刚从学校毕业,还很年轻,什么都不懂,我的师傅玛丽娅·安德罗夫娜真是手把手地教呀!那个耐心只有外婆奶奶有,爹娘都没有!"

几乎所有从那个年月走过来的可可托海人,对苏联专家的评价都近乎完美。他们耐心传授技术,毫无保留。也正是他们学有专长,动手能力强,热情真诚地"传帮带",可可托海才有了第一批专业的稀有金属队伍。在当时,苏联专家的业务领域涉及采矿、选矿、机械、动力、电力……他们的技术引领是全方位的。撤离矿区前,他们把能留下的几乎全留下了,技术资料、图纸、设备……可可托海水电站也是由于苏联专家留下了设计图纸和全套技术资料,才顺利上马。此外,苏联专家临走前还专门举办技术培训班,兢兢业业地培训中方技术人员,希望能在离开之前为中国培养一支稀有金属人才队伍。耿升富回忆说:"新中国成立之初,我们的确向苏联学习了不少东西,两国关系恶化,也没有影响到我们一起工作中建立的友谊。奥什力科夫斯基,让人想念的老人。想你,想你的伏特加……"

可可托海夜话——石头讲述的故事

石头从来有故事。

石头最早讲述的故事，是留在草原千年守望的石人，是凿在山石崖畔上的岩画，是家喻户晓的"精卫填海"。五彩头羽，白色喙，红色小爪，名叫精卫的不凡小鸟，每天迎着初升的太阳从山上衔来一粒粒石子投入东海。日复一日，这些无名的小石子成了坚忍顽强的种子，入了人心，千古回音。还有女娲炼五色石补缀苍天，救万物生灵。五色石用了三万六千五百块，青埂峰下余一块。这方弃石纳天地日月光华，灵智开启，得云游四海途经此地的一僧一道赋予它人世一遭红尘一度的机缘。由此，一块无缘补天的弃石讲了一个大故事——《红楼梦》。

草原上也有流传千年的石头故事。

很久很久以前，可可托海有一个叫阿米尔的青年猎人，热恋着美丽的牧羊姑娘萨娜。草原萨满告诉阿米尔，阿尔泰山喀纳斯冰峰取来那颗海蓝宝石，你美丽的小鸟萨娜才能得到自由、爱情和幸福。

痴情的阿米尔翻过了九十九座高山，杀死了九十九头黑熊，攀上了九十九座冰峰，一只美丽的小鹿引领阿米尔走进一座冰雕雪筑的宫殿。在宫殿中，那颗星光夺目的海蓝宝石世纪守望，只为等待勇敢痴情的阿米尔到来。

阿米尔终于把能带来幸运的海蓝宝石给他的新娘戴上。幸福洋溢的萨娜对新郎阿米尔说，天地给的宝石不能只属于我们两人，这颗美丽的海蓝宝石把自由、爱情、幸运带给所有的人该有多好！

萨娜和阿米尔把宝石埋在了可可托海的石山下。这颗爱情滋养的海蓝宝石，生根发芽，开花结果。不知又过了多少个黄绿交替的季节，牧羊人沙里木·阿依果孜、阿图拜在被后人叫成了"阿米尔萨娜"的山中发现了晶石宝藏之门——

海蓝宝石：

　　古希腊神话中，英俊挺拔却地位卑微的风神罗兰爱上了一位美丽的凡间女子，这是神界不允许的。忠于爱情的风神罗兰不惜付出生命，临终前，罗兰乞求爱神阿佛洛狄忒把自己的灵魂封存在海蓝宝石中作为阳春三月的诞生石，佑护每个有情人都找到自己的爱情。

　　我是大海留下的一滴泪水。没错，亿万年前可可托海还是汪洋大海的一泓水湾，即便是辽阔的阿尔泰至多也是一汪浅海。大地沉浮，神迹隐匿，只剩下了一滴泪水。

　　我脱胎伟晶岩矿床，可可托海是我众多家族的一脉。公元1世纪，古罗马作家、哲学家老普林尼发现，深受古罗马人和古埃及人珍爱的祖母绿和绿柱石来自同一种矿物。绿柱石水头如海水湛蓝透明，蓝得冰清玉洁，光泽如月光下少女的眸子柔和纯净，那才是"万年海水之精灵"海蓝宝石，也就是我，这个可可托海当地牧民口中的珍贵的石头"塔斯"。

　　我肤色的深浅由晶体结构含铁元素多少决定。如果颜色似晨光里垂落草叶的露珠绿得通明，那就是珍贵的祖母绿了，我们同属绿柱石家族。

　　18世纪晚期，法国化学家沃克兰在绿柱石矿石中关注到一种之前不为人知的新元素。公元1828年，这一新元素"铍"被成功分离出来。

　　"铍"，名字源于希腊语"beryllos"，意为海水般的蓝绿色。绿柱石是含有铍的矿石，我们家族的名称来自颜色和形状——绿色，六面柱状石头。

　　银灰色的碱土金属铍，质量很小，身轻如燕，它是最轻的碱土金属。看上去，铍冷若冰霜，内心却火苗一样炽烈，很是厉害。它是原子能理论发展的关键，在中子的发现过程中扮演了重要角色。1932年，英国物理学家詹姆斯·查德威克爵士发现，如果铍被镭放出的α射线轰击，它就会发射出一种未知的亚原子粒子。这种粒子的质量和质子差不多，不带电荷，查德威克爵士称其为"中子"，并因此于1935年荣获诺贝尔物理学奖。

铍被称为"核时代的金属",因其对中子的重要反射能力被用于核武器。中子在弹头内轰击铀以释放能量,当中子在铍套管的内侧来回反射时,就增大了核弹中核裂变的速率。1945年,日本军国主义者因原子弹"小男孩""胖子"的巨大威力而无条件投降。在可可托海,我们绿柱石家族中含铍量高、通透度低的伙伴成了矿主人的最爱。我们海蓝宝石被砸得粉身碎骨混在铍矿石中运往苏联。

随着航空航天工业发展,铍因其熔点高、耐腐蚀等特异品质,成为包括宇宙飞船在内的航天器和导弹部件最理想的制造材料,属于"战略金属"。

随着铍在民用科技领域的运用,以及人类对其认知的不断深入,它又被称为"最神奇的金属":陶瓷、玻璃中加入微量的铍,易碎的陶瓷变得比钢铁还坚硬,玻璃变成了"玻璃钢";铜加1%—3.5%的铍,成为铍铜合金——铍青铜。铍青铜制造的弹簧,压缩亿次弹性不减,铍青铜的抗腐蚀性、耐磨性达到了让人难以置信的水平。铍青铜还有一个让人惊叹的特性:极好的超导能力,电器使用铍青铜不会有火花现象。基于它的这一特性,在航空航天器发动机的关键部位、精密仪器等重要元件中,铍青铜不可或缺。钢铁加入1%的铍,延展性可提高千倍以上……

锂辉石:

我们家族没有绿柱石家族中海蓝宝石、祖母绿那样的大美人,但在可可托海我们最得宠,因为我们锂辉石含有锂。

公元1817年,瑞典化学家约翰·奥古斯特·阿尔费特逊在锂辉石矿脉中发现了新元素"锂"。

之后很长一段时间,我们锂辉石家族一直被冷落,因为我们没有海蓝宝石的容颜。直到冷战开始,我们家族越来越显赫——锂的脾性有能量和威力:1公斤锂热核反应释放的能量相当于2万吨优质煤燃烧的能量、5万吨TNT的爆炸能量。锂或锂的化合物用作火箭、导弹、宇宙飞船的推动力,不仅能量高、燃速大,而且有极高的比冲量。火箭的有效载荷直接取决于比冲量的大小。1967年6月17日,中国成功爆破第一颗氢弹,主要填充物氘化锂,就是可可托海我们锂辉石家族的贡献。锂在原子能工业的独特价值举世瞩目。

我们家族含锂的矿石主要有锂辉石、透锂长石、锂云母，最受欢迎的成员是粉紫色晶体——紫锂辉石。碱金属锂是所有金属中最轻的，它很柔软，像巧克力一样可以用小刀切割。锂有极高的反应活性，就是你们说的"水性杨花"，必须用一层凡士林包裹起来储存。

随着近代科技的发展，锂在国民经济各领域的应用日益扩大，除原子能工业、飞机导弹宇航工业，它在玻璃陶瓷工业、冶金工业、石油化工和有机合成工业、电器和电子工业、医疗制药工业领域都有不俗表现，有"工业味精"之称。铜冶炼过程中加入十万分之一的锂，就能改善铜的内部结构，使之变得更加致密，从而提高铜的导电性。

锂也与人类生活息息相关。锂离子电池把可观的能量储存在很小的空间，从而提升了心脏起搏器、手表、笔记本电脑、相机的品质。锂电池新能源汽车彻底解决了汽车排放污染问题，行车成本不到汽油发动机的三分之一。

自1949年澳大利亚医生约翰·凯德发现碳酸锂对有精神问题的患者治疗效果显著后，锂在医疗卫生领域的应用范围不断扩大，众多病人的生活得到有效改善，锂也因此被誉为"上天恩赐人类的天使"。

人类有"人不可貌相"一说，这也适合我们锂辉石一族。

黑宝石：

黑宝石是我们的俗称，哈萨克族牧人说我们是披挂一身宝石的黑走马。

我们的学名是钽铁矿、铌铁矿，或是钽铌铁矿。我们像一对双胞胎共生于钽铁矿或铌铁矿，钽含量高就叫"钽铁矿"，铌含量高就叫"铌铁矿"。

我们栖身的钽或铌矿石，看上去就是一块黑乎乎的不起眼的石头。

"钽"这一名称，源于一个同类相残、活人献祭的神话故事：天神宙斯的儿子坦塔罗斯受邀赴奥林匹斯山与众神聚餐，因偷窃食物激怒众神。为平息事态，坦塔罗斯把自己的儿子珀罗普斯煮熟分割祭献众神，但是众神拒绝了这恐怖的食物。坦塔罗斯被放逐到地狱，遭受饥饿和干渴的惩罚，被迫立于没过脖颈的水中，急于喝水时，水迅速退落；饥饿难耐时，身边挂满一串串成熟葡萄的藤蔓骤然升空抬高……

分离钽元素的过程，犹如坦塔罗斯在地狱受惩罚和折磨。1820年，瑞典乌普萨拉大学化学教授安德斯·古斯塔夫·埃克伯格宣布发现了一种新的金属。但是英国化学家威廉·海德·渥拉斯顿研究安德斯·古斯塔夫·埃克伯格发现的"新的金属"后，宣布这一"新的金属"与铌元素一模一样！直到1844年，钽和铌才被德国化学家海因里希·罗泽分别开来，科学最终证明埃克伯格的科学探索是正确的。

"铌"之名源于坦塔罗斯的女儿尼俄柏。1864年，化学家C.S.布罗姆斯特兰同时加热氯化铌和氢气，制得了纯铌金属样品。

别看我们黑乎乎的一点儿也不起眼，我们含有的钽、铌可是狠角色，都是高熔点、高沸点的稀有金属。钽具有极高的抗腐蚀性，无论是在热或冷的条件下，钽对盐酸、浓硝酸、硝基盐酸都视而不见毫无反应。世界钽金属产量一半用于钽电容生产，装备军用设备。它被广泛应用于空间技术、喷气发动机、火箭、航空航天器组件、耐高温设备和电子工业领域。钽和碳的合金，硬度可比金刚石，是机械加工青睐的切削工具材料。铌也身怀绝技，具有超导性能。铌合金是当今最尖端的超导材料。铌用于制造超级合金、不锈钢、高强度低合金钢，可谓点石成金。钽、铌因其对腐蚀的强抵抗力和低过敏性，它们的合金材料被广泛用于医疗器械、外科手术，在不同领域造福人类。

"宇宙天空时代的稀有金属"，我们为钽、铌有这一评价感到骄傲。

铯榴石：

我们铯榴石是唯一含铯的独立矿物。也就是说，铯元素是我们铯榴石的独生子，铯的主要矿脉母体就是我们铯榴石。可可托海是中国最早发现稀有金属铯、铷的地方。新疆有色金属科研所从铯榴石体内提取高纯度铯的技术，处于国内领先水平。

1860年，在迪尔凯姆矿场水样中，德国科学家罗伯特·威廉·本生和古斯塔夫·基尔霍夫将水煮沸，除去杂质和盐，将剩余的液体喷洒到火焰中，光谱仪上显示出两条从未见过的蓝线，兴奋的本生和基尔霍夫确信他们发现了一种新元素。本生和基尔霍夫提取到铯的纯金属后，以拉丁语"coesius"为其命名，意思是"天蓝色"。

铯在碱土金属中是最活泼的，银金色，柔软，熔点低，室温下就可以液化。纯态的铯接触到水就会发生强烈爆炸。铯原子最外层电子极不稳定，易被激发而放射变成带正电的铯离子，是航空航天动力比如离子火箭发动机的理想燃料，是电子、化工、国防工业导弹用光电池、红外瞄准镜、夜视镜等领域无可替代的基础材料。

1970年7月24日，中国第一颗人造地球卫星从天宇传来《东方红》旋律，报时钟是铯原子钟，计时准确到三十万年产生一秒误差。铯用于计时装置始于1955年，路易斯·埃森在英国国家物理实验室制造了第一台铯原子钟。铯原子钟经过不断改进，可以十分精确地测量出十亿分之一秒的时间。中国第一颗人造地球卫星报时钟所用金属铯，来自我们铯榴石家族的摇篮——可可托海三号矿脉。

像钽铌矿一样，铯、铷也共生相伴，二者化学性质类似。就在发现铯元素的第二年——1861年，本生和基尔霍夫这对搭档借助光谱学，在锂云母矿石中发现了一种能产生红色光谱线的未知元素，他们以拉丁语"rubidus"（深红色）命名有宝石般红色光芒的新元素——铷。和铯一样，铷易于离子化的个性特点，在离子推进火箭、热离子转换发电、磁流体发电等国防工业、航空航天领域、能源领域、生物医学等高科技领域展现出广阔的应用前景。铷原子钟也是最精准的计时器之一。

铀矿石：

我们被发现的时候，因为色彩艳丽、体态妖娆，有"矿石家族的玫瑰花"之称，但没人愿意亲近我们。

人类发现，拥有无限能量的铀，"真是一个让人恐怖的家伙！"1公斤铀燃烧就能够提供1500吨优质煤燃烧的热能。

1945年8月6日上午8时16分，投向日本广岛的"小男孩"原子弹携带了64公斤铀，只有不到1公斤铀产生了核裂变，就释放出相当于1.3万吨当量的常规炸药能量，5万栋建筑物被夷为平地，7.5万人死亡。从此，

"玫瑰花"成了"恶之花"。

铀是热核武器的核心物质。1789年，德国化学家马丁·海因里希·克拉普罗特从放射性沥青铀矿中提取了铀元素的氧化物，根据1781年新发现的天王星的英文名为其命名。

直到1841年，法国化学家欧仁·梅尔基奥·佩利戈特才首次分离出银白色的铀金属。

1896年，法国物理学家安托万·亨利·贝克勒尔观察到，一份铀盐样本模糊了被存放在同一个黑暗抽屉里的照相底片。这一发现打开了"放射化学"领域的大门。

物以稀为贵。铀是一种极为稀有的放射性金属元素，在地壳中平均含量仅为百万分之二，形成可工业利用矿床的概率比其他金属元素要小得多。中国铀矿资源不丰富，矿床规模以中、小为主，矿石品位偏低。

山水相依的世外桃源天山西沿伊犁河谷藏着我们一处秘密家园——特大型地浸砂岩型铀矿田。你们还是聪颖地发现了我们。

电气石：

我们为人熟知的名字是"碧玺"，是电气石达到宝石级的工艺名称。在可可托海，人们诗情画意地叫我们"彩虹仙子"。

瑞典科学家林内斯发现，花岗伟晶岩脉、高温热液石英矿脉有一种硅酸盐类矿石，化学成分十分复杂，具有热电性和压电性：前者指在温度变化下，这种矿石会在两极产生电荷；而后者 piezo-electric（piezo，希腊语"挤压"的意思）是指对这种矿石的C轴方向加压，两极会产生电荷。也就是说如果施加压力或"挤压"这种矿石，它就能放电，这是林内斯命名"电气石"的缘由。

我们因为不同寻常的七彩霓虹而让有缘人看见——谁能找到彩虹的落脚点，谁就能找到幸福和财富。

古埃及传说中，碧玺是沿着地心通往太阳的一道彩虹；古希腊神话里，碧玺是从天上盗取火种的英雄普罗米修斯留给人间火种的化身。而在中国历史文献中，碧玺一词及其颜色、特质等相关记载，最早出现在地质前辈章鸿钊先生 1921 年所著《石雅》一书中。

宝石中，碧玺以色彩极其丰富而著称，"彩虹仙子"名副其实。碧玺的七彩霓虹，皆因电气石是一种成分极为复杂的硼铝硅酸盐矿物。每一块电气石都含有一种或数种铁、镁、锂、钾、钠等元素，所含矿物元素的种类、比例不同,电气石就呈现迥然不同的色彩。常见的有红色系、绿色系、蓝色系、黄色系，还有红绿双色系、红黄双色系等。含锰呈现红色或粉红色，深红色碧玺俗称"双桃红"，浅红色碧玺俗称"单桃红""胭脂水"；含铬、钒呈现祖母绿，绿色系中最为名贵的是祖母绿碧玺；蓝色系中最好的是帕拉伊巴湖蓝色碧玺，媲美海蓝宝石；黄色系碧玺中，昵称"金丝雀"的黄碧玺最珍贵，纯正的黄色中微微泛出一丝嫩绿的色彩，甚是稀罕；双色碧玺中最有名的"西瓜碧玺"，绿皮、红心自然过渡，是碧玺一族的佼佼者。

可可托海宝石级碧玺，单色色彩度、纯净度极高；双色碧玺一头青竹碧绿，一头桃红洇染，雪天里，青意盎然。

1992 年 6 月，可可托海库儒尔特矿发现大量碧玺晶岩，其中一块红碧玺晶体重达 6 公斤，还有内红外绿的"西瓜碧玺"。

石榴石：

一颗产于可可托海，重达 1397 克拉的橙红色锰铝石榴石大晶体被珍藏在中国地质博物馆。

石榴石英文名称 Garnet，源自拉丁文 Granatum，意为"种子"。中国古时称其"紫鸦乌"或"子牙乌"，在青铜时代已被使用，其外形如同丰润饱满、数量众多、紧紧抱在一起的石榴籽。温润的光泽、晶莹的色彩，因含化学元素成分比例不同而异彩纷呈。镁铝石榴石多见玫瑰红、紫红和血红色;铁铝石榴石呈现深红、褐红、棕红色;钙铝石榴石因含有铬而为鲜绿色；钙铬石榴石呈现光泽艳丽的草绿色，最为人们喜爱。

我们石榴石也是封心锁爱于历史长河的界石。奥德修斯和他美丽的妻子珀涅罗珀忠贞相守相爱的神话传说最为人知。

奥德修斯出征特洛伊，临行前，爱妻珀涅罗珀给他佩戴了一枚闪耀着血红色光泽的石榴石，希望有"平安石"之誉的石榴石保佑丈夫征战平安，像这枚血红的石子一样坚守信仰，胜利归来。

特洛伊一战十年，奥德修斯在外经历血雨腥风，动荡漂泊；珀涅罗珀在家中忠贞坚守，在漫长的岁月中一直等待着丈夫归来。仰望星空，珀涅罗珀就想到具有超人力量和勇气的奥德修斯，坚信燃烧着她血液的石榴石如天上星星一般照耀佑护她的奥德修斯平安。星光璀璨的夜空回应着心的张望，珀涅罗珀终于等来了她的英雄奥德修斯凯旋，她亲手佩戴的石榴石护身符光泽依旧。

石榴石里还藏着歌德和情人乌尔丽克之间爱的光芒。乌尔丽克与歌德约会时，一定会佩戴家族世代传下来的红色石榴石。姑娘深信，神奇的石榴石能传递恋人之间爱的信息，佩戴石榴石可以走得长远。年仅十九岁的姑娘第一次看见歌德时，便深深爱上了才华横溢、思想深邃的诗人。由于年龄相差太大，乌尔丽克的爱情被家族坚决反对。倔强的姑娘对歌德炽热的爱，就像家族世代传承的石榴石，她要让石榴石见证、传递自己忠贞不渝的爱情，地老天荒，海枯石烂。这串有故事的宝石级石榴石，被收藏在波希米亚博物馆。

水晶：

我们常被用来形容纯净、纯粹、冰清玉洁，比如她的心灵纯净得像水晶。其实，我们跟沙子同出一源，是无色透明石英结晶体矿物，主要化学成分是二氧化硅。二氧化硅结晶完美是水晶；二氧化硅胶化脱水是玛瑙；二氧化硅含水的胶体凝固后就成为蛋白石。纯净的无色透明的水晶是石英的变种。我们水晶一族可能是矿山最庞大的家族，粒状石英是花岗岩、片麻岩和砂岩的主要矿物集合体。

由于所含化学元素成分不同，呈现的色彩就不一样。含铁，呈金黄色或柠檬色，被称为"黄水晶"；含有锰和钛，呈玫瑰色，被称为"蔷薇水晶"，也叫"粉水晶"；也有紫色或绿色的水晶，是铁离子所致。晶莹剔透的葡萄紫独树一帜，是我们水晶家族的公主。紫水晶名称源于古希腊，与酒神狄俄尼索斯有关，意思是"没有喝醉的"。在古希腊时代，深邃典雅的紫水晶被认为能节制行为、纯净心灵，是一种功能全面的理疗晶石。

在很长的历史时段，紫水晶是镶嵌皇室王冠的珠宝，与红宝石、蓝宝石、祖母绿媲美，被称为"二月生辰石"。

我们的藏身地点也很独特，像紫水晶这样有宝石价值的家族成员大多栖居、修炼在崇山峻岭的伟晶岩、火山岩晶洞中。

可可托海老木桥上北行，风情街一间紧挨着一间的珠宝店，全是看上去很不起眼的小门脸。店小乾坤大，小门脸后哪个不是家底百万千万，哪个不是五湖四海的阿里巴巴！店老板十有八九是20世纪政策允许私人开矿山时，从五湖四海投奔而来的可可托海早年建设者的亲朋好友——前人栽树，后人乘凉。

今夜星星点灯

铁石嶙峋的山脚下，海子边，梯田状的干打垒废墟一层一层一直压到伊雷木湖边。

这是海子口大会战的遗留。

额尔齐斯河出阿尔泰山一路狂奔，激情冲荡又懵懵懂懂，在可可托海撞上喀依尔特河，两水交锋。先是卡拉先格尔地震断裂带拽了它们一下，成就了一泓"有漩涡的水"——堰塞湖伊雷木，留下一片养育万物生灵的牧场，继而在崇山峻岭间左劈右砍，跨国越界，千里无惧直奔北冰洋。

去了矿山的人慢慢习惯了把哈萨克族牧羊人口中的"伊雷木"叫"海子口"，海子口大会战的目标是建设可可托海水电站。

20世纪五六十年代出生的人不会对"大会战"一词陌生。"会战"一词源于战争，指战争双方主力在一定地区和时间内进行决战，如抗日战争中的忻口会战、台儿庄会战、长沙会战等。后来比喻集中有关力量，突击完成某项任务。作为推动国防工业发展重要组成部分的可可托海，历史上大大小小的会战不计其数，其中有三次大会战非常重要。一是

可可托海矿山职工在矿场学习《毛主席语录》

1960年前后开始的保出口大会战，响应国家号召还清苏联债务。在这次会战中，每一位矿工都把国家命运和自己的命运紧紧连在一起，在极端困难的条件下提前完成"保出口"任务，为国争光，成为第一代、第二代可可托海人永远的回忆。二是1971年的百日大会战，用8吨钽铌矿石为中国第一艘核潜艇进行联合试验装填核燃料。三是海子口大会战，也是最让人难忘的大会战。

一

苏联人来可可托海开矿，最早用烧木头的蒸汽发电机，一年一年地烧木头，以致可可托海的绿色丛林都被烧秃了。中苏合营时期，建了一座柴油机发电站，后来又在额尔齐斯河南岸山坡上建了一座小水电站，但随着矿山发展，电力成了拦路虎，苏方经理、地质专家列宾克提出建可可托海水电站。三号矿脉前景好，矿山要发展，电力先行，借助海子口得天独厚的水利资源建水电站是不错的选择。

1955年以后，苏联专家陆续撤离，建设水电站中国只能自力更生。工程由水利电力部立项，西北勘测设计院设计。建深井水电站是大项目，很快，这里聚集了一批甘心洒汗水、洒热血的工人、技术人员。

冲击钻机长王俊卿，是水电站的功臣。建坝过程中，水电站拦水坝坝底渗水成了工程推进的最大障碍，试了很多办法都失败了，大家寄托很大希望的"帷幕灌浆"也失败了。这时，王俊卿、谢重开提出"沉箱法"。王俊

1955年，张家栋（左一）、马特维耶夫（左二）、刘履中（左三）、蔡祖风（左四）踏勘可可托海水电站拦河大坝坝址

卿在东北见过土质层上用"沉箱法"浇筑桥墩，但是在可可托海这种崩石层上搞沉箱能不能成功没把握。会战指挥部在听了王俊卿、谢重开的设想后，当场决定由他们二人主持试验。"沉箱法"是先把混凝土浇筑成一个个中空无底无盖的沉箱，然后再把沉箱一个一个并排放进河床，工人进入沉箱掏空河床底部的崩石、角砾，让沉箱一点点下沉，同时继续浇筑加高沉箱，直到沉箱下沉二三十米后，穿过了崩石层、角砾层，沉入河床黏土层1米左右。没想到试验大获成功，彻底解决了坝底渗水问题。

王俊卿是河北人，之前在山东铝厂工作，后来辗转到了北京。刚从苏联人手上接过可可托海的矿山时，解决缺少技术工人问题成了迫在眉睫的大事。清华毕业来矿上的刘履中进京求援，王俊卿就跟刘履中从北京到了可可托海。他们那批从北京水电勘测公司来的优秀技术人才有四十多人。为了建设可可托海水电站，王俊卿独自进疆，把妻子和两个女儿留在了北京。不幸的是，小女儿出麻疹夭折。随后，妻子带着大女儿从北京来到可可托海，在这里他们又有了一个儿子。1958年，正赶上"大跃进"，可可托海的冬天冷得让人受不了，妻子保住了命，儿子却染上了小儿麻痹症，落下残疾，丧失了行走能力。这是王俊卿心中一辈子的痛。可可托海不能忘记他们。

水利水电工程师宗家源，也是不能被忘记的。他是清华大学水利工程系首届毕业生，和水电工程打了一辈子交道，为西北地区的水利水电事业做出了巨大贡献。灞河引水、青铜峡灌区、喀什三级水电站排冰工程、甘肃碧口水电站、可可托海水电站等都有宗家源的心血。

宗家源是广东佛山三水人。三水位于珠江三角洲西北端，因西江、

正在渡河的宗家源

北江、绥江三水汇流而得名。夏秋两季受热带台风影响，时有雷暴强对流天气。薄虚的北江大堤遇大雨河水漫涨，易成水灾。1931年秋宗家源出生时，三水遭遇了五十年一遇的大水灾。小时候听奶奶一次次地对他说水灾之苦，渐渐就有了心愿：长大后学大禹治水，不要奶奶再怕水灾。小小的心愿就这样发了芽，宗家源从香港中华中学毕业后，报考了清华大学水利工程系。

宗家源（水利水电工程师）：

1959年7月，我一个人带着一箱图纸，两床被子，两箱子皮大衣、狗皮垫子、毛毡筒和其他一些衣物，登上兰州开往新疆尾亚的火车。

当时火车只通到尾亚。从尾亚坐汽车经过吐鲁番到乌鲁木齐，停留一夜，再搭矿山的班车去可可托海。新疆的班车多年来都是"解放"牌卡车，九个人一排，四排，两两相对，坐在自己的行李上。我去时正是入秋，那里的秋天气温只有十几摄氏度。夜里路过克拉玛依，天上的星星月亮离得好近，大家都不说话，只听得到马达的轰隆声。

到了可可托海，第一印象是冷。那正是困难时期的1959年，但在矿山三角钱一大碗羊肉，不用吃馍就能吃饱。三角钱两斤的哈密瓜，也很好吃。

可可托海的老工人把水电站叫"二厂房"。二厂房之所以埋在地下，出于两个考虑。其一，地处高山，如果建在地面，就要劈山了。水深坡陡，如何明挖？相比之下，地下反而更好施工。其二，那时有备战需要，高山全是花岗岩，厂房埋在里面，很安全。在当时，这应该是全国最深的厂房。

竖井深136米，直径13米。有一部吊笼电梯，旁边是一架安全梯，很窄，只容一人通过。

竖井全部是徒手挖的。当时施工的是新疆生产建设兵团第五团，他们虽然不是正规的水利工程人员，但打洞放炮很厉害。一千多人，基本上完成了竖井、导流洞、尾水洞等所有打洞的任务。那个年代机械不多，打钻、放炮、挖土，全靠人力扛下来。山里打洞，外面也要挖。进水口和大坝都需要清坡，工人们扛着斧头、铲子，就那么明挖。明挖很容易塌方，因为高崖两边都是浮石。工人们每天开工，要爬坡上去，只有一条路，旁边就是额尔齐斯河，石头滚下来，跑都没法儿跑。

戴月披星夜，携图急出征。这是我第一次到可可托海。

水电站大坝最初的设计是木笼坝。就是用木头做成笼框，里面装石头，直接沉到河里把水截住。投木笼坝前，要往下打防渗墙，挡住地下水，否则地下水压力太大，坝会浮起来。一开始用灌浆的办法，河流以下是二三十米的流沙、石头，打钻孔穿过这层，一直打到岩石层，再灌水泥下去，拦住地下水。但这是一个错误的方法，地下水流速太快，灌下去的水泥浆还没来得及凝结，就被冲跑了，根本不能防渗。木笼坝失利，又请新疆水利厅设计了钢筋混凝土坝，在河道的两侧开挖了一条泄洪洞。

但三年过去了，大坝却还没建起来。一是因为地下防渗的问题仍得不到解决，二是缺少专业水利施工人员。如此下去，矿山就无电可用了。可可托海组织大会战，必须割掉这个"烂尾巴"。

大坝工程重任再次交给了宗家源他们设计院，摆在他们面前的难题仍然是地下防渗。当时还没有后来密云水库采用的防渗墙技术，于是，宗家源和陈飞提出了"沉井法"。所谓"沉井"，就是先做混凝土的尖嘴结构物，靠它自身重力下沉，人在"井"内不断挖土，尖嘴一路下沉，同时在上面一圈一圈加混凝土，最终插到岩石上，再向"井"中灌注混凝土，一个个沉井连起来一串，起到拦截地下水作用。不过，在当时的国内谁都没听说过这个方法，更别说施工了，大家只能摸索着前进。钢筋混凝土的尖嘴插板插下去，人要抓紧挖，挖的同时还要注意垂直方向和角度，不要卡住石头。尖嘴稍有不慎就会歪倒，得赶紧纠正、平衡。就这么一路掏空，一路纠正，一路下沉，第一口沉井终于试验成功。工地试验通过，施工单位认可，设计院拍板，沉井式防渗方案确定。

整个沉井工程持续了半年以上。沉井要二十几米深，一排二十几个，连成一串，工程量很大。此外，沉井必须在枯水期施工，也就是当年10月到第二年 5 月。那正是可可托海最冷的时候，每天二十四小时三班倒，昼夜不停。工人们在冬衣外面套上胶裤子、胶鞋，因为下挖的同时，不断有地下水渗出。工作很艰苦，5 米×4 米的沉井，每次两三个人下"井"施工，有铲有挖，还有人放炮。挖出的有大石头，也有沙子。大个儿石头有一两米高。工人从水里捞沙子，地下水渗出太多的时候，赶紧顺着井壁的梯子往上爬，用抽水机加紧抽水，堵一堵渗水处，再下"井"继续干。通宵施工是常事，可可托海的大风冷得不行，但工人们开玩笑说下"井"反倒更暖和些。

每次都是两位哈萨克族工人带着宗家源他们上山。坝区山高 100 米以上，雪深路滑，一下没踩住就可能从悬崖上滚下去，粉身碎骨。哈萨克族工人很实在，下山时担心他走不稳，就用绳子绑住他的腰，一个在后面拉着他，一个在前面挡着他，一路这样保护着宗家源。

可可托海水电站终于发电了。1967 年 2 月 5 日晚上七八点，宗家源他们设计组的人驱车到二厂房，坐吊笼穿过 136 米深的竖井，来到地下，机器已运转很稳定。

从厂房回到家，一句诗已经在宗家源心中酝酿成形：

八年寻伏虎，
今日喜降龙。

八年，可谓一步一个坎儿，步步都遇拦路虎。

竖井电梯安装是一个坎儿。电梯升降高度 130 多米，当时全国唯一的一家电梯厂——天津电梯厂安装队来到可可托海现场，队员一口天津腔直摇头，别说以前没有干过升降高度这么大的活儿，山里掏个洞的工程也没见过啊！连连说干不了、干不了，结果原路回了天津。

没办法，只能自力更生。作为工程师的宗家源领上施工队，在竖井上下一次次地跑，反复研究图纸，历时四个月，硬是用吊葫芦、卷扬机这些最原始的机械，在竖井立起了电梯，试运行一次成功。

终于盼来了 1966 年春节试车发电，打掉一只拦路虎，又蹦出一只：按下引水闸门电钮，引水洞闸门却打不开！宗家源准备下引水洞查找原因，施工队却人人劝阻：原因没搞清楚，下到洞里，闸门要是突然被水冲开，神仙也难逃！文弱书生态度坚决："我是工程师，本来就该我担责任，这个险当然要我冒。"宗家源执意下到引水洞，众人正担心，他已笑着上来了："不是大问题，可可托海冬天太冷，闸门冻住了。"随后带着几个人下到引水洞，在闸门口点燃一堆火。引水洞闸门开启，水轮机越转越快，矿山瞬间灯光辉映星光，一片辉煌。

宗家源：

　　我第一次到可可托海的1959年，我太太在三水农村老家送走了我的老祖母。

　　1947年，我和太太结婚时十六岁。二十一岁时，我带着她攒的十六元钱，从香港去北平的清华大学读书，毕业时分配到西安。一直到1959年，虽然中间回乡短聚，但我们常年都是分隔两地。祖母死后，我太太申请来兰州与我团聚，农村不放人。后来知道我这么困难，又要到可可托海去了，就放她来了。我忙着赶可可托海的施工图纸，没办法请假回老家接她。我太太不识字，也不懂普通话，别人给她写了张条子带在身上，从三水农村出发，在郑州转火车，到兰州出站，一路都是拿着条子问人。我在兰州火车站接到她，结婚十二年后，我们的户口第一次真正在一起。可是，她到兰州一个月，我就去了可可托海。我的太太很受苦，普通话也不懂。那时我们还没分房子，把她安置在招待所，我就走了……

1962年可可托海水电站复工，宗家源从喀什水电站工地被急调到可可托海。离别多年的妻子千里寻夫来到可可托海。1963年，他们有了女儿海燕。正值三年困难时期的尾巴，缺吃少喝，日子十分艰难。最让广东妻子受不了的是可可托海的冷，零下三四十摄氏度是常态，极冷时竟然有零下五十八摄氏度！妻子奶水不足，千年草原却买不到牛奶更买不到奶粉。先天不足，后天失调，要救可怜的女儿，母女只能回到总部所在地兰州。

　　在病弱的妻子和女儿最需要宗家源的时候，他却在可可托海水电站工地上。工程施工的关键阶段，工程师宗家源的家国情怀早被"不亮明珠誓不还"占满了。

1967年可可托海水电站试车成功，宗家源回到兰州，未曾见过的小女儿海英也已能满地跑了。不想一别又是三年！

妻子承受的苦难、孤独，宗家源心里很清楚，那岂是话语能尽言的？对妻子和女儿的亏欠是宗家源一生最大的遗憾。

宗家源始终记得毕业典礼上，校长蒋南翔语重心长的话："让我们为祖国工作五十年以上。为国家、社会贡献得越多，就越有价值！"

1976年，宗家源调任广东水利水电设计院工程师，参与汀江水电站工程、北江飞来峡水电站、深圳笋岗水闸、北江芦苞水闸、广州抽水蓄能电站设计。最让宗家源心安的是可以告慰奶奶的在天之灵了：他参与了北江大堤的加固设计，因为加固加高，北江大堤抵御了1993年百年不遇特大洪水，造福乡梓。

  江河留笔迹，
  大漠印行踪。

这是宗家源人生的自我概括。一个人，一生坚守"为社会创造价值"的信念，可谓一个纯粹、高尚的人。

二

"可可托海的大工程，我全干过！"可可托海第一代矿工、哈萨克族的阿依达尔汗·恰勒哈尔拜自豪地说。他在矿区干了四十二年。海子口大会战，他一干就是十年。

在老领导王从义的带领下，两千多人二话不说，全住到海子口。现在海子边的山坡上还能看见当时赶着挖的半地窝子、干打垒。那时候四十多个人住一间，木板子往地上一铺，铺盖一摊就能睡人。特别时期，常常肚子吃不饱，一整个冬天都在吃包菜、土豆、甜菜渣子掺上一点点黑面蒸的"高产馍"。

"海子口大会战，女人们功劳大！"阿依达尔汗·恰勒哈尔拜回忆说，推砂石料、搅拌水泥等全是最苦最重的活儿，男人们干啥女人们也干啥，还带上吃奶的娃娃。正好赶上1966年冬天大雪，来年大雪融化，造成了大洪水。大坝的水越过警戒线，水头猛得很，开始往后翻。大坝要是垮了，可可托海、铁买克乡就全淹了。坝上装沙子的麻袋不够用，女人们就把家里的被子、单子、毛毯、花毡拿出来，缝成沙袋往大坝上送。在那个年代，毛毯多么贵重，花毡说不定就是她们出嫁时的嫁妆。

海子口大会战，工五团也做出了巨大贡献。工五团有两千多名职工，加上家属有六千多人。大部分是起义部队的老兵，有少数彭德怀第一野战军、王震二军进疆的官兵，再一部分是各省进疆的学生，还有些劳改新生人员。1958年4月，工五团进驻可可托海，修建深井水电站。那时期的口号是"深挖洞，广积粮"，为打仗做准备。电站建在山洞里，山体全是花岗伟晶岩。但在花岗岩山里凿出电站，太难了，又不能使用炸弹。工人手里只有钢钎、十字镐、雷管炸药，全靠人力一点点凿，像蚂蚁啃骨头。打眼放炮，炮眼要打1米或1.5米深，因为花岗岩太硬，深度不够石头炸不下来。山上高寒缺氧，工五团第一代建筑工人熊善君亲眼见到最冷一次气温测量是零下五十三摄氏度！

熊善君的老家在河南潢川，他1956年高中毕业，考取了河南新乡师范学院，正准备报到上学，新疆生产建设兵团去招生，他们的招牌是电影《军垦战歌》，天苍苍野茫茫，瓜果飘香很向往。那时到处都是"好儿女志在四方"的宣传，熊善君心想读四年师范出来也就是个教书匠，于是他们十名同学一起报名新疆兵团，到了工五团。

熊善君：

想想，当时的人真有信念，工程建设硬是革命加拼命，一不怕苦二不怕死拼出来的。开凿引流渠、回水洞，巷道没有通风口，石尘弥漫，面对面看不见人，有的人三四十岁就走了。还有无谓牺牲的工友。炮眼打好了，放炸药，装雷管，放炮班点着导火索，赶紧着往后退，最少要在五六十米外躲起来。但是导火索质量差，有的燃得快，人还没跑几步，炸了，伤人死人；有的哑了，清渣时突然炸响了。光是竖井、导流渠、回水洞工程死的就有几十个。伤亡最多的是爆破班的年轻人，十八九岁呀！河南支边青年洪天智、雷宝才炸死在竖井了，开挖盘山公路又死了好些……凿导流渠、回水洞，矿渣要推出去，铁轨滑，洞里零上十多度，洞外零下二三十度，掌握不好连人带矿车就到额尔齐斯河里了。我的腰伤就是推矿车砸的，一变天疼得厉害，差一点儿掉河里喂鱼。就这样，我们硬是挖空了一座山，打穿了一条洞，垒起了一座坝，在山里建了一座地下水电站。1964年完成水电站土石方工程，转战克拉玛依油田建设时，可可托海水电站拦河围堰已经合龙，泄洪洞打通了，引水洞打通了，可是我们两千二百多人的队伍损兵折将。谁说和平建设年代没有牺牲？那是昧了良心！翻过年我回家探亲，远远望见村口朝路上张望的娘，眼泪止不住地流。突然想到牺牲的战友，想到洪天智、雷宝才……唉，远行的儿啊，你还好吗？家中的爹娘倚在村口那棵老槐树下一日日地盼儿归。1958年到可可托海刚二十岁，今年我八十二了，六十多年前的工友能找到的太少了。

老天有眼啊！战友为他们立碑那天，可可托海突降六月雪，天地不忍，用一场大雪送我们的战友最后一程。

第二次去海子口，约巴哈提别克·加斯木汗徒步。想着不远，走起来还真不近。巴哈尔告诉我，他从部队回到可可托海，正赶上水电站大坝加高工程，水库最高蓄水水位从1168米提高到1170米。"从部队回来我学电焊，大坝电焊的活儿我完成呢。天天可可托海骑自行车海子口坝上去，九点以前必须到岗，晚上七点钟从电站回家，一天补助一块钱。"

铁石狰狞的山根下，伊雷木湖边，当年大会战留下的干打垒废墟和遥相守望的那一片坟茔触目惊心。大坝建在山口，目测山口最窄处大约在50米以内。仰望两岸悬崖峭壁，有千米以上。

"额尔齐斯河山里出来，累了。伊雷木湖休息一下嘛，有了力气，儿马子一样又高山深谷里冲呢。海子口不来我不知道，天天跑知道了，修深井水电站难得很！钢材、水泥，还有那么多设备全是人力搬运，有的师傅走着走着倒在进山的路上了。10万多吨钢材、水泥运上山，8000多万立方米花岗岩山里掏出来，从1956年勘测设计，到1976年全部四台机组发电，用了整整二十年。"

在路上，地不老天不荒

一

他说，我这一辈子，就是不停地走。你不走不跑，去哪儿找矿？这一走就走过了人生四季，像歌里唱的"从星星走成了夕阳"。

贾富义是可可托海地质工程师，1957年从长春地质学校毕业，他们同期毕业的有四十多人分到了可可托海。长春地质学校，是新中国第一所地质专科学校，货真价实的中国地质人才的摇篮，第一任校长是中国地质学家李四光。贾富义是1937年七七事变那年出生的。抗日战争水深火热，同时期的苏联却已经进入工业化时代。苏联国内的两种职业最让人羡慕，一个是常在天上的飞行员，一个是在地上的地质工程师。地质勘探是工业建设的尖兵，受时代感召，贾富义选择了地质专业。在学校时他就知道新疆有色及稀有金属股份公司是中苏合营企业，并选修了俄

矿工在1962年修建的新三矿手工选矿室前合影

语。到可可托海后不久，他又被分到七〇一地质勘探大队。七〇一那时候是中国有色金属工业总公司的功勋地质队，兵强马壮，有八个分队，他在一分队。

贾富义：

去阿斯喀尔特，一分队在新三矿，简易公路都没有，七八峰骆驼上山，缰绳一个连着一个。赶骆驼的工人叫马福礼，回族，奇台人。他骑第一峰骆驼，我骑最后一峰，驼铃就挂在我骑的骆驼脖子上。一路驼铃响，到了新三矿。山上一片帐篷，没有一间房。

可可托海，中国有色工业的摇篮，人才、技术的摇篮。这是中国矿床学首屈一指的专家涂光炽先生对我说的，涂先生的话一点儿不夸张。三号脉名气大，矿藏品种多，储量大，锂辉石储量5万吨以上，储量1万吨以上就属大型矿山。三号脉最让人瞩目的是它的科研价值：地壳演变过程，岩浆如何在裂隙中分解、自我组合。它是一个完整的花岗伟晶岩演化过程的典型，天然成矿实验室，学术价值很高。

在阿尔泰周边方圆1.6万平方公里已发现的矿脉涉及稀有金属、有色金属、煤炭等，其中阿斯喀尔特、库儒尔特、乔拉克赛、群库尔等都是名声响亮的矿山。

地质人的舞台在戈壁山野，翻山越岭是他们的基本功。捣鼓玉石的人有"赌石"一说，玉包裹在石头里，光看外表跟石头一样，有眼力的行家瞄几

20世纪60年代新三矿开采初期，贾富义（右二）和工友的合影

眼，石头里有没有玉，八九不离十。当众切开，有玉，赚了；没有，认怂。地质勘探跑山寻矿和"赌石"差不多，叫法很豪迈："赌山！"因为有地质知识、现代科技赋予的底气，气足胆儿肥，只要见伟晶岩、斑马岩，就预示着很可能有宝石。

新三矿是1954年牧民找丢失的马时，找到阿斯喀尔特河岸，在山坡下发现了绿柱石。消息传开，青河县的阿依果孜，就是发现了可可托海阿依果孜矿的那个牧民，在山上找到了原生矿床，土法开采露头矿脉，最多时有两三百人采矿，一年给可可托海交80多吨绿柱石。

1955年夏天，七〇一地质勘探大队进入阿斯喀尔特勘探，完成了1∶2.5万的矿区地质测绘。阿斯喀尔特矿场因一条季节性小河阿斯喀尔特得名。阿斯喀尔特，蒙古语"石头流动"的意思。小河从矿山西南流向东南，汇入阿尔恰特河，再由北向南汇入大青格里河。矿区海拔2600—3350米，每年7月到10月初通车，其余时间大雪封山，冰川作用强烈。望出去，冰碛地形，全是几立方米以上的大石头。山很陡，没有树，草贴着地皮长。阿尔泰海拔2500米再往上树就不长了。

还真是珍宝在深山，阿斯喀尔特是个盛产优质绿柱石的小富矿，胳膊粗的绿柱石一挖就是一窝！矿石大都达到宝石级别。下到矿硐就像到了神话传说中的宝石洞，岩壁上笋状、簇状的绿柱石草绿、海蓝、蓝绿、淡黄、玫瑰红……让人眼花缭乱。中国地质博物馆收藏有新三矿产的一块绿柱石矿物标本。

贾富义他们的勘探还没结束，矿上就开始生产了。边勘探边开采是那时候的普遍做法。七〇一地质勘探大队留下一些队员继续在矿山工作，贾富义是地质队留在新三矿的唯一队员，后来又陆续增加了一些人。可可托海矿务局工作生活条件最艰苦的矿场是阿斯喀尔特，海拔高，空气稀薄，高寒缺水，比东北还冷。因为雪大，一年里只有7月到10月初通车，其他时间往返可可托海只能骑马、坐爬犁，走雪路就像是探险。贾富义记得1958年4月初，可可托海转暖开始化雪，但回新三矿的路上还是大雪封山，上一年冬天雪大。第一次骑马走到吐尔洪达坂山脚下，雪厚到托起马肚子，以致马蹄踏空。他们试着把皮大衣铺在雪上，想了很多办法，还是没走成。有人提起库房里有滑雪板,他们练习了一下,再次骑马上路,到吐尔洪达坂山脚下,穿滑雪板向山上"之"字形滑行,减小坡度角,滑起来省力,虽然慢些,但不会陷进雪窝子里。那片全是一两米厚的雪,下坡时,也走"之"字形,速度很快,但要控制速度避免摔跟头。就这样,一早出发,直到傍晚才翻过了吐尔洪达坂。贾富义他们在松林围着的雪地上架起柴火,化雪烧水吃干粮,围着火堆过了一夜,第二天途中又露宿一夜,100多公里的路走了三天才到矿山。只要入冬,从新三矿到可可托海往返一趟是十分艰难的。途中遇上暴风雪,冻死人的事情也发生过。

1957年11月,由阿斯喀尔特步行回可可托海途经阿克布拉克。贾富义(左一)、李庆昌(右一)和矿工合影

新三矿高寒、缺水,坑道温度常年是负值,井下作业只能打干钻,又是堵头坑道,不通风,粉尘非常多,对面不见人。游离的粉尘主要是组成花岗岩的二氧化硅,毒性大,对人体危害最大。矽肺病人得病就是收到死亡通知书。贾富义说,他在新三矿干了七年,因矽肺病离开他的工友近百人。

贾富义:

苦是真苦,那时候没有去想这些,我的人生目标明确:为祖国寻宝找矿。我爹对我一生影响很大。来疆前,我爹语重心长地跟我说:"儿啊,你要记住,你可以不为父母尽孝,但是要为国尽忠。你一定要记住,没有国就没有咱的家啊!"我爹我娘那一代经历了抗日战争、军阀混战,饱受磨难离乱之苦。父辈的爱国情结影响了我们一生。那时候从山里回来第一件事就是看家里来信没,我一准能收到爹的信。每封信都问:"从山里回来没有?还在山里跑啊?"每次读到这句话就像见了爹的面,心里一阵热。爹啊,儿子还要跑啊,不跑上哪儿找矿去?

我们到可可托海时，中国地图上已经没有"可可托海"了，邮址由"111信箱"取代。差不多四十年后，直到1995年，"可可托海"这一哈萨克语、蒙古语有绿色、蓝色美丽色彩的名字才重新出现在中国地图上。

三年困难时期刚过，国家即着眼未来发展，提出编制科技十年发展规划。1963年，中国地质科学院于志鸿、冯家麟奉命赴新疆阿尔泰踏勘，为稀有金属矿产地质十年规划的编制做准备。此行，于志鸿留有日记《北疆行》。

> 7月9日 阿斯喀尔特
>
> ....
>
> 入夜才到，接受了热情的接待。木头房子、洋铁炉子，熊熊的火光、噼啪作响的干柴，我们立即由夏入冬，窗外残雪斑斑，室内是回家般的温暖——"祖国到处是我的家……"三矿技术负责人贾富义的爱人临产去了可可托海（据说在当地生孩子都会有先天软骨病，治不了，他们的第一个孩子就没了），他把我们带到自己家。一间小屋，墙上挂着结婚时大家送的湘绣，一张双人床，顶上钉着防止漏雨的油毛毡，一个自己制作的木架子上放有锅碗瓢盆之类，炉子上烧着洗脚水。他随手拿过两段圆木，又找来两块木板，分别垫了块羊皮钉在圆木墩子上，做成了两个凳子给我们坐。当晚，我们仨挤在那张中间弹簧已塌下去的床上，我毫无困意地听他讲述自己的经历：1957年中专毕业就进疆。当年的冬天，山谷中茫茫一片，雪深一两米，走了三次都没能上来，最后是穿了滑雪板，带着干粮，三天才到这里架起了帐篷……想着这一切，看到他满是补丁的工作服和那消瘦的脸庞，你懂地质工作者了吗？你理解为什么每次我们在聚会的餐桌上都要为他们干杯吗？我多想留在这里和他们挤在一起，冬天在雪里滚，夏天搓冰水澡，与朋友们共同和大自然搏斗，去揭开它的谜！
>
> 今天进硐子。硐口结着冰，里面完全是一片白雪的世界，探照灯下，

到处是银光闪闪晶莹剔透的冰霜，中间高高的穹形大厅壁上，巨大的矿脉里，满是一排排粗大的六方柱状绿柱石，地下成堆的宝石正在装车外运。灯光照射处我们呼出的哈气结成白雾，袅袅飘散。这里是天堂还是人间？是神话还是矿山？不要说普通人，就是我们搞稀有金属的专业地质人员中，又有几个人有幸见过这宝石的神洞，这冰霜奇境银白、翠绿的水晶宫呢？

凡有奉献，必有牺牲。这是罗蒙诺索夫"能量守恒定律"的形而上表述。贾富义在阿尔泰跑了三十八年！人生苦短，路途漫长，从青年跑到老年，从星星跑成了夕阳。在探索的过程中，他熟悉掌握了找矿的基本方法，从普查到详勘，从槽探到硐探、钻探。藏在大山深处的矿藏、储量、开采前景，经过这些技术手段精准地描绘出来，计算出来。

在奔走的路途中，出生在阿斯喀尔特的头生子，因母亲常年饮用雪水而缺钙，在那个买一斤砂糖都得批条子的年代，孩子由于严重营养不良而夭折。他还那么小却又那么自尊，不给爸爸妈妈叔叔们添丁点儿麻烦。一个废弃的炸药箱成了他的小木屋，也就刚伸直了麻秆儿样的小腿。爸爸的工友们把他的小木屋安放在一块巨石缝中：你父亲离不开石头，你也化身为石吧。

等贾富义终于跑回新三矿，跑去看自己那头生子，却再也找不到。

在他奔走的路途中，不仅失去了儿子，患难与共的妻子也倒在从矿井回家的老木桥上……

路途漫漫，他们亲近的山川懂得他们：天气有多么寒冷，激情就有多么火热，大自然要以宝藏回馈他们！

曹惠志是长春地质学校地质专业的首届毕业生，也是贾富义的师兄。他1955年便到了可可托海，被分到七〇一地质勘探大队三分队，他们的工作区域在阿尔泰野绿曼一带。1958年七〇一地质勘探大队与矿上合并，建立新三矿，技术负责人是李庆昌，同在新三矿的还有贾富义、孙志明。勘探工作主要是打钻探孔和挖探槽。他们光挖探槽就挖了两年，可以想象其中的艰难。除此，新三矿的生存环境恶劣，当时流传的顺口溜最能说明："三矿好，三矿好，只长石头不长草，一年四季离不开破棉袄。"海拔高，空气稀薄，气候恶劣，一年吃的喝的用的都要在夏季两三个月的时间运到山上，储备好，能吃到的菜只有大白菜、萝卜、洋芋。

为给苏联突击还债，可可托海那边因剥采失衡，不得不停产，绿柱石出口还债的重任落在新三矿上。男女老少齐动员，一人提一个小麻袋，昼夜不分地下硐子拣宝石。新三矿的宝石品位高、颗粒大，那宝石多得都是直接往麻袋里搂啊！但在采场里选宝石，是有风险的。有一次上山突击拣宝石，曹惠志看到工作面有一块石头张牙舞爪，似掉非掉的。他让正在那儿采石的人都往旁边靠，把安全主管赵德敏找来，说这块石头有问题。先是敲了一下没敲下来，又拿撬杠往那儿一插，没用力，那块大石头就掉了下来，大家长出一口气。

曹惠志：

　　打风钻、清砂、爆破等我全干过。我考取了爆破员证。水平孔好操作，斜孔难钻进。爆破一次，搭一次操作平台，两根原木支撑，上面搭一块宽 30 厘米左右的长厚木板，人站在木板上操作。一次钻进中，我连人带支钻的铁叉子全摔了下去……一麻袋宝石 50 公斤，车一来就突击装，怕万一变天，车就下不去了。装车的时候一人给两块玉米面发糕，心里舒坦得不行。

　　三矿一下雪，主要靠电台和外界联系。那时候电台都要靠手摇发报机，管电台的程淑玲在嘀嘀嗒嗒发报，没有固定人员给她摇那玩意儿，我、贾富义，还有车逸民，一到发报时间就过去给她摇发报机。这事给我留下了很深的记忆。

　　在三矿，最危险的还是矽肺病。三矿是井下开采。当时劳保条件很差，打风钻飞起的粉尘白茫茫一片，整个人都像是在雪地里打了个滚儿一样。含二氧化硅的粉尘吸进肺里，跟肺泡结合矽化，肺就跟石头一样了。

尽管工作时常要面对艰苦和危险，曹惠志仍很感慨，他有幸迈进地质科学的大门，感知到大自然的奥妙无穷、鬼斧神工。他说，他们新三矿有个神奇的"巨石河"。矿区阳坡，全是巨型砾石，六七月融雪期，可见巨石顺山坡下滑，瞬间雷霆万钧。有一回曹惠志在西部214矿化点，突然听到轰轰隆隆非常强大的爆裂声，惊天动地，震彻山谷。只见东边沟口阳面山坡，靠近山脊，拔地升起柱状烟雾，烟柱底部闪烁耀眼的舌状砾石层向下滑动，巨响震耳欲聋。相隔瞬间，闪亮炫目的石舌顺坡连续下滑，巨响声接连不断，一股股柱状烟雾拔地升起，从山上往山下，形成顶天立地的巨型烟雾墙。此时，竖井在高山斜坡上，长百余米，高耸入云。壮观的"巨石河"，形成这惊险一幕，让他难以忘怀。

地质科学是一门以实践性和探索性为特征的科学。从原生矿体普查、勘探，到布置槽探、钻探；从设计、施工，到最后完成地质储量评估报告，地质业务从理论到实践的全过程，曹惠志都在新三矿得到了系统的学习、充实和提高。

二

阿斯喀尔特矿场在大青格里河上游，东边离中蒙边境不到16公里，西边到可可托海的直线距离不到40公里，走山间简易公路要100公里多点儿。矿场右岸是阿斯喀尔特河，左岸为阿斯喀尔特山，海拔低处不到3100米，高处3300米以上，是典型的冰川地貌。山上除了新三矿工人，没有人烟。7月到9月，偶尔能见到游牧的哈萨克族人。

新三矿起初由牧民发现后自行开采，后来矿务局知道了，要收购。牧民开出条件：如果要开矿，就把牧民招为工人；如果收购矿石，付现金交易。矿就这么被收过来了。两年后的1955年，以七〇一地质勘探大队为基础的地质勘探队，对阿斯喀尔特进行1∶2.5万的矿区地质详查，李庆昌是负责技术的分队长。1958—1978年，李庆昌他们地质勘测队完成了阿尔泰全部1∶20万的区域地质调查。新三矿探槽，海拔3110米水平标高，下去15米一个标高，然后再下去30米一个标高。冰川、冻土带地貌，施工难度太大，一个探槽挖三年。为了解决这个难题，大家改进方法，双向攻克：在继续挖探槽的同时打硐子，也就是探矿孔。阿斯喀尔特矿一共打了四个探矿孔，挖了三个探槽，结果硐子里的矿物样品鉴定全达到工业生产标准。阿斯喀尔特矿床是由蚀变岩体、气热矿脉和坡积砂矿三个矿体构成的中等类型的地质体。蚀变岩体是晚期岩浆作用，基本是自变质作用的产物；气热矿脉是岩浆岩后作用，基本是气成和烈液作用的产物；而坡积砂矿则是外生作用，剥蚀坡积作用的结果。阿斯喀尔特矿床富含绿柱石，其平均含量以氧化铍计达 0.091%。绿柱石有两种基本形态：粗选手选绿柱石和细粒机选绿柱石。辉钼矿和镓矿是矿床中的有用伴生组合。阿斯喀尔特矿床构成如此繁杂，成因如此多样，矿化如此强烈，是一种特色突出的新类型矿床，其绿柱石氧化铍含量在 12% 以上。

　　大自然很神奇！好东西都藏在深山悬崖、野兽出没的地方。阿斯喀尔特的宝石多到什么程度？绿柱石筷子那么长，茶缸子那么粗，下到天然生成的硐子，人可以站着走，就像进了青萝卜窖一样，亮闪闪的一片！吃罢晚饭，工人们一人提一条麻袋，不大一会儿就装满一袋子，有二三十公斤。

　　新三矿主要是哈萨克族矿工，平时他们扛着几十斤重的钻机掘进，高山缺氧，一天也不说一句话。在矿硐里，谁也没有废话，一个眼神啥都有了。硐子里粉尘太多，一天下来眼角、鼻孔能抠出石粉块。在矿区，三四十岁因矽肺病过世了的可不是一两个，他们为国家建设贡献得太多了！

　　1958 年，李庆昌编写了阿斯喀尔特矿床勘探报告。后来地质出版社出版的《新疆稀有金属成矿规律与成矿预测》，就是依据可可托海三号矿脉、阿斯喀尔特新三矿矿床地质，探索、总结新疆稀有

1958 年，新三矿开始开采。在第一年寒冷的冬天，矿工就是在帐篷中度过的

金属成矿地质背景，尤其是花岗伟晶岩矿床地质特征、成矿规律，做出探矿预测。

三号矿脉被授予"共和国功勋矿山"，实际上新三矿对国家的贡献可不比三号矿脉小！三号矿脉因剥离、采掘失衡一度不得不停采，保出口的任务落到了新三矿肩上。1960年，绿柱石出产6000吨，氧化铍出产2200吨，钼出产273吨。可可托海的三号矿脉、二矿、新三矿、四矿，阿勒泰的群库尔，都为国家做出了无法替代的贡献！

李庆昌：

那时候，日子真苦啊！记得是1960年最冷的时候，安桂槐书记给我打电话，叫我带一辆小车，"嘎斯"69，去青河山口，找我们的矿车。矿上派车到青河县牧区收牧民不要的羊头羊蹄子，赶上了暴风雪，两天了车还没回矿上。赶紧去找吧。在山口找到了车，跟车的测量员安钟文冻伤了，赶紧救人。车子直接到可可托海矿区医院，上手术台，两只脚前半截切除了，保住了腿。安书记怎么就想到要我找呢？因为我是搞地质的，熟悉环境。他专门让食堂给我们做了一顿拉条子。乖乖，拉条子！那时候拉条子了得呀！那时候日子苦，但是有个好书记，人好！司机陈吉夫至今让我感动！

平常下山，我们自己用三合板做的滑雪板轻松一下。我和曹孝义一起滑过这种板，从萨尔布拉克走，又累又饿，常常夜里才能到可可托海。

最危险是遇上哈熊。我和队长詹鲁汗去分水岭拉汽油，还有粮食。分水岭是个转运站。到了分水岭装上汽油、粮食，驮东西的毛驴在前边，队长跟在毛驴后面，我骑马背枪走在队长后面。翻达坂时，毛驴突然惊了，看到从山上下来的两只哈熊，赶紧跑啊，跑回转运站叫上人，再转回去，哈熊不见了，毛驴也不见了……

这样苦的环境，我们勘探队还有六七个山东、上海来的女娃娃，拣样品，住棉帐篷。山上闹过一次事，闹得很大。新三矿海拔高，常年有雪，冬天不生产。矿上柴油电站两个部队转业军人邱某、肖某某，还有长春地质学校毕业的宋某某,技术负责人谢某某、杨某某几个留守矿山。柴油发电机天冷温度太低发动不起来。这个工人们叫"炮弹水泵"的老古董,是苏联人留下来的。入冬天短夜长,整天黑灯瞎火的。一冬天见不到新鲜蔬菜,太艰苦,啥娱乐活动也没有。两个转业军人和几个青年技术员一起闹着回可可托海。结果,闹得从山西调干的老革命张子宽局长坐镇可可托海处理这件事。

三

可可托海地质博物馆有一张过目难忘的历史定格照片:人如盘羊一样贴在悬崖上打眼放炮。显然,这是一位眼光敏锐者的抓拍。

"最上面,戴哈萨克吐玛克皮帽子的就是爸爸加潘·哈不都拉。"吉恩斯古丽·加潘指着照片告诉我。

吉恩斯古丽·加潘是加潘·哈不都拉的二女儿。"我的名字吉恩斯古丽,意思是'胜利的花朵'。我妈说,1968年最冷的时候,1月,我出生了,在可可托海矿区医院。我四矿读初中,可可托海二中读高中。"

可可托海野外矿山冬季开矿生产。右边最高处人物为哈萨克族工人加潘·哈不都拉

吉恩斯古丽·加潘(可可托海"矿二代"):

我们是富蕴杜热乡人,也可以说是可可托海人。老早的时候放羊。苏联人刚刚开始挖矿的时候,爸爸矿上来了。苏联人走了,自己开矿的时候,爸爸四矿去了,他是带队的班长。四矿,野外的矿,远一点儿的矿点在中国挨着蒙古国的边边上,可以看见密密的铁丝网，解放军巡逻天天见呢。夏天都去远远的矿点开矿挖宝石，冬天住在四矿。压气机这些很重的机器远的矿点运不过去，全靠人的两只手，钢钎、铁锤、炸药。

爸爸劳动模范当了，还没有我呢。长大知道了，三年的活儿爸爸一年干了，真正是汗流了，血流了，挣下了劳动模范。我妈给我们说，麦苗子结下了汗珠子，羊娃子结下了血珠子，啥样的东西不是劳动挣来的呢？

1979年我十一岁，我的爸爸没有了，三期矽肺病，四十五岁生日还没有过。我妈避开人哭得眼睛看不见了，说爸爸丢下这么多娃娃走了，啥好的也没吃，啥福也没享。我妈太操爸爸的心，他每天都是三更半夜矿上往家走。四矿荒得很呀，我妈怕爸爸荒郊野外遇上狼，我妈心疼爸爸。爸爸走了，再也见不上了，我才知道想爸爸，想得很！我心里记下的一件事，爸爸马爬犁拖回家两个解放军，边境上巡逻冻坏了，那一年的雪太大！爸爸让妈妈和我们把解放军弄到床上，我和姐姐妹妹拿上脸盆、奶桶房子外头装雪，爸爸妈妈用雪在解放军冻坏的脚上、腿上、手上搓，搓呀搓，慢慢搓，一直搓到他们身上红红的，再盖上棉被子。他们的腿、手保住了。舍不得给我们，留给爸爸的奶子、麦子馕，我妈和爸爸喂他们。我们眼馋呢，年龄小嘛，我妈眼睛偷偷瞪我们呢。两个解放军在我们家养好了，爸爸爬犁送他们回部队。

爸爸的马爬犁闲不下。四矿边边上的牧民，老婆生娃娃难产，可可托海的大医院送不过去，雪太大，送到四矿小医院，可惜得很，没有救过来。爸爸送他们回冬窝子，我妈心疼爸爸，天下雪了，妈妈害怕爸爸遇上风吹雪。爸爸的马爬犁看不见了，我给我妈擦脸上的眼泪，我妈抱上我哭呢。

姐姐也哭呢。我姐姐努尔卡玛丽学校毕业也四矿工作呢。四矿阿克不拉克、达尔恰特、孔古尔拜三个矿点，孔古尔拜山最高，雪最深。爸爸带上他的班到孔古尔拜，他每次都在最前面。绳子绑着腰，背上风钻、榔头、炸药，沿着悬崖边边先下去，再让姐姐绑上绳子下，然后别的矿工下。姐姐还小得很，害怕呢，也害怕任务完不成，抹眼泪呢。

爸爸说她，你们奶奶不是给你说了嘛，阿尔泰阿肯弹唱："要飞你就鹰一样飞起来。"爸爸带的班百分之二百完成任务。爸爸是工业学大庆先进生产者、劳动模范，还是"深山开矿的硬骨头班长""雪山雄鹰"……

爸爸病重的时候给我妈说："我要走了，心里知道呢。我走了，你不要带上娃娃……找公家……麻烦……"爸爸一句话几截子才说完，他喘不上气。

我妈抱上爸爸的头哭呀哭呀，哭得也喘不上气。

我妈阿帕克·努合甫，"白玉"的意思，也是可可托海人，比爸爸小了七岁呢，也八十多了。

我妈带上姐姐妹妹哥哥弟弟，我们八个娃娃，还有矿上领导、爸爸的徒弟，送爸爸回杜热乡夏牧场。他就是从哈萨克草原走出来的嘛，他一定要回去。

四矿给爸爸立了碑。他们说，加潘师傅矽肺病很重了，还带领工友大会战，超额完成任务。北京来的、长春来的大学生哭得伤心，他们不会忘记，加潘师傅白面馍馍给他们，自己啃苞谷面窝头……

北京的冶金部发电报，纪念爸爸。

吉恩斯古丽让我看她父亲的一张劳动模范标准相。岁月冲出的纹沟已如流过草滩的小溪，留痕眼角、鬓角，流溢善良、慈爱的双眸都还清澈。

吉恩斯古丽·加潘：
爸爸从来不怕苦。不是说吗——

世上走路最多的是哈萨克族人，
世上搬家最勤的是哈萨克族人，
哈萨克族人的羊群诞生在迁徙中，

"雪山雄鹰"加潘·哈不都拉

哈萨克族人的历史弹唱在转场中。

....

可是看着爸爸吊瓶,我心针扎一样痛呢……真难熬啊,一瓶子药水好像滴了一辈子。

听吉恩斯古丽说着,眼前幻化出一幕幕井下掌子的情景:舒张的动脉,紧迫地把混杂着二氧化硅的血氧输送到人的四肢,汗水混合石尘顺着柳条帽下鼻翼两侧冲出的沟壑,湿了一条毛巾又一条毛巾……星光闪烁的绿柱石、钽铌石装满一口袋又一口袋,生牛皮做的桶状口袋可真能装啊!

坑道外,月光如水,雪野无垠。

四

在井下干活儿,哪有不危险的。提起这,可可托海第一代矿工阿依达尔汗·恰勒哈尔拜给我讲了"孙猴子"的故事。

"孙猴子"叫马占山,是他的工友。阿依达尔汗·恰勒哈尔拜是在下班去澡堂子时碰上马占山的。马占山脱了衣服,阿依达尔汗·恰勒哈尔拜瞧见他屁股马蜂窝一样疙里疙瘩,于是好奇地问他,这屁股老婆啥时间打下的?他说,你不知道"孙猴子"咋来的?去年那次爆破,命差一点儿丢掉了嘛!他这么一说,阿依达尔汗·恰勒哈尔拜忍不住笑了。

那年春天化雪的时间,二矿五号山竖井打到五六米深了,风钻工又打好了一轮炮眼,正中间一个炮眼,第一圈四个炮眼,第二圈八个炮眼……三圈一共二十多个炮眼。炮眼打完了,风钻工顺着安全绳上来。马占山下井,他是爆破工。矿上对爆破工的技术要求很严格,只有拿上红本本执照才可以独立工作,白本本的只能跟上师傅干。马占山拿上红本本的时间不长,十分小心。下到井里头,先把炸药、雷管放进炮眼,然后布导火索、定号线。导火索1.8米长,定号线1.2米长。爆破时,要先点上1.2米的定号线,再点上1.8米的导火索,60厘米是留给自己安全撤离的时间。

准备爆破，马占山检查了一遍，先点上定号线，又点上导火索，在定号线开始提示时，他拉住升降绳往上爬，爬了不到两米，想不到的事情发生了：升降绳突然断了，马占山一下子跌到井底！此时二十多个炮眼全冒烟了，拔导火索已经来不及。这个时候，马占山突然想起苏联师傅给他说的话。他师傅是参加过二战的老兵，还是个工兵！刚跟上师傅时，师傅给他说，井下爆破是最危险的工作，分秒不能错，万一遇上险情，赶紧把棉衣叠起来，坐到第一个炮眼上，如果你命大，也许能捡回一条命。

马占山赶紧脱下棉衣一窝，塞到屁股底下，坐到中间炮眼上。随着一声炸响，他一身烟灰从竖井蹦了出来！师傅救了马占山一命。从此，矿上给他发双份工资。马占山问这是为啥？苏联人说，一份是活着的马占山的，一份是死了的马占山的。双份工资拿了三个月，他不要了。哈萨克族的风俗，死人的东西不能要。马占山的爸爸是回族，妈妈是哈萨克族，他自己娶的媳妇也是哈萨克族。矿上的人不知道"马占山"是谁，都知道"木都尔"。一炮从竖井蹦出来以后，"孙猴子"叫开了，"木都尔"没有人叫了。

五

一张照片承载了多少故事？一个甲子的时光又给了一张照片几多沧桑？

库丽帕丝·肯海（可可托海家属工）：

这张照片是1961年照下的，连续三年先进班组嘛，我们都高兴得很。

前边左边第二个人是我。那时候我年轻呢，十八岁。

手选厂1957—1959年连续三年先进班组合影留念

库丽帕丝·肯海，

1957年招工进可可托海矿务局。1962年，三年困难时期刚过去，在矿上"勤俭持家"政策的背景下，十九岁的她从矿工队伍中被精简回家，加入矿山家属队，也就是矿区惯称的"宝石队"。她的男人哈孜尔比她到矿上还早。他有一个工牌，是苏联老板发的，工牌是汉字。1994年8月24日哈孜尔病逝，矽肺病、心脏病。留下库丽帕丝·肯海吃低保，一个月三百块钱。他们都是矿上最早的工人。

　　2020年6月22日在可可托海见到库丽帕丝·肯海老人，她的腰已经直不起来，白头巾下的稀疏白发让一圈一圈叠加的皱纹看上去更加沧桑，让人想到状如草帽的"圣坑"三号矿脉。

　　照片中后排左边第一个人叫阿不都克里木·铁木尔汗，是可可托海的汽车司机。他是孤儿，很小的时候父母就去世了，残疾弟弟也死了。为了吃饱饭，他跟上认识父亲的人从阿尔泰走到可可托海，1956年他就到矿上干活儿了，拣了四年宝石，三年连续先进班组、先进个人。后来矿上送他到驾训队，培养他做汽车驾驶员。

　　阿不都克里木·铁木尔汗拉了十年矿渣，堆了两座山，河边上能看见。刚开始做学徒时，他开苏联"吉斯"旧车，冬天太冷，倒霉的时候一天也发动不着。好不容易发动着，再不敢停，连夜干。天气越冷，发动机的声音传得越远。拉了十年矿渣后，他开始跑长途。精选矿石要运往乌鲁木齐，去的时候要跑三天，回来的时候先跑伊犁、塔城、喀什，货物超高的时候给他派任务，往回拉麦子、水泥、机械设备。1968年，矿上给他换了意大利的10吨自卸车，质量好，路上再也不用挨冻受罪了。

　　拉矿石的路不好走，盘山道，石子路，尤其是新三矿的路最难走。最开始时新三矿宝石很多，下到硐子里，花花绿绿像天上的星星一样。硐子里滴水，滴到衣服上，他发现衣服湿了身上也跟着痒，衣服干了轻轻一扯就烂了。后来在深山里挖宝石，路更难走，基本就在悬崖边上挪着走。再后来去扎河坝拉煤，依旧是难走的石子搓板路。可可托海到扎河坝煤矿120公里，一个月有跑十八趟的定额，阿不都克里木·铁木尔汗一个月能跑四十一趟！矿上把最好的车给了他。那时候都是人工装煤，装煤的时候驾驶员可以歇上一会儿。为了多拉煤，阿不都克里木·铁木尔汗自己也装煤，只在吃饭的时候歇上一会儿。

阿不都克里木·铁木尔汗（可可托海汽车司机，矿区标杆式优秀工作者，2020年八十周岁）：

最难熬的是吃不饱，早上晚上一块苞谷面发糕，中午两块。发糕也叫"高产馍"，看上去大大的一块，拿到手上，一捏没有了，饿得头晕眼花。好多人脸肿、腿肿，发一把炒黄豆。差不多三个月能吃上一顿肉。到山里打一只黄羊，一头哈熊，一百五十多人，一人拳头那么大一块肉。哈熊肉我们哈萨克不吃，汉族师傅吃呢，我们黄羊肉吃呢。

最害怕路上车子出故障，冬天更害怕！不可能没有故障嘛，汽车和人一样嘛，生病呢！1964年冬天，从吉木萨尔拉上面粉回可可托海，早不坏晚不坏，偏偏过将军戈壁变速箱轴承碎了。将军戈壁，望不见边的戈壁滩，跑上100公里人影子看不见。只有等矿上救急。来往路过的车留下一点儿吃的、水。晚上冻到骨头里了，狼多得很！白天捡柴火，越多越好。晚上点上火，坐在驾驶室，两个眼睛瞪得圆圆的，不敢瞌睡，睡过去，狼吃不掉冻也冻死呢。还有最危险的一次，一个车队四辆车跑长途，我在中间呢。途中加油，备用油桶在车厢上，加油管子从备用油箱引下来，搭便车的汉族小伙子帮忙呢，天黑了嘛，结果帮了个倒忙，他手上的打火机刚打着，嘭一声，油管子火蛇一样嗖嗖嗖地往备用油桶蹿上来！我一下子抓住油管子狠狠甩了出去，猛地盖上油箱盖子，避免了车毁人亡。哎哟，四辆车呀！

1974年，我接了一辆新"解放"。矿上二百多个司机挑了四个民族司机，我是其中一个。

1988年，矿上去一汽接"解放141"，二百多个司机里选拔没有出过事故、三年连上优秀的，十三个人达标，长春接车，有我一个。长春到可可托海6000多公里，跑了二十四天，等于疗养嘛。在北京玩了一个多星期，哎哟，眼睛装下的东西太多了。北京去了，可可托海尕尕的了。

我跑了三十三年车，记下的事情多。海子口大会战，冬天，自卸车液压升降柱必须不停伸缩,车子也要一会儿动一动,怕熄火,熄火就发动不着了。零下五十摄氏度,最冷零下六十四摄氏度!天气盯上你,狼也盯上你呢!天太冷,狼找不见吃的嘛。看见狼,我也想呢,狼咋不怕冻呢?

我不杀生,遇上狼、狐狸、黄羊,从不追。谁都想一生平安。我是一个孤儿,养了三个男娃娃、三个丫头,可能跟这个也有关呢。

你是我的传奇："111"—"115"

1955年春，新疆有色金属公司总顾问、苏联专家沃斯克列辛斯基回国前向中国重工业部建议：可可托海应尽快开展机械化选铍、锂精矿试验研究。

1950年前，中国没有一家自有开采锂矿石的矿山，更没有产业链后端选矿厂、冶炼厂，中国能够独立自主提取的有色金属不足十种，有色金属年总产量不足1.5万吨。

1950年3月27日，中国驻苏联特命全权大使王稼祥与苏联外交部部长安·扬·维辛斯基率先达成组建中苏石油股份公司与中苏有色及稀有金属股份公司的协议。中方实际代表为中华人民共和国外贸部，苏方实际代表是苏联冶金工业部新西伯利亚2号厂。新西伯利亚2号厂位于苏联五大工业区之一的新西伯利亚，实为锂冶炼厂。

1956年1月，中共中央发出"向科学进军"的号召，并制定了新中国第一个科学技术发展长远规划——《1956—1967年科学技术发展远景规划》。1956年12月22日得

20世纪50年代，新疆有色金属公司领导马澄清（左一）、贾帕列孜（左二）、安桂槐（左三）、白成铭（右二）、李藩（右一）在可可托海矿区考察工作

到中共中央批准。《规划》制定了攻克六十四种有色金属的计划,其中铍、锂、钽铌、铷铯提取被列入其中。

1956年春,在苏联顾问列宾科和巴达诺夫的帮助下,可可托海矿务局在三号矿脉岩钟体各矿带取了两份八个试样,分别送往列宁格勒(今圣彼得堡)选矿设计研究院和北京有色金属工业综合研究所进行选矿试验研究。

自最初的露天散采,到1953年三号矿脉小露天采场东北角一座工作台面30多米长的简易工棚里,在灯光下手选宝石,剔除脉石,到1957年建成工作台面80米的绿柱石手选厂,至1958年建成工作台面60米的锂辉石手选厂,中苏合营期间不断探索着机械选矿的路子。如钽铌矿石试验水力重选,对辊机破碎,再用跳汰、摇床、溜槽重选;铍矿石精选;螺旋富集铍尾矿;螺旋富集锂尾矿;等等。

可可托海在国家规划推动的科技发展探索升级过程中,从传统手工选矿渐渐步入机械选矿的艰难征程。

1959年,国家重工业部下达可可托海320科技项目攻关任务,先行88-59选矿试验厂建设,目标攻克机械化选铍、锂、钽铌矿工艺技术,为筹建机械化大型选厂"87-66"做技术准备。"88-59"的含义是立项的编号和时间,即1959年第88项工程项目。

"88-59"筹建期间,正值中苏交恶、国家三年困难时期,成套设备无处采购,只能自力更生,土洋结合,可真是摸着石头过河。土设备引发的事故可不少,生产不正常,没有一天不"技术改造"。实践出真知,1961年7月1日,中国第一个稀有金属机选厂正式投产,中国的矿山选矿史开启了新的一页。"88-59"的一系列试验和建设为我国机选稀有金属矿积累了经验,给国内其他矿场提供了借鉴。

1963年,"88-59"日处理能力已经从设计的50吨提高到100吨,产品质量不断提升。同时,混合捕收剂的工业试验和钽铌矿的回收试验也取得可喜成果。

1965年,"88-59"产能提高到一天处理矿石180吨。北京有色金属研究院、北京矿冶研究总院相继派出专家工作组与可可托海现场技术人员进行铍、锂、钽铌分离综合回收连续试验和工业性试验。八仙过海,各显神通,大家试验各自提出的"综合回收流程工艺"。新疆有色金属工业管理局科研所的铍、锂、钽铌综合回收工业试验取得较好成果,为87-66大型机选厂的设计、建设提供了坚实的科学依据和可靠的多种工艺流程选择方案。

一

赖声伟说,他一辈子就干了一件事——选矿。

他身上有许多光环:选矿工程师,沈阳有色金属工业学校分配到新疆的第一批学生,曾任新疆有色金属研究所所长……

1958年成立的新疆有色金属研究所,工作首要目标是可可托海三号矿脉。三号矿脉一直是手选矿,采收率低成为三号矿脉产能提升的瓶颈。选矿工艺有多种,一个矿山一种选法。因为矿石性质不同,一种矿石一种脾性,对人因材施教,对石头也得因材施技。88-59选矿试验厂筹建后,大家把苏联的酸法采收改为碱法采收,获得初步成功。四五百万吨手选后的铍尾矿、锂尾矿机选率超出预测。

1963年,赖声伟调到新疆有色金属研究所。1963—1983年,他们对机选矿做了二十年不间断试验,不断改革机选工艺。摇床选改为立体螺旋流槽选,磁选改为强磁选,拥有了锂铍钽铌综合回收工艺、金属铯研制工艺等。钽铌原矿机选率达到了2%,这是很了不起的水平!更令人欣喜的是,铯实现国产化,我国第一颗人造卫星所用铯,就是他们提供的。在此之前,我国的铯依赖进口,一克一千美元还买不到。此外,高纯度铯、锂、铷、铍化合物也实现了国产化,我们有了自己的锂电池。

据赖声伟回忆,他们白手起家的机械选矿经历

赖声伟(右一)在康苏矿和苏联专家在一起

了一个漫长的探索过程。一线工人和年轻的技术人员一直在进行技术改造。1964年，88-59选矿厂组织技术力量进行混合捕收剂试验，改造浮选流程，一粗选、一扫选简易流程改为一粗选、一精选、一扫选浮选流程，使锂精矿品位达5%以上，回收率提高到80%以上。锂、铍、钽铌分离综合回收连续试验和工业性试验获得了很好的指标，矿石日处理能力由最初设计的50吨提高到180吨。这在当时很了不起。最重要的是，"88-59"的教训、经验为87-66机选厂的设计、建设提供了可靠的科学依据和可供选择的工艺流程方案。

1966年5月，冶金工业部下达新疆可可托海三号矿脉日处理矿石750吨，阿依果孜矿、阿图拜矿日处理矿石100吨规模的机选厂设计任务书，也就是筹建87-66机选厂。

87-66机选厂生不逢时，设计、建设正值"文革"十年动乱，施工期间建建停停，无章可循，一直拖延到1975年10月1日仓促投产。结果，由于技术漏洞太多，无法正常生产，1976年不得不停产进行技术改造。1977年重新开车投产，2号系统锂矿石浮选沿用88-59选矿厂锂浮选流程，但主要技术指标却达不到88-59选矿厂1965年的水平。

赖声伟（选矿工程师，新疆有色金属研究所所长）：

　　1950年，我从老家山东烟台考入沈阳有色金属工业学校。这个学校伙食费、住宿费全免。我报的机械专业，到了学校知道国家最紧缺的是采矿选矿冶炼人才，我学选矿专业。1953年夏天毕业，我留校。在学校入了党，是少年党员。毕业时我刚十七岁。我要求到建设第一线去。我爹过世早，五年级我就失学了，文化水平太低，教书真不合适。到新疆把我分配到南疆。新疆中苏合营企业有两个，一个在可可托海，一个是南疆喀什乌恰县的康苏中苏有色金属公司喀什矿管处。

　　康苏选矿厂是苏联列宁格勒选矿研究设计院设计，设备全部都是苏联产，采用氰化物铅锌优先浮选工艺流程。选矿厂管理层的矿长、总工程师、总机械师、化学分析师、总会计师，都是苏联专家担任。

　　我们去时，康苏还是没有人烟的茫茫戈壁，海拔2000多米，半年冰雪封冻，天天刮风。第二年，1954年5月，日处理矿石250吨的铅锌选矿厂投产，迫在眉睫的是全员岗位培训。苏联专家授课没问题呀，难度最大的是语言沟通。两国三种语言，汉语、维吾尔语、俄语。选矿工艺专业性强，专业词汇多，俄语翻译也难准确译出，我是值班长助理，语言不通无法工作。天天和值班长一起，多问强记，下功夫，做梦都在说俄语。也就半年吧，可以和值班长交流技术层面的工作了，苏联专家也很高兴。这是一种尊重，也是友善的感情。我经常三种语言混合向民族矿工布置交代工作。技术用语不好翻时，我直接说俄语，常用语说维吾尔语，俄语、维吾尔语都难以说清楚时，只能再加上汉语。实在不行，带上他们直接到岗位，边做边说，都高兴得不行。康苏矿三种语言都能交流的人多，千万不要小看这一点，工作效率提高显著，也多了团结和友情。

1954年，苏联专家陆续回国，大家依依不舍。康苏矿他们倾注了汗水、智慧和感情。这些苏联专家很多都参加过二战，很优秀。1955年，矿山移交中方，只留了一个技术顾问。在苏联专家奠定的基础上，我们不断探索，经过多次技术改造，选矿工艺采用我们新疆自产Na_2S替代剧毒氰化物，在全国第一个采用无氰浮选工艺，实现药剂自足，消除了氰对江河大地自然环境污染的后顾之忧。无氰浮选工艺被推广到陕西、河南等地铜锌选矿厂。1978年全国科学大会，康苏矿这一项目获得科技奖。

在赖声伟看来，南疆康苏矿的十年经历，是他上的第二所大学，苏联专家是传道授业解惑的师尊。在这个成长的摇篮里他认识到，实践中有的放矢地学习比书本学习更重要。围绕矿山做科研，绝对要立足矿山，他们所有技术人员常年驻扎可可托海。从可可托海走出去的中国工程院院士孙传尧，与赖声伟是同一个专业，1968年到矿上，参加机选试验，在87-66机选厂不间断地修补、改造、探索，终于让我国花岗伟晶岩型矿山的钽铌、锂、铍选矿工艺水平进入世界先进行列。孙传尧是从实践中学会了选矿，如果没有可可托海十年实践，恐怕中国也少了一个选矿院士。

苏联专家陆续回国后，国家派遣了大量优秀的专业技术人员、顶级研究设计机构远赴可可托海，与一线技术工人和扎根可可托海的工程技术工作者精诚合作，建设稀有金属采选企业。

选矿技术是一项科技含量极高的系统工程，历经手选到机械选矿，由单一矿种到综合矿种分离的艰难而漫长的探寻过程。手选矿工人的辛苦难以言喻，只要看下那一双双手就知道了：变形的手指永远不可能恢复到手选矿石前，坚硬堪比矿石的老茧，角质壳一样蜕不去……机械选矿的探索、进取何尝不是又一番群策群力殚精竭虑的蜕变？

北京矿冶研究总院的吕永信曾回忆过他和同事到达可可托海的第一个夜晚：

> 1961年1月8日，在国家最困难的时期，也是新疆最寒冷的季节，我和同事杨敬照、吴多才赶赴可可托海现场进行工业试验。我们三人满怀激情，自带行李，由此京乘火车先到兰州，再改乘敞篷大板车去新疆。车行两天多，口干舌燥，灰尘满面，夜宿冰冷没有门窗的达坂城的稻草铺土炕，蜷缩了一夜，凌晨又开始上路，到达乌鲁木齐时已变成一个土人，好清理一阵子……可可托海88-59小选矿厂的地窝子已被工人住满，矿方将我们三人安排在储放蔬菜土豆的棉帐篷住宿。因内无取暖设施，外面又天寒地冻达零下四十二摄氏度，所以矿方给我们每人加借一床棉被，就立即开展了我院新工艺验证试验及88-59选矿厂改造设计与建设工作。

在可可托海，当年与吕永信一起攻关的工友、青年技术员相聚一处话当年，一定会谈到他，那些患难与共的日子真切又难忘。

在困难时期，大家肚子吃不饱，吕永信和工人一起挖野菜充饥。本来他是北京来的，当时工程师少，矿务局安排他住招待所，还有点儿伙食补助。但他为了方便现场工业试验，和工人同住在选矿厂的地窝子里，在厂食堂吃饭。凡是工人和技术员干的活儿他没有不干的，脏活儿、累活儿都干。遇到换原矿时，吕永信光着脚、光着膀子下到精矿池中挖精矿，以确保试验的可靠性，一起攻关的十八九岁的青年工友们都惊呆了——怎么有这么好的工程师！

吕永信还很尊重工人意见，在他的带动和影响下，工人也想着技术革新。记得当时氢氧化钠和碳酸钠是加在搅拌桶里，后来工人改加在球磨机里效果更好。这个改进得到吕永信的大力支持和肯定，这种加药方式一直沿用到现在。

吕永信工作作风严谨，一丝不苟。在工业试验过程中经常开碰头会，把药剂条件、试验条件和试验指标全部透明公开，把工人和现场技术人员当自家人看，毫不保密，这在当时其他科研单位是做不到的。他工作不是八小时，三个班都能见到他，有时实在困了就坐下来打个盹儿再干。他和年轻同事们交谈也很多，总是那么和蔼可亲，经常给工人讲选矿知识和试验原理，也讲操作要领，讲试验如何重要，国家如何急需有色金属、稀有金属。

88-59选矿厂的技术人员和工人大都是大中专毕业生和技校毕业的年轻人，受吕永信刻苦钻研精神和工作作风影响，大家学习技术的热情很高，严谨的技术风格一直延续至今。这是吕永信和他的同事带出来的——点石成金。

这些为可可托海奋斗了一生的人，大学毕业就在选矿厂，很多人一干就是三十多年，从青年干到两鬓斑白。他们是选矿厂的创建者，也是选矿厂的领路人，他们用青春和热血绘制了稀有金属选矿最美的前景。

可可托海机选厂，在技术上首屈一指，管理工作方面也有许多创新。他们搜集整理了上万份历史数据，经过缜密计算，绘制了"不同原矿品位不同回收率的回归曲线"，从而揭示了原矿品位和选矿回收率之间的相关规律，为推行目标管理提供了依据。同时，他们还用这条曲线对选矿各班进行了考核，作为计发奖金的依据，取得了很好的效果。他们还用"正交试验"等现代管理方法对选矿药剂的配方进行了优化，从而使选矿回收率不断提升，生产成本大幅度下降。

三号矿脉和机选厂是可可托海的两大基石，也是中国稀有金属矿山的奇迹！

二

"111"——三号矿脉为主的可可托海矿场采掘出的绿柱石、锂辉石、钽铌石、铯榴石，经88-59、87-66机选厂提取出锂精矿、铍精矿、钽铯精矿，而后进入"115"——新疆锂盐厂。

1955年，党中央审时度势、高瞻远瞩，做出了发展我国原子能事业的战略决策，中国核工业就此发轫。1956年9月，重工业部副部长郭超、技术处处长陈达牵头的考察团，秘密前往苏联新西伯利亚2号厂考察。回国后，整理出《新西伯利亚2号厂参观报告》，布局我国锂盐工业建设。

1957年8月到11月，在山东张店五〇一厂，产自可可托海三号矿脉的锂辉石，被用于由重工业部组织北京有色金属研究总院、北京有色冶金设计总院和新疆有色金属公司实施的石灰石烧结法制取氢氧化锂半工业试验，并形成试验报告。10月，三机部的苏联专家奥·尤·伊凡诺维奇在五〇一厂进行了为期两天半的技术咨询，整理出《苏联专家建议》。

1957年10月，冶金工业部有色冶金设计总院完成《新疆稀有金属试验工厂施工图设计》，"115"选址乌鲁木齐南郊仓房沟村奠基。

1958年12月，被誉为"中国锂盐工业摇篮"的"115"建成投产。

1963年，"115"生产的30吨氢氧化锂，由国家二机部请示，责成军队押运四川，从氢氧化锂提取锂的同位素锂-6，用于产生重氢氚。

1964年10月16日，罗布泊的一声巨响再次震惊世界——中国成功试爆第一颗原子弹。两年零八个月后，中国氢弹试爆成功。氢弹中最关键的爆炸原料氘化锂，是从单水氢氧化锂（$LiOH·H_2O$）中提取合成，1公斤氘化锂爆炸产生的热能相当于5万吨TNT当量。

20世纪80年代，新疆有色金属公司的王从义、刘灏、石颖、高福山获得国防科工委等四部委联合颁发的"献身国防科技事业"勋章。高福山回忆："国防科工委发来了贺电，开会秘密传达，密电传达完就销毁了。当时我们生产出了30吨合格的军工级单水氢氧化锂，全部被押运到提取厂，提取锂-6。要求严格保密，锂-6运到金银滩的二二一厂，装氢弹。这个过程没啥人知道。"

核武器中的氢弹是一种具有超级杀伤力的武器，被认为是人类在地球上的终极武器。锂是氢弹的主要原料。20世纪三四十年代，锂工业发展迅速。1952年10月31日，美国首次爆炸了一颗热核装置，当量为500万吨TNT。美国第一颗热核装置是"湿式"氢弹，利用三层壳体——固体合金、固态二氧化碳和液氮，核燃料是液氘和液氚的混合物，重62吨，极其笨重，没有实战价值。美国氢弹用的氚，是在反应堆内用强大的热中子流照射锂镁合金产生的，成本极高。

苏联以"核弹之父"库尔恰托夫为首的团队，于1953年爆破了氘化锂为核燃料的氢弹。氘化锂是固体，不需要冷却压缩，制作成本低，重量轻，体积小，便于运输。这种氢弹被称为"干式"氢弹。苏联是第一个成功把氢弹实用化的国家。苏联冶金部直属新西伯利亚2号厂是苏联锂盐生产基地，可可托海生产的锂矿石主要供应苏联的新西伯利亚2号厂。从1950年中苏合营公司成立，一直到1962年，新疆产的锂精矿全部出口苏联，总计有10多万吨，保证了苏联热核武器的发展需要。

在我国第一颗原子弹成功爆炸之前的1960年，第二机械工业部已经部署原子能研究所对氢弹原理进行探索。

为了尽快在原理上取得突破，原子能研究所理论部决定展开多路探索，分兵种作战，在彭桓武、朱光亚、邓稼先的领导下，黄祖洽、于敏、周光召各自带领一队人马，组成三个攻关组，同时开展探索。

1965年9月，于敏带领研究室部分成员到上海华东技术研究所，用我国自行研制的大型计算机，完成了百万吨级加强型原子弹的优化设计（氢弹需要原子弹爆炸引发氘和氚的热核反应）。经集中攻关以突破氢弹理论设计的百日会战，于敏抓住利用原子能进行内部压缩的关键，形成氢弹新构型。

1965年12月28日进行了氢弹原理试验。氢弹的主要装料是氘化锂-6，这背后离不开——五厂提供单水氢氧化锂产品（用于提取同位素锂-6和制备氢弹装料氘化锂-6）的巨大贡献。

游清治，东北工学院有色金属冶炼专业 1958 届毕业生，毕业就被分配到新疆冶金生产技术处，是新疆锂盐厂首任总工程师、冶炼高级工程师。

游清治就职一一五厂的二十多年间，为石灰石烧结法制取氢氧化锂生产工艺达到世界先进水平进行了一系列试验研究，实现多项技术创新，创建了独具特色的锂冶炼工艺流程，使锂金属总回收率达到 80% 以上的世界领先水平。石灰石烧结法浸出工艺，一一五厂的老工人习惯叫"老工艺"，是自 20 世纪 30 年代中期到 70 年代初，世界各国从锂辉石矿或锂云母矿中生产单水氢氧化锂的主要工艺方法，它在 1935 年被洛塞脱和毕歇斯在美国申请专利。

20 世纪 60 年代，新疆一一五厂（新疆锂盐厂）初建时期职工在处理锂辉矿产品

在不断探索中，游清治设计、组织实施了"双晶一洗真空干燥"流程，改进产品精制工艺，使产品达到国际标准，为出口国际市场创造了条件；他组织建设了年产 3000 吨硫酸法制取碳酸锂生产流程，为企业扩大产能奠定了坚实的基础；他开发了无水氯化锂、医用碳酸锂、金属锂等产品，不断拓展产业视野，促进企业提升创新能力，焕发时代生机。

凭借丰厚的专业实践积累，游清治主笔起草了氢氧化锂、无水氯化锂、工业碳酸锂三项国家标准，主编了《锂冶炼工艺》。

锂作为重要的战略物资，冶炼技术高度保密。建一一五厂时中苏关系恶化，我国得不到工艺技术的实质性资料，更没有实践经验。以游清治、石颖为代表的工程技术人员，经过了艰难漫长的探索过程，积累实践经验，联系基础理论，解决一个个具体技术问题，再深入研究，导出技术理论再

石颖工作照

指导冶炼创新，使工艺技术的许多方面实现独创。

石颖是一一五厂的创建者之一。1954年他从大连化工学院化工系毕业后，被分配到山东五〇一厂任技术员。新疆建设锂盐基地，冶金工业部领导专程赴五〇一厂，动员技术人员支援新疆建设。石颖报了名，于1957年10月和其他三名技术员从山东淄博来到大西北。石颖他们到一一五厂时，乌鲁木齐南郊就几间土坯房。这里就是中国第一个锂盐基地。

朱吉林（可可托海高级机械工程师）：

石颖分管技术，设计冶炼工艺流程。美苏冷战，美国封锁军工原料锂盐，苏联也封锁锂盐。我们得不到一个字的资料，一切从零开始。从生料配比，到烧成、浸出、精制……锂冶炼大大小小五十多道工序，摸索了一两年，还是过不了回收率低的坎儿啊！哪还有什么上班下班，走着路想的还是流程数据。石工给我们说过，刚吃了饭，老婆问他吃的什么，他竟然回答不上来。有时刚睡下，又会突然惊醒，总觉着有什么事。赶紧奔车间，就那么巧，车间生产真出了问题。工人们说石工真神了！我们说曹操，曹操就到了！

1963年10月，冶金工业部会同二机部下达《新疆一一五厂扩建任务书》，要把一一五厂建成可批量生产军工级氢氧化锂冶炼厂。这次扩建，是在总结一一五厂生产实践基础上进行的。石颖组织实施各种技术改革一百五十多项，冶金工业部为他组织了一次技术革新展览。在石颖和大家的努力下，一一五厂锂盐产品质量有了突破性提高，杂质控制率达到国际标准，烧结法回收率稳定在80%以上，生产工艺得以完善和定型，军工级单水氢氧化锂年产达320吨。

1967年，我国第一颗氢弹在罗布泊成功爆炸，核心燃料就是一一五厂冶炼的。游清治、石颖就是我国热核科技的先行者。

石颖，一位专注锂盐专业、痴情报国的"老学究"，"文革"期间被扣上"技术挂帅""反动技术权威"的帽子，被弄去劳动改造。即使这样打压，石颖还是痴心不改，担着风险开发了无水氯化锂、医用碳酸锂、铝焊粉这些新产品，使一一五厂产品由单一走向多品种，成为中国锂盐生产企业标准的制定者和国家技术中心。

1974年，冶金工业部计划以江西锂云母为原料，在湖南湘乡建一个锂盐厂。石颖和妻子鞠纯慧，还有一一五厂八名科研技术骨干怀着满腔热情来到湖南湘乡。

1981年，一一五厂钟嘉琼、魏建中去湖南、广东出差。行前，矿务局主持工作的刘履中交代他们，一定要去湘乡看望石总。他们心里明白，一一五厂的硫酸法冶炼碳酸锂遇到了难题。

这对石颖来说也是一道难题。五十五岁了，不比当年风华正茂，但重返新疆，打通碳酸锂生产新工艺流程也是他的愿望。慎重考虑后，他毅然决然返疆。锂盐早已成了石颖生命的一部分：来湘乡为了锂盐，湖南锂盐厂建成了；回新疆，还是因为锂盐。长期深入钻研的心血和智慧，凝聚为实践经验和系统理论，不就是为了解决难题吗？

石颖返回新疆立即投身一一五厂的三期改造，他创立的"析纳母液自循环"新工艺试生产，翻开了新疆锂盐厂一页新的历史。那段时间石颖天天泡在车间，白天一两个小时巡视一次；夜里，电话畅通，反馈的问题第二天一准有改进方案。值班的青年技术员不能不感叹："这老头的精力！劲头！"这精力这劲头终于攻克了困扰一一五厂多年的难题，碳酸锂回收率由67%提高到82%以上。投入产出比标志中国锂盐冶炼工艺又跨上了一个新的高度，"析纳母液自循环"新工艺理论起了决定性作用。

20世纪90年代初，石颖提出新疆锂盐工业发展远景目标和设想建议，组织实施碳酸锂转化氢氧化锂生产工艺，废止石灰石烧结法制取氢氧化锂工艺。新疆锂盐厂产能不断提高，实现了与可可托海、柯鲁木特锂精矿总产能相匹配的产能水平。到1995年，新疆锂盐厂年产达8000吨，成为我国最大的锂盐生产厂。

石颖把一生的精力全部献给了我国的锂盐事业。"中国锂盐工业的开拓者、奠基人,杰出的科技工作者",这是新疆有色陈列馆对石颖的介绍。朱吉林说,每次看到这句话,总是忍不住地掉眼泪。

小时候,卫星别克·加克斯汗问爸爸:"为啥叫我'卫星别克'?这个名字您给我起下的吗?"爸爸说:"'卫星别克'不好听吗?娃娃,你运气大了!你的名字'卫星别克'跟国家的大事情挂上钩了!"

卫星别克又问妈妈:"我的名字'卫星别克'咋样和国家的大事情挂上钩了?我的名字谁起下的?"

妈妈毕加玛丽把儿子抱在怀里,摸着他的头告诉他:"巴郎,你的爸爸没有说错,你的运气大得很,广播里听见'东方红'卫星上天了,你从我肚子里出来了。你的名字'卫星别克'爷爷起下的。爷爷说:'今天是个太高兴的日子,我的孙子就叫卫星别克!'"

巴哈提别克·加斯木汗给我说起哈萨克族关于小孩子出生、起名的习俗:阿尔泰草原,不管谁家生了娃娃,都是阿吾勒的喜事。孩子出生后,要请一位娃娃多、品德好的女性长辈给娃娃割脐带,把娃娃抱入摇床。杀一只"哈勒加"羊,慰问产妇。娃娃出生的第一天晚上,要给出生的婴孩办"齐尔德哈纳"庆生仪式。阿吾勒欢聚一起,弹上冬不拉,唱祝福歌,连续热闹三个晚上。我们哈萨克族人,婴孩降生以后,迎接他的首先是歌声。小孩子出生第七天取名,请德高望重的男性长辈,在娃娃左耳朵边连着喊三声新取的名,再在右耳朵边连唤三声,再由一位年长有威望的女性长辈把孩子放回摇床,起名的仪式就完成了。

经过走访得知,可可托海出生的矿山职工子弟,名叫"卫星别克"的可不止卫星别克·加克斯汗一个,20世纪70年代名字中有"星""东"的就更多了。

1970年4月24日21时35分,中国第一颗人造地球卫星"东方红一号"发射成功!自天际传送的天籁之音响彻寰宇。在酒泉卫星发射现场,仰望星空的总设计师孙家栋热泪长流。

这时，他是多么想和妻子一起分享自己工作的成就和喜悦，又是多想亲亲女儿的小脸。而万里之外的妻子魏素萍根本不知道自己的丈夫在哪儿，他留下的通信地址只是一组数字，她更不知道他具体在做什么工作。女儿出生时，孙家栋没有回到妻子身边，魏素萍自己去的医院。女儿出生后，值班护士帮她叫了辆平板车，魏素萍抱着刚出生的女儿坐在平板车上，顶着卷起了雪花的北风回家。那年没暖气，魏素萍回到家时发现水盆都冻裂了。结婚二十六年后，魏素萍从电视直播看见了久违的丈夫，这才知道她的孙家栋是干什么的。

孙家栋热泪长流思念妻女的这一刻，千里之外的阿尔泰深山老林里代号"111"的矿山又有多少心泉泪涌？

"我找呢，找我们的卫星呢！"仰望天幕的清华大学第一代少数民族毕业生阿不都热依木·那瓦依背过身，擦去刚刚擦了又流出来的泪水。

"长春地质学院上学的时候，老师讲可可托海稀有金属矿山是天然地质博物馆。但是一直不明白教科书里怎么找不见具体的文字记载，地图上也找不见'可可托海'。毕业到了可可托海，才知道这个'可可托海'是国家最高机密。"额尔齐斯石发现者、地质工程师韩凤鸣对身边的买地师傅说，"今天我们的卫星上天了！听上《东方红》的乐曲，比发现额尔齐斯石还高兴！"

买地·纳斯依频频点头："想不到，天上我们的卫星有了，天大的好事情呀！"

可可托海一片欢腾，大家奔走相告，脸上挂着泪花，天上闪闪的星星一样洋溢着激动、自豪："东方红一号"报时钟，用的是可可托海三号矿的铯榴石提纯的铯，三十万年一秒不差！

可可托海矿工在人工装岩

他们不由自主、不约而同地走过老木桥,走到他们全然付出青春和身心的三号矿脉。在这个如今草帽样的同心圆矿坑里,"吉斯""吉尔""解放""大头车"甲壳虫一样顺着盘坑道,一圈又一圈地拉出一车又一车的矿石,经过一双双手的摩挲拣选,到不同工厂、车间,再经一道道工艺流程打磨淬炼,最后成就大国重器。

　　可可托海总会计师杨云新哪会忘呢,"我们刘灏最为难的一件事,就是不知道该怎样回答老父亲的一次次责问:你这是一个啥单位呀,连个地址也没有。你到底在干什么工作?直到'111'又改回'可可托海'他才告诉老父亲,我们这个单位是为'上天入地'搞'两弹一星'提供原材料。原子弹、氢弹爆炸,'东方红'卫星上天,都和我们有关系!"

　　地质工程师贾富义也被父亲责问过,"我没话可说呀! 80年代可可托海矿区周围还设有三道卡子,任何人进出矿区都必须持有边防通行证。直到我爹来了矿上一次,才理解了我。爹说:'深山五十年,为国铸重器。'"

　　"爸爸三十岁不到矽肺病得下了。1967年,我国氢弹爆炸成功。爸爸从北京来的大学生那儿知道了,氢弹用下的锂,就是他们从三号矿脉挖出来的绿柱石提炼的。爸爸眼泪流呢,天上久久地望呢。爸爸坚持下矿坑,谁不让他下矿坑,他就给谁甩脸子,不理谁。"巴哈尔动情地对我说,"我的爸爸,国家的大事情有贡献呢!"

　　"我最难忘的是1970年4月24日晚饭后,父亲领着我们站在家门外的空地上,不顾寒冷的空气,遥望夜空。当熟悉的《东方红》乐曲声从浩渺的星空传来时,父亲激动得热泪盈眶。他仰望星空,大声对我们说,卫星上天了!我们的卫星上天了!只有五岁多的我并不知道父亲这句话背后的深意,直到近些年国家公开了可可托海三号脉的资料,我才知道'东方红一号'卫星的原子钟用的正是可可托海提供的铯原料,而父亲所做的就是在矿石开挖前期将矿坑里的水疏干,确保矿石安全、顺利开采。"

　　水文地质工程师宁重华的长女、江西师范大学副教授宁南专程回可可托海拜谒父亲奉献了一生的矿山。可可托海的夏日,夜空高洁悠远,漫步老木桥,她熟悉亲近的额尔齐斯河泛起柔和变幻的丝丝银光。河南岸的三号矿脉若隐若现,星空浩渺。

"爸爸，您看见女儿了吗？以前女儿小，不理解爸爸为什么总是那么忙，女儿生病了您都顾不上看一眼。我长大了，明白了，明白了你们那一代人共同的心语：国家需要，我就去做。对吗？爸爸……"

短短不到二十年时间，中国就拥有了"两弹一星"——核弹（原子弹和氢弹）、导弹和人造地球卫星。1964年10月16日第一颗原子弹成功爆炸；1966年10月27日第一枚核导弹自酒泉导弹发射中心发射，飞翔1200公里，在预定目标成功爆炸；1967年6月17日第一颗氢弹成功爆炸；1970年4月24日第一颗人造地球卫星上天。在西方对中国经济、技术封锁的冷战环境，以中国当时一穷二白的工业基础，国际社会难以置信这神话一样的速度，为中国军工科技成就而震惊。

曾任职可可托海88-59、87-66机选厂的中国工程院院士孙传尧告诉《瞭望东方周刊》："我亲眼见过铍做的原子弹外壳，原料就来自可可托海。铍还用于陀螺制导，这是导弹不可缺少的。"

三十年，弹指一挥间。当孙传尧院士面对大国重器时，他眼里一定有三号矿脉，有87-66机选厂的流水线……多少个日日夜夜，多少汗水心血，一牛皮口袋一牛皮口袋人背爬犁拖的锂矿石、铍矿石、钽铌铷铯等矿石，从三号矿脉、四矿井、新三矿雪山冰峰，从可可托海进入一一五厂，进入宁夏、湖南、四川等地的稀有金属冶炼厂，而后才有了刺破天穹的长箭，腾空迫日的蘑菇云。边陲远地，建起了中国最大的锂盐基地——一一五厂，默默无闻，却是锂、铍、钽、铌、铷、铯等新材料的重要研发中心。2006年，准噶尔盆地建起了中国第三座铍冶炼厂，成功生产出了铍珠、铍铜合金和铍铝合金。这标志继锂金属后，一条采、选、冶完整的铍金属产业链形成，为国家战略安全标定基桩。

难忘1978年，那个科学的春天，新疆大地百花争艳。《原子钟用高纯金属铯泡的研制》《新疆可可托海钽铌铍锂综合回收选矿工艺研究》《优先浮选绿柱石铍锂工艺》等荣获全国科学大会"优秀科技成果奖"。新疆起草了《中华人民共和国国家标准 单水氢氧化锂》《中华人民共和国国家标准 工业碳酸锂》《中华人民共和国国家标准 无水氯化锂》《中华人民共

和国国家标准　碳酸锂、单水氢氧化锂化学分析方法邻二氮杂菲分光光度法测定铁量》《中华人民共和国国家标准　铍精矿——绿柱石化学分析方法EDTA容量法测定三氧化二铁量》等国家标准。

巍巍昆仑、天山、阿尔泰山，三块天赋灵性的巨石，昭示着科学探索路标的指向。一个个有名、无名的攀登者在晶石与星光辉映的奇遇之径，在风光无限的山峰之巅，留下一则则传说、一个个故事，在时光中风化成典，留存天地。

卷三

可可托海的冬天

那一年雪野皑皑 ·· 189
我们是可可托海第一批汉族丫头 ·· 196
冬夜炉火 ·· 209
最是雪天明月夜 ·· 215
母亲的眼睛 ·· 220
风情老木桥 ·· 231

矿山母亲组图

那一年雪野皑皑

走过可可托海的老人话说当年，都会提到可可托海的寒冷；每一个说起酷寒的人，都有自己亲历过的切肤体验。

王吉成（可可托海三号矿技术实习，新三矿矿工）：

我们2月4号下的山，刚过完春节。1966年的春节是元月21号。新三矿在青河县，中蒙交界的边边上，离可可托海汽车公路105公里。9月到来年5月大雪封山，和可可托海是电台联系。

我工作调动，下山到可可托海报到。送行酒喝过了，矿上的工人师傅对我们这些学生很好。我们一起三个人，杨奉科回老家探亲，还带着三矿给矿务局的报表；朱德林是回老家结婚。他们都是山东人，一路同行。杨奉科师傅是我们组长。

下山前我们和矿长约定，计划三天走到山下的吐鲁洪乡，矿务局用马爬犁接我们，第四天可可托海不给矿上发电报，三矿一定要派人找我们。

下山时，开始飘雪花，越下越大。天不冷，这儿待久了就知道，下雪不冷晴天冷。怕风，最怕春天的"老白毛"。平时，三矿每半个月派人踩一次路，以防失去标识，迷路。远远望出去，羊肠子小道看清看不清的。我去食堂装了二十个大饼子，一根棍子挑行李。

从三矿下到山坡，暴风雪突然来了。黑云从前面的山头卷过来了，天一下子暗了下来，对面啥也看不见。我们紧张了。老杨说，怕是要变天！一阵紧似一阵的风卷起雪绺子抽得人站不住，只好就地卧倒。

回矿上，我们刚走过的脚印已经被雪埋住了。前行不了，回矿上已经回不去，三个人决定只有在雪地里扒个坑待着。耗到了后半夜，雪停了。商量天亮了再决定往前走，还是往回走。

第二天，阳光万丈，大晴天，一丝风没有。老杨说，往前走，只要走到矿上在林场的休息站就不怕了。从我们新三矿到可可托海，中间有个休息站，矿工们叫它"木头房子"，全是圆木垛起来的。一下雪，从三矿到可可托海一天走不到，遇上暴风雪就更难说了，闹不好再迷了路就可能冻死人。矿上在差不多一半路的林场用圆木搭了这座"木头房子"，是供矿上的人下山打尖避灾的驿站。老杨在地质队干过，又是组长，老杨说，天这样好，往前走。我赞成往前走。我说，万一走不到，也不要埋怨。

矿上踩出的羊肠小道被雪埋住了。老杨说，沿着公路走。公路在哪儿？四野里白茫茫一片。老杨说，只有沿着河走了，公路顺着河。小朱坚持公路盘在半山腰里，结果走到山顶也没找见公路。

风卷着雪又来了，风卷雪的呼啸声一阵紧似一阵。两个多小时往前拱了不到100米，实在是拱不动了，只好又挖雪窝准备过夜。脚踢手挖，发现了爬山松。老杨、小朱的火柴湿了，幸好我的火柴在行李里，不贴身，没湿。爬山松湿，点不着。小朱带了一双胶鞋，点着了。烧了水，换了衣服。衣服湿透了。小朱结婚的新床单从包袱里拿出来，在雪窝上支了个小帐篷，又熬了一夜。

早上起来，又是阳光灿烂的大晴天。雪野皑皑，风不大，却硬得刀子一样，手、脸只要是露在外面的就跟鞭鞘子抽一样。我的眼睛看不见了！雪盲，痛得不敢睁眼。矿上在林场的休息站，也就是一天的路程，这都两天了！找到休息站就安全了，全是一米五乘一米五的圆木搭建的。里面常年备着木柴，一把斧头，简单的锅碗，可以自己烧水做饭。一直到太阳落山，又是一天，还是没有走到这个救命的休息站。再往下走，山上没雪，也找不见爬山松。

直到第四天，还是没有走到休息站。老杨说，我们非冻死在这儿！下到山下挖雪窝，老杨突然说，我回宿舍睡去。他的脑子已不清醒了。

我和小朱抱住他，小朱把他的左脚暖在怀里。老杨的左脚已经冻伤了。小朱说，临下山不是对矿长说了，第四天收不到可可托海的电报，就派人下山找我们，也不知道矿上派人下山没？老杨坚定地说，矿上一准在寻找我们了，只是雪太大，又找不到我们的脚印。老杨又对我说，干粮能省一口是一口，坚持住，我们俩万一死了，你是大学生，记住我们，写下来，咱到末了也没认尿……一夜就这么聊着，不敢睡，一睡着就冻死了。在极端状态下，人的求生本能很顽强。老杨的脑子已经有了幻想，但是不停地提醒我和小朱："不敢睡啊，可不敢睡啊！"到了矿上就听老矿工说，只要是冻死的，都是没熬住，不知不觉睡过去了，只要一闭眼，就一步一步往鬼门关去了。

第五天一早又是大太阳。老杨招呼我，你伤了腿，我和小朱往前走，我到休息站就回头接你，你顺着我们的脚印跟着。结果，小朱的两条腿不行了。他个子矮，踩大个子老杨的脚印走，踩进去拔不出来，没力气了。我摸着往前走，走了不到200米，掉进雪窝子里，好不容易爬出来，又挣扎着往前走，又掉进雪窝，再挣着爬出雪窝。回头看见小朱从雪窝里往外爬。这时，一阵风刮过来，小朱的帽子刮走了，他伸手没抓住，手就那样伸向前方，没再抽回去。我挪着往他俩身边靠，心里说，要死三个人死在一起。我对老杨说，这个雪窝不避风，背后大石头避风。老杨、小朱没吭声。我爬到大石头后面挖好雪窝，喊老杨、小朱，我使劲喊："小朱，小朱，你应我一声……"还是没吭声。我转过石头，面对老杨、小朱才发现，他俩已经没气了。

眼看着地平线收走了太阳，皑皑雪野血红血红的。出了满天星星，没下雪，一阵阵寒气往骨头缝里钻。

这是最难熬的一夜。和老杨、小朱在一个雪窝子里，坐小朱这边。没瞌睡，一直想冻死的人能救活。东风农场种麦子，雪越厚当地农户越高兴，有雪麦子就冻不死，像盖上了被子，一开春麦子能醒过来。老杨是春节回家看老婆、儿子的，小朱是娶新媳妇的，小朱还那么年轻，老杨一家人还等着他，想矿上咋还不来救我们……不知不觉又见太阳从地平线下出来了，又是大晴天，我迷迷糊糊的，只觉着亮得晃眼。

其实，我已经在阴阳两界晃着了。

　　眼前的亮不见了，知道又天黑了。第六个晚上三矿五人搜救组终于找到了我们。他们一路追寻，我们不停地丢弃有衣物、包袱，追到了大石头前边。听见他们的说话声，我在雪窝子里喊了一声，得救了。泪水直流，忍不住想站起来，站不起来……

矿上称为"66·2·4"的这次事故，新疆有色金属工业管理局求助新疆民航，飞机在三矿周边、中蒙边境往复搜寻，皑皑雪野不见踪影；边防站马队从三矿一直到他们曾露宿一夜的山坡下，不断扩大搜救范围，但是雪太厚，马队翻不过山。三矿搜救组最终找到他们时，杨奉科、朱德林已经冻硬了，王吉成被担架抬回可可托海已是第七天日暮时分，他左脚的前半部已经冻伤坏死，不得不做手术截肢。得以生还，王吉成感激朱德林："救了我命的是朱德林的辣子面，一口雪一口辣子面……"

王吉成，1941年农历十月出生，湖南邵阳人。1954年部队接家属，他随母亲西行千里追寻父亲来到新疆。1964年他从新疆工学院毕业，被统一分配到可可托海矿务局，在三矿技术实习，这次事故出现就是因为要调到新三矿工作。

杨奉科是山东省梁山县拳铺乡东杨集人，时年三十六岁，1955年就职可可托海新三矿，事故发生前在探矿开采组工作。杨奉科遇难时，他的妻子不到三十五岁。这位平凡而伟大的女性独自抚养三女一子长大成人。杨奉科的儿子成年后，前后三次来可可托海。第三次到可可托海时，老杨的儿子杨以举一定要带走父亲的骨灰。他声泪俱下："可怜俺娘等爹等了一辈子！"矿务局派人三上矿山，终于找到了已被乱石荒草掩没的坟头，得以圆了等他三十六年盼他三十六年的老妻最大的心愿。盼得夫婿魂归故里两年后，老人家也安详地追随丈夫而去。

朱德林才十八九岁，是新三矿矿工。事故发生后，一直没有家人与可可托海联系。

"说着说着半个多世纪过去了，我们这一代人也都老了，许多事离得越来越远了，但是那一年冬天的暴风雪，望也望不到边的皑皑雪野，忘不了！

多年轻啊！一个十八九岁，春节回家娶媳妇。小朱的脸就像个红苹果。一个回家和老婆、儿子团聚……一到冬天，听说阿尔泰、可可托海又遇上暴风雪了，就像念咒语一样，头痛得裂开了一样。

"从那天一直到现在，我和他俩就在暴风雪里，在走也走不到边的皑皑雪野里……"

午后斜阳，在乌鲁木齐明园新疆有色集团生活区的柳树下的石凳上，听王吉成前辈娓娓述说，轻轻哼唱——

> 等待在这雪山路漫长，
> 听寒风呼啸依旧，
> 一眼望不到边，
> 风似刀割我的脸。
> …………

1965年三九隆冬，可可托海矿务局通知钱兴德，准备参加中国人民解放军总后勤部相关部门主持的试枪。

有"寒极"之名的可可托海是国产新式武器在极寒条件下性能表现的测试基地。中国有两个寒极：黑龙江漠河和新疆可可托海。几乎每年都有从北京专程到可可托海试枪的部队军人，可可托海民兵配合他们完成任务。

进疆近十年，可可托海的寒冷让钱兴德记忆犹新。1956年12月4日，钱兴德启程南京，西行新疆。新疆有色金属工业管理局去江南招工，江苏南通、无锡、如皋二百多名有志青年登上了西行列车。到酒泉换乘汽车，五十人一辆车，二百多人分乘四辆"解放"敞篷卡车。从酒泉到乌鲁木齐途中，他们就领教了冰雪的杀气，颠簸了半个多月，临近乌鲁木齐，雪地翻车，当即压死一位不幸的青年。

1957年1月11日，终于到了目的地——大山深处的可可托海，下车第一件事：发冬装。可可托海当天气温零下四十多摄氏度。欢迎他们的有还没撤走的苏联专家。他们这才知道可可托海有三宝：毡筒、羊皮裤子、羊皮袄。

短期培训五个月后，钱兴德被分到七〇一地质勘探大队六分队。钱兴德在无锡老家是基干民兵，会用枪，很快便成为可可托海民兵骨干。

测试基地在海子口吐鲁洪乡，海子口气温比可可托海低，冬季平均气温零下四十五摄氏度。试枪这天，气温零下五十四摄氏度，有风。北京来的军人建议卧姿试枪，风力影响会小一点儿。

钱兴德脱掉羊皮袄，解开棉帽护耳，随着"预备，射击"口令，扣动扳机。报靶员跑过来汇报："九环！"怎么没听见枪响？是新式无声枪吗？小战士笑了，告诉他，天气太冷了，极寒气温把声音冻住了。

据史料记载，可可托海冬季平均气温零下三十七摄氏度，最低气温零下五十七摄氏度。

可可托海的冷，是刻在骨头里的冷！"矿二代"马玉琪最难忘，他的挖掘机刚举起一斗矿石渣，大臂齐齐折断了，"我当时一下惊呆了！"师傅纪彦文告诉他，这就叫"金属碎"。在极寒天气里，钢铁变成了脆玻璃，冻断了！

三号矿脉坑底为露天作业，极寒天气往往伴随寒雾，寒雾沉入坑底很难消散，冷得浸入骨髓。再冷也是零下三十八摄氏度。纪师傅对马玉琪说："从我来到矿上，报的从没低过零下三十八摄氏度，不是没这么冷，是不报这么冷。"寒冷、潮湿，井下矿工人人都有风湿、关节炎，最后得风湿性心脏病的多。

1965年国庆节，钱兴德代表可可托海矿务局参加全疆民兵大比武，获200米隐形靶射击二等奖。正在新疆的贺龙元帅观看了比赛，并与获奖民兵合影留念。

云南姑娘杨云新大学毕业就被分配到可可托海。她的苏联师傅玛丽娅，还有纯朴热情的哈萨克族矿工，都告诉过她可可托海冬天的厉害。

棉衣、棉裤、毡筒、厚围巾、棉手套、大口罩，全副武装。小杨姑娘有底气了，从额尔齐斯河南边到额尔齐斯河北边，又从北边到南边，深深的雪踩下去，拔出来，再踩下去，再拔出来。工作是美丽的，踏实的。再说，她心房里住进了一个人，那个高高大大、英俊挺拔，有德行有学识，用多少形容词都不能描述得更好的刘灏。

小姑娘恋爱啦!

冬天悄悄地又来了。小杨姑娘走在有情调的木桥上,河对面走过来一个人。及近,是一个她不熟悉的少数民族矿工。他看了看小杨姑娘,一句话没说,突然弯下腰捧起一把雪就往小杨姑娘脸上揉搓。小杨姑娘猝不及防,一下子愣住了。一直被揉搓到脸上发疼,那人才松开手,继续往前走。不解的小杨姑娘叫住他,矿工说:"你鼻子不疼吗?你脸冻了,要不用雪搓一下,再冻一会儿你鼻子没有了!丫头子破相了,嫁不出去咋办呢?"

这以后,只要是遇上脸、耳朵冻得生疼的时候,小杨姑娘就赶紧抓上雪搓。

至今,杨云新一直感念这个民族兄弟。幸亏碰上了他,要不然,万一冻了鼻子伤了脸,还咋追"我家的刘灏"。

在阿尔泰,时不时冒犯牧人和牛羊的冰雪却比夏天的雨水还重要。若哪一年该下雪的时候没落雪,牧人比丢了羊还要心急犯愁。雪下得薄了,该冻裂大地的时候却冷不下来,冬窝子的牧人和牛羊忐忑不安。草原怎么能没有风卷雪呢?没有暴风雪的冬天还叫冬天吗?

雪和草原就跟羊和人一样,你是我的神,我是你的神。

雪,上苍的恩赐!

我们是可可托海第一批汉族丫头

1952年,作为山东参军进疆女兵的一员,孙春明于9月底抵达可可托海,迎接她的不仅是寒冷,还有种种考验。她们同一批进疆的山东姑娘有三十人,年纪大点儿的十七八岁,孙春明是其中最小的,虚岁才十三。新疆军区总医院本想留她和另外两个小姑娘真月仙、梁守琴在迪化,小姑娘们抱团,拒绝了邀请。随后,孙春明又拒绝了独自到可可托海矿区医院学护士,最终这三十个姐妹一起到了矿上。

孙春明(1952年山东参军进疆女兵,可可托海"矿一代"):

三十个人分成了几组,发了工作服、毡筒。教训队教员和苏联专家给我们上课,培训我们识别宝石、云母的技能。1952年底,跟着苏联专家选宝石。冷得不行,在家哪受过这号罪呀!发的那种机器轧成道道的棉工作服,就跟个纸片子一样。嫌冷,赖着不上班,围着火炉打扑克,就我们七个年纪小的。我们住在俱乐部后边十四号库房,是后来成了俺姐妹崔可芳的老头杨德宽他们那批转业兵刚盖好的。他们住帐篷。矿上武经理让他的秘书找我们,去问问几个山东小妮子为啥不上班。我们头不抬,说,天太冷,冻得实在受不了。秘书说,棉工作服发了,毡筒发了……我站起身狠狠剜他一眼说:"手冷!"秘书没吭声走了。我还记得武经理的秘书叫赵斌。

武经理交代,买棉花,给几个小妮子做手套。棉手套做好了,我们又说,戴手套握不住尖嘴榔头,抓不住宝石。武经理让赵斌把我们七个小妮子叫到他家,教育我们:"你们穿上了军装就是军人,军人要服从组织命令，完成任务。"这之前，武经理"小妮子""小妮子"地喊我们，矿上的师傅也没把我们当成矿工，也是拿我们当个小毛丫头看，我们自己也没想着我们已经是矿工了。就这样，一冬天不停地做俺们的思想工作，没有一次高喉咙大嗓门。一直到来年开春化雪了我们才正式分到野外四矿，跟苏联专家学开采云母。

那时候的领导可是好，真亲人！我们武经理，还有局里的白成铭，矿上的安桂槐、王从义，都是好人！我们几个小妮子去了四矿。武经理升官了，成了武局长。过一段时间，武局长就安排一个山东老乡上山专门给我们做一顿山东饭，说，让几个胶东小妮子解解馋。

还在可可托海的时候，我们几个在路上手牵手拦车，有一次竟然拦下了我们武体泰经理的车。武经理一看是我们，就说："小妮子都上来吧，能坐几个坐几个。"以后只要在路上看见我们，武经理都会叫司机把我们拉上，在额尔齐斯河北边到额尔齐斯河南边转上一圈。时间久了我们和他也熟了，我们几个胆大的就问武经理："我们是招兵来的，怎么不给我们发黄军装，只穿蓝工装呢？"武经理幽默地说："你们到这儿是当兵啊，在可可托海，当的是海军。"他话音没落，我们就笑岔

可可托海四矿

了气。

记得是1981年还是1982年,从可可托海到乌鲁木齐了,也住明园。在桥头遇上了安书记,老远就招呼:"这不是孙春明吗?"我接话说:"您大书记还能记住俺一个小老百姓呀?"安桂槐书记迎上来:"那咋能忘了!"听着真是暖心。

四矿云母厂主任是苏联女专家,对她们这群小姑娘很好,跟她们住一排房。但是工作要求很严格,每次考试,要出几十道题,面对面提问。还有操作考试,理论操作一起考,通过考试测定技术水平。孙春明回忆,专家对她和崔可芳的面试非常满意。那时候,苏联人实行计件工资,一个月发两次,崔可芳手快,肯干,工资最高。孙春明工号是"51号",工资第二高。虽然挣得多,但都是十来岁的小妮子,能花钱,买水果罐头、鱼罐头,有苏联进口的,有国产的,一天一大兜子,工资也就不剩什么了。

1961年,开七号矿脉,孙春明带了二十多人手钻开采云母。8磅、10磅重的大锤她抡了一个冬天,老天爷保佑她没得矽肺病。这得感谢苏联主任管得严,让她们养成了好习惯,上班进车间就要求立即换工作服,口罩、白帽子一定要戴。饭前洗手,睡前洗澡,女专家天天检查。

1963年,矿上选出六个代表到上海电子管厂参观,孙春明被选中。工厂对他们很热情,因为厂里生产的收音机,十台里有七台用的云母是可可托海生产的。孙春明他们听着这些,心里不知道有多美!去上海参观前,上海、天津、北京的采购员就一趟趟往他们那边跑,无线电厂离不开云母片。到上海这一趟,孙春明他们又知道了自己生产的云母片还用到了国防工业上,对国家工业发展这么重要,心里很自豪。

三十个姑娘所在的四矿工作条件很艰苦,矿部在可可托海东北的中蒙边境上,矿田面积有3300平方公里,三个矿点之间相距一二十公里。夏天通汽车,冬天只有拖拉机、马爬犁。海拔1400—3000多米,群山起伏,夏天夜里只有几摄氏度,冬天零下三四十摄氏度。

四矿发现得早,20世纪30年代苏联人就一边开采一边勘探,运走了不少矿石。这里主要出产绿柱石、钽铌铁矿石和工业白云母。矿石品位高,白云母品质是阿尔泰最好的，有玻璃光泽、蚕丝光泽，木板块居多，为六方晶体或细粒的集合体，矿脉比较集中，储量丰富。60年代可可托海最艰难的时候，四矿的白云母是矿务局渡过难关的经济来源，养活了一万多人！这批山东丫头能干，立了大功！

人工选云母看上去不费劲，实际上熬人。云母片能剥到比纸还薄，一片一片手工剥，日光灯下一坐一天，时间一长就伤眼。十个里面九个有职业病——矽肺病。十八岁就与杨德宽成亲的崔可芳常说："我们三十个山东姑娘是可可托海的姑奶奶！"

工作艰苦，环境恶劣，干上几年就是一身病。杨德宽、崔可芳的长子杨林回忆："手剥云母，一坐就是几个小时，尽管穿着棉衣棉裤棉鞋，也冻透了，腿不听使唤。我要是刚好去了，妈就叫我拉她站起来，使劲拍打很久，才慢慢缓过来。可可托海得关节炎、风湿病的太多了！"

杨菊先是1952年到迪化的，她是湖南人，"八千湘女"进疆中的一个。"八千湘女"大部分都分配到新疆生产建设兵团，开发建设军垦农场。杨菊先的年龄比较小，个子又矮，读初中，很幸运地和一部分姐妹进入新疆军区俄文学校学习。到了学校，给她们每人发一套棉军衣，穿在小姑娘们身上又肥又大，像个道袍。但她们还是很高兴，几个同学立即去照相馆拍照片，寄回湖南老家，让父母看看女儿穿军装的神气样。

进到俄文学校刚开始要军训，每天一早起床号一响赶紧起来，迷迷糊糊，跑步，出操，上军训课，做军事训练。她们这些穷苦出身的妹子不怕吃苦，在家里野惯了，但是自尊心强。刚开始很不习惯部队生活，动作慢，披上棉衣提起裤子往操场跑，还常常迟到，裤腿常常绊得摔跟头。教官训过杨菊先一次，她泪水在眼眶眶里打转转，只有加把劲、再加把劲跟上。当时是苏联老师给她们上课，俄语比英语难学，那个卷舌音，俄

杨菊先（右一）和战友合影

语叫"水波音"，真是害苦了她们，常常含一口水练习，舌头都练麻了。

　　1956年，她们毕业了，杨菊先的学习成绩很好，留校当助教。这一年，新疆军区把学校移交地方政府，成立了新疆俄文专科学校。她们也就脱下了军装，夏天可以穿布拉吉（连衣裙）了。

　　杨菊先（参军进疆的湖南女兵，可可托海中学俄语、英语教师）：
　　　　在俄专教了两年多俄语，到了可可托海。没想到可可托海还要冷！9月就下雪，第二年5月雪化不完。气温平常有零下三十摄氏度，暴风雪过了可以冷到零下五十摄氏度！有次门锁冻住了，打不开。没遇到过这样的事呀。傻，想用舌头舔一舔化冻，刚碰上锁头舌头就粘掉了一块皮。

　　　　在可可托海工作，苦是真苦。再苦，也要有人在那里干呀。我们在可可托海干了二十多年。后来中苏交恶，俄语用得少了，学校1975年送我去湖南师范大学学了一年英语。有俄语的底子，加上刻苦自学，回来我就教英语了。我很自信自己的教学水平。可可托海矿山是苏联专家留下的底子，资料、矿山设备说明，全是俄文，矿工们交流技术也习惯用俄语，俄语、俄文在可可托海还是大有用场的。我还一直当班主任，忙得像个陀螺。早晨7点领学生读俄语、读英语，晚上吃完饭赶紧到班上看学生上自习，回到家晚上10点了，天天如此。看着自己的学生一批批长大，一批批工作，一批批走出矿山，成为国家有用之材，很是欣慰。

　　　　一生中最好的青春年华全留在了大山里的可可托海。可可托海是我们的第二故乡。一起工作多年的同事呀，一住就是十多年的哈萨克、维吾尔族邻居，真是想念！可以说是日思夜想。我也很自豪，我这个湘妹子是为可可托海贡献了智慧和心血的。

　　沙吾提江·木哈买提江是维吾尔族，阿勒泰哈巴河人。他在四矿干了二十多年，先是做技术员，后来担任副矿长，他最知道采矿的艰苦，也见证了可可托海这群汉族丫头的艰难成长。

　　可可托海的云母加工厂放在四矿。四矿的矿脉好，绿柱石、钽铌矿品位高，白云母的品质最好。云母厂全是女工。剥云母太费眼睛，一坐下十几个钟头，不比井下打风钻轻松。沙吾提江·木哈买提江的老伴儿就在云母厂剥云母，她常说，腰坐断呢，想站站不起来，头晕晕的，吃上一点点东西就吐出来了，经常的事。说是一个云母厂，其实就是个棚子，夏天晒得很，冬天冻得很。

女地质工作者在野外进行钻探作业，查看岩芯标本

那时候不重视防护，云母厂剥云母，井下打风钻，得矽肺病的多，很痛苦。

在沙吾提江·木哈买提江的记忆中，山东来的小丫头也去云母厂剥云母。她们很能干，也苦得很，一双手没有好的地方。"你想，肉整天和石头打交道呢，肉不流血石头流血吗？山东丫头，给可可托海做了大贡献。矿务局困难的时候，选矿厂工资发不出了，云母厂借给了，救了急。"

四矿在山里，海拔高，条件艰苦，冬天极冷。寒流来了，风卷雪的"白毛"能冻死人！可就是在这样的条件下，四矿一年出产几百吨云母，七八十吨甚至一百吨的蓝晶石。这要感谢那些可爱的汉族丫头，她们不应该被忘记——

1952年参军进疆分配可可托海山东女兵名录

于文敏　于晓霞　王淑然　石桂芳　曲秀云　刘玉兰　刘桂秋
许金凤　许梦香*　许维荣　孙金言　孙春明　李桂兰　李静芝
李翠英　杨明伦　芦润善　吴翠英　宋士英*　宋美芬*　张桂英
张银梅*　张淑莲*　邵竹青　赵美荣　周月华　真月仙　景兰芬
崔可芳*　梁守琴

（注：姓名后标注"*"者已辞世）

20世纪五六十年代，为同步国家第一个五年计划，一批批转业官兵、支边青年、大中专院校毕业生满怀着青春梦想和对新生活的美好向往，如春潮西涌般从祖国各地汇聚天山南北，走进阿尔泰深山、伊犁河谷的矿山、工厂。

其中，广为人知的是立足国家民族最高利益、不穿军装不戴帽徽却履行"屯垦戍边"国家使命的新疆生产建设兵团。

出于国家最高机密要求，致力于国之重器基础工程建设的英雄们，隐姓埋名，渐渐走入历史深处。只在近年由于我国科技水平不断提升，航空航天事业成就为世界瞩目，以邓稼先为代表的核工业元勋的事迹得以公开报道，尤其是"中国氢弹之父"、中国科学院院士于敏与"中国卫星之父"、中国科学院院士孙家栋荣获"共和国勋章"，当年披荆斩棘、砥砺前行的一代创业者才穿越时光隧道，从历史深处，从阿尔泰山，从伊犁河谷杏花沟，一步步走进新时代，他们平凡而伟大的人生才为人们所认知、景仰。

新疆北屯云母厂的小曾厂长到北京，七七四厂双鬓染霜的大老李还是一壶老茶，六两"牛栏山"的二锅头，一斤烂熟的猪头肉，一瓷碟花生米，把酒换盏，话说当年。

这个大老李，可是阿尔泰、北屯云母矿云母厂兴衰荣辱的见证人。

七七四厂也叫"北京电子管厂"，当年可是国家重点军工企业。云母产品下游产业多为军工或是国家高端机电行业，一般在"三线"设厂，七七四厂却是个例外。大老李是北京七七四厂业务联系人，他和小曾厂长的友谊，和偏远的阿尔泰草原、兵团人建设的屯垦新城北屯的缔结，如"牛栏山"陈年二锅头一样日久醇香，媒介是同一个——云母。

20世纪50年代，云母是国家尖端科技、国防和电子工业急需的原料，西方阵营对新中国实行经济封锁，用外汇高价也买不到优质云母。大部分电机厂因云母断供而停产。云母产品短缺严重制约了新中国的机电、军工发展。

1958年7月，建工部非金属矿局派考察团赴苏联考察，学习苏联云母加工技术。10月，第一次全国云母工作会议在北京召开，专家齐聚研究云母增产措施。1958年，中国云母总产1万吨，比1957年增长9.22倍，却只能满足第一机械工业部需求量的一半，云母供需缺口太大。1959年2月1日，建工部呈报中央，建议将云母列入中央专案处理。中央批转了建工部的报告，发文至国家一机部、地质部、计委、经委、建委、各省市自治区。云母生产掀起了高潮。

1958年初，新疆维吾尔自治区副主席辛兰亭带领有关厅局负责人、兵团工业处负责人先后到武汉、上海、杭州、北京考察，了解各地机电工业发展。让他们吃惊的是，不少电机厂因原材料云母短缺已停产。

返疆后，兵团工业处负责人刘志申向兵团党委汇报考察情况。向来以国家利益为首要的兵团掌门张仲瀚提出安营扎寨阿尔泰草原的农十师"靠山吃山，靠水吃水"，发展云母矿业的大思路。早在1956年，兵团农一师昆仑采矿指挥所三百多人已经在西昆仑红柳滩一带开采云母。这是新中国成立后新疆最早的云母开采专业团队，兵团云母开采的历史由此开始。

在张仲瀚的一杯壮行酒后，兵团地质勘探队伍奔赴阿尔泰山。藏金蕴宝的阿尔泰山孕育的云母矿田长达300多公里，宽在10—40公里之间，总面积1万多平方公里内含有二十多个云母矿带，云母储量占到全国的三分之二。

云母是云母族矿物钾、铝、镁、铁、锂等层状结构铝硅酸盐的总称。云母是分布很广的造岩矿物，常见于岩浆岩、沉积岩和变质岩中。它的集合体呈鳞片状，玻璃光泽，片状解理完全，硬度2—3。

云母介电强度高，介电常数大，损耗小；物理化学性能稳定，有良好的隔热性、弹性和韧性，耐酸、碱侵蚀，热膨胀系数小；易于剥离加工成厚度均匀的薄片，是一种耐高温、优良的无机绝缘材料。它被广泛应用于电绝缘、建材、消防、灭火剂、塑料、造纸、橡胶、化工工业领域。

与王震将军三次交手终成至交的传奇将军麦宗禹，五十三岁又出征，率领农十师第一批采矿队员开赴阿尔泰山齐背岭、西沙河子挥镐掌钎。

孩提时，家住巴里巴盖曾与麦宗禹前辈比邻而居的小曾厂长，三十年后竟然成了他们开创辉煌的"末代矿长"！

老母亲对小曾厂长说，麦宗禹领着老辈人开采云母，那是搭着帐篷，吃着干粮,十字镐、钢钎打石头眼子,镢头、铁锹挖矿石,吃了大苦。

1959年,农十师开矿队进山,放下背包,拿起镐头,边探矿边采矿,当年挖掘采收云母1000多吨,盈利2000多万元。对于一无所有的创业者,这是事关成败的第一步。

这"第一步"是怎样迈出去的?

当时条件极差,一无住房,二无交通工具,三无技术人员和技术设备,全凭一股艰苦创业和吃苦耐劳的精神,背着行李,带着钢钎、大锤,就地在山岩、洞窟或哈族老乡的牛圈羊舍冒着严寒风餐露宿,敲响了云母生产的第一锤,引爆炸山开矿第一炮。

师里的几辆汽车,只能勉强用于春耕拉种和抢运人吃的口粮,包装好的产品运不出山,生产生活物资供不上山,只好人拉畜驮,经常要保持相当大的一部分人背运生产物资和粮食。据不完全统计,上半年单搬运粮食就用了4462个工人。山高路险,上半年死亡4人、重伤2人……

——《农十师云母矿矿志》"1960年上半年工作总结"

位于阿尔泰山腹地的阿尤布拉克,新疆生产建设兵团云母三矿生产生活区

1960年,阿尔泰山开采生产工业云母6829吨。1965年是新疆云母工业发生重大转折的一年,国家给予新疆云母工业以财力、物力上的大力支持。新疆云母已占全国云母产量的三分之二以上,从事云母矿采选企业员工最多时达一万七千多人。

20世纪60年代,

上海、天津、南京、北京、成都、郑州、营口、内蒙古等中国有机电、电子工业的地方，谁不知道新疆有座金山阿尔泰！谁不知道山里有一支脱下军装拿起镐头的采矿队伍！那时候，云母产品全部低价内部调拨，就是这样，矿山为国家创造了1.5亿元税利。云母埋藏得越深，白云母越多，也越难采掘。冰清玉洁的白云母，是脱下军装穿上工装的军人给新中国的又一份忠诚。

随着云母的开采，云母加工应运而生。

新疆最大的三个云母加工厂，一厂、二厂在乌鲁木齐，三厂（也叫北屯云母厂）在北屯。说是云母厂，其实就是一个手工作坊。从矿山开采出的云母矿石经过挑选，送往粗加工车间初选，分类分级，剥离切割，可用部分尽可能留下来，"因材施剪"，剪切成特殊片、水位计片、剥皂片、工字片和皿芯片。这些工作都由手工完成，是较为原始的简单劳动。

云母俗称"千层纸"，是指采掘出的一块云母原矿石，可以近于无限地剥离，薄片云母比纸还薄。云母的这种特性，决定了从事云母加工的以女性居多。

新疆早期云母加工行业的女工不下万人。北屯作为阿勒泰地区最大的云母集散地，年加工云母千吨以上，高峰期有七个连队近千名女工，以20世纪60年代上海支边女青年为主。当年，云母矿业是朝阳产业，是投资利润率最高、成本最低的"黄金行业"。农十师最高最好的厂房在云母厂，高大洁白的厂房里，灯光明亮。工资高，福利好，能进这个厂很荣耀。厂里女性占99%，工作服统一白大褂，姑娘们一尘不染，格外耀眼。

红火起来的北屯云母厂和大老李，还有代码"770"的长沙电子管厂、代码"771"的柳州电子管厂等进入了蜜月期。大老李和北屯云母厂打了近三十年交道，等货、抢货，有时一住就是一两个月，天天在车间等云母产品，和厂里的人都熟悉了。大老李爱下棋，象棋水平高，自带棋子，次次从北京背来。棋子很大，棋盘是块大帆布，棋落得很夸张，招招非同凡响的样子，帆布棋盘砸烂了不少，说他象棋水平在北京酒仙桥一带很有名。他在北屯等货期间，四处找棋手。周边团场，60多公里外的阿勒泰市，棋手都来找他对弈。棋逢对手，大老李一时成了北屯有名的棋王。下棋已是大老李与北屯云母厂交往时比烟酒还热络的感情投入。

大老李亲眼见证了北屯云母厂的辉煌，也目睹了云母厂女工个个年轻漂亮、神采飞扬的风华岁月。

"来，小曾，"一杯净，酒杯旋即又斟满的大老李对小曾厂长说，"你是生不逢时哟，哈哈哈……"

光鲜明艳的背后是不为人知的付出和牺牲。

明亮的灯光下一双双女性的手重复着原始的简单劳动，千百吨云母矿料从这些手上走过。收获总归要付出，这些工作劳神费劲耗眼睛，最严重的莫过于损伤肺。

她们灯下埋头加工了几十年的投料片、规格片、薄片、厚片，何谓规格、投料，她们说不清。她们只知道这是国防军工专用，是国家急需的。采到稀有甲级白云母矿料时，从选料到加工有严格的程序，要选政治上可靠、心灵手巧、操作熟练的党员女工，一丝不苟地加工。上海知青刘春花加工过这种云母片，她说："老厂长背着手站在我身后，一刻不离地看着我加工，把我紧张得不得了！"这种云母片薄如蝉翼，像是那种极薄的牛油纸，透明度极好，纯白无瑕。这种规格片，对平整度要求很高，要平整如镜，没有一丝云纹、一线水波纹，面积越大，质地越纯，越厚或越薄两个极端的云母片，价值越高。云母矿料是在自然环境里形成的，人的双手顺其自然加工出来，这样的云母片是极难见到的。上海知青张小妹回忆："这种产品是以片论价的，加工好了，包装那个精细，我的天哪，比护理婴儿还小心，专人连夜送到乌鲁木齐，是坐飞机走的。"加工时不小心出了差错或事故，比如有人为误剪或划痕，不仅要扣发白糖、罐头这些福利，还要扣工资，甚至受到行政处分。云母是阿尔泰山石中的精华，人工特殊加工的云母片是精品中的珍品。"至于用途，我们从不过问，也不让问，那是国防军事秘密呀。"

姑娘们的心气儿很高。她们手工精选的云母用在了军工科技高端，用在了轰动一时的中国第一台万吨水压机，用在了鞍钢、武钢等大型炼钢炉前，伴随当年最走红的"熊猫""春雷""红灯"等收音机和家用电器进入千家万户。她们人生最有荣誉感的回忆，是我国第一颗人造地球卫星"东方红一号"上，有她们生产的云母片。她们甚至底气十足地说原子弹、氢弹试验成功也有她们的功劳，津津乐道了一辈子。这些说法已无须考证，她说有就有吧。

她们付出青春、健康和梦想的信念已成为支撑她们人生的精神支柱，那就让这一切还留在青春的梦境里吧。

"江山代有才人出，各领风骚数百年。"各个时代都有才华横溢的人才涌现，恰如长江后浪推前浪。

现代科技更是如此，只是引领不了"数百年"，甚至难以领风骚数年。

20世纪70年代，半导体技术发展迅速，体积轻巧、科技含量高的半导体取代了电子管。半导体收音机不需要电子管，也就不需要云母。市场这只"看不见的手"一巴掌下去，曾经在机电、电子领域一统天下的云母败下阵来。

雪上加霜。20世纪70年代中期，价廉物美的云母替代材料相继出现。云母市场秋风萧瑟，云母企业开始出现大面积亏损。1978年，全国云母工作会议召开，各地云母矿山、云母加工厂开始贯彻会议提出的"压缩调整矿山开采规模"。

曾经红火的兵团云母矿业风光不再。代码"3"字头的四个云母矿，在阿尔泰山深处各留下一片坟茔。当年开采云母的五千多转业官兵，有两千六百多人患矽肺病。他们中的战友有不少已化入这片山林，春迎漫坡的草原菊，秋迎漫天飞雪，守望着青春、鲜血、生命滋养的山林。

终于，大老李不来了，棋盘前夸张的落子声再也听不见了。

他曾经对姑娘们说："别看你们个个年轻漂亮，你们会和云母一起辉煌，也会和云母一块儿衰落。"不想一语成谶，姑娘变成老太婆的日子好像就在昨天。

她们有一半姐妹患了职业病——矽肺。她们原本可以逃过这一厄运，政策规定：女职工干够八年，年龄四十五岁可以退休。现实中怎么可能？大老李他们一个个坐在车间等着她们的产品。再说，哪一个姐妹甘心早早离开工作岗位？"文革"中,地方上闹得停工停产,她们的云母厂可没停工,日夜加班生产国家急需的云母片。

终于,大老李他们代码"774"的北京电子管厂所在地酒仙桥,也成了国内名声最大的时尚艺术聚居区——"798"。

山中方一日,世上已千年。

冬夜炉火

秦长义是1959年支边到新疆的。1967年他回老家找对象，结识了张兰英，两人完婚后一起回到可可托海。正好赶上矿上新规定，1959年支边，1965年、1966年转业的，家属不再招工。不得已，张兰英成了宝石队工人，人工选宝石。宝石队就是家属队，连临时工都不算，却要干最重的活儿，工资还比正式矿工低得多。那时候大家都听从党的号召，给国家还苏联的债，自己少拿点儿也心甘情愿。

很难想象，如果没有这些女工，没有这些家属队，可可托海还能给国家做出这么大贡献吗？

提起往事，张兰英一家有无尽的回忆，这几十年就是一生。

张兰英（可可托海宝石队工人）：

一人一把尖嘴榔头，一个大帆布袋子，榔头尖嘴能挖能刨，有30公分长，方头用于敲、砸。干活儿全在露天里，冬天那冷啊，让你想都想不出有多冷！矿上的工人穿皮大衣、皮裤子、毡筒，捂得严严实实。家属队哪有那条件，硬扛着。不知道呢，耳朵冻伤了，冻死人的事常有。夏天晒，哪一年不晒脱几层皮。家属队低人一等，从矿下拉上来的全是些贫得不能再贫的尾矿，往山坡上一倒，拣去吧。你想想，尖嘴榔头一个月就秃得不能用了，那是铁跟石头打交道，这手是肉啊！一双手还叫手吗？砸着不知道疼了，看不见手指甲，早磨秃了。手指头胶布缠严实了，确保不敢碰。干活儿不落后，"2号"手选定额3公斤，我天天十几公斤。计算任务，班组为单位，我这个班是最高的。抢着干呀！下大雨，提前收工，我给同伴们说，解个手。躲在一块大石头后面，她们走远了，出来再拣上一阵子，拣多少算多少，给孩子们挣几个学费。

那时候真忙，一年到头没有一天闲工夫。选矿拣宝石外，加班加点，到农场干活儿。三年困难时期吃不饱，矿务局建东风农场，种麦子、洋芋，做豆腐，养奶牛。当娘的比爹还操心，一家六口衣服鞋袜全是我的手工。我还自己捻毛线织毛衣。为了我的孩子吃饱吃好，我在自己的房前屋后开荒地，换土养地，种南瓜、洋芋、萝卜，种可可托海的白豆角。可可托海不缺水，我种的瓜菜长得真是好！1971年，我喂了一头猪。家里上班的上班，上学的上学，猪从圈里跑了出去，被人砍瘫了，我用酒、盐消毒，包扎好伤口，一把野菜一碗面糊救活了它，养大了它。1973年、1974年、1979年……每年养一头猪，我的孩子有肉吃。我还养鸡养鸭养鹅，几十只鸡的名字我全能记住：大芦花、大老傻、左冠子、右冠子、大冠子、小冠子、大白洋、小白洋、小黑、小灰……我腌的鸡蛋、鹅蛋个个金黄流油，汪汪的油真是香！我做的变蛋也是最好的，多少盐，多少碱，水、松枝……我自己有配方。

可可托海，不少家孩子初中毕业就上矿了。我不耽误孩子，我们两口子是大老粗，孩子一定要上学。只要让我看见作业本上有红××，就挨揍。1993年，小儿子秦风军考上了北京工业大学，小闺女秦风华考上了可可托海技校。可可托海技校说是公费，又让交七百五十块，赶上单位困难，老头的工资发不下来，真让人愁呀！我刚从矿坑里背着宝石上来，小闺女哭着找到矿井，不上

秦长义、张兰英一家于20世纪70年代在可可托海合影

学了，交罢七百五十块，还要交二百块书本费，九百五十块，上啥上呀！咋不上？非得上！我找宝石队借呀，我和老头还能干呀！这山上的石头能拣完吗？我的儿女都随我们了，本分做人，下力气干活儿。

为了多拣几块石头，差点儿把命给搭上。1988年10月8日，一辆拉了满满一车尾矿的车倒车，突然滚下来一块大石头，吓得姐妹们四处躲。我背上帆布袋快装满了，退着躲。眼看石头朝我滚过来，躲不及，赶紧伸出小榔头挡了一下，石头改变了方向，人的命保住了，左腿的韧带、神经砸坏了，当时就没有感觉了。伤口一直长不好，出院回家，死马当活马医，每天让孩子爸爸烧一壶开水，拿个盐罐子，拆口罩做纱布，先在伤口上撒一层盐，纱布开水烫了后慢慢蘸，咬牙忍呀。脓一点儿一点儿蘸出来，一个星期后看见肉芽了，开始收口了，两个半月呀才慢慢长住了。我是自己救了自己。第二年又上矿，为了孩子只要有活儿就干，大家伙儿都这样。一直干到1995年底。

可可托海矿区基建队职工家属在修干打垒

秦风玲（秦长义、张兰英的长女，可可托海"矿二代"）：

我妈嫁到秦家，就嫁给了贫穷。我爸家穷，我妈挑起一家的担子。到了可可托海又遇上三年困难时期，矿上为了减轻负担，把担子推给每个家庭。

额尔齐斯河南岸山坡坡上、山根根下，一家挖一个半地窝子，一扇子窗户巴掌那么大，屋里的光亮要靠屋顶上开的大窗子，那是受人家哈萨克毡房的启发。

小时候的记忆，我妈手指头总是缠着胶布，指甲也让石头啃秃了。爆破出的宝石多了，就要加班选，我就提上饭盒子给我妈送饭。沿三号脉一圈一圈的矿车道，一个平台一个平台连着下，最少也得四五十分钟才能下到坑底，坑坑洼洼很难走。我妈每天背上矿石从坑底一直上到坑顶，我妈多辛苦！我妈现在坐下就起不来，就是背矿石落下的毛病。

小时候，我们家穷得就跟东风农场收罢秋的庄稼地一样，空荡荡的。我们姐弟几个就跟秋风里晃晃荡荡的苇子草，只有下雪天夜里，凑着炉火眼巴巴等煨上的洋芋蛋是最暖心的童年记忆。我妈精打细算的晚饭就是菜团子，老白菜帮子往烧开的水里焯一下，剁碎，捏成疙瘩，玉米面滚一下，上锅蒸熟就是填肚子的菜团子，饱不了肚子。

我妈心里装着两个天地，一个是寻宝石的矿场，一个是家里的锅碗瓢盆，她哪一个都想做得最好，她不累谁累，她不辛苦谁辛苦？

不管天多冷，不管路多远，只要远远望上了我们家烟囱里冒出的烟，我就不冷了，赶紧往家跑，就好像我们家烟囱冒出的烟是根绳子，拽上跑一样。

你不知道，我们家烟囱冒出的烟能闻见饭菜的香味！要正赶上我妈喂她那些宝贝鸡，扯上嗓门喊："小麻黄，大芦花……"你不知道心里有多暖。

矿山早期建设，用工标准严苛，女性处于劣势。
20世纪50年代末60年代初，国家三年困难时期，矿山精简、裁员，

地质队员的家属在三八妇女节合影

首当其冲的还是女性。

据《可可托海矿志》1962年的"大事记"记载:"当年精简职工1676人。"这其中,很大一部分是"勤俭持家"号召下成了家属的女矿工。家属不仅勤俭持家,而且挑起了更重的担子。

1960年,可可托海矿务局向阿勒泰地委申请增加垦殖5000—10000亩荒地种植粮食和蔬菜,以解决矿区副食品供应紧缺困难,度过困难时期。

危难处见真情。这些家属走进荒野草滩,种麦子、种玉米、种土豆,养羊、养牛、养猪,娘子军挂帅,巾帼英姿!

> 1960年3月7日,成立了以家属为主的矿区人民公社,参加了矿区的农副业生产。农场在抓农业的同时,也注意抓牧业和养猪业。
>
> …………
>
> 1960年,种植面积为3700亩,生产蔬菜460.8吨,大麦112.5吨,洋芋646吨(不包括各单位自种收获的392吨),西瓜48吨,油菜2吨,捕鱼70吨,酿白酒2.2吨,腌制各种咸菜51吨,各种家禽、家畜3057头(只)。

....
　　1961年，种植总面积9000多亩，收获了各种蔬菜2870吨，饲养各种禽、畜17000头（只）……
　　　　　　　　　　　　　　　——《可可托海矿志》第二十章

　　史料记载，牧人逐水草游牧的阿尔泰草原，最迟在元宪宗九年（1259年）前，乌伦古河流域已有相当规模的农耕生产。清军平定准噶尔、大小和卓战事前，沿额尔齐斯河、乌伦古河流域屯垦以备粮饷的举措成就颇丰。光绪三十四年（1908年）4月，阿尔泰办事大臣锡恒上奏清廷：哈巴河、萨尔胡松、切木尔切克、库克布楚、布伦托海五个官屯局共收田赋579200斤。民国时，新疆都督杨增新呈报中央政府，新疆阿勒泰地区共有耕地107604亩。新中国成立之初，经过民主建政、实行互助合作化，不断推广先进农业技术，推进农业机械化，到1959年，阿勒泰地区农耕面积已达110万亩。

　　中苏合营时期，可可托海矿区农副业生产初具规模，开辟了都孜拜、俄罗斯庄、喀拉通克三个牧场，饲养各类牲畜5000多头（只）；农副业方面，开垦了喀拉通克和可可托海蔬菜基地，兴办了食品加工、服装加工等商业，满足矿区职工对生活用品的消费需求。

　　1955年，矿山由中方接手经营，根据中央和自治区关于"矿管处集中全部精力搞矿业开发"的指示精神，可可托海矿管处经营的农副业和商业全部移交地方。没过两年，为了应急温饱又临时抱佛脚急匆匆地"恢复农副业生产"。

　　在这最困难的时期，唱主角的是家属队。家属队的每一位家属，肩头还多一副担子——家庭。

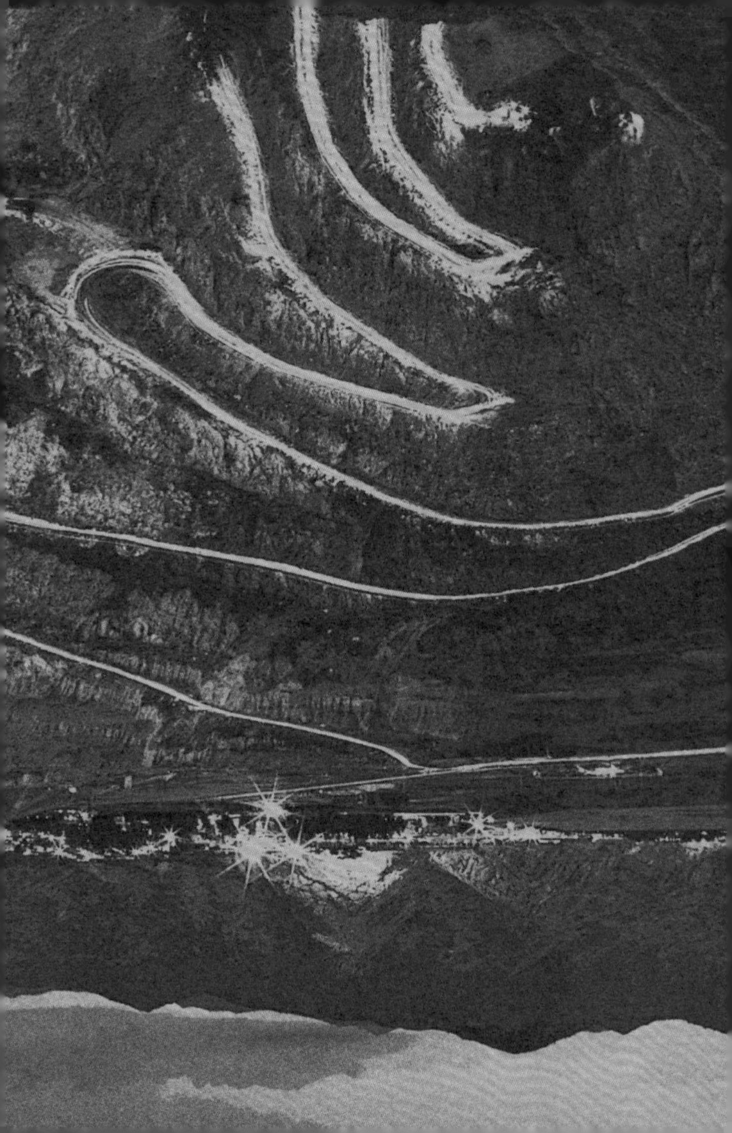

红宝石 —— 七月的幸运石

最是雪天明月夜

"那天是在三号矿脉出的事，1980年12月2日……对不起，我实在说不出。"芦润善又一次挂断了电话。

明园，乌鲁木齐一处具有地标意义的所在。明园早先是一片叫"明惠园"的桃园。春光姗姗来迟的边城，红山脚下的明惠园是踏春的好去处。20世纪30年代末，辽宁人邱宗浚倚仗其女婿、军阀盛世才之势，强行霸占明惠园桃园，修建私家园林别墅明园。1944年盛世才垮台，邱宗浚匆匆逃窜。1949年新疆和平解放，中国共产党建政，明园划归中苏合办石油公司，后成为新疆有色金属工业管理局驻地。

近些年来，明园周边耸立起"太平洋百货""美美"等林林总总声名显赫的新贵，却也奈何不了被它们遮挡身后的乌鲁木齐几代人叫了几十年、心里最亲近的"明园"。

那一片六层高、火柴盒一样排列的建筑群，是20世纪80年代初有色集团抢时间盖起来的安置房，在这些安置房，矿山干了一辈子的有色创业第一代，已渐渐步入晚年。长了几十年的树木已根深叶茂，遮掩了建筑的老旧。

穿行于街区楼栋，寻访一位又一位历经沧桑的眸子，聆听已然波澜不惊的娓娓道来，共鸣肝肠寸断的回忆，感动激情岁月的再现。

访谈者说到与芦润善相关的人和事，都要我去和她聊聊。山东一起来的姐妹说起芦润善，无不服气。从山东参军到可可托海的黄毛小丫头干外线电工，那可是男人的活计，在可可托海是女人干，是俺们山东姑娘崔可芳、芦润善。可可托海的冬天零下三四十摄氏度，一个电话来了她们准到岗，爬杆子，再冷也得爬上去排除故障。谁还问你是男人还是女人，可可托海的冬天不相信眼泪！

可可托海相信爱情。最让小姐妹、工友们唏嘘不已、惋惜落泪的是，芦润善才四十出头，最疼爱她的那个"湖南小蛮子"就离她远去了。

总会计师杨云新对我说，你一定见见芦润善，可可托海不应忘记她和老胡。

杨云新说的"老胡"，是芦润善的爱人，可可托海采矿工程师、三号矿脉疏干排水工程队党支部书记胡久孝。

1961年，胡久孝从中南矿冶学院毕业，十月金秋时来可可托海报到，山里的可可托海此时已是风雪茫茫。胡久孝在三矿、一矿都干过，三号矿脉攻克地下水渗透难题时，他任职疏干排水工程队党支部书记，那已是1980年底。

1980年12月2日，胡久孝早早地来到工地。临出门时，他对妻子芦润善说，今天是疏干排水工程最后一项工作，打一眼验证孔，用100型钻机，要搭建临时井架，检查工程最终效果，几年的努力全看今天能不能通过最后检验了。

20世纪70年代，可可托海三号矿脉露天采场深孔排水预先疏干工程实施，矿务局组织百余人的疏干排水工程队负责项目施工。图为疏干排水工程队技术负责人宁重华（右一）与党支部书记胡久孝（右三）在操作钻杆

三号矿脉露天采场天寒地冻，寒雾弥漫。每个人都穿着厚厚的羊皮大衣，戴着羊皮手套，皮帽子捂得严严实实，眼睫毛、胡子结了厚厚的冰霜，行动起来略显笨拙。启动钻机前，大家又检查了一次井架和钻机，确认机器正常。

胡久孝下令开机，钻机轰鸣，钻杆旋转、抖动。下午，昏昏晕晕的太阳早早不见了，零下五十摄氏度的极寒气旋袭击三号矿脉露天采场,气温骤降。连接搭建的临时井架钢管的钢销在极寒低温下脆化断裂,随着叭的一声,三根钢管向三个方向砸了下来,一根钢管砸向来不及躲闪的胡久孝。惊魂未定的工友冲向瞬间倒地、五孔出血的胡久孝,"胡书记,你醒醒!胡书记,你醒醒!"工友怀中的胡久孝头部血涌,脉息已绝。他们抱起自己的书记大哥飞奔向矿区医院。

当医生沉痛宣布胡久孝同志因头骨破裂伤势严重抢救无效的噩耗时,疏干排水工程队队员和医护人员顿时失声痛哭。不幸的消息很快传遍矿区,医院走廊、院落中挤满了矿区工友。

"胡书记啊,你就这样走了吗?"

"胡书记,以后您不用再加班了!"

"老胡,疏干排水成功,我一定告诉你!"

"只讲干活儿的人又少了一个,一句话没留走了。"

……………

孙春明说:"我们一起来的姐妹里,芦润善比我的命还苦,四十刚出头,男人走了。胡久孝,多好的一个人啊!有学问,又能干。"

那一夜,能冻透心,芦润善守着胡久孝,没有话,没有泪,就那样守着他。那些天里,芦润善就那样一直守着他,不要人陪着。没见她流泪。眼泪是啥?是伤心水,深不见底。平日里,各忙各的工作,一天碰不上一面,现在好好说说体己话吧。出殡那天一早,听见芦润善一声撕心裂肺的哭喊:"我的久孝啊!"这一声扯得人泪流满面,扯得人心痛,扯破了天!

说也奇怪,那天天空奇亮,一会儿雪就下来了!天漏了一样,就没见过那么大的雪,像是撒满人间的纸钱。

一次次拒绝,一次次预约。精诚所至,金石为开。终于,芦润善在电话里说:"电话里聊聊吧。"

芦润善(胡久孝妻子):

那天真是冷。他出门时说,疏水工程最后一天,你等我的好消息。结果,我再也等不到他了。

这就是我的命。哪有这么巧的事,可可托海的冬天哪一天不是零下三四十度,销子螺杆早不断晚不断,偏偏就在工程收尾最后一天断了,三根钢管同时向三个方向倒下去,偏偏一根就砸中了他,这不是命又是啥呢?

我们同岁,我比他早到矿上。他在中南矿冶学院学采矿,很优秀,在学校入了党。分配可可托海后,在三号脉工作了好多年,我们在三号脉认识。

那时候都忙。我从蓬莱参军到可可托海,学电工。我要强,男同志能干的我都能干,爬电线杆子,在总机,后来一直搞外线。我们首先要保证电话线路畅通。我钻研业务,但是文化浅,理论修养不够,他对我帮助很大。组织保送我到吉林冶金电气化学校学电气电工,两年的大专。这批学员是为鞍钢培养、储备技术人员,可以留下来。征求个人意见时,我坚决回可可托海。我不忘可可托海的大恩,还有他,胡久孝等着我呢。

回到可可托海,副经理李藩就把我找去了,说:"你赶紧着,学了就用,矿上电话线路不畅,电话基本瘫痪,一直找不到故障原因。"

电话线也热胀冷缩。夏天,线路长,往下坠吊;可可托海的冬天冷到极限,很容易就绷得太紧,断了。雪大,中午太阳直射冰雪会化,电缆受潮。我从河南边找到河北边,找不到故障原因,吃罢晚饭还去。可可托海冬天夜里,河的南边见不到人,河的北边还是见不到人,整个可可托海好像只有我一个人。当时不知道害怕,只有一个念头就是找到故障原因,排除故障。

线路一条一条查了个遍,终于找到了故障点,还是有一处电缆老化、破皮,讯号到这儿就断了,雪给劫走了。爬杆子排除故障,围巾帽子被汗浸透了,腿脚越来越冷,下杆子犯了难,不会走路了。这时,就看见我那个傻子,大冷天里傻呵呵地迎着我跑过来。

20世纪五六十年代,我们胡久孝,还有清华、北大、东矿来的青年学生,知识分子,真是国家的栋梁之材。苏联专家回国后,技术重担全在他们身上。他们个个出色,德才兼备,是最优秀的一代知识分子。

1952年清华毕业的蔡祖风，我们在一个单位好多年，大多时间他都在现场，我们有什么问题就向他请教，一点儿架子都没有，技术上是我们的主心骨。这么好的一个人，打成了"右派"，后来回上海，在宝钢做出了很大贡献。我敬重他们。

我这一辈子，活得也算有价值，十五六岁到了矿上，组织培养，遇上了胡久孝，踏踏实实做了自己该做的、想做的。干完活儿，完成任务，赶紧回家。只要一进家门，等上胡久孝，我的心就暖暖的。

他突然走了，一句话没有就走了，我觉着我的心也停在了那天的夜里。那天夜里真冷，冻住了一样。那天的月亮真明，白天一样。我没有泪，心里这口井干了。

我一直等他，就这么一直等，等了一辈子。只能下辈子再见了。

一辈子那么长，又那么短。

母亲的眼睛

一年一年，
一天一天，
最先睁开的就是妈妈的眼。
白天，
请了太阳来；
黑天，
邀了月亮来；
可可托海，
多了些亮闪。
初见人世天光，
我记下的，
就是这双眼。

刘树东的母亲

2020年开春，母亲突然对刘树东说"想回可可托海看看"。后来他们推测，母亲一定预感到自己的日子不多了。

5月，他们兄妹陪母亲回到留有她太多回忆的可可托海。

山河依旧在，往事已无痕。母亲人生的最后一程，留在了可可托海美丽的诗情画意中。

刘树东（可可托海"矿二代"）：

我记事的时候，母亲在基建队挖管沟。一锹一锹地把土甩上来，最下面是有很多鹅卵石的砂石层。鹅卵石很容易滚落伤人，要用力甩到挡墙的后面，母亲干瘦的手上磨出厚厚的老茧。

父亲老家在安徽凤台县一个小村庄。1959年，鄂皖苏二十五万支边青年支援边疆建设来到新疆，父亲分到可可托海矿务局。

母亲老家也是安徽。受时代风潮影响，也是要和命运抗争，摆脱贫困，十八岁的母亲怀揣幸福和希望，嫁给了三十多岁的父亲，从老家来到可可托海。那是1964年。

矿上早就不招收工人了，青春洋溢的母亲参加了家属队。可可托海家属队有基建队、宝石队、蔬菜队。她们不是正式职工，干的都是最苦、最累、最脏的活儿。在基建队干了几年，母亲去了宝石队，可以多增加一点儿收入。

宝石队和矿石打交道，活儿比基建队重，也危险。整天趴在尾矿堆上扒石头、拣石头、砸石头。家属队没有固定的选矿点，更无厚矿可选，全是别人丢下不要的，矿上叫"选野矿"，时时处处有危险。最累的活儿还是砸大块、背麻袋。办公桌大小的矿石，几个家属工用20磅的大榔头轮番砸，一口气能砸上五六十锤。这本来是壮劳动力干的活儿，母亲她们一样干。硬是把大石头砸成小块，再用尖嘴榔头把里面的宝石掏出来。手指头砸烂、磨破，裹满了胶布，是一年四季的常态。背粉石，就是低铁锂辉石，一袋矿石60公斤左右，人背上上坡，100多米远。矿石不像麦子、玉米，石块棱角在背上一次次摩擦，一个工班一个人要背2吨左右。母亲一天下来累得筋疲力尽，走回家的力气都没有了。真的不容易，现在的人想都不敢想。

上小学的时候，我去母亲干活儿的尾矿堆上，看见母亲戴着灰色的帽子，灰色上衣，灰裤子，都发白了，衣服的袖肘、裤腿、膝盖补满了大大小小的补丁。母亲高高举着大榔头，嘴里"嗨、嗨"小声喊着，砸下去的时候还咬着牙。一锤一锤砸下去，汗水从脸上流下来，抬头擦汗的时间，我看清楚了母亲永远不变的剪发头。母亲看到我时眼里露出了笑意。

我多想帮帮母亲啊！可那20磅的大榔头我根本举不起来。母亲瘦弱的身影一直深深地印在了我的脑海里。

父母成家后，每隔两年就有一个新生命壮大着家庭，哥哥、妹妹、弟弟和我，人丁兴旺。可是父母养育四个孩子有多艰辛啊！我们兄弟长身体的时候，每月定量供应的粮食不够吃，母亲总是尽着我们，饿着肚子还要去上班。记得有一次，又到月底了，母亲抖面袋底子做了一顿稀溜溜的菜糊糊。我不懂事，对母亲说："妈妈我饿。"母亲又黑又瘦的脸上滚下了泪珠，哽咽着说："妈妈也饿，没办法，忍一忍就过去了。"为了给孩子们填饱肚子，父亲母亲只要有一点点空闲，就带着我们挖野菜，夏天捞鱼，秋天捡麦子、溜洋芋、拔野油菜，快入冬时还要腌咸菜、晒干菜。入冬以后，父亲到附近的屠宰场买便宜的羊杂碎、牛杂碎，一买就是两大麻袋。冻得硬邦邦的杂碎化开后，母亲冒着严寒到河坝冰窟窿里去清洗，冰水刺骨啊！管得不是那么严了，父母就在我们自家的院子里喂鸡喂鸭喂鹅，后来还养了羊。

母亲心灵手巧，学啥会啥，学会了脚踏缝纫机，裁剪衣服，做鞋子，织毛衣。人家冬闲我家冬忙，一家人的衣服鞋子，要让母亲忙个不停。父母养大我们真是不容易。

我还很小的时候，父亲因长期过度劳累和营养不良病倒了，转院乌鲁木齐治疗了八个月，母亲一人操持着一个家，还要照顾父亲。30％的细粮小麦面留给父亲，70％的粗粮玉米面精打细算让我们吃饱。父亲是木工，修老木桥时被跌落的圆木砸断了三根肋骨，一个耳朵也听不见了，落下了终身残疾，再也干不动体力活儿了，家庭重担全落在了母亲身上。

哥哥刚满十六岁，初中毕业就接了父亲的班。我十八岁那年参军入伍，1990年复员分配到哈图金矿工作，家里的日子慢慢好过了。我们劝母亲不要再风里来雨里去地到宝石队上班了，母亲嘴上说"好"，天天一早又背上工具包悄悄出门了。哥哥把母亲的工具包藏起来，母亲说："再干一年不干了。"勤劳善良的母亲想让家里的日子过得好一点儿，儿子压力小一点儿。

没想到，一起事故毁灭了我们家刚看到的希望，也毁灭了母亲的后半生。带给我们家和母亲厄运的日子是1992年4月12日。

那天，母亲的班组早早到了三号矿脉工地，看着挖掘机离开了矿堆，她们陆续进入现场。谁也没想到，司机操作失误，失控的铲斗突然甩回到正走向矿堆的人群，重重砸在了母亲身上！那是一台苏联制造的大型电动铲运机，母亲弱小的身体被巨大的铲斗砸碎了。在场的班组人员嘶喊着救下了母亲。

母亲全身多处骨折，尾骨、盆骨粉碎性骨折，还有一根肋骨扎在肺上，最要害的是脊椎骨断了。整整昏迷了八天，生命力顽强的母亲苏醒了。医生对我们说，你们的母亲生命意志真顽强！身体素质是太好了！伤势这么重，昏迷这么久，一般是很难醒过来的，能醒过来那是捡回了半条命。

开始那段时间，母亲一直想不通，绝食，"让我死了好，以后要拖累一家人，日子怎么过呀……"

因为母亲身体不允许，那个时候从可可托海到乌鲁木齐非常困难，耽误了很久母亲才转到乌鲁木齐有色医院。母亲脊椎断了，高位截瘫，胸部以下完全失去知觉，大小便失禁，永远站不起来了。母亲每天都被不知哪里引发的阵阵剧痛折磨着，治疗进展格外缓慢，医生尽心尽力却无力回天。在有色医院经历了八个月的漫长煎熬后，只能回到可可托海家中养伤。

疼痛一直伴随着母亲，那不是一般人能忍受的，坐着疼，躺着疼，翻个身疼一身汗，不知道什么时候突然就是一阵剧烈疼痛。真难熬啊！

开始那几年，每隔一小时左右就要发作一次，母亲两只手紧紧地抓着轮椅扶手的立柱，咬着牙，佝偻着身子，低声呻吟，突然大喊一声："哎呀，我的妈呀！疼死我了，快让我死了吧！"有时就哭一会儿。

母亲疼得让人揪心，不忍心看下去。怎么办呀！专家一次次看过，就是吃镇痛药。后来，医生开含有吗啡的镇痛药。这药管用，一般不给开，怕上瘾，也很贵。母亲知道药贵，舍不得用，阴天下雨疼得实在不行了才用一片。有时睡到半夜痛得大叫，邻居都慢慢习惯了。老天啊！为什么要让母亲受这么大的痛苦？这就是上天给一个忠厚勤劳的人的回报吗？

拖着残疾的身体，忍受着难以忍受的疼痛，母亲一度有了轻生的念头。可是，一见到我们，见到孙子孙女，母亲就忘了疼痛，强忍着一声不吭。母亲不止一次对我们说，她不能死，再痛苦她也要活下来，因为她不能让她的孩子没有妈。母亲说，啥时间让我看到儿孙满堂我才能闭眼。

我想，是母爱帮母亲战胜了常人难以忍受的病痛，瘫痪的母亲在轮椅上坚持了二十九年！这是母爱的奇迹。母亲在，家就在，我们的主心骨就在。母亲的牵挂就是孩子们的归期，就能凝聚起家的团聚，每天见到孩子们就是母亲的安慰。

2012年父亲去世了，走完了八十年人生路。父亲关节炎很严重，全身僵硬，在床上瘫痪了两年多。

2020年，母亲走完了她七十五年的人生路。一直到2010年，母亲一生的辛苦和付出才终于得到认可。这一年的10月，母亲第一次领到退休金，一生坚强的母亲流泪了。这是高兴的泪水，更是积压了一生委屈的眼泪。终于有了自己的养老金，不靠丈夫和儿女们活命了，可以理直气壮地给孙子孙女压岁钱了！母亲给孙子辈压岁钱时总是念叨，还是让我赶上好时候了，国家政策好了，我们家属工都领退休工资了！每月一千二百元的养老金，让母亲感恩国家"没有忘记我们这些家属工"。

春天不是季节，是妈妈的怀抱。

母亲走时，贾新农才四岁。懵懵懂懂记得，有一张黑白小照片，摆满了花圈，站满了人，山坡上停满了"大头车"。长大了他才知道，母亲的追悼会是在达坂墓地举行的。那天全矿停工，叔叔阿姨都去送母亲。许多阿姨都流着泪说："哎，国慎呀，你丢下四个孩子，就这样走了！"一个阿姨牵扯着他念叨:"国慎,你放心走吧,孩子有我们。孩子,来给妈妈添些土。"父亲让他握住铁锹,想让最小的儿子给妈妈添第一锹土。平时温顺的贾新农执拗地背着小手,站在那里发愣。他到现在也不知道,四岁的自己在那一刻是不是明白了什么。

如今,他已身为人父,去母亲故里重庆璧山区来凤镇省亲,才从舅舅口中知道了母亲的故事。母亲是小镇飞出的"金凤凰",考进了重庆师范学院。家人给她定了门亲事,毕业后完婚。母亲不接受养她长大的兄长做主的婚姻,在家人为她操办喜事的当天,母亲不见了!从舅舅口中听到"逃婚"时,贾新农惊诧不已。原来母亲还有这样勇敢的人生经历!那时候全国都在大开发、大建设,到处都急需有知识、有专长的青年。母亲和同学打听到新疆去了就能安排工作,还能吃饱饭,结伴瞒着家人"逃"到了新疆。

母亲离开了山清水秀、物产丰富的家乡,一下子跑到了祖国最西边的阿尔泰深山,还到了可可托海最远、条件最差的新三矿阿斯喀尔特!

阿斯喀尔特矿点位于冰川地貌的山腰间,山体支离破碎,砾石散落,却是座小富矿,地质构造特殊,绿柱石品位高。采矿平硐坑口海拔 3100 多米,生活区建在海拔 3000 米左右的砾石滩上。高山缺氧,道路坎坷,一年里通车时间不足两个月,生产生活物资设备必须在夏天储备。汽车运不上来的重型机器设备,全靠喊着号子,人拉肩扛。山上气候异常,盛夏六月一场疾风骤起,大雪降落,矿区对面角峰山坳石块哗啦哗啦流动起来,电闪雷鸣,惊心动魄,让人心有余悸。冬天一连几天下一两米深的雪是平常事,屋顶得留下天窗,门推不开,就要从屋顶钻出去清雪。

三矿有句顺口溜:"三矿好,三矿好,光长石头不长草,男的多女的少,风吹石头满地跑。"早先,三矿清一色男丁。后来不断有大中专院校的女学生分配来,三矿封闭枯燥的生活才多了些情趣和色彩。

贾新农(可可托海"矿二代"):

我的父亲母亲,真是千里姻缘一线牵。母亲到矿上时,长春地质学校毕业的父亲已经在三矿了。父亲当年可是个英俊帅气、热情活泼的东北小伙儿。在三矿职工扫盲班担任业余教师时,父母相识了。他们俩一个热情泼辣,一个铁骨柔情,封闭的环境,清贫的生活,两颗年轻的心越贴越近。很快,俩人就谈婚论嫁了。在矿上婚事简单,两张木板床一拼,工友们凑到一起,我的父母给大伙儿对唱一曲《蝴蝶泉边》,小木屋洋溢出的欢声笑语温暖了矿山雪夜。

远在东北老家的爷爷奶奶得到喜讯,高兴得直抹泪,老两口在自家果园摘了红彤彤的大苹果寄往可可托海。爷爷是上过私塾的村支书,赋诗一首祝贺儿子新婚:

> 女籍西蜀男辽东,
> 婚姻万里天配成。
> ……
> 建设边疆意志同,
> 岂是寻常儿女情。
> ……
> 锦帐玉屏叹无有,
> 诗歌几首尽微情。

翻过年的秋天,父母有了长子。哥哥的出生给父母和三矿带来了欢乐,但是随着时光一天天过去,父母的担忧越来越重——哥哥快到一岁了还坐不起来。不得不下山到矿区医院检查,确诊为先天性缺钙,营养不良。病因是长期饮用雪水,缺钙,不及时治疗孩子很可能夭折。听到这个结果,父母感觉天都要塌了。回到三矿,父母倾其微薄收入,按医嘱托人从外地购买药品、营养品,盼望奇迹出现。熬了两年多,哥哥的身体不见好转。母亲身孕六个月时,父亲一直劝母亲下山,到可可托海调养三个月,因为三矿缺水,常年饮用雪水,没有蔬菜,更见不到新鲜蔬菜。母亲却说不急,到时候早点儿下山就行了。她想着工作,还有父亲的身体要照顾。母亲对父亲说,两个人在一起好相互照顾。就这样一直拖到哥哥在矿点早产了……哥哥两岁半那年入冬前,感冒引发高烧不退，矿点缺医少药，提前来到人世的大哥又早早离开了只给他苦难没给他幸福的人世。

母亲又有身孕时，组织安排她下山，在可可托海待产。我的大姐出生时只有五斤二两，像只小猫崽。还是缺钙，营养不良，好在活了下来。

矿务局考虑父亲的工作需要和母亲的身体状况，调动母亲到可可托海三号脉。父亲在地质科，还是一年四季跑野外。母亲白天上班。那时候一个大会战连着一个大会战，四川女子不服输比着干的劲头支撑着母亲加班加点，要强的性格透支着母亲的身体。拖着一身疲惫回到家，大的喊，小的叫。到1976年，我有了两个姐姐、一个哥哥，还有我，四个孩子要吃要喝要穿，母亲一天到晚连轴转地干不完。最困难的时候，好在奶奶从东北老家来帮忙。父亲后来告诉我，母亲时常胸闷、眩晕，怕耽误工作，又顾着家里，去医院看病的时间也挤不出来，一直强撑着。

母亲最后对着我们姐弟的微笑定格在1976年10月10日，母亲参加完劳动竞赛，从额尔齐斯河南岸回北岸的家，下班途中晕倒在老木桥上……我们的母亲只有四十四岁，大姐十三岁，我四岁。

料理完母亲的后事，父亲又忙着跑野外。大姐挑起了一个家的担子，挑水做饭洗衣，带着二姐和两个弟弟。邻居说，二姐头上长虱子，我整天鼻涕哈喇，哥哥爬高上低，没娘的孩子就像草。

其实，矿区各家的情境差不多，父母们整天忙工作，搞会战，哪有工夫顾孩子，都是大的带小的，小的跟着疯跑，跑着跑着长大了。

矿点上出生的孩子，因为营养不良，雪水缺钙，缺医少药，夭折的孩子不止我大哥一个。

还有什么可说的呢？那个年代，人们把所有的热情和气力都投入到祖国的建设中，为了工作不惜命。白天活儿没干完，晚上也要偷偷地完成，还要多干些。

上了矿山的女人，有了孩子就成了矿山的母亲。她们下矿坑、拣宝石、打土块、盖房子、淘粪池、种蔬菜，三尺讲台教书育人，针线茶饭柴米油盐，矿山没有哪一处不见她们的身影，一天天一年年，青丝变白发熬过了一个女人的苦乐年华。

借出差之机，贾新农回到母亲的故乡重庆。农家老伯阿婆厚道，在一株金橘树旁的卧石根部，他带回了一簇花蕊鹅黄、叶片紫罗兰色的山中兰，从母亲故里跨越千山万水，移植天山脚下。这株兰花险些因分根枯萎，煎熬着挺过了两个年头，终于焕发出勃勃生机。一枝花秆高高地舒展开，迎向博格达峰托出的晨曦，紫罗兰色的花瓣散发出幽幽馨香，母亲远逝的微笑又浮现在他眼前。

"母亲一直在远远地看着我，从未走远。"

> 白犏牛舔着小白犊的身子，
> 不顾天上雷鸣和电闪，
> 我想起了亲爱的母亲。
> ——哈萨克族民歌

"他们现在应该相信我们了吧？"母亲在弥留之际留下了一句话，想起来就让人心痛。

赵新的母亲是家中独生女。他外公出身黄埔，参加过九二五起义，后来受到不公正待遇有了可可托海劳改刑满人员的身份，这些经历让他母亲背负着喘不过气的原罪。母亲卖命地干活儿，就是要证明些什么。她越是努力，人家就越认为她该这么干。冷脸白眼的歧视下长

可可托海农场知识青年

大的赵新母亲,一直幻想着用汗水洗去与生俱来的原罪。

赵新:

我已经记事了,母亲对我说:"外公判了刑,妈也成了别人眼里的坏人。这又咋办呢?妈只有多干活儿。你要给妈争气,上心读书,不惹事。"母亲说着说着抱住我哭了起来。小时候的这些记忆我是想忘也忘不掉。

或许是"心诚石头也开花"应验了,也可能是老天爷可怜母亲,母亲的努力到底被认可了,评上了先进。她高兴得很呀,对外公说,组织终于信任我了。外婆告诉我:"你妈是憋屈死的。二三十年里,我只见你妈笑过一次,就是1959年评上先进生产者那次。"

母亲不到三十岁就离开了人世。外婆说:"那些年过的是个啥日子呀!一家人成天提心吊胆,担惊受怕。吃的是个啥?菜团子填饱肚子就高兴得不行。干的又是个啥?抡锤掌钎男人干下的活儿嘛!"

母亲短促的一生就是干活儿赌命。很小的时候我就有一种感觉,保出口大会战啊,海子口大会战啊,越是累越是苦,母亲越是高兴得很。外婆说,你妈累得回到家瘫在床上了,还是笑着呢。我长大些,理解了,体力劳动紧张繁重,阶级斗争的声音一时就低了下来,背靠背、面对面的人整人一时半会儿也顾不上了。

母亲当了先进生产者,成了家里最大的喜事。自小体弱多病的母亲超极限的生命付出,过早地耗尽了心血。

外公外婆一直为母亲过早离世愧疚,总认为是自己的历史带给了女儿厄运,让女儿活得太苦太委屈。十一届三中全会后,外婆开始为外公的冤案致信新疆军区、中共中央总书记,上诉冤情。外婆外公庆幸等到了河清海晏的好时候。外公的平反文件寄到那天,外婆放声号啕,就像蓄积太满的水库破堤溃坝。外婆手拿外公平反的"刑事判决书"看了一遍又一遍,泣声说:"盼了三十年呀,终于盼到了这一天!我苦命的云儿呀,压在你身上的石头没有了!"给外公平反的"刑事判决书",外婆给我们家一人复印了一份。

1952年到1981年，三十年光阴！一生中最好的年华，戴着"劳改犯""刑满留矿人员"的帽子，一个政治运动接着一个政治运动，首当其冲的"运动员"，即使在这种环境中，外公两度获得可可托海先进生产者称号。名叫方宇瑞的甘肃榆中世家子弟见惯了人世冷脸白眼，经受了多少筋骨伤痛！最让外公外婆悲苦的是，受尽屈辱的女儿没能等到这一天。外婆含泪长长吐出一口气说："我苦命的女儿呀，你泉下有知可要感恩共产党的书记呀！"

可可托海的三号矿脉是英雄矿、功勋矿。为国争光的英雄、功臣又在哪儿？功勋矿的贡献，英雄矿的名声，是湮没在岁月烟尘里留不下姓名的人一镐一镐挖出来的，一锤一锤砸出来的！这中间，就有赵新的英雄母亲方存云！

赵新后来又回到可可托海工作，就是为了母亲。在他心里，母亲和三号矿脉早已是一个整体。

风情老木桥

横跨额尔齐斯河的老木桥,是可可托海的一道风景。水泥桥墩伫立河床,桥梁、栏杆、桥面全是阿尔泰山养育的红松。一个甲子的时光,太阳已经给老木桥涂抹了一层深深的古铜色。老木桥两侧是人行道,人行道和车道被圆木制成的桁架梁相隔。近5米宽的车道,两侧各宽1.25米的人行道,架构出老木桥浑然大气的时代格局。

老木桥南端,几株老柳树下是个好去处。三两处歇脚、憩息的长凳,安静地守护在河风习习的柳荫下。长凳古朴,两三米长,五六十厘米宽,松木原板搭在两截木桩上,典雅悦目。从额尔齐斯河南岸去往河北岸的稀有金属矿务局地质陈列馆,必经老木桥。下午四五点的时间段,一准会遇

始建于20世纪60年代的可可托海苏式老木桥,横跨额尔齐斯河,连接着河北职工生活区与河南工业区

上她们——四五位或六七位年龄在七八十岁的老太太。

这次，我和巴哈提别克·加斯木汗路经老木桥，巴哈尔上前打招呼，"都是我的邻居！"就这样，彼此认识了。

黄美芳，四川资中县人，1943年出生；杨桂花，甘肃张掖人，1943年出生……哎呀，我们不一一报名姓了，知道她们，就找到我们了。

黄美芳（可可托海家属工）：

1959年，我一家子，爹、妈、妹妹投奔哥哥黄太积。哥哥抗美援朝，1955年回国，转业到新疆有色局，开柴油机。

1961年我参加工作，1962年被分到阿勒泰群库尔山上，有色第三矿务局，前面是苏联人开矿。在群库尔认识了大我八岁的江西人陈金龙。他来得早，苏联人开矿时他就在群库尔挖矿。

1964年调可可托海，海子口大会战，建水电站。苦哟！说出来怕你不信，人不是个人了，就是机器，白天干，夜晚干。海子口电站修好了，电灯亮了，我没工作了，让我回家"勤俭持家"。别人家的女人干不过我，也没有"勤俭持家"，为哪个？就为陈金龙家是地主。他是要逃脱地主家庭才远走边疆，下井挖矿，到底还是没逃脱。

"勤俭持家"不是不干活儿，而是干更重的活儿，拿更少的钱。想不通，一辈子想不通。老了老了，国家不忘我们受的辛苦，给我们发低保，年年涨，现在一个月拿到两千二百块了，感谢感谢！

陈金龙也是命苦，一天福也没得享，1980年就死了。我比他还苦命！五个娃娃，一个个拉扯大，再苦再累不怨天不怨地，不委屈娃娃，个个读书成人，小儿子是新疆医科大学的教授。

娃娃们喊我同他们一起住，我不去。自己过，舒心。娃儿们再孝顺，也不如自己过得自在。想一想，可可托海给我的都是苦日子，苦得泪水流干了。一说要走，还是牵肠挂肚离不开。

只要动得了，我还是哪里也不去，守着我那个苦命的死鬼……

杨桂花（可可托海家属工）：

我和美芳同龄人。我们张掖人，"金张掖，银武威"，我家乡好着呢。没办法，嫁鸡随鸡，嫁狗随狗，跟上男人闵新全到了这么远的可可托海。

闵新全在伊犁当兵，1965年集体转业来了可可托海。他先回张掖，把我娶进门，带上我，隆冬三九地到可可托海，来了正赶上海子口大会战。

三年困难时期刚过去，矿上不招人。我男人这一批集体转业的兵，带上的新媳妇都没能招工入编，都是家属队。修海子口电站，我们家属队搭架子，多冷的天！电站修好了，砸石头，拣宝石，啥苦活儿累活儿没干过？你看看，我们这手还叫手吗？再也缓不过来了，指甲长不出来了，指头弯得直不过来了。活儿一点儿也没少干，苦一点儿没少吃，拿的钱不如人家入了编的工人一个零头。

我和美芳一样，现在低保一个月也是两千二百块。和美芳一样，两个儿子，三个丫头。小儿子1976年生的，刚满一岁，大儿子八岁，大丫头刚吃十五岁的饭，娃他大就丢下我们娘儿几个走了。不敢想，一天一天的日子是咋样挨过来的呀……

娃他大的命也是苦情得很，三十八岁的生日没等到就死了。

你看见了，男人埋在可可托海，留下的老婆子就我们几个了，不想给娃娃们添麻烦是实话，在这里活了一辈子，扯心，恋着呢，舍不下我的苦命男人也是实话。

老姐妹三：

我老头抗美援朝转业到可可托海。我来矿上是正式工人，没干两年，号召"勤俭持家"，我老头是个实诚疙瘩，当个芝麻官，老婆倒霉了，我原是正式工人，第一个到了家属队。1957、1958年，锂辉石绿柱石手选厂建成了，日头晒不着了，寒风冻得轻了，家属队还是在坑口、小露天矿的废矿堆上翻啊，拣啊。就这，1958年前三个季度俺们硬碰硬选出了300多吨绿柱石！

老姐妹四：

我儿子、丫头都不在这儿。我可以到儿子家，也可以跟丫头过，但是我哪里也不去。人老了麻烦，日子长了再孝顺的儿子、丫头也会失去耐性，我可不看媳妇子的冷脸子，也不听丫头的唠叨。到了哪儿你也是个外地人了，没人愿意听你唠叨过去的事情，哪像我们老姐妹一搭儿过了几十年了。

我男人埋在这儿了，我为什么要离开？过不了几年我又和他在一搭儿了。一年里我总要看他几次，和老东西说说话，骂他。哄了我一辈子：退休了回湖南老家，跟上他好吃的吃不完。结果，说话不算话，扔下我一个孤老婆子，走了。夜里见着了老东西，觉得心里苦，想哭。我去坟地，给他烧点儿纸钱，不要在那边受穷。他能听见我说话。活着一天陪他一天，哪里也不去。

老姐妹五：

这里多好！有山有水，天天听河里的水声，冬天下雪，夏天下雨。一下雪，冬天来了。听见野鸭子叫，就知道春天来了，我们老姐妹走出空落落的房子，往老木桥来。可可托海住了一辈子了，还不是家吗？连鸟也认家呢。老头子早早归西了，老柳树陪上我们老姐妹熬日头。

老姐妹六：

老东西走得太早了，谁也不知道这个矽肺病这么厉害。走了也好，不受罪了，我也解脱了。天天看着一个憋得喘不过气的人，你自己也要熬死呢。

我来矿上早，还是苏联专家当家着呢。那时候真冷！外面说的几十年不遇的暴风雪，可可托海隔三岔五地就来了。口里"九九加一九，耕牛遍地走"，可可托海5月里来上一场暴风雪也不稀罕。

可可托海就没有春天，6月了，背阴里雪还没化完呢！夏天还没到，苏联洋婆子就换上颜色鲜艳的布拉吉，专门往石头路上走，高跟鞋敲得咯噔咯噔响，显摆呢！我们也想臭美一下，布拉吉有吗？花裙子有吗？

　　我十七八岁，长得不赖。这可不是我自己说的，矿上喜欢我的小伙子多。那时间矿上丫头少，我们稀罕呢！从手选工地回来，香胰子洗一洗，还真是美着呢，门口等上我去俱乐部的小伙儿不是一个两个。

　　挑过来挑过去，嫁了这么一个，半路上把人闪得慌……

　　可可托海最好的日子，6月到9月。罐头瓶子洗干净，伊雷木湖草滩上小鸟出窝的时候，山坡上采上一把山花，插上一把柳枝子，也养眼呢。

　　哎，好日子过得快！太阳当头了，我们姐妹相伴着老木桥柳树下，一天里最舒坦的时候。眼看太阳又山里去了，心也跟上紧了，怕天黑呢。

可以想见，她们天天南来北往桥上走过的身影。

老木桥有厚重的俄式基因，建筑材料主体是可可托海红松加工的方木，当年可以通行载重80吨的矿车。它承载着矿山一天天的发展，小镇一天天的繁荣，也见证了从祖国各地汇聚至此的建设者，他们的匆匆身影和青春年华。

来来往往于老木桥，人和桥都那样青春洋溢。

步履匆匆，不知不觉，已走过了人生四季。又是"柳絮因风起，葵花向日倾"的时令，木桥却已是失了颜色的老木桥，她们也已是红颜尽褪青春不再的"老太婆"，只剩下夕阳晚照里，老柳相依人。

一群不知深浅的游客呼啦啦拥上老木桥，老木桥发出咯吱咯吱的呻吟。她们突然有了物伤其类的疼痛感。这可了不得，她们哗的一下站了起来，腰挺背直，底气十足："不要一下子都上去！几个几个地慢慢来，木桥老了！"

矿山母亲

和她们一样，岁月流逝间渐渐老去的木桥，已经无力承载车马通行，也留不住河水带走的夕照。但是，只有老木桥和她们能听懂可可托海的风雪，只有她们能发现老木桥每一道木纹里密封的故事。

望过去，一骑飞驰——"那是个谁……"

卷
四

晶石的能量

我总是看见父亲举旗的背影 ·· 239

一峰一世界 ·· 255

我的师傅 ·· 274

草原境界 ·· 290

老兵团 ·· 298

矿区记忆组图

我总是看见父亲举旗的背影

1954年是第一个五年计划的第二年，苏联援建中国的一百五十六个工程项目陆续启动。此时，国内工业管理、技术人才缺乏。中央决定从全国大量抽调地厅级以上干部转入工业领域，《人民日报》为此发社论，阐明调干转入工业领域的重要性、紧迫性。

西北地区抽调地厅级干部七十七人，集中在西北局学习，安桂槐是其中之一。

安桂槐是1937年参加革命的老同志，历经抗日战争、解放战争，穿越枪林弹雨，克服各种困难。抗日战争期间，安桂槐组织领导山西五台县地方武装，配合八路军主力四团进行多次反"扫荡"斗争。1941年，日军对五台地区实行残酷的"三光政策"，制造百里"无人区"，安桂槐领导五台支队进行了艰苦卓绝的游击战争，参加了著名的百团大战。

解放战争时期，安桂槐为五台新区工作团团长，率部挺进中原，转战商洛，先后解放商南、丹凤、山阳、洛南、商县、安康……铁马冰河，九死一生。

集中在西北局学习期间，重工业部组织参观了

20世纪60年代，可可托海矿务局党委书记、局长安桂槐（中）和矿工在一起

安桂槐（右一）和战友在一起

西北国棉一厂、灞桥发电厂建设工地，赴北京参观全总技术革新、技术革命展览会，然后赴东北沈阳铜冶炼厂、抚顺煤矿、阜新露天煤矿、鞍山钢铁公司、杨家杖子钼矿、大连钢厂、大连造船厂等工矿企业参观学习。学习结束，十二人被分配至重工业部，其中安桂槐等四人分配到中苏有色及稀有金属股份公司。

1954年10月4日，安桂槐和妻子史云华自西安经兰州飞乌鲁木齐。10月15日，中苏有色及稀有金属股份公司承化矿场副场长安桂槐和妻子史云华乘公司专机飞抵承化——阿勒泰。

自此，安桂槐的命运就与新疆的几块"大石头"——天山、昆仑山、阿尔泰山难解难分。

安爱英（安桂槐、史云华长女，就职新疆矿务局七〇一地质勘探大队）：

从我记事起，就没有见过我爸爸这么作难过。人得吃饭呀，1960年春上，矿上眼看着就要断粮了，我爸爸急得到处跑上跑下要粮食。饭吃不饱人咋干活儿呢！保出口咋保？

我弟弟爱民天天提上个草篮河畔畔上、山沟沟里剜野菜。可可托海冬天长，夏天来得迟，6月底了，草才这么一点点长。野葱、野韭菜、尖尖菜，芽芽子刚露出头就给人剜走了。蒲公英、野油菜多些子，也越走越远了。弟弟饿得在额尔齐斯河边挖上野菜就往嘴里塞，嘴都吃绿了。矿上食堂的大师傅去河里担水看见了弟弟，一个半大的男孩子挖上野菜就吃，谁看见了不心疼，便拉上弟弟到食堂，给了弟弟一个馒头,弟弟哭着谢谢叔叔呢。拿上馒头自己舍不得吃,回家给炕上的姥姥吃。姥姥也舍不得吃。赶上爸爸下班回家,问馒头哪来的,弟弟给爸爸说了,爸爸领上弟弟到矿上食堂,问大师傅:"你给孩子的馒头?"大师傅是东北人,一下子火了,说:"我不知道这是你的儿子!不管是谁的儿子,吃野菜吃得嘴里流绿水,我也要给他这个馒头!这不是伙房的馒头,是我省下的馒头!"

为了弟弟,姥姥也给爸爸发了一次火。姥姥是1959年到的可可托海。那是三年困难时期最难的一年,也是可可托海最难的一年,就是找不上吃的。姥姥掺野菜熬苞谷糊糊,爸爸规定,早、晚野菜糊糊,中午饭一人一个杂粮馍馍。我一个月32斤的定量,弟弟只有27斤,啥副食也没有,吃不饱,真是饿得慌。饿得拖不动腿,就想一屁股坐下去。想想,还有外婆,有弟弟。有几天,顿顿是野菜,面袋子外婆不知抖过了几遍,每天一锅绿水水,外婆吃得肚子痛,吐出来的也是绿水水。人饿得冒虚汗,心慌,端个碗都端不住,手抖得慌,想迈脚抬不起来,脑子空荡荡的。真是饿怕了。小弟弟饿得偷吃了一个杂粮馍馍,又赶上爸爸回家,罚站,板上脸子训话。

这次,姥姥一下子发火了,数落爸爸:"你还板上脸子了!你安桂槐啥时间管过这个家?不管家你结婚做啥?造孽吗?"

难怪姥姥发火。抗日战争,我们五台十二条沟成了"无人区",打得惨烈得很。我这个小弟弟爱民,是我妈率领群众突围时出生的,没办法呀,留在了一户老乡家。十个月大时姥姥找到了这户人家,才把弟弟接到了河西村。姥姥接弟弟时发现,十个月大的弟弟已经摔成了残疾。

那时候,我爸爸是五台县抗日武装大队的政委、队长,三区的区委书记。三区是我们五台县抗战打得最厉害的地方,日本鬼子搞"三光",百里"无人区"。爸爸妈妈领上抗日的队伍和日本鬼子打游击,九死一生,不知道多少次逃过了日本鬼子的追击"围剿"。小时候我跟上队伍跑,总是看见爸爸在队伍头里。记得最清楚的,就是五台支队编入军区教导一旅,爸爸举上红旗的背影。

爸爸1948年5月1日离开晋察冀，直到姥姥带上弟弟到了可可托海，爸爸这才第一次见到已经残疾的小儿子。我的爸爸他也不是铁石心肠呀！

在我的记忆里，姥姥从没有说过爸爸，更不说斥责了。姥姥是心疼她这个从小吃尽了人世间的苦，从没有得到一点儿父爱的外孙子。

爸爸是奶奶的独儿子。奶奶三十二岁就守寡了，不娇惯娃。爸爸是1918年农历九月十三生人。因奶奶家门前有一棵老槐树，爷爷给爸爸起名"桂槐"，又姓安，连起来就是"平安富贵"的意思。爷爷村前有一块大石头像个猴子，村子就叫了"侯家庄"。

我妈是河西村史家的姑娘，叫史水花，不到十八岁就进了安家门。我妈一下轿，奶奶庄上的婆姨们就说长论短："哎呀，槐子娶了个下地不用犁的尖牛，你看看这双大脚，这是甚媒人提的亲？"送亲的是我妈的嫂子和侄女。小侄女只有五岁，别看她小，听到说姑姑脚大，便回言说："哼，咱们还不想来你们这小山沟呢！"我妈是因为她舅舅，也就是我舅姥爷受新思想影响，不准给她裹足，才少遭了罪。我妈的嫂子悄悄劝我妈："花，别理他们，山沟里的人没见过甚哩！"因脚大引来争端，爸爸的伙伴们你一言他一语："如果再娶个小脚女人，我们槐哥还不要哩！我们娶也不要小脚的！"我奶奶说："脚是大些，听说针线活儿可好哩，沿河村都请她嫂嫂和她绣花、做嫁衣呢。长得也好看呢，不涂脂抹粉，也是个粉桃画水的脸蛋。"

到了抗战期间，奶奶说："亏得俺们槐子家是大脚，能领着自卫队、民兵和男人们一样，背上弹药，跑得可快哩！她要是个小脚，你们还能选她当队长、村长？我们可羡慕她这双大脚呢！"

我妈的资格比我爸老。我妈是五台县第一个民选女村长，五台县妇女自卫队队长，妇联主任。我妈1939年3月入了党，我爸是10月在了党，比我妈晚了七个月。奶奶给我说，我妈、我和奶奶在家，天麻麻明，一个鬼子突然闯了进来，我妈拉起我推在尿盆上，又打又拧屁股，高声喊："快拉！"疼得我又哭又叫，被吓坏了，屎尿齐下。鬼子刚走到炕边，我妈对准鬼子一脚踢翻了尿盆子，屎尿溅得臭气满屋。在小鬼子捂鼻后退之时，我妈抓上一颗手榴弹跃起身扑向小鬼子。小鬼子吓得扭头跳墙逃跑了。我妈对奶奶说，慢了一步，没夺下枪，就差一步，可惜了！

小鬼子大"扫荡"，我妈背上刚出生六天的弟弟，掩护群众转移，顾着前，望着后。安全转移完乡亲们，奶奶说："快给咱娃娃喂口奶哇。"奶奶解开小被子时惊呆了，孙子口鼻流血，两眼紧闭，早没了一丝气息。奶奶眼前一黑晕了过去。我妈的泪止不住地往下流，咬紧牙，捂上嘴，她不能哭出声，她还要带上乡亲们往山里走。我的奶奶紧紧地抱着已经硬了的孙子不肯放下，跟上人群随我妈翻过山，自己说给自己："咱娃娃还没见过你爹呢……"

我妈生了我们姐弟六个，没有坐过一个整月子。

我和我妈1954年到了新疆。我爸从不向组织伸手，抗日战争，解放战争，军队调地方，搞工业建设，都是以党和国家利益为重，对自己的家庭从来没有任何考虑，我们儿女们没沾过他一点点光。连我妈正常提级，他也不让。1950年他任中共石泉县第一任县委书记时，我妈是石泉县妇联主任，行政十八级。我爸竟然向县委提议把我妈的行政十八级改为十九级，理由是我妈的文化程度低，级别不能高过华北大学、革大刚毕业分配到县里工作的同志。这是多荒唐的理由！对我妈是多大的不公平！这是我爸的大男子主义、独断专行用在了党的组织路线上。我爸对我妈、对家人就是这样苛刻无情。按五台人的话说，就是"针尖上的铁有限得很"。

到新疆几十年几次调整工资，表中只要见到"史云华"——1939年3月入党时，我妈把"史水花"的名改成了"史云华"——我爸就在名前画个"×"，或是画一条线。一直到现在我都想不通，我妈是从战争环境中锻炼出来、受党培养成长起来的老党员老资格，你凭啥画来画去？数次调工资，我妈都谦让给了职务更低、家庭人口多的同志。最让人气不过的是，我妈参加革命是1939年3月，可我爸却给写成1940年3月。他过后也承认这是一个错误，但是又坚持"错就错了，不用改了，咱生活过得去，国家还困难"，应付我妈和我们。可正是因为这一年之差，直接影响到我妈的工资、住房等等这些福利待遇。就是我爸利用职权随意挥动的那一笔，害了我妈后半生。

最难忘爸爸的一句话:"你是我的女儿,所以不能搞特殊。"

每一次我都想问爸爸:"我们啥时候搞过特殊了?你啥时候管过我们了?"有次话到嘴边又咽了回去。说句实在话,爸爸对自己更是苛刻得近似虐待,节衣缩食过了一辈子。在我的记忆中,自从脱去军装,直到生命终止,爸爸买的衣服不出十件。到新疆冬去春来四十余载,穿的都是我妈手工缝的。奶奶夸我妈手工好,说句实在话,就我妈那缝制水平,不是大裆裤,就是提干裤,我爸从没有什么要求,做啥穿啥。20世纪90年代初,都是我给我爸洗衣服,不论衣领还是袖口几乎全打上了补丁。有的内衣我只能轻轻地洗,结果还是搓烂了,只能偷偷做成拖布。补着补着眼泪止不住流得满脸都是,我的爸爸你这一辈子是图个啥呢!再看到爸爸背上、腿上抗战岁月留下的大大小小的疤痕,还有"文革"中留下的道道伤口,我心里难受、心疼。

爸爸说:"爱英呀,爹不是不食人间烟火,爹也不是不近人情、不近亲情,你自小跟上你妈跟上爹跑,咱们五台多少跟你妈跟爹一起打日本鬼子的叔叔伯伯大娘婶子牺牲了,五台白羊村和爹一起打鬼子的胡金堂,你喊叔的,抗美援朝牺牲了,留在朝鲜了。想想他们,爹啥都想得通。小时候你奶奶讲给你,岳飞的娘在他背上刺下'精忠报国',国家兴亡,匹夫有责啊!"

可可托海怀念爸爸,爸爸待过的地方怀念爸爸。老人们怀念,小的一代听老的说,也是怀念。安爱英说碰上的人都给她说:"你爸爸是多好的一个人!""你爸爸给可可托海干了大事,立了大功!"老人们说得多的,是可可托海最困难的时候,眼看断粮了,安桂槐把老战友送到家里的两袋白面,又送到了矿上的

安桂槐和妻子史云华

幼儿园这件事。那就在安爱英的弟弟拿了食堂一个杂粮馍馍的头两天，两件事搁在一起，惹得姥姥动了气。

安爱英常常想，战争年代红旗插上山头的路是命铺下的，建设国家卫星上天的路也是命铺下的，她望见的总是爸爸举上红旗在前面走的背影。白日里是，梦里也是。

在寻访安桂槐人生轨迹的过程中，在三五个月的走访、聆听阿尔泰、可可托海矿山开发建设亲历者的回忆、讲述中，无论男女老少，无论第一代哈萨克族老矿工，还是当年风华正茂如今已白发苍颜的采矿选矿地质冶炼专家，每一个访谈者都自然而然地说起他们的"安书记"，动情处更红了眼圈泪湿眼眸。

我也不时生发崇敬，热泪难禁，感叹"兵团张仲瀚，有色安桂槐"。

如果从1964年冬接紧急调令，未及与并肩奋战近十年的战友们告别，赶赴罗布泊核试验基地执行新任务算起，安桂槐离开可可托海已近一个甲子；如果从1993年9月22日那个心痛声悲的秋日算起，他们的安书记仙逝也近三十年了。

时光之水不仅没有淡薄曾经的一切，反而因时光的洗涤、过滤，在那些他们眼里习以为常的日子，人和事也愈见鲜活地明亮起来。这个经受住枪林弹雨考验，打走了日本鬼子，解放了中国，又在一处叫可可托海的深山老林领着他们一路走过的人，是那么让人舍不得，让人怀念。

冬夜月光，凿岩掘进；雪拥"嘎斯"车不行，并肩蹚雪人开道；饿得拎不动风钻，"安书记来了！"白天黑夜，风里雪里，哪儿最险，哪儿最苦，哪儿最难，哪儿就有安书记的身影。

访谈面不断扩展，尤其是听了安桂槐、史云华的长女——年逾八旬的安爱英女士断时续的讲述，一时很纠结，安桂槐对家人近乎苛刻的做法，在时下惯见的功利世态对照下，太过"高大上"。诚然，那是一个激情、纯真的年代，我继续追寻求证时代行为的真实性，希望得到一个能说服自己的答案。

朱吉林：

　　三年困难时期饿肚子，谁也忘不了。矿上最困难的时候，三号脉大会战，保出口。一线矿工不能倒，汽车司机不能倒，一天六个馍馍。不久，这也撑不住了，司机只有两个馍馍两碗糊糊。我们机械厂二线，技术干部一天三碗糊糊，工人四碗糊糊，饿得头晕眼花。

　　何厂长到处找安书记告急，我们机械厂要断炊了。办公室没人，工棚也没找到，最后在托儿所找到了安书记。木垒县委书记给安书记送来两袋面，他们是抗战时期一起打鬼子的老战友。开玩笑！那时候两袋白面可是雪中送炭，救人命啊！安书记一点儿没留，从家里送到了托儿所。

　　何厂长说这事时，眼里泪花闪闪，我们听得一脸泪水。矿上都知道，安书记家有两个残疾孩子，还有上了年纪的老岳母。

　　空着肚子干不了活儿。饿了一上午回到工棚，一进门见全是一线技术骨干。一锅水滚开，没东西下锅。不一会儿安书记来了，望着我们一个一个看了个遍，说小伙子们，委屈你们了，不过我们遇到的困难是暂时的……说得大家眼含泪水。安书记说着，从怀里掏出一个纸包，递给何厂长。安书记说，来来来，加点儿营养，一人两个，小朱三个，你最小嘛。何厂长摊开纸包，黄澄澄的油炸丸子！一股股香味扑鼻。

　　我突然就感到，眼前的安书记就像家里的长辈。在家里，爷爷也是把第一碗饺子让我吃，大年三十，猪肉白菜馅。我们都是二十出头刚毕业的学生，在安书记眼里，我们是宝贝，爱护我们胜过自己的儿女。为了什么？为了国家的事业。

　　何厂长对着我说："小朱，记住，这可是'救命丸'啊！"

　　危难之时见真情，见忠诚。猜猜，那天我们吃的"救命丸"是啥做的？那天安书记去过我们工棚，看见只有一锅水滚开。离开工棚安书记往医院去，找他老婆史院长，说这些学生娃娃可是可可托海的宝贝，饿了几天了，今天又是一上午啥也没吃，想想办法弄点儿吃的。史院长说："家里还有啥，你又不是不知道，面袋子咱娘抖了多少遍了，木垒给的那两袋面还没见呢，你不是扛到托儿所了吗？"这时候护士长劳彩英出了个主意。劳彩英是上海人，魏兴诚大夫的老婆。她说，我这个主意只能香香嘴巴，填填牙缝，但是高蛋白，是"救命丸"，你们要保密。今天有两个孕妇分娩，生了两个男孩，娃娃很健康，两个胎盘我放起来了……

不等劳护士长说完，安书记拉着史院长往家跑。一个剁青萝卜，一个拾掇胎盘，一顿饭的工夫，炸了二十一个丸子。我们十个人，多给了我一个。从没吃过这么香的丸子……（上了年纪的朱吉林哽咽不能语。）

不久，我写了入党申请书。我还记得申请书里的几句话，宣誓的时候也念了："我要向安桂槐这样的共产党员学习，做一个高尚的人，有信仰，有理想。"

安书记碰上我，拍着我的肩膀说："我们小朱出息了，让人高兴！"

可可托海怎么能给国家做出了那么大贡献？地质学家、可可托海七〇一地质勘探大队创始人之一李庆昌说，他经常思考这个问题。一是哈萨克族第一代矿工吃了大苦，出了大力，为可可托海发展打下了坚实的基础；二是全国的支援，来了那么多技术骨干，全是个儿顶个儿最优秀的人才；三是分配了一大批大中专院校毕业生来可可托海，这里成了他们成长的摇篮，也使后来的可可托海全国闻名；第四，也是最重要的一点，拥有经过战争考验的老干部组成的领导班子。"群羊看头羊"，白成铭、安桂槐、王从义、张子宽都是多么优秀的人才！尤其安桂槐，是他们的代表。

李庆昌：

粮食是老百姓的天！直到今天，矿区老职工还常说，60年代的确困难，是安书记带领我们挺过来的。1960年情况最糟，我经历了嘛！食堂早上糊糊，一线矿工两碗，我只有一碗，安桂槐也是一碗；中午一个苞谷麦子面还掺有沙子的混合馍馍，白菜汤；晚上是萝卜汤。粮食基本断了顿，矿上三千多职工浮肿，腿上一按一个窝儿，已经有饿死的人。安桂槐不隐瞒事实，不回避问题，主动向上级反映，争取自治区和国家支持。在自治区计划会议现场，安桂槐拿出自己家面粉淘洗出的沙子给大家看，引起与会者一片唏嘘。

结果，动用了国家战备粮，从塔城往可可托海调粮。塔城的麦子面真是筋道、香、好吃。和田调了10吨清油，商业厅调拨了10多吨黄豆，富蕴县专门送了40只奶羊给矿区医院。安桂槐跑北京向冶金部求援，冶金部给了130万，80万建可可托海面粉厂，40万在木垒搞畜牧饲养，还有10万购买食品加工设备，开豆腐坊，做酱油、醋，小洋芋加工粉条。那真是雪中送炭啊，救了多少人的命！

这个安桂槐啊，不愧是打日本鬼子枪林弹雨里走出来的，性子硬。穷尽人脉，百般努力，带领大家渡过了难关。又在原来蔬菜基地的基础上，加上富蕴给矿区划拨的两万亩草场，搞了个矿区农场，生产粮食，种植蔬菜，养羊喂猪。号召家家户户房前屋后种菜，喂上几只鸡，养上几只羊。1962年，矿区农场光是菜就收了4000多吨！生活慢慢好起来了。

最让李庆昌佩服的是，遇到这么大的困难，矿山生产、建设不仅没有受到影响，还有了很大发展。

最困难的1960年保出口大会战，在提前一个月完成计划的基础上，又增加了1000吨锂辉石出口任务。此外，七〇一地质勘探大队在扎河坝找到了储量数千吨的煤矿，打破了先前阿尔泰山无煤的论断。扎河坝煤矿解决了可可托海矿区的生产、生活用煤，每年节约林木数千立方米，也惠及了富蕴县周边农牧民。

除此，还建设了新三矿，建成了88-59选

可可托海矿区职工野外采矿时在野外用餐

矿试验厂，成立了一所矿业中专学校，培养了近千名技术人才……围绕三号矿脉生产进行的技术创新，设备维修、改进，更是层出不穷。

最让李庆昌佩服的是，安桂槐这个人不搞劳民伤财的"形象工程"，不捞政绩。"大跃进"全国浮夸风，可可托海上报的稀有金属产量、产值、利润没有水分，数字真实，经得起历史的检验。只有"大炼钢铁"背景下建的两座高炉，没怎么点火，第二年就拆除了。

安桂槐有远见，也有情怀。苏联人为可可托海打下了底子，安桂槐给可可托海的发展打下了坚实的基础。"先天下之忧而忧，后天下之乐而乐"，从古至今，心里有老百姓，老百姓心里才有你。

安桂槐到可可托海时，"反右"运动基本结束了。那时候，可可托海海纳百川。一时间，初出茅庐的青年学生，地矿学界声名显赫的各路大神，怀抱利器匠心独运的大师，云集可可托海。地质学家、七〇一地质勘探大队创始人之一耿升富回忆说，为蔡祖风，安书记专门找他谈过一次。

耿升富：
    那天，安书记开门见山。他说："你是留过洋的大知识分子，明白得很，我们国家的建设，太需要人才了。清华大学、北京大学的高才生，来可可托海这个山窝子，本身就是献身革命理想的革命行动。蔡祖风、张广华这些学生娃娃，多关心他们，都是国家的栋梁之材。风雪严寒，经过这几年锻炼都是有技术职称的骨干了。他们有独立见解，学习讨论会上爱提个不同意见，整风鸣放的大字报言辞重了些，被误为'右派'言论，受到了打击，精神上压抑，也影响了家庭、婚姻。你这儿的蔡祖风，遭受的痛苦不可挽回了。医院的崔英民大夫，是多优秀的同志啊！他们爱国家，还有本事，个个都是宝贝疙瘩，我们要信任他们，关心他们。"
    安桂槐的这番话让我很感动。在当时那样一个大背景下，一个党政一把手敢这样说、这样做，要冒多大的风险！他是发自内心地爱人才。做事，安桂槐有打过仗的风格，是非观念鲜明，雷厉风行，说一不二，敢担当。对自己的部属，关心爱护。在安桂槐的主导下，1960年可可托海着手甄别"右派",安桂槐代表党委为被打成"右派"的同志平反,向他们赔礼道歉,恢复名誉,恢复党籍和一切待遇。有很多暖心的事,崔英民、蔡祖风都有体会。说是"甄别",全部平反。

摘帽后,伤了心的崔英民大夫办手续要走,最后还是留了下来;蔡祖风参加了上海宝钢筹建,给国家做出了重大贡献。其中都能寻到安桂槐的人格魅力。

听耿升富先生讲述着,突然想起著名新闻评论家沃尔特·李普曼的一句名言:"对领导最终的检验标准,就是看他在其他人身上留下的继续奋斗的信念和意志。"

阿依达尔汉·恰勒哈尔拜:

最早的时候,可可托海苏联人管着呢,都说俄语嘛,俄语不会说你咋工作呢。俄语太难学,一会儿变数,一会儿变格,一个词好多种变化。我们哈语说,学得快一点儿;你们慢得很,卷舌音,学得舌头麻掉了。

我路上碰见安书记掏小本本背俄语单词呢,小本本上密密麻麻,记下的俄语单词。和我一样嘛,安书记的文化不高,不学咋办呢。他认真学呢,他是书记,带头学。厕所里蹲上他还念俄语呢!苏联专家

1959年《新疆冶金报》登载可可托海矿"三高一低一保"运动结硕果

瓦希里耶夫也上厕所,听见说话声,问谁在里面,安书记说,学俄语呢。哦哟,瓦希里耶夫佩服得很,矿上见人就说,你们安桂槐一样,俄语就不难学了。

陈希亮(可可托海工程师):

　　人老了,怀旧。一说又是可可托海,说可可托海就要说到安桂槐。安桂槐为代表的老同志,一句话概括,就是"纯粹的人"。

　　大家都知道,汽油纯度越高燃烧值越高,晶石纯度越高能量越大。安桂槐他们是怀有理想、信仰的革命者,从不向党伸手,始终保持纯粹的精神品格,一生淡泊名利。

　　第一个五年计划期间,国家统一布局,充实中苏合营公司领导力量。1954年,安桂槐调干进疆。他在新疆工作了三十多年,直到离休。安桂槐在六七个单位任职党政一把手,一家人一直挤住在没有上下水、没有卫生间的平房。不在一起工作,你根本想不到会是这样。安桂槐任职建工局党委书记兼局长时,一家人搬进老伴儿史云华分的一间三十多平米的住房,一住十二年。用安桂槐的话说:"和大多数人住一样的房子安心。"

　　1979年,自治区经委分给他一套一百多平米的楼房,他没要,放弃了。

　　一直到1992年冬天,有色局建了新楼,在自治区和有色局党委多次过问下,安桂槐一家才搬进了一套七十多平米的楼房。现在他的女儿安爱英住着。

　　安桂槐书记的家人亲属,没有一个人因为职务赋予他的权力沾过一点儿光。甚至普通职工应有的福利待遇,因为安书记的自律、先人后己,都没能得到。"文革"中安桂槐被打成了"走资派",儿女也跟着受迫害,在七〇一地质大队的大女儿安爱英受冲击最大。运动结束以后,安爱英的住房、工资、学历等这些问题,虽然落实政策的文件到了七〇一地质大队,却没能按政策执行。女儿向父亲求助,安桂槐书记只是安慰"好好工作,好好生活",一直没有出面找过组织。他的儿女们，生活过得颇为艰苦。安桂槐被打倒时，安爱英的丈夫为"划清界限"，与安爱英离了婚。安爱英工作了一辈子，一直没有属于自己的住房，至今住在父母留下的那套七十多平米的房子中，孩子全跟着她，让人心寒……

现在不是流行一句话嘛：不听你说的，只看你做的。对一个人，尤其是一个领导干部，最好的试金石就是看他对待个人利益的态度。安桂槐那是绿柱石纯净到海蓝宝石的级别了！

巴哈提别克·加斯木汗：

安桂槐书记在的时候，我小得很。但是好像我早就认识他一样，哪个地方都听见他的名字，哪个人都知道他呢。这个人说这样一件事，那个人说那样一件事，都说他是一个好人！

我们可可托海地质陈列馆，有一幅照片吸引了很多参观者的注意。照片中央身穿呢子大衣、头戴皮帽子的是安桂槐书记。他身边的矿工，都穿着破旧的工装，反差很大。但是，照片上的每个人都是一脸笑容。

这幅照片故事有呢。那个时候，安书记要北京开会去，但是牌子的衣服他一件没有。我们可可托海人太看重自己的脸面了，矿工凑钱给安书记置办了呢子大衣、皮帽子，北京去，见毛主席去。安书记北京回到矿上，家门没进，矿上传达大会精神。这张照片就是这样拍下的。

乌鲁木齐明园有色家属院，安书记的大女儿安爱英，安书记留下的东西保存有呢。1954年进疆时用的一只旧皮箱，几件衣服，几条裤子，都有补丁。一件五颜六色的背心，是安书记的老伴儿史云华参观地毯厂时捡回来人家不要的边角料缝下的，一共用了二十三小块。只有一件黑呢子大衣看上去还新着，就是可可托海地质陈列馆照片上穿的那件。安爱英说，这件大衣安书记只穿过七次，"只有遇上大的活动，爸爸才穿上应应场面。"

我爷爷唱过：骏马要看它的眼睛，英雄要看他走过的脚印……

一天多过一天的访谈者，扩展了我对安桂槐的认知。他的人生轨迹越来越清晰地聚焦在1993年10月那个秋阳洒金的日子。

初心即是永远。无论经历了多少曲折艰难，又面对怎样的困惑，从未动摇过为了什么而出发。

走过一个甲子的1993年，又一个秋阳洒金的日子，送安桂槐最后一程。

20世纪80年代，安桂槐参加可可托海矿区子弟学校"六一"运动会，少先队员为安桂槐戴红领巾

"光明磊落，干部楷模，艰苦一生，两袖清风"，这是安桂槐七十五年人生的概括。一块儿走过光荣与苦难的老伙计、老朋友、老部下，悄然落泪，却不悲凉。

相对于历史长河，人一生只是波光一闪浪花一朵，又有多少人生能与国家命运、大国重器联系在一起？

时光匆匆十年。

朱吉林话说当年，安书记如兄如父的音容笑貌犹在眼前。那三个"救命丸"是可可托海给他的一碗"老酒"，有了这碗"老酒"垫底，再没有迈不过去的坎儿。

日月如梭又十年。

5月的阳光迫不及待地跃上阿尔泰山，额尔齐斯河冰雪的河面在情人的唇齿间波涌浪卷。牛羊撒欢，马放南山，阿依达尔汗·恰勒哈尔拜迎向翻过山的霞光，弹响了冬不拉：

  草原上的蒲公英黄了河岸，
  安书记您在哪儿？
  野芍药红了草坡，
  安书记您在哪儿？
  第一场雪掩去群山，

安书记您哪儿去了？

火炉上肉香有了，

安书记您哪儿去了？

一年，又一年……

  月光朗朗，把盏邀月中秋夜，阿尔泰可可托海、乌鲁木齐友好路明园……有多少人家与您同在？

  瑞雪飘飘，千里万里年夜饭，又有多少人家念想着您。

  阿不都热依木·那瓦依早晨起来，下意识走到窗前，望向57号楼2单元201室，那个他熟悉的笑眯眯的安书记会从小楼里走出来吗？一天，又一天，他慢慢接受了不忍去想的现实：那个好人真的走了。

  记忆一旦被触动，哪怕是已被时光挤在了犄角旮旯，也会穿越时空，形成巨大的能量，如铍、锂，激活心灵深处的善良、正义，复活创造力。

  能量既不会凭空产生，也不会凭空消失，它只会从一种形式转化为另一种形式，或者从一个物体转移到另一个物体——能量守恒定律。

  它的存在往往还不是看得见的建树、成果，而是能够穿越时光的信仰，滋养心田的种子——是的，安桂槐带着梦的种子去了远方，只把太阳的种子留给了大地心田。

一峰一世界

很多人都好奇，可可托海那么边远的一个山窝子，怎么能给国家做出了那么大的贡献？那些年怎么有那么大的干劲，创造力惊人。可可托海的机械专家、工程师宋万夫自豪地总结道："可可托海是由最优秀的人组成的团队，个个都是精兵强将。"

中苏合营还没结束，新疆就报告重工业部，重工业部报告中央，急需管理人才、技术人才。西北局抽调了三十多名领导干部到可可托海，全国大中专院校毕业生也纷纷来到可可托海。1951年来的杨国中、张家栋，其中张家栋是朱镕基的同班同学，清华大学电机系电机制造专业毕业；1952年清华大学毕业的蔡祖风、张广华、刘履中等，他们来了后就跟苏联专家一起工作，苏联专家回国后他们接手，工作没受什么影响；北京工业大学的刘灏、李藩，西北大学、西北工业大学、东北工学院等院校都来了不少人才。重工业部所属的长春地质、中南矿业、北京地质、沈阳财经等七个中专，一届就来了上百人。

宋万夫是1957年来可可托海的。那一年来可可托海的中专生有一百多人，都是最优秀的毕业生。

宋万夫：

可可托海机械厂1955年建立，冶金部从部属最大的机械厂湖南衡阳冶金机械厂调厂长何清贵来任职。何厂长来时四十出头，一把卡钳走天下，车、铣、刨、焊样样通，很快就把厂子建起来了。矿山设备，挖掘机、压气机、载重卡车，全是苏联留下的，我到矿上时才开始从意大利、捷克进口。再好的设备也要定期保养，撑两三年也得大修。当时能修这些机械的厂子，最近的在兰州，千里之外，山高路远。那时候，矿山机械挖掘机、柴油机，修了一次又一次，没有报废一说，这是建机械厂的背景。没配件，只有自己修自己造，机械设备因为没备件趴窝的事没有过。从零起步，拆挖掘机，拆柴油机，绘零件图，铸造、加工。我们都说，可可托海是我们的第二个大学。这个机遇不是哪个人都能遇上的，偏偏还要说"苦其心志，劳其筋骨"，天降大任。

最困难的时候，我们机械厂一百三十四人绝大多数浮肿，坚持上班，赶上了三号脉保出口大会战，没一个人请假。哈萨克族第一代矿工，最优秀的工人队伍，再困难没人叫苦，不抱怨。

可可托海，伟大的群体！三天三夜也讲不完。

那个时代的人都有信念，虽然在可可托海的小山窝里，他们却始终仰望遥远的星空！沈炳度说，我们是很幸运的，当时条件虽然艰苦，但是社会氛围积极向上，领导班子勤政廉政，不谋私利，哈萨克族师傅纯朴厚道，这里的人文环境非常有利于青年学子的成长。

沈炳度（可可托海电气工程师）：

我们的前辈很优秀，安桂槐、王从义、张子宽……一批转业矿山的军人不愧是打天下的开国者，有情怀，敢担当。我们是后来者，没有直接接触过令人敬重的老前辈，却能从矿山每一个师傅对他们深情的怀念中，感知前辈们的奋斗、建树和他们的人格魅力，也从接替他们的王宗泗、陈淳诗等人身上看到、体验到他们留下的传统。新中国培养的第一代知识分子从前辈们手中接过担子，使可可托海采矿、选矿技术创新在全国起着示范作用。在这个创业过程中，学有专长的青年知识分子不仅在实践中提升了自己的专业、知识水平，更重要的是传承了老一代的革命精神，学习他们驾驭全局的能力，面对困难的勇气，心系矿工的情怀。

说几件小事，几个人。

王宗泗就有一件事让我们对他感谢。"文革"中王宗泗受到冲击,身体状况很不好。后来官复原职,任矿务局党委书记。他不像有些"文革"中受到冲击的人,看透了,一心为自己谋利益,他还是想着老百姓。当时,可可托海还是平房,家家户户担水吃。可可托海的冬天冰天雪地,下了班还要到供水站挑水,挑水的人排着长长的大队。天天挑,常常摔得鼻青脸肿,浑身冻成"铠甲"。王宗泗主持矿务局工作后,可可托海实施饮用水工程,自来水入户。王宗泗说,可可托海各族矿工在难以想象的困难时期为国家做出了无可替代的贡献,如果还是"先治坡后治窝",不关心群众疾苦,是行不通的。可可托海两代人忘不了王宗泗。

陈淳诗

陈老广——广东人陈淳诗,也是一位令人难忘的先学前辈。嗓门高,风风火火,说干就干。接触过他的人都说他是一个好人,少数民族矿工把他当亲人。我在"88-59"选厂时,陈老广是矿务局副局长。他率领一个工作组到选厂,防治粉尘。当年工业大发展,对人的保护观念不到位,"88-59"设计方案就没有充分考虑防尘除尘。机选厂大车间粉尘较轻,破碎车间粉尘大。设备出故障我们去维修,粉尘弥漫,对面看不清人。矿区矽肺病很严重。矿务局下文,提出"88-59"彻底解决防尘问题,成立了攻关小组。王宗泗、陈老广这些走上领导岗位的知识分子是真心实意关心矿工的健康和生活。我在选矿厂干了十五六年啊,没得矽肺病,这要感谢陈老广。

再说一件家家户户挂在心头的小事。可可托海的托儿所、幼儿园一直办得很好。上班在额尔齐斯河南岸,家住河北岸。一年三百六十五天,无论你多晚下班,阿姨、老师一直会等着把最后一个孩子交到家长手里，她们才下班。你不用担心，没有一个孩子受委屈。

那时候，矿山的人际氛围风清气正，让人怀念。

1988年7月30日，新疆有色金属工业公司党委书记、原矿务局党委书记王宗泗因肺癌病逝，享年五十一岁。

人们一时沉浸在巨大的悲痛之中，以往的岁月水洗一样再现脑海、眼前。

英年早逝啊！这个王宗泗是把自己的知识、青春，最后把命都给了可可托海！矿山的每个人，矿山的每台设备、每条矿脉他都了如指掌！五十出头就走了，让人心疼。

困难时期那几年，食堂大师傅见王宗泗面黄肌瘦，多给了他一个杂粮馍馍，他都不要。可可托海的头头儿，他这一点分得清，不是他应该得的，多一点儿他都不要。他的东西可以给大家，从安桂槐到王宗泗都是这样。

王宗泗总是随身装有一个小笔记本。矿上的人找他反映问题，能解决的当场解决，当场解决不了的，他一定会记在小本子上，然后一定会有个交代。

只是走得太早了……

走近7月的阿尔泰草原，落霞一片。及近，连片的芍药红了原野；草原菊亮丽的黄色，铺陈山坡，点染河畔；勿忘我，接住了天边的蓝色。巴哈尔对我说，我们阿尔泰草原就是这个样子，一红一大片，一黄一大片，一花引来百花开。

地质工程师贾富义告诉我，以地质学的专业眼光看，来自塔克拉玛干的一粒沙就是整个

左起林开华、贺守奇、黄书春、王宗泗、潘春文

塔克拉玛干。一个人，多么渺小，相对于人间万象，充其量也就是塔克拉玛干的一粒沙；一个人，又是如此丰富、多彩，正如塔克拉玛干的一粒沙，浓缩了塔克拉玛干。

可可托海的一粒晶石，折射出阿尔泰山：一峰一世界，群峰一座山。

与总会计师李传华交谈，他说到一位矿工师傅时的深情和敬重给我留下了难忘的记忆。

李传华（可可托海总会计师）：

有件事至今深深地印在我的脑海里，每当我想起他，我就热泪盈眶，激动不已。他当时是一矿的挖土机手，名字叫成圣德。他是50年代来可可托海的，在一次事故中不幸受了重伤，失去了一条腿。在上海配了假肢，虽然不能像正常人那样行动自如，但还能一瘸一拐地行走。这件事情他一直没有告诉远在家乡的母亲，几年后回家探亲的时候，因为怕年迈的母亲伤心，他谎称说腿部受了轻伤。直到有一天早晨，母亲起床较早，到他房间看了一下，才发现一条假腿放在床前。母亲一时惊呆了，回过神紧紧抱住儿子的另一条腿痛哭不已……

1954年，十八岁的成圣德高中毕业，从湖南老家一路辗转来到可可托海，当时正是中苏合营。成圣德先是在选矿厂手选矿石，由于是高中毕业生，三个月后被调到阿依果孜空压机房。

1955年矿山移交中方独立经营，三号矿脉实施露天开采，成圣德与挖掘机结缘。三年时间，湖南小伙儿成圣德创造了冶金工业部全国最高班产纪录、月产纪录和年产纪录。1958年，作为新疆有色唯一代表，成圣德参加了全国青年第二次社会主义建设积极分子大会，荣获"全国青年社会主义建设积极分子"荣誉称号。会议期间，成圣德参与人民大会堂建设，在施工现场操作，与参与这一活动的一百多名挖掘机手交流经验。

光环背后，更多的是付出。工友们都知道，成圣德担任机长之后，夏天常常吃住在工地，小伙子踌躇满志在自己从事的领域创造奇迹和辉煌。

天有不测风云。1959年3月28日，厄运突然降临。傍晚7点左右交接班，挖掘机钢丝绳断了，成圣德和助手热哈尔立即动手换钢丝绳。可可托海的3月还是冰天雪地，挖掘机是柴油发动机，停机熄火再发动耗时费劲，常常是停机不熄火，以便快速启动，节约时间。没想到这天热哈尔绕钢丝绳时不慎把铁棍插进齿轮，随之带动了挖掘机运转。一旦挖掘机铲斗砸下来，热哈尔的命就没了！成圣德第一反应就是跳上机车关停挖掘机，却没注意脚下。热哈尔得救了，成圣德的右腿却被带有强大惯性的钢丝绳缠住了……

冰雪严寒，钢铁对骨肉伤得太重，矿区医院的朱居敬、魏兴诚大夫在不得已的情况下咬牙含泪为他做了截肢手术。

年仅二十二岁的成圣德是怎样熬过了突然失去右腿、假肢连接大腿血肉模糊的一天天、一步步，又是如何迈过了彻夜难眠、生死迷茫、前程无望的一关关？

工友们看到，成圣德又坚强地站了起来！没有一句抱怨，还是阳光灿烂。看到他站在矿务局子弟学校明亮的教室里，看到他搞成了一个藏书几万册的图书馆，见证这个给了他们快乐和智慧的所在被全国总工会授予"先进图书馆"荣誉称号。他们只是没有眼见成圣德含泪告别他最忠诚的伙伴，那台和他一起创造奇迹的挖掘机时感人的一幕。

成圣德没有因为残疾降低对自己的要求，更没有因为残疾降低自己和家人的生活质量、幸福指数。他书写着乐观自信、责任奋斗的励志人生，感动、激励着越来越多的人。

说起成圣德，人们往往会说到可可托海矿区医院，话题多是崔英民大夫、朱居敬大夫、魏兴诚大夫。"我们医院的'三剑客'，没人

1958年，扎河坝煤矿矿工在开采作业

比得上！"自豪、欣慰之情溢于言表。

跟上山东父亲、俄罗斯母亲，从符拉迪沃斯托克（海参崴）辗转数千里落脚可可托海的杨顺山给我说："有一个叫刘先泉的，扎河坝煤矿井下挖煤呢，烧红的铁渣子飞到了眼睛里，为了保住另一只眼，铁渣子钻进去的眼一定要手术。崔英民大夫做的手术。过后去上海华山医院复查，华山的眼科大夫问，哪家医院做的手术？刘先泉说是我们可可托海矿区医院做的。上海华山医院的大夫哪里知道可可托海，刘先泉细细说给上海大夫听。上海大夫摇着头说，不可思议！不可思议！这么偏远的一个矿山医院。最后上海大夫拍着刘先泉的肩膀说，你真幸福！你要感谢你们有这样一位眼科大夫。我告诉你吧，我们上海最好的眼科医院也就是这个水平。"

买地·纳斯依情绪激动："救下命的恩人你咋能忘掉呢！我两个娃娃都是我们自己的医生救下的。1959、1960年的时候，矿区麻疹流行，治疗麻疹的药没有，病了的娃娃有的眼看要死了。崔大夫刀子拿上救娃娃，切开喉咙插上管子呼吸。我的小丫头帕丽达急需输血，巧得很，魏大夫是O型血，伸出胳膊让抽他的血。魏大夫、崔大夫救活了我的帕丽达。

"还有我的小儿子，很调皮。玩的时候，一根5厘米长的铁钉子吞进去，卡在气管里了。我和他的妈妈已经不抱啥希望了，但是我们的救命恩人崔英民大夫凭着他高超的医术取出了这个钉子，救了我的小儿子。

"还有一个汉族的小克孜，也是玩耍时吞了一根妈妈的缝衣针，崔大夫用土办法，喂小克孜吃整条韭菜，整条整条的韭菜卷上缝衣针排泄了出来。矿上的、牧场的，崔大夫、魏大夫，还有朱大夫，救了多少人！

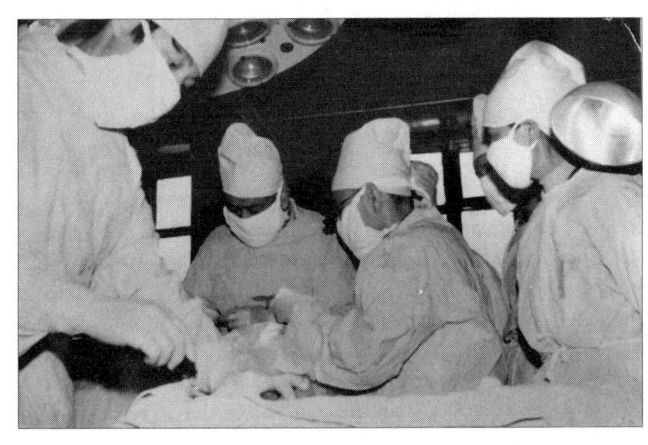

可可托海矿区医院医生正在为一位哈萨克族牧民进行眼科手术

马木提的儿子，额布拉西的儿子，山上掏野鸽子摔下来了，身上好几个地方骨折，只有出气，没有进气了，崔大夫带上医生护士赶紧去，娃娃的命保住了。我们医院的大夫，神一样的人！"

王秀文是可可托海矿区医院的内科医生。她说，刚到可可托海时，矿区医院的水平让她难以置信。

王秀文（可可托海矿区医院医生）：

我是1973年才从辽宁老家调到可可托海，那时候可可托海还叫"111"。一看那可真叫苦啊，冬天那个冷比俺们老家还瘆人呀！零下三四十摄氏度！咋办？凉拌。

我和老宋，宋万夫，我们俩一个村的，两小无猜，青梅竹马，只能嫁鸡随鸡，嫁狗随狗了。我学医，到矿上医院。没想到可可托海矿区医院的水平真高！外科胸、腹手术都能做，阿勒泰各县、各地牧民都到可可托海矿区医院瞧病。朱居敬、魏兴诚、崔英民他们那一批是我们医院的梁柱子。不光是阿勒泰，在新疆的名声都很响。真是草原上的牧民说的，草原的保护神。这些权威陆续退休以后，80年代末90年代初，我们遇到了很大困难，名医老了，设备也老化了，危重病人冬天转不能转，自己救治没有把握，好光景没有了。我已经是内科主任，如履薄冰，人命关天呀！最怕夜里电话铃响，心惊胆战。

可可托海矿区医院于1953年创建，苏方调派七名医生，六女一男，还有约三十名工作人员是本地俄罗斯族。设置外科、内科、眼科、口腔科。

1954年，兰州大学医学院应届毕业生朱居敬、魏兴诚被统一分配到可可托海矿区医院。冶金工业部向国家人事部要人时已指明，分配新疆中苏有色及稀有金属股份公司，要求政治素质好，专业水平高。朱居敬在校时已是中共预备党员。他们二人到可可托海时，医院还被称为"苏联医院"。让他们感到惊奇的是，如此偏远的一个矿山医院的现代化水平。

朱居敬（可可托海矿区医院院长）：

矿区医院虽然是平房，但是内部设计非常现代化，外、产科病房有暖气，冷热水洗涤盆，带马桶的卫生间，各种医疗设备、手术器械齐全，一台200mAX光机，一台心电图机，院长奥尼科·伊万娜是医学专家，技术水平很高，参加过苏联卫国战争。1954年我们医院就可以做胃肠道修复、刮宫、肾脏切除手术。

1955年矿山移交我国后，组织任命我当院长，苏联专家任顾问。这一年崔英民从北京大学医学院毕业来了矿区医院，还有吉林大学、河南医学院的，眼科医生是山东医学院毕业的，皮肤科医生是同济医学院来的。四大科室配置齐全，内科、外科、妇产科、小儿科、口腔五官科、眼科，整个医院的医疗水平和实力，比后来的新疆医学院还强。新疆医学院1956年才建立。

可可托海在阿尔泰山窝窝里，交通、通信闭塞。中苏移交后飞机渐渐停运，一年只有半年通汽车，到乌鲁木齐要走三到五天，危重病人根本没法儿转院，只有依靠自己医院的医生发愤图强，竭尽全力实施有效治疗，安定矿区人心，维护矿区生产建设有序进行。同时还要承担富蕴、青河县农牧民，兵团非金属公司等驻地民众就医，服务地域约方圆200公里，人口10万左右。

剖腹产手术现在很常见，我们到可可托海时，生孩子难产的死亡率很高。1956年春我们开始剖腹产手术，是阿尔泰草原最早开始剖腹产手术的医院。后来难产送我们医院的，再没有一例死亡。每年各种危及孕妇母子生命的难产实施剖腹产都在二十例以上。产妇100％平安，胎儿成活率93％。困扰牧区多年的难题终于破解了。

1958年抢救牧区肉毒中毒患者，我们可可托海矿区医院的水平已经相当高了，能做细菌培养，能做敏感试验，完成了新疆首例肉毒杆菌诊断。这已经是了不得了。有人不相信，说你们医院还能做这个事情吗？我们确实做了，细菌培养出来了，敏感试验完成了，患者治愈了。

斑疹伤寒当时也是我们技术攻关的重点。1960年，富蕴县一个公社病倒了上千人，我们到达之前已经死亡了四十多人。

阿勒泰地区派的医疗队到现场，诊断为流行性感冒。病情控制不住，新疆卫生厅直接发电报给我们医院，叫我们去人调查。到现场发现有的病人身上疹子已经出来了，化验结果一出来，确认我们诊断斑疹伤寒是准确的。

这个病，只有广谱抗生素起作用。经我们对症治疗，再没死人，控制住了流行。斑疹伤寒主要来自寄生虫，寄生虫咬了病人，再咬健康人，相互传染。牧民一家人一个地铺，男的女的中间绳子隔一下。天冷，卫生条件差，很容易流行。

不是说"金杯银杯不如人的口碑"嘛，矿区医院为保证职工健康，维护矿山正常生产，尤其是职业病矽肺的防护研究，改善矿山生产条件，还是尽力了。地方和牧区急慢性传染病、地方病、多发病调查研究，防病治病，也有些经验、收获。

我和魏兴诚大夫1954年到可可托海，转眼六十多年过去了，一辈子给了可可托海。他是O型血，经常是一边做手术，一边给病人输血，几十年起码输了5000毫升的血，是一个人的血量，医院谁不知道这个事。无论是谁，只要是手术中间需要血救命，魏大夫就马上抽血、输血。"文革"挨批斗，他还不忘把头抱住，双手藏在腋下，一边挨打一边冲打他的人喊，你们打我哪里都行，就是头和这双手不能打，手和头打坏了就再也不能做手术救死扶伤了……

还有崔英民大夫，那也是牧民心里的神！他带领五官科不断创新，开创业务领域，口腔、面部肿瘤切除，副鼻窦的根治，

1964年《红旗》杂志《关于援助问题》一文载明全国用于偿还外债的矿产品数量，其中涉及新疆有色金属公司提供的稀有金属矿产品

白内障手术治疗，扁桃体尤其是小儿扁桃体手术的改进，在西北五省学术会议交流中引起广泛关注。阿尔泰草原地方病眼耳蝇蛆病的防治，科研成果显著。

我们从风华正茂开始，心血、一生都和矿山连在了一起。我们都老了，记忆残缺不全，只有报国之心留下了。

崔英民（可可托海矿区医院医生）：

朱居敬、魏兴诚他们到可可托海第二年，我也来了。拿上报到证，背上行李卷，路过西安连家也没回，一路往西，到了一个山窝窝里：可可托海。

父亲从小说给我的济世救人影响了我一辈子，没别的想法，不说漂亮话。我父亲平凉中学毕业，上了四年，很不简单了，是那时候有学问的人了。

我在长武昭仁小学读了完小，那是长武的最高学府，因昭仁寺得名。又念了初中。1947年考入西安高中，陕西最好的高中。上了一年半，又打仗。舅舅跑马车，拉上我转到兰州府文庙志果中学。

1949年解放，我拿上高中文凭考进武功农学院。读了一年了，父亲要我读医科。往大里说，还是济世救人。我两个弟弟都是麻疹夭折，也是父亲的心结。又考西安医学院、北京大学附属医学院，两所大学都考中了，上了北大医学院。

一到北医，赶上抗美援朝，受爱国主义教育很深。我是口腔科五班的班长。毕业分配，第一、第二、第三志愿填的都是"服从分配"。我们毕业时牙科医生少得很，哪个医院都抢着要，我们班三十二个同学，北京留了十六个，还有分到无锡、苏州、上海的，分到西北的就我一个，还是最远的新疆。直到现在，分到北京、上海的同学还有联系。可可托海后来分来一个上海医学院的学生，学X光的，叫陈树强。有次我们聊天，结果他的老师就是我的同学。他回上海跟他的老师说："你的同学崔英民大夫在可可托海什么都能做，是个全科医生。"我同学说："崔英民是我们班的高才生，怎么到那么边远的地方去了。"

北京—兰州—武威，从武威坐汽车走了五六天才进了新疆哈密，从哈密到迪化又是几天。

迪化到可可托海坐飞机。苏联飞机，迪化—可可托海—阿拉木图来回飞，给苏联专家服务，我们顺道搭个便机。到新疆之前，对新疆、可可托海、矿区，一点儿不了解，只是认为自己是新中国培养的知识分子，要做党外的布尔什维克，党让到哪儿去就到哪儿去，到哪儿去也是济世救人。

上班第五天，背上医疗包就到青河矿上去了。在青河学会了骑马，高兴得不得了！和矿上的经理张子宽、刘爽一起吃手抓肉、拉条子，吃得高兴得很！我们到矿上医院时，医生护士几乎全是苏联人。跟着学俄语，必须学，半年就可以沟通交流了，诊疗没问题了。我非常感谢苏联专家，对我的帮助很大。我是牙科大夫，面对矿区缺医少药的现实，得成为一个全科大夫。不会的苏联专家就教我，手把手指导我手术。人家对工作的认真态度，对病人一视同仁，让我尊重。院长奥尼科·伊万娜走之前主动找我，问我需要什么书，给我留下了最需要的《解剖学》。我们有些人说话不像话，人家走了，骂人家，睁眼说谎话。好就是好，不好就是不好，实事求是，不能因为两党两国关系发生变化就否定歪曲一切。

1959年，矿区流行麻疹，麻疹并发症急性喉炎弄不好就把人憋死了。我做了十九例手术，气管插管，后切开气管，救活了十九个娃娃。插的管子是苏联专家留下来的，德国制造。有了这些气管插管我才能救活娃娃。买地的娃娃症状最严重，眼看就不行了，插管，切开气管，捡回来一条命。买地的两个娃娃都是我给看好的，一说起来还是感激得不得了。苏联专家离

可可托海矿区医院曾是北疆地区医疗设施与技术水平较高的医院，前身称"苏联医院"，为矿区在中苏合营时期创建

开可可托海时啥也没带,医疗设备、器械全留给我们了。

那时候我们还没有麻疹疫苗。四矿也流行开了,我们把得过麻疹的成年人的血一个娃娃注射30毫升,防治麻疹。汉族工人理解,哈萨克矿工不认同。但是他们相信我,我把自己的血抽出来给了几个哈萨克巴郎子。

(《可可托海矿志》"大事记·1960"摘录:是年,小儿麻疹蔓延一个野外矿点,一批哈萨克儿童相继得病,当时正在劳动改造的崔英民大夫全身浮肿,血浆蛋白只有5克,为了消除哈萨克群众现场抽血的恐惧心理,首先自身抽出第一注血输给哈萨克病人,使防治麻疹的工作得以顺利开展。)

我内心感谢苏联专家,感谢奥尼科·伊万娜院长,感谢北医大的老师,是他们给了我济世救人的本事。我的运气好,在北医大学得扎实。我国泌尿外科创始人、医学科学家、两院院士吴阶平讲化学,遗传学家李汝祺讲生物学,给我们授课的全是博士、教授。

刚被打成"右派",真是想不通。在中国医学最高学府读了五年书,到了这么个边远的山旮旯里,一心济世救人,服务矿山,落了个这……受表扬、涨工资没你的份儿,被发配到野外、艰苦的地方,有了难治的病患想起你了。工资降了,福利扣了,学习的权利剥夺不了。可可托海所有我能找到的医学教科书我全学了,修成了名副其实一专多能的全科医生。野外巡诊,胃穿孔、阑尾炎……这些普通外科手术,碰上孕妇生产、接生,都没有问题。

我被打成"右派",也是骄傲得很,济世救人的信念没有变过。中南矿业毕业,一个姓于的学生,我们原先很好,他北京出差,我托他买日文的《露和辞典》。于拒绝了,说:"我们只是同路,不是朋友。"疏远了,可以理解。文人浅薄,落井下石这些我也恨不起来,想想矿上的老百姓对我这么好,怨恨一下子就没有了。我被打成"右派"后,医院的护士哭成一团,说这么好的人,对病人这么好的医生咋就打成了"右派"。少数民族矿工给我送牛奶,老百姓从没有把我看成啥"右派"。民族兄弟的一句话让我很感动。他们找我看病,看押我的人拦住了，说我是"黑帮"，民族兄弟就把我护住说，你说的白的黑的我不懂，我们只知道他看病看得好。其实是民族兄弟找这些人的碴儿，他们不满意把我打成"黑帮"。他们说："老天给我们这么一个好医生，说了一句实话，打成了'右派'，我们心里崔大夫就是一个好人，治好病的医生。"每次手术后，矿工、牧民总是诚心实意尽己所有请我吃一顿手抓肉，包一顿饺子。这一份心意我真是没有办法推辞。

这么些好人，这么深的情谊，我咋样报答呢？还是老父亲自小的教导——济世救人。

可可托海是牧区，哈萨克族游牧生活环境，冬天帐篷生火取暖做饭，易烧伤，尤其是儿童烧伤多发。我们收治过一个哈萨克少女，烧伤后上臂与胸部粘连，举手梳头都做不到。我主刀为她进行手术分割，植皮修复，最终换来了这位哈萨克少女的靓丽和自信，有了日后幸福的人生。我们还为大腿与腹部粘连不能直腰行走的男孩、阴茎与下腹部粘连小便向上的青年做了分割、植皮、修复手术。当时这样复杂的手术只有少数大医院可以做，我们可可托海矿区医院在阿勒泰广为流传。

一次出诊路上，遇上了一个唇腭裂牧民，也就是我们说的"兔唇"。我叫住他，告诉巴郎子我们可以给他治好这个病。收巴郎子住院后，我和魏兴诚大夫制订手术方案，查阅了很多资料。手术后这个巴郎子骑着马一走就像活广告一样，阿尔泰牧区、青河、富蕴、哈巴河唇腭裂患者都来可可托海找我们求治，手术效果越来越好。有一个哈萨克族产妇，头胎生下一个单侧唇裂婴儿，母亲头一眼看见就吓哭了，不要婴儿了，要回家。当班护士林萍急坏了，找到我，我一边安慰产妇，一边和朱居敬、魏兴诚大夫商量，产后第三天给婴儿手术，手术成功，母子高高兴兴出院。过后她的丈夫还带上她们母子专程到医院感谢我们。

医者仁心。可可托海一矿有个技术员叫杨衍稼，两个儿子都罹患先天性视网膜色素变性。他带儿子回老家，爷爷给孙子吃花生米，递过去孙子接不住，这才知道孩子看不见。赶紧到当地医院看病，诊断为视网膜色素变性，说治不了。这在当时的确是疑难病症，只有北京、上海的大医院才能医治。我们知道后，把两兄弟接到医院，采用当时前沿的医疗方法——脑垂体埋藏疗法,让两个孩子重见光明。两个孩子到北京去复查,医生很惊讶,可可托海这么个从没听说过的地方怎么会知道这个方法,而且还会用!后来这两个娃娃都考上了河北大学,成了大学教授,一家人至今感念救治之恩。可可托海矿区医院较早向苏联专家学习封闭疗法、组织疗法、物理疗法,临床取得了良好效果。

牧区多发人畜共患病。蝇蛆病是阿尔泰草原流行的地方病。常见的蝇蛆病是蝇子的幼虫蛆寄生在人体或是动物身上引起的疾病。可可托海的蝇子厉害,眼前飞过,你不知道虫卵下到你眼睛、鼻腔了,几分钟,虫卵长成了蛆。康熙西巡军队感染蝇蛆病,史书有记载。

(清魏源《圣武记》、方承观《从军记》均记述有清军行军阿尔泰山,行进中的士卒眼睛时常被一种苍蝇袭扰,瞬间生出蛆虫,随即便能蠕动。这种蝇被医学界称作"黑须污蝇",主要分布北美及非洲部分地区,在我国宁夏、内蒙古、吉林、甘肃、北京均有发现。在阿尔泰草原,除了人的眼睛外,耳、鼻腔也有寄生,危害很大。)

我一直在做系统研究,蝇子标本寄上海昆虫研究所、贵阳医学院,终于搞清楚,分布阿尔泰草原的是鼻狂蝇,有了防治措施。

(崔英民大夫的学术论文《新疆可可托海地区外眼蝇蛆病的研究》刊发在《新疆医学》上,他受邀参加了全国第一次医学昆虫学术大会。)

我在少数民族兄弟里的影响大,想一想,还是老父亲的济世救人指引的结果。毡房里接生,毡房里做手术,雪地里坐上爬犁也要赶上去救人的命。少数民族为什么对我好,因为我敢担当,我是救你的,我没想过什么医疗事故。说心里话,边远地区医务工作者的作用,远远大于医疗工作本身的效果和成就。

当年听国家的号召,听党的话,现在双向选择。但是,你要是说我"傻",我不高兴。我舍不下新疆,一辈子都在这儿了。患难之交朱居敬、魏兴诚舍不下,买地呀矿上的老朋友呀能忘记吗?我在"黑帮队"扫马路,老太太热热的奶茶给我送来了。羊圈子收上的几个鸡蛋别人不卖,都给了我,忘不了呀……安桂槐、王从义、刘灏呀,让我感激得很。安桂槐他不是你对我好、我对你好,他是从老百姓、从全矿的角度考虑问题，为老百姓好。1984年调我去石家庄华山医专任党委书记，安桂槐说可可托海离不开我这样的医生，我留在这儿对老百姓有好处。他的观点能说服我，我就佩服他。

我吃了九十一年的饭了，看了好多病，救了好多命，在老父亲跟前可以说"济世救人"了。

巴哈尔告诉我，矿上医药公司有一个"上海别克"，名声在草原上也响得很。"上海别克"是中医，治病救人多，崔英民大夫也向我夸赞"上海别克"。随着访谈逐渐深入，"上海别克"从岁月深处走了出来。

在《可可托海矿志》的"大事记"中有这样的记述：

自1958年以来，矿区医药公司张谷良大夫以牧民为师，学习哈语。视病人为亲人，为哈族治病、接生，不用翻译，畅谈无阻，深受牧民爱戴。出席了自治区第一次民族团结表彰大会，评为民族团结先进个人。

在《富蕴县志》第二十七编"精神文明建设"中也有这样的记述：

在富蕴县可可托海医药公司有位被牧民亲切称为"上海别克"的医生，他的真名实姓张谷良却鲜为人知。"上海别克"治病救人的事在富蕴草原广为流传。

…………

张谷良原先在兵团非金属公司四矿工作过十多年，那里地处山区牧道。1963年夏季的一天凌晨，哈萨克族牧民把张谷良从睡梦中唤起。原来，纳斯拉丁的爱人难产已经三天了。当张谷良骑马赶到现场时，产妇休克了几次，送医院已来不及，张谷良决定独自承担救人的风险。他采用扎针等各种医疗措施，从清晨忙到傍晚。孩子终于降生了，母子平安。欢声笑语又回到毡房。

富蕴县杜热乡年过花甲的哈萨克族老阿帕（阿帕，哈萨克语"奶奶"的意思）玛依古丽全身水肿，卧床七八个月。张谷良听到病人亲属召唤，骑马翻山越岭，来到老阿帕身边。针灸治疗初见效果，张谷良发现毡房所在的山谷有野生党参，正是治疗水肿的良药。于是，他先采药，煎好汤药端给阿帕，治疗半个多月后，玛依古丽阿帕下床走路了。

....

在阿尔泰草原，不知有多少人得到"上海别克"无私的照料。坐堂诊治，张谷良每天要看三十多个病人。出外巡诊送医，一年四季风雨无阻。遇到孤寡身体弱的病人，他总是煎好汤药送到病人手中。牧区求诊的病人往往没带够钱，他解囊相助。他没有星期天，没有节假日，为病人废寝忘食。就连上海老家对于他来说，也成了药物和医药书籍采购站，成了转院病人的落脚点。1978年，杜热乡阔克布拉克村牧民卡米在上海治病，就吃住在张谷良家。病好后，"上海别克"的家人又买好火车票送卡米上了火车。

....

巴哈尔说，我们草原上有这样的说法呢，"客人到访和羊缸子生娃娃无法预测"。羊缸子是新疆土话，"媳妇"的意思。转过场的女人谁都害怕转场半路上生娃娃，搞不好，羊缸子和娃娃都没有了。这样的事情多。"上海别克"早先在的四矿——乔拉克赛，汉语意思"短短的沟"。其实，矿点分布不是短短的沟，是沿上中国、蒙古国边境长长的一条边境线。春秋转场的牧民都从这个地方过。又是一季牧草转黄，羊子转场。马蹄子的响声还没落下呢，一个年轻的哈萨克族牧羊人翻身下马，一手抱上一个娃娃，一手提上一只羊娃子进了"上海别克"的诊所，对"上海别克"说："这个胖娃娃你接生的，这个羊娃子是感谢你的。没有你，我胖娃娃没有了，羊缸子也没有了。"听哈萨克族牧羊人激动地说着，"上海别克"想起来了，春天转场，马背上的女主人要生了，牧羊人着急了。"上海别克"小小的四矿诊所没有产床，他让牧羊人帮忙，把布挡子后面一张小床从墙边移到中间，高压消毒的床单换上，牧羊人把他的羊缸子抱到小床上。布挡子把诊所一分为二，半个小时一个小时差不多吧，一声娃娃哭，牧羊人的眼泪也出来了。"上海别克"给他说："你巴郎子有了！"又差不多半个小时一个小时吧，刚生下胖娃娃的羊缸子喝完"上海别克"给她冲的红红的糖水、牛奶，起身包好自己的娃娃，骑上马要走呢！"上海别克"劝阻她，这样不行，最少要休息三天你才能走。牧羊人的羊缸子说："谢谢医生，我们的恩人。我前面一个娃娃也是路上生的，下大雪。没事，牛奶有呢，肉有呢，馕有呢。"说着，羞涩地看了看身边的丈夫，"他有呢……"

巴哈尔后来听谭医生说，望着他们越走越远的背影，"上海别克"流眼泪了，自言自语说，哈萨克真是一个伟大的民族。

巴哈尔说的谭医生，是可可托海医药公司"上海别克"的同事谭军，打了中印边境自卫反击战转业矿上机械厂的张典福的夫人。

谭军（可可托海医药公司医生）：

"上海别克"在阿尔泰牧区的威信高。他是从兵团云母矿调到可可托海医药公司的。我们医药公司主要业务是收购阿尔泰当地的中药材，虫草、麻黄、甘草、大芸、鹿角、赤芍……阿尔泰的中药材品质好，受市场欢迎，需要一个懂中医药的中医。

"上海别克"的医术名声很响，工作兢兢业业，对病人一视同仁，就诊的民族同志比例很大。边远牧区、农区回不去的，就住在他那儿，煎药、吃饭全都照顾着，对少数民族有一种特殊感情，让人感动。挂号费、诊疗费，单位抽一部分，他有一部分。属于他的收入，他不是给病号免了，就是给没钱抓药的牧民抓药了，对病人真是没的说。中医水平很高，特别是针灸。牧民对他也亲得很，"上海别克""上海别克"地叫着。

时间长了我们成了好朋友。他说："看到他们缺医少药，受病痛折磨，体会到他们的艰辛和不易，总是想尽力帮一把，也是我们的缘分吧。"

医者仁心，善良的人总是愈来愈变成神。

记得最深的一次是我刚调来不久。牧区，牛皮癣是常见皮肤病，很顽固，人很痛苦，传染性强。有一种叫"狼毒"的草药，治牛皮癣有特效，一抹就好。但是这种草药的炮制工艺很讲究，要慢火熬制七天，保证火不能灭。张大夫买了一口新锅，靠一只小闹钟，守了七天七夜，最后药汁浓缩成膏状，500克的玻璃瓶装了两瓶。牧民来一个治好一个。张大夫也给我装了一小瓶，我的小外甥染上了牛皮癣，只抹了一星期就好了，再没犯过。张大夫自制了很多种药膏，免费提供给牧民，心思全用在了病人身上。来得久了，生活习惯也跟哈萨克一样了。一个上海人，生活很简单。他给我们单位赢得了很多荣誉，患者送的锦旗太多了，他这个人淡泊名利，锦旗卷起来放到总务处，从不张扬。

我们跟着张大夫学了不少中医药知识。他待人很诚恳，诲人不倦，这么些年，从没和同事红过脸。

我们也觉得张大夫挺神秘的，他不是60年代来新疆的上海知青，怎么到新疆的谁也不知道，只知道他是上海浦东人。我看到过张大夫妹妹的一张照片，戴着像宋庆龄年轻时候戴的那种大檐帽，温文尔雅，很有气质，一看就是大户人家的千金。开始还以为是他妻子呢，张大夫说是他妹妹。张大夫的妻子带一个小女孩来过两次，每次住一两个月。他妻子看上去比他小，很贤惠的一个知识女性，女儿也很可爱。张大夫两三年探一次家。一年两年好说，一个人在阿勒泰工作了三十五六年，太不容易！在可可托海、青河、富蕴，整个阿勒泰，张大夫的名声很响，在少数民族心里，他就是他们的保护神。张大夫能做到的，我们还做不到。他退休好多年了，还有少数民族骑着马来找他看病："'上海别克'哪里去了？"

张大夫今年不是九十就是九十一岁了。张大夫退休回上海，走时没有惊动任何人，这让大家更加想念他……

大山深处，"庙小乾坤大"的矿区医院、中医诊所，被草原、矿山视作保护神，这是一种怎样的能量！

"不为良相，则为良医"，这是古代士子的人生追求。为良相，先天下之忧而忧，施仁政；为良医，济世救人、妙手回春，施仁心。近代医家张锡纯曾言："人生有大愿力，而后有大建树。"

仰望可可托海熠熠生辉的夜空，每一颗星都有各自的轨迹，却又那么默契地组合为璀璨无比的星空。

我的师傅

1968年12月,东北工学院二十三名选矿专业、六名机械专业在校大学生集体统一分配到新疆有色金属工业管理局第一矿务局。

到了可可托海,他们被分到二矿、四矿两个野外单位。肖柏阳是二十三名选矿专业学生中的一个,被分配到二矿。当时,二矿、四矿这些野外单位主要进行03号钽铌铁矿粗选,粗精矿再集中到88-59选矿试验厂进行精选,获得03号精矿,再25公斤一箱装箱运往成品库。

二矿是一个少数民族占主体的单位。在可可托海偏西的一个山坳里,有一个很小的机选厂,主要从事03号钽铌铁矿重选。在二矿从事野外采矿选矿的绝大部分是少数民族职工,90%以上是哈萨克族职工。肖柏阳和哈萨克族工人师傅一起工作的时间只有四年多,他们吃苦耐劳、工作踏实、待人真诚的优秀品质影响了肖柏阳一生。他们没有什么惊天动地的伟业,

可可托海二矿矿部生活区

他们很平凡，但正是这种平凡撑起了共和国稀有金属事业的发展。

肖柏阳（可可托海机械专家）：

拣宝石的工作并不容易，一人发一个帆布袋子，一个尖尖角的榔头，成天趴在尾矿堆上。最初一个星期我一无所获，心里很沮丧也很着急，而那些哈萨克族师傅每天都有收获。一天，肉孜多克师傅看到我在打石头，他马上说："白卡，这个石头里没有03号。"说着他抱来一块大石头让我打。结果打开后眼睛都亮了，好几块蚕豆那么大小的黑宝石就在中间。我不禁问肉孜多克师傅："你怎么知道这块石头里有宝石？这石头的成分是什么？"他说："我答不上来，但我知道，这块石头里有的可能性大。"我真佩服他，他的实践知识真是很丰富。我把他让我打的石头的碎块和此前打过的石头的碎块带回去，仔细对照矿物学教科书，发现肉孜多克师傅让我打的石头是叶钠长石，而我打的石头是糖粒状钠长石，糖粒状钠长石中间几乎不可能有宝石。当实践上升到理论高度时，就很自然地产生了飞跃，往后，我每天都能拣到黑宝石了，有时还超过我的哈萨克族师傅们。特别是到1970年秋季，矿务局又一次在阿图拜搞03号百日大会战时，我拣的03号比参加大会战的大多数人都要多，这都要归功我的师傅肉孜多克。

自从分配到二矿工作，我一直是阿登拜组长手下的一兵。无论是在一矿4号、14号、9号山，还是在煤矿，我都是在他任班长的小组里工作。在他手下工作用现在的话说，就是一个字——"爽"！他文化程度并不高，但工作安排得井井有条。他还兼任爆破手。对爆破这个危险性比较高的工作，他是慎之又慎的。肉孜多克不让我们操作，完全是他身为副矿长的责任心，因为他知道我们不是学采矿的。而阿登拜则觉得我们作为实习生多学一点儿东西，多了解一些矿山技术是必要的，但是必须严格按操作规程来。因此我这个学选矿的从阿登拜那里，还有卢清海那里，初步学习了爆破的有关知识及爆破的操作要领，能够从事简单的爆破。尽管复杂环境下的爆破还离不开师傅，但对我日后的工作是有帮助的。1979年，我调到矿务局科技科工作，因为对爆破有了一定程度的了解，所以在搞铍试验外出的过程中，意外发现了塑料导爆新技术。我把这项技术带回了矿务局进行推广，节省了资金，尤其是掘进队把该项技术运用到哈图金矿井下采矿。如果我一点儿爆破都不懂，就不会有这种敏感，这得益于阿登拜、卢清海两位师傅的指教，尤其是阿登拜师傅的言传身教。

1970年，矿务局在一矿搞03号大会战，阿登拜师傅还是我的班长，他每天从二矿到一矿，光是走路来回10公里以上。

在扎河坝煤矿，阿登拜师傅也是我所在班的班长。他从打钻、爆破、清砂、推矿车、水泵房、9号井提升煤，到下木料、打支撑、收支撑等等，各个环节无一不操心。打钻有耶里捷夫，不用阿登拜操心。耶里捷夫懂生产，但是他那时是"黑帮"，没有生产指挥权。9号井机斗掉道事故那次，阿登拜师傅和机电技术员潘春文、9号井信号工王进贤处理事故，从斜井突然落下煤块，碎块击中了阿登拜和潘春文背部，砸断了王进贤的肋骨，阿登拜师傅忍着疼痛从容指挥，先把王进贤送到井上，再处理事故。第二天，他又坚持下井。我问他："行不行？疼得厉害吗？"师傅说："骨头没坏，贴上伤湿止痛膏了，我不来咋办，不能再出事了。"

1972年，我们在二矿9号山建小选厂，阿登拜师傅还是我的班长。一些选矿设备走不了索道，都是靠人扛肩背。我们六人，有时八人把设备往山上抬，阿登拜师傅总要求在后面抬。我发现他是为了把绳子往他那边多拉一些，这样重量就偏到了他那一头。这些无声的行动，让我感到了这个民族的朴实和善良。

在二矿，与肖柏阳一起共事的少数民族师傅越来越多，他们来自不同的地方，性格也不一样。他参加工作认识的第一位师傅卡木沙，当过二矿副矿长的肉孜多克师傅，永远的班长阿登拜师傅，他们刚到二矿时的翻译马拉甫师傅，拖着一条残腿的铁匠哈不恰尔师傅，不多说话的哈哈曼师傅，热情幽默的"毛巾"师傅，爱说笑话的"导弹"师傅，最厚道的"麦穗"师傅，性格开朗的斯卡克师傅，总是气喘吁吁的钳工巴也哈买提师傅，彪悍威武的哈米提师傅，关心他们的他玛拉女师傅……

五十多年过去了，师傅们的音容笑貌历历在目。肖柏阳想起他们重活儿苦活儿留给自己，危险留给自己，却把青年学生们挡在后面，就忍不住泪流满面。

选矿专家周宝光是88-59选矿试验厂的第一任厂长。他认为中国的"两弹一星"从无到有制造出来，是包括可可托海在内的一线技术工人、知识分子、打下江山的老前辈，凭着赤胆忠心，"不惜命地创造"才有的。

周宝光（可可托海选矿专家）：

要说，我们还算是幸运的，可可托海的队伍基础是以哈萨克族为主的少数民族，素质好，纯朴，能吃苦。1959年，可可托海建88-59机选试验厂，逐步替代人工选矿。说是机选，也只是半机械化。采掘的矿石由翻斗车拉到厂房旁边，工人用手推车把矿石推到厂房，投进粉碎机，注水，碎矿石经球磨机磨成砂浆流到浆池，经过化学反应，过滤，提取精矿。

选矿工人分三班，每班三十多人。最累的活儿是在砂浆池搅拌砂浆。砂浆没过人的膝盖，人穿着防水靴，在浆池里不停搅拌，一停下来砂浆沉淀，难以进入下一道工序。夏天，气温三十多摄氏度，地表温度超过四十摄氏度，人在工作的时候汗水湿透了，却没法儿擦一擦。相比之下，冬天更难熬，零下四五十摄氏度，砂浆不会结冰，但是人在砂浆中冰冻刺骨，一个班下来，下肢没知觉了，常常需要接班的工友从浆池抱出来。

马智是一班班长，他带班全是他下浆池。开始，我真不相信马智还不到十七岁！他这个班有哈萨克族、汉族、维吾尔族、回族……新疆各民族差不多全有了。

马智是回族，苦出身。马智老家在南疆焉耆，动乱年月家人流落到了吉木萨尔。50年代他父亲听说苏联人在阿尔泰可可托海开矿招工，领上一家人到了可可托海矿山。拣了两年多宝石，马智成为矿务局正式职工,搬进了职工宿舍。选矿的方式没什么改变,采矿一年四季不停,选矿也一年四季不停。一天天埋头苦干中,马智长成了一个壮实的小伙儿。吃过苦的孩子懂事理,马智知学上进。局里办扫盲班,马智从不缺课,再累也要去听课。在扫盲课掌握了汉语拼音、基础汉字,有了自学的基础,就借助这点儿基础,马智读了不少书。我听过他讲《保卫延安》的故事。马智的求知欲,顽强的毅力,对工作始终如一的热情,深深打动了我。他们才是我们矿山的脊梁。

1968年前后,矿上又组织了一次大会战。我国要建造核潜艇,需要可可托海的矿产品。工人吃住都在选厂,一天二十四小时机器不停。常有人支撑不住,眼睛一闭倒地就睡着了。工友把睡着的人摇醒,回到宿舍,不管是谁的床倒头就睡。一觉醒来,立即赶回厂房。马智带的班,各族工人操作默契度非常高,互相帮助,班班超产。马智作为选矿厂的技术骨干,被派到喀什二矿给机选厂当师傅。

马智给我说的一句话,我受用了一辈子。他说,哈萨克有一句谚语:"手是英雄,眼是胆小鬼。"不管做啥,先干起来再说,就是现在说的执行力。

来可可托海的大中专院校学生中,潘厚辉算比较早的。他们长沙有色金属学校1954届采矿专业的四十个毕业生,其中二十个到了新疆。

那时候毕业分配政审还很严格,本人直系三代以内的亲属都要审查。潘厚辉家是贫下中农,通过审查后,没允许他回家,直接从学校启程。当时火车只通兰州,到兰州后他乘抗战时期美国留下来的"道奇"卡车,颠簸了十多天才到乌鲁木齐。然后再坐大篷车,晃荡了七八天终于到了山里的可可托海。

自此之后,潘厚辉在矿上摸爬滚打二十八年,付出了一生最美好的青春岁月,结识了患难与共的工友、一生难忘的师傅。曾任可可托海矿务局总工程师的潘厚辉回顾自己的一生,说得诚恳:"我就是矿山的一名老工人。"

潘厚辉（可可托海地质工程师）：

不得不说，四矿的功劳，很大程度上归属哈萨克族工人。

矿务局的少数民族占30%，具体到一个分队，可能占到50%。四矿在少数民族牧区，去的汉族更少，大多是技术人员，真正在一线工作的，测量、勘探、采矿，基本上都是当地的哈萨克族。

四矿有六十八个作业点，分布在库威山区，勘探、开采很困难。四矿的特点是俗称的"鸡窝矿"多，矿脉分散，散点分布，找矿探矿大都以班组各自行动，出去找矿没有七八天半个月是回不来的。采矿全是人工打手钻，很辛苦，机械化程度一直比较低。

少数民族工人本分、纯朴，工作起来尤其实在。我们四矿最出名的两个劳动模范，都是哈萨克族师傅——麻拉普和加潘。

麻拉普是五矿的一个班长。五矿归四矿管理，离四矿几十公里。野外的小矿分布在几百平方公里内，麻拉普带的班就在这个区域内找矿脉。这一带矿脉含量不高，不好找。有就干，规模小，徒手打钻，采掘的矿石也是背出来。有时候碰不上，一斤都拿不回来。打眼、放炮，这儿不行了，换地儿，凭自己的经验再找。有时候我去住一两天，十来个哈萨克族工人，勤勤恳恳。离家远了，加班没有加班费了，他们从来不提，一年四季都是一个样子，一做就是小二十年！

加潘是四矿的老班长，一直到去世都是老班长。野外矿点，采掘基本上都采用平硐掘进，作业区域狭小，通风效果很差，工人的自我防护意识低。苏联人还在的时候，采掘打干钻。钻头一下去，石尘满天飞，弥漫在空气中，对工人的身体伤害很大。我们接管后，总工程师提出打水钻，不打干钻。

加潘师傅就是那时落下的病根。他一直坚持在野外采掘一线，坚持下井，打钻，推矿石。他带的班组一年能干两年的活儿，是矿山有名的"硬骨头班长"。最困难的1960年，重工业部接受了向苏联出口矿产品还债的国家任务，最后担子落到了我们可可托海肩上。黑面馍馍都吃不饱啊！我们的矿工师傅啥也不顾了，只有一个念头，国家再穷不能欠别人的债！国家强大了就有好日子过了，他们干的活儿就是让国家和苏联一样强大！这是信仰对生命极限的挑战。

加潘带的班组是矿上的标杆，产量一直领先。考虑到工人的劳动强度太大，矿上研究决定给野外作业的班组发放加班费，却遭到了工人的反对。加潘说："组织关心我们，高兴得很。但是赶上国家有困难，这个时候我们要是讲条件，良心有吗？工人是吗？我们啥也不要，任务一定要提前完成。"

这让谁不感动？有金子一样心的人啊！

我们这些出了校门到矿山的学生，很幸运。头顶草原的露水珠，在这雪域野岭，哈萨克族师傅虽然清贫，但是纯朴坚毅的品格给我们的人生打下了厚实的底色。冬天的夜晚，一碗羊肉汤，暖在了心里，热在了骨头缝里啊！它让你向往与人为善的崇高。

加潘师傅因为矽肺病躺倒了。但是他惦念着他的班组，还有阿斯道恰新发现的矿点。又听说小选矿厂停产了，非要出院，说不疼不痒的，和石头打交道我啥病也没有。

矽肺发病初期，离不开氧气。晚期，氧气没作用了，所有的肺泡已被氧化硅填充，成为硅化肺，吸不进氧气了，病人非常痛苦。国家职业病防治所从可可托海征集了一个因矽肺病过世矿工的硅化肺，分量不轻的硅肺立在标本架上，成了一副肺造型硅化石。

凡是打风钻、井下清砂的矿工，没得矽肺的很少。全是舍命地干，加班加点是一种光荣，完成任务多一份贡献。"矿一代"在井下一线的，大都是四十多就离开了人世。

1979年1月2日，我的师傅加潘·哈不都拉永远离开了我们，年仅四十九岁。这一年，他的班组荣获"全国五一劳动奖章"。

可可托海，我待了整整二十八年。有个感想，没有经过那个年代的苦难和辉煌，没有资格说奉献和友善。

与潘厚辉前辈相识不满一年,得到噩耗,2021年6月16日23时48分,地质工程师潘厚辉在乌鲁木齐病逝,享年八十九岁。

骏马死了留下鞍子,英雄死了留下名声。

青少年时的记忆总是像春天的花儿一样鲜亮,托合陶拜·努尔阿合买提说起放下羊鞭子到矿上,就跟昨天的事一样眉眼分明。实际上,那都过去六七十年了。

托合陶拜·努尔阿合买提(阿勒泰三矿职工):

1953年,我到阿勒泰三矿上班。苏联人把我要上了。没有来矿上的时候,给人家放羊。在三矿干了两年,跟上七〇一地质队到了可可托海。

苏联人走了,国家培养我们学技术,有司机、电工,我学钻机、爆破。我们是跟上师傅学,师傅带徒弟。我们没有多少文化嘛,就是一个师傅一个徒弟,手把手教,师傅带出来的。带我学电钻的师傅叫何根银,他是解放军,1951年转业到可可托海。电钻上的技术多得很,动力、电路,哎呀,师傅细心得很,他太关心我,先操作,再手把手教我,哪个地方不对,啥地方要特别小心,特别认真。啥样的电钻我都会操作,小毛病我自己解决。

海子口深水电站建设我参加了。电站建在两个山头之间,旁边全是山峰,环境恶劣。当时我们国家的机械设备不像现在这么发达,建设用最原始的方法,人拉肩扛。最大也是最重要的工程是拦河大坝,人工浇灌混凝土。基础不好,地下裂开的缝隙比较多。解决这个问题只有先打钻再灌浆。我的钻探技术过硬,完成这个任务,很自豪。我感谢何根银师傅,我忘不了我的师傅。后来何师傅是我们二矿的书记。

抱上钻杆子一干就是二十年。打眼,放炮,赵庆贵是教我爆破的师傅。那时候爆破,雷管分纸雷管、铜雷管。纸雷管插导火索好办,缠上些线就可以了。铜雷管插进导火索,要用钳子夹紧,有时候没有

可可托海矿务局机械厂

带钳子，着急的话用牙齿咬。哎哟，赵师傅发脾气呢，你命不要了吗？弄不好万一炸了，你的脑袋就没有了！有时候纸雷管没有引爆，赵师傅都是自己排除故障，然后给我细细讲解，就是不让我去，师傅怕万一出事故嘛。现在想想，心里泪流呢。

技术工阿德里汗也当过我的师傅。维吾尔师傅马木提也带过我。

可可托海矿务局机械厂名闻遐迩。张典福在机械厂干了十五年，他说，我们机械厂是矿山设备的保护神。至今，他还常常念叨"大国工匠"何清贵、师傅俞振晨。

张典福（可可托海矿务局机械厂工人）：

我是部队转业到可可托海。打了中印边境自卫反击战，老兵转业，当时有几个地方可以自己选：回汉中农村老家，长庆油田，新疆兵团，新疆有色。我填了新疆，结果分到可可托海，又分到机械厂翻砂铸造。机械厂车、铣、刨、焊……齐全，水平高！

我们去时苏联专家走了，传统留下来了，师傅带徒弟。带我的师傅是班长俞振晨。我的师傅铸造技术水平很高，他前面有个八级工，走了，我师傅最高了。翻砂铸造是加工配件、设备改造的基础，没有合格的铸造件，你加工什么？到现在我还记得，翻砂铸造的关键是火候、铁水温度，掌握不好就废了，全凭经验。俞师傅了不得，只要他在，浇铸基本上是一次成功，"大国工匠"！等着要的紧急件，俞师傅亲自上。加班加点天天有，什么奖金、补休，脑子里就没有这些概念。只有干，干好。

那时候任务重，苏联留下的老旧设备，毛病太多了。矿山机械的所有零件我们都可以制造，机械设备可以保养维修改造。只要有图纸，有模型，我们就可以造出来。

我们的厂长何清贵太厉害！1955年何厂长奉重工业部一纸调令，从衡阳冶金机械修造厂到可可托海筹建机械厂。何厂长车工工匠出身，车工最高六级，何厂长就是六级车工。何厂长到任时，可可托海机械厂的厂房刚刚建成。在何厂长任上，我们机械厂已能生产汽车常用配件、所有空气压缩机配件和高难度矿山机械配件，还能进行多种型号挖土机、柴油机、空气压缩机大修、保养，保障了全矿设备正常运行。你说，在当时那个条件下，这有多厉害！

那时候边境地区紧张，阿勒泰民兵武器全是杂牌子，美国造的，德国造的，苏联造的，乱七八糟的。让我们机械厂改造武器，步枪统一改成56式半自动，机枪搞成53式，也造榴弹炮，一搞搞了好多年。

可可托海的少数民族师傅也好得很，你学会了我的话，我学会了你的话，很自然的事情，你是我的师傅，我是你的师傅。在可可托海十四五年，干的就是给矿山设备修修补补的活儿。国家穷啊，"新三年，旧三年，缝缝补补又三年"，用在我们矿山最合适。跟着何厂长、俞振晨师傅学上了真本事。

可可托海矿务局总会计师李传华，是实践中成长起来的财会专家。他在可可托海的奋斗人生始于白成铭的山东行。

白成铭，新中国第一批援疆干部，新疆中苏有色及稀有金属股份公司第一位中方领导人。1950年他由陕南区汉中地委书记调任中苏有色及稀有金属股份公司，1955年后历任副总经理、总经理、党委书记。

白成铭祖籍陕西省清涧县高杰村乡袁家沟村。这个只有一百五十户人

新疆有色金属公司第一任党委书记、总经理白成铭，被誉为新疆有色工业的开拓者、奠基人

家的小山村，在新中国成立后走出了四位白姓中共省委书记：中共山东省委原第一书记白如冰；中共江西省委原第一书记白栋材；福建省委原第一书记白治民……七位副省部级干部：原建筑材料工业部党组副书记、常务副部长白向银；新疆维吾尔自治区人民政府副主席白成铭……

袁家沟村位于陕北清涧县城北50多公里的高杰村乡北，往西5公里是永定河，东西10多公里见了黄河，隔河与山西相望。不大的村子群山环抱，一道南北走势的山梁横卧村中，村子一劈为二，各有一条南北向的沟壑。风水先生说，这是一座龙山：山不在高，龙兴则灵。两条沟距离沟口不远，对应的点位各有一股清泉溢流，泉眼就是龙眼。龙泉潺潺流出两条河溪，一年四季从未枯竭，村民喊作"长流水"，四季饮用。

袁家沟，
袁家沟，
两条小溪当沟流，
四百人口住两头。

白家祖辈居住在前、后沟，龙泉成溪顺沟汇流永定河。

一方水土养一方人，陕西地图难觅踪迹的袁家沟，耕读传家的渊源追溯到山西大槐树。村民们说，他们这一脉是远祖、明代湖广巡抚白行顺的子孙。

白成铭任职中苏有色及稀有金属股份公司后，虚心向苏联专家请教，工作中很快就可以用俄语交流，让苏联专家惊叹又称赞。1955年接手公司后，面对人才短缺，西方封锁，设备、零件几无供应的困难局面，白成铭团结各族矿工，依靠自己的技术力量，群策群力，使起步不久的新疆有色稀有金属工业没有因为苏联专家回国受到太大影响。

可可托海矿区试验为解决矿石运输自制的索道天车

1961年，白成铭带队赴山东济南，求助山东省委书记白如冰组织人才支援新疆有色稀有金属工业建设。新中国成立不久，哪行哪业不缺人才。白如冰还是积极征召了二百名高中毕业生，交白成铭带队进疆。这批青年学生中，很多成长为新疆有色稀有金属工业领域的骨干力量。李传华就是这批学生中出类拔萃的一个。

李传华：

1961年新疆冶金局到山东招人，在济南、淄博、烟台、潍坊招了二百个高中应届毕业生。招人时说好先送矿业院校学习。我自小偏科，特别喜欢无线电，初中就能装矿石收音机，高中是我们潍坊市无线电俱乐部的活跃分子，教练跟我特别好。山东中学生无线电发报收报比赛，报务我们潍坊是团体冠军，长码我得了冠军。高中我就会放电影。

比赛完碰上新疆招人，俱乐部老师说，你小子是新疆领导点名要的，无线电比赛肯定加了不少分！能去新疆上大学，二话没有，去！

结果，像做了个梦。新疆矿业学校停办了，全国好些院校都停办了，直接分到了可可托海。有悄悄回老家的，我不回。我爹常说，哪里水土不养人。我又是新疆领导点名要的，这不能没一点儿因缘结果吧。短期财务培训，上岗。自小喜欢无线电，奔着上大学来，末了和算盘打了一辈子交道。还好，和数字沾着边。先去二矿实习了一年多，又到小水电站,参加海子口大会战,1965年回矿上财务科。"文革"开始了,有人被弄到煤矿挖煤,我去四矿伐木,伐下来的树运可可托海,一干就是一个抗战。

矿山建设,财会工作看上去不起眼,不像生产一线轰轰烈烈,也不像有一技之长的专家学者那样出彩,但是它是保证企业运转的基础。我对财会工作有自己的理解,它可不仅仅是算账、管账,关键是管理。如果把企业管理视为一个链条,财务是这个链条不可或缺的一个环节,是决策层拍板的主要依据之一。我们矿山从苏联人接手时实行分级核算,长处是工作细,给决策层提供的信息准确率高。短处也很突出,资金分散,管理成本高。1964年开始实行集中核算,财务科统一管。这回资金集中了,但容易造成基层工作粗放,不关心财务运行状况。家里老人说,一粥一饭当思来之不易。我上任实行改革,基层单位恢复财务室,但是不给钱,矿上设内部银行,业务规范,类同现在上市公司财务部,基层单位花钱到财务科来拿,同时,财务管理同步企业经济责任制。年底见效,贷款利息大幅缩减,资金占用量小了嘛。最重要的是实现了有效财务监督。当时,国内经济责任制的提法还没有。可可托海的财务管理同步企业经济责任制具体是落实小指标:采矿量、矿石品位、回收率,九九归一最后还是成本。

陈老广到我办公室说:"这几天我琢磨你小子的财务同步管理,给我好好讲讲。"陈淳诗是让我感动更让我佩服的人,中南矿业学院的科班,广东人,大家都叫他"陈老广"。这人说一不二,有担当有情怀,把自己的青春甚至一生都献给了可可托海三号脉。他熟悉矿山的每一个平台,每一个钻孔,每一台设备。他对每条矿带、每个矿石堆放地的矿石品位和矿石量都了如指掌。陈老广人很直爽,看你不顺眼骂你一顿,骂过也就过了。在三号脉带着我们干活儿一点儿特殊没有,能干能吃,天天带老婆准备的盒饭。海子口会战带着我们往山上走,突然雪崩被埋了,幸亏救得及时。身先士卒,以身作则。1962年精简职工,他先把老婆精简了,敲掉了人家的饭碗,又把人家弄到东风农场,没工资,挣工分。他和王宗泗搭班子,为老百姓办了多少好事啊!办东风农场，养羊养猪养鸡，可可托海人又吃上了鸡蛋，家家户户通了自来水……老百姓忘不了陈老广、王宗泗。那时候的领导，真是"领导"——领着你，引导你，有威信，能量大。就跟铍、锂、铯这些稀有金属一样，只要添加一点儿，温度、精准度就成倍成数倍成百倍地增加，点石成金！扯远了。

陈老广听了我的财务管理同步企业经济责任制改革方案，很兴奋，说："这才是硬碰硬！"他是说干就干的人，第二天就把他的人马拉到我们财务科，讨论，落实。结果他当年扭亏为盈，还清了银行贷款，拉着我喝了一顿酒，高喉咙大嗓门说："你小子不愧是我们可可托海的铁算盘啊！"

这一制度一直坚持到三号脉闭坑。陈老广对我有知遇之恩，他欣赏我，支持我。他总结整理了上千份数据，为我制订改革方案提供了扎实的基础。

我还是幸运的，到可可托海"反右"过了，"文革"还没来。赶上了可可托海大发展，重视人的创造力，老干部还在位，人际关系干净，可以说是风清气正，是一个发现人才、适合人才成长的氛围和环境。

人世间，还真是讲个因缘际会。来可可托海后，才知道点我名的大领导叫白成铭，资格很老。"大跃进"时因为批评"高指标""浮夸风"受到错误批判，我到新疆第二年才平反，这让我更敬佩老领导的人品，为他引我进疆而自豪。我的师傅陈老广也是这样一个襟怀坦白、大气凛然的好汉。我们山东老家崇文尚武，老师传道授业解惑，给你饭碗的人，一日为师，终身为父。

1977年恢复高考，我报考中科院工业经济研究生，考了264分。工业经济71分，企业管理60分，政治经济学41分，外语不行。孙传尧我们一起在阿勒泰考的。1973年那次，我考了可可托海第一名。张铁生一张白卷成全了他一个"白卷英雄"，害了中国多少有志青年。

1984年矿上送我到冶金部财务培训班学了半年，回来调87-66机选厂任副厂长，主管财务。我把在矿上制定的指标——分解，87-66机选厂班、组，回收率列入关键指标。不是那么简单，不仅要精通财务，把握政策，选厂整个工艺流程必须了然于胸，不同原矿，品位不同，回收率不同。相对公平合理的指标是制度的基础。我查阅了大量原始资料，选厂整理了几千个历史数据，绘制了"不同原矿品位不同回收率的回归曲线"，从而揭示了原矿品位和选矿回收率之间的相关规律，为推行目标管理提供了依据。一元回归：不同的原矿品位对应相应回收率。实践证明这一举措是成功的，这一时期87-66机选厂的经济指标是最好的。

不惑之年终于圆了大学梦，以第三名的成绩考进新疆经济管理干部学院，也就是现在的新疆财经大学，脱产读了两年书。毕业后到铜镍矿任副矿长兼总经济师。铜镍矿是新疆有色新矿，一切从零开始，制订规章制度，带二三十个男孩子去四川培训，是一个新的工业门类。铜镍矿只要开炉，二十四小时不能停。镍不能见水泥，厂房水泥地面，整天噼噼啪啪的，提心吊胆，生怕出事，一天最少工作十五六个小时，五六年里没睡过一个囫囵觉。

"江山代有才人出，各领风骚数百年"，我们那一代的历史一页页翻过去了。

正如李传华自己所言，他是幸运的。自小喜爱无线电，春风得意想远行新疆上大学，却不想镜花水月一场空。一把算盘陪他落脚深山老林可可托海，却也峰回路转，不仅"铁算子"终有所成，正当他在额尔齐斯河畔的白桦林怅惘"关关雎鸠，在河之洲"，在水花月光洗磨的大石头上望水兴叹"窈窕淑女，君子好逑"时，回眸一瞬间，老木桥上款款一女子进入了有情人的心里。

姑娘叫薛洪琴。薛洪琴的父亲和不少来可可托海的山东人，比如杨顺山一家，有着相似的经历。日本人占领山东后，薛洪琴的父亲只身闯关东，又跟随东北抗联的大队人马历经九死一生绕道苏联从塔城回国，辗转来到可可托海，直到1958年才回山东接来家小。薛洪琴刚好够工作年龄，招工至矿务局，在实验室学化验。

"才来的？"李传华壮着胆儿搭讪。

洪琴姑娘点点头,"俺打山东来。"

"俺也是山东人,俺们是老乡。"

额尔齐斯水光月色里的那方大石头成了爱的媒介,盼着山顶上的月亮落在河里,一双双桦树的大眼睛云中望月雾里看花。与李传华同龄的杨顺山,是俩人的信使……

如今,山东潍坊李氏家族的这一脉,早已在新疆大地开枝散叶,落花结果。

年逾八旬的李传华携老伴儿顶着露珠晨走,迎着落霞游园。老友们时不时见着他就笑了:他那双手,手指总会像扒拉算盘珠子一样,时不时扒拉两下。老伴儿薛洪琴有时会问他:"还是去医院看看,别得了帕金森吧?"他笑说:"瞎操心,我这是扒拉钱的手,啥帕金森啊!不扒拉扒拉,掐掐算算,日子不就过糊涂了。"

真是"铁算子",职业使然。

草原境界

"国家像一棵树一样,天天往上长。它离不开天,天上下雨下雪,有水的滋养;它离不开地,没有黑山土,树咋长呢?我们的共产党是天,是地,我们各族人民就像大树的一个个枝杈。"白衣居马语重心长的话,堪称名言。

白衣居马从阿勒泰群库尔调到了伊犁,和吴焕宗他们一起来的,在七三五矿、七三一矿干了差不多二十年。

他的这一名言是 20 世纪 70 年代初在七三五矿办公室说的。那天,蒙其古尔沟邻近的乡村社员带着两瓶子泥沙浑浊、颜色泛黑的水,要七三五矿的领导当场喝下。缘由是乡民们指控七三五矿污染了他们的河流。

在七三一矿,白衣居马也遇到过这种情况。七三一矿地处察布查尔锡伯自治县和巩留县交界,生活区坐落在巩留县六公社哈萨克族牧业大队。牧业大队有一股泉水,是矿区主要水源。一段时间里,牧业队不愿意给七三一矿土地供水,截断了泉水。

矿区开发,挤占了当地牧民的草场、水源,他们传统的生存空间受到了

为支援国防战备急需的核原料——铀,一千四百名人员从新疆有色调动到国家二机部在伊犁建设的矿厂。图为铀矿职工用简陋的工具制作产品

威胁，有抵触情绪很正常。不仅是开矿、修路、架桥，吃呢喝呢？啥事情地方政府不支持、老百姓不认同你能干成？人家世世代代、祖祖辈辈这儿放羊放牛春种秋收活人着呢。七三一矿的底子是整体迁调伊犁河谷的阿尔泰有色矿业，放下羊鞭子、穿上工装的哈萨克族人懂草原的感情。

这场风波过后，矿上争取自治区政府支持，开展环保实地调研。自治区环保、卫生相关部门深入矿区周边，经过两年多工作，取得了系统的实验数据，矿区环保符合国家规定要求，消除了地方领导和群众的担忧。在政府的支持下，矿区出资修建了一条数公里长的供水管路，配套了供水井、亭，解决了周边乡村人、畜用水。矿区拿出具体措施，切实为周边乡村谋福利、共发展，借助矿区机械优势，促进社、队实现农业机械化；接纳农牧民子女就近入读矿区民族中、小学；矿区医务工作者服务周边社、乡农牧民。

在那个特殊困难时期，察布查尔锡伯自治县红旗公社无偿划给七三一矿千亩土地，支持矿区建设农牧副业后勤基地，保证矿山生活供应。

在那个特殊困难时期，富蕴县划拨了万亩草场给可可托海，建东风农场，保障矿区副食品供应。

> 春天草绿了秋天草黄了的哈萨克啊，
> 草原的胸襟，
> 包容了来客的习俗，
> 相异的传统，
> 草原的境界，
> 尽显一个民族的高贵。

无论是阿尔泰的可可托海，还是伊犁河谷的杏花沟，有一个群体贡献巨大，他们是采矿、选矿的主力军——新中国第一代哈萨克族产业工人。

哈萨克族和所有游牧民族一样，逐水草而居。近山者仁，近水者智，地远人亲，铁骨柔情。草原高天阔地的格局成就了一个民族兼收并蓄的文化境界，这是新疆大地的诱惑。

新疆第一代哈萨克族产业工人，始于俄国在阿尔泰勘探、开采稀有金属。

最早进入矿山，以哈萨克族为主的少数民族主要来自阿勒泰、塔城、伊犁。

新中国成立后，历史的机遇呈现在他们面前。他们用汗水和智慧赢得了荣誉和一个民族的尊严，作为共和国产业工人的骄傲，在为历史铭记的册页里他们群星闪耀。

回顾我国军工发展，可谓唐僧师徒西天取经，九九八十一难，步步维艰。

曾在可可托海四矿任职矿长，在矿山干了二十八年的潘厚辉，时常怀念起硬骨头班长加潘·哈不都拉，他的好工友白山别克·祖哈、买地·纳斯依……

1953年11月20日，买地、邝代英一起出工。他们用风钻打了十六个炮眼，装炸药、雷管、导火索，邝代英负责点火。导火索的长度要确保点燃十六根导火索后有时间撤离。邝代英顺利点燃了十二根导火索，到第十三根时，邝代英划了几根火柴还没点着，原来是地面有水，垂落地面的导火索浸湿了。但此时，矿硐里已点燃的导火索哧哧的燃烧声催得人心急，越急越点不着。

见邝代英还没过来，买地着急了。凭经验，买地知道最早点燃的导火索能瞬间引爆炸药。马上就要爆炸了，情急之下，买地一个箭步把蹲在一边的邝代英一把拽过来，压在自己身下。只听"轰！轰！轰！"的爆破声骤然响起，气浪一次次掀起，石块一次次砸下。不知轰响了多久，买地已晕了过去。

买地被气浪掀得离邝代英有半米远。他右眼眶被炸烂了，满脸是血，胳膊和一根肋骨也断了。苏醒后的他挣扎着爬向同伴，邝代英伤得更重……

他们被送进了当时北疆最好的可可托海矿区医院。医院的医疗设备先进齐全，以朱居敬、魏兴诚、

可可托海三号矿脉采掘生产作业中

崔英民牵头的医护人员技术精良。朱居敬大夫说，如果不是买地急中生智拽倒邝代英，没能保住的就不只是眼睛了。

第一批留学苏联的吴焕宗，从阿尔泰稀有金属矿山转战伊犁铀金属矿山，这是他人生交响最有力度的两个乐章。每一个跳动的音符都是一个创造力旺盛的工友，"'推土机'鲜活的音容笑貌，我永远也忘不了！"

吴焕宗：

"推土机"是工友们给井下采掘工吐尔提依明起的绰号——昵称。也只有推土机的块头能跟我们吐尔提依明的块头比，很形象。吐尔提依明虎背熊腰，体魄强壮。井下作业很辛苦，也危险。吐尔提依明师傅总是抢着干最重最累的活儿，照顾我们这些瘦小体弱的汉族工友。别人还没下井呢，他风钻抱上已经吼起来了。一天两天容易，一年两年也能坚持，"推土机"吐尔提依明师傅，我们矿务局连续十年先进生产者，全是硬碰硬干出来的，不能不让人佩服、感动。

吐尔提依明师傅脸上，你找不见忧愁，整天笑呵呵的。碰上难整的工段，总是把我们往后边扒拉，说："一边去，小麻雀一样力气有吗？还是我'推土机'来！"在工友们眼里，他是井下最坚实的支柱，大家的主心骨。

哈萨克族同胞们的一天，从早晨的一碗奶茶、一块厚厚的馕开始。中午在工地、井下，也是小刀切下一块块馕，配一碗清茶。晚上快乐，再简单的晚餐也少不了肉和奶茶。周而复始，草原的生活简单快乐。

天道酬勤，地道酬德，人道酬诚。草原汇聚着每一个细小的感动，感天动地，温暖人心。

阿勒泰矿务局一矿的出纳徐济明，1950年跨过鸭绿江抗美援朝，是炮兵。战场上耳朵受损，听力极差，回国后按"残疾军人"复员回到农村。1959年，徐济明从安徽老家支边来新疆，分配到阿勒泰矿务局。

1962年冬，出纳徐济明从矿务局提取了一矿一个月的全员工资，兴冲冲地骑马回一矿。回到矿部，办公室门口已有许多工友等着领工资。他跳下马，却发现拴在鞍子上的布袋子不见了，吓得他一身冷汗！那两万多块钱，可是一矿全体工友一个月的血汗啊！

徐济明马上骑马掉头，往回找。半路上，远远看见路边一个放羊的哈萨克族老汉。及近，老汉问徐济明："喂！巴郎子，干啥呢？"徐济明一边用手比画一边说："看见这么大一个布袋子吗？"老汉把布袋子拿出来，说："是这个吗？"徐济明一下子眼泪流了出来：就是这个袋子，单位职工一个月的工资！老汉用半通不通的汉语说："你过去的时候，马背上掉下来的，叫你，你没有听见。我想，你回来找呢，就这儿等你好半天了。"老汉把布袋子还给徐济明。徐济明当即从布袋子里拿出一沓钱给老汉。老汉不要，说："我想要，全拿走。这个地方半天一个人看不见，你哪儿找去呢？我拿走，你咋办呢？"

可可托海实打实的多民族集聚，汉族、维吾尔族、蒙古族、俄罗斯族、回族……无论大人还是孩子，一家人一样。孩子们从小一块儿玩，各说各的话。开始听不懂却能玩在一起，超不过半年，你说我的话，我说你的话。

宋万夫、马秀文和哈依木、坎吉斯汗是邻居。

马秀文（宋万夫妻子）：

我们的邻居哈依木，维吾尔族。哈依木的妻子坎吉斯汗是蒙古族。我在机械厂时，机械厂四十多号人，汉族只有十几个。两个钳工是维吾尔族，其余全是哈萨克族，锻造、浇铸、车、铣、刨、焊……全了。可可托海矿上90％是哈萨克族，我们到可可托海时，机械名称汉语听不懂，工作中通用俄语。

我们和哈依木邻居时，小儿子刚刚会走。那时候工作紧张，现在说起来没人信，孩子只能锁在家里。那时的门上都有一个可以开关的小窗户，一个孩子锁在家里，他也急呀，男孩子好动，我们一上班，他就站在小凳子上打开小窗户往外看。看见坎吉斯汗和她的小儿子阿扎提，我们的儿子又哭又喊要出去，坎吉斯汗就从门上的窗户洞把我儿子抱出去。一见阿扎提，我们的儿子不哭不闹了。两个孩子大小差几天。这之后，我们一上班，坎吉斯汗就把我儿子从窗户抱出去，快下班了从窗户送回来，和我们一样早出晚归。开始我们不知道，坎吉斯汗找上门了，说："关在圈里的羊羔长不大，一只羊放呢，一群羊也放呢，儿子我给你们带。"

就这样，儿子一天天长大了，邻居成了亲戚，亲情延续了几代人。哈依木的小儿子阿扎提也住这个院子，给我们说："叔、姨，宋世旭不在你们身边，不管有啥事就给我说，我有车，方便。"今年春节，阿扎提的媳妇买丹把我们接到她家，给我们老两口一人一身新衣服，喜庆得很！哈依木、坎吉斯汗的家风呀，孩子们朴实、孝顺！

坎吉斯汗脑出血过世，我们旭儿电话说："妈，坎吉妈妈脑出血……"哭得再也说不下去了。我赶紧过去，看见旭儿抱住一棵树哭得抖抖索索，压抑的啜泣声引得我也止不住哭出了声。我的好妹妹坎吉斯汗，你走得让人扯心痛啊……

那些个年月，人和人的感情真深啊！

在阿尔泰可可托海、群库尔……，伊犁蒙其古尔、达拉地……，矿山的一线工人并不知道自己从事的工作和关系国家命运的"两弹一星"有什么关系。他们从零零星星的信息中又捕捉到，自己的工作对国家来说是无可替代的。这两者之间只是意会，难以言传。

他们谁也没有什么大话，像海子口大会战、三号矿脉大会战，也不过是"国家有困难，我们苦一点儿算个啥"，三两句话就说完了。他们果敢坚韧的行为却早已诠释了当今最流行的一句话："谁听你说的，只看你做的。"谁都知道，即便是大得了不得的话题，也是由若干个小得不起眼的话题组成。

又是三九隆冬，可可托海水电站水轮机突然停工，井内水位涨高15米，不及时排除故障随时可能崩坝。潜水员不懂水电技术，别说查找故障原因，水轮机的位置都得摸索一阵子，可技术工人又不会潜水。两难之际，资深技工哈德尔提出，由潜水员抱着他下潜排除故障。从放下羊鞭子到矿山，哈德尔不可能不清楚下潜水中的危险。哈德尔在潜水员的帮助下潜入深井，意味着他做好了自我牺牲的准备。

忍受着15米垂直水压和刺骨的冰水，哈德尔最终排除了水轮机故障。

在可可托海，不仅仅是一个人、一班岗、一份责任，不怕牺牲、勇于担当的信念深入人心。

潮起潮落，月圆月缺。

由于市场需求、环境保护等，20世纪90年代矿山遭遇又一个坎儿。最困难的时候，拖欠职工工资，工人买面粉、清油拿不出现钱。粮站不赊欠，迫不得已，各单位的领导出面给粮站打借条，工人才有了基本生活物资。到期限工人还不上，扣领导的工资。

"矿二代"赵新已成长为三号矿脉综合修理厂党委书记，曾经的岁月刻骨铭心。

赵新：

吐逊江，维吾尔族，父亲是第一代矿工，从奇台来可可托海，风钻工，矽肺病早早过世了。吐逊江的两个娃娃，儿子五六岁，女儿两岁，老婆没工作。吐逊江踏实能干，工资发不下来，买清油、面粉粮店不认他的欠条。只有我给粮店打欠条，真是一分钱难倒英雄汉。

车间的汽车配件，铸铁焊条、不锈钢焊条、银焊条……还有大拇指那么粗、胳膊那么粗的电缆，随便可以换钱。那时候矿山已经处于随时停产闭坑的架势，1米电缆剥开的铜线足足顶一个月的工资。一次丢人的事没有发生，连一个螺帽都没丢过。

外面收宝石，我们的工人没人捡。生活困难到极限了，不捡。这是矿上一早定下的规矩，没有一个人坏规矩。

再困难，我们的工作没受一点儿影响。一直到三号脉闭坑，五六十年代的拖拉机、挖掘机还在用。直到1997年，"斯大林-80"型还在用。交接班，链轨板都一尘不染，引擎盖子打开，擦车布抹一遍不能有油污。

这是渗入骨髓的责任感！矿山就是我的家，一边是养家糊口，一边是国家责任。

我自己被我们感动得流泪，我们可可托海人是天底下最优秀的人！

这是怎样的境界！这是何等高贵的灵魂！高贵的灵魂，是自己尊敬自己。

你只要有缘走进这远在天边的草原，就嗅到了万物生长的气息，就能感悟到一场落雪和一只羊羔降生草原的意义；你只要走进毡房，就能体味到一碗奶茶和一条牧道对牧人的意义。

诗人点点栖居塔克拉玛干沙漠边的小城阿拉尔，他对我说，当你弄懂了仙人掌的一根刺，一片叶掌，一朵橘黄色小花，就懂得了整个沙漠。我说，当你弄懂了可可托海一方海蓝宝石、一粒钽铌石的晶体，你就懂得了自身之外丰饶的世界。

老 兵 团

1964年10月16日，下午3时，天山之南的罗布泊荒原上空一声巨响！火球扩张，蘑菇云升腾，飞光竟日，烧红了天际。

现场总指挥张爱萍将军向共和国总理报告：我国第一颗原子弹爆炸成功！

中国国防和核科技取得重大突破，中国成为继美、苏、英、法之后的第五个拥有原子弹的国家。

试爆现场，核爆瞬间形成的毁灭性杀伤力，致使试验区坦克炮塔炮身分离，面目全非；歼击机解体，支离破碎；铁塔扭成了麻花；各种抗震八级的钢筋混凝土建筑夷为平地，成了一片废墟。

之后，中国人民解放军火箭军前身，第二炮兵掌门张爱萍电话新疆军区生产建设兵团第二政委、掌门张仲瀚，报告这一喜讯："感谢兵团为国家默默奉献，对国防军工的全力支持！"

1964年10月16日，中国第一颗原子弹在新疆塔克拉玛干腹地罗布泊爆炸成功。新疆生产建设兵团为建设马兰核试验基地做出了努力

罗布泊，地处中国第一大沙漠塔克拉玛干，这

个有"进去就出不来"之说的神秘之境，承担着中国核试验基地重任。

试验基地难度最大的永久性工程，核爆中心配套试验建筑、设施，试验区周围配套工程，由兵团农二师建筑部队和承建过可可托海水电站基建工程的工五团建设完成。

兵团农二师前身，是张仲瀚率领的进疆先遣队——中国人民解放军第一野战军第二军第六师。这支安营扎寨天山之南的部队，屯垦塔克拉玛干沙漠南缘，修渠引水，垦荒种田。三年困难时期，一车皮一车皮麦子、稻谷东运进关，为国家分忧解难，自己却束紧腰带，苞谷面、高粱面掺和粉碎了的苞谷秆、甜菜渣充饥，在荒原大漠创造奇迹。

罗布泊核武器试验基地平地起惊雷，沙漠边多了一处地名"马兰"的小镇。

周佐亮（新疆生产建设兵团农二师工程一支队战士）：

1960年，十八岁的我在工程一支队工作。当年，工程一支队接到一项任务——到马兰基地修建国防工程，上级领导要求我们必须按时完成修建任务。

当时，我随工程一支队的同事一起进入马兰基地，那是一片荒凉的沙土地。全体干部职工到达目的地后，立刻动手挖地窝子，平整道路，很快便驻扎下来。

当时气候恶劣，风沙肆虐。每次大风过后，地窝子里的被子等物品都盖上了一层厚厚的尘土。

为修建工程，我们每天工作十多个小时。在一年的时间里，我们除了修建工程外，同时还修住房，建砖窑和厂房，每天吃的白菜、萝卜和土豆。在这样艰苦的生活中，我们按时完成了工程任务。

1964年，我国第一颗原子弹试爆成功，在场的我们无比高兴和自豪。

张红（新疆生产建设兵团农二师工程一支队"兵二代"）：

我父亲叫张树华，1964年春天从山东青岛北海舰队转业到新疆生产建设兵团。母亲郭秀娥随父亲一起来新疆参加兵团建设。

我出生在农二师工程处一支队。从我记事起，我们家就居所不定，哪里有工程建设任务，父母所在的连队就搬迁到哪里。从库尔勒搬迁到五〇一、五〇四军工厂、塔什店、红山、马兰。最难忘的还是随父母到红山、马兰参加核试验基地建设的这段经历。从上小学、初中、高中都是在马兰基地军营中度过的。

父母所在连队大都是山东、北京部队转业军人家庭，经过政治审核，马兰基地派专车从库尔勒搬迁到红山、马兰，住在部队大院。部队每月配属一个班六辆军车服务连队生产，主要是拉砖拉沙子。军车每月一换防。

父亲跟老黄牛一样努力工作着，月月超额完成手工脱坯任务。由于成绩突出，多次被评为先进生产者。母亲也不示弱，每天跟父亲早出晚归完成脱坯任务，下班回来还要照顾我们五个孩子，非常辛苦。由于长期饮食不规律，造成胃大出血住进医院。母亲住院期间，父亲既要上班又要照顾我们，由于睡眠不足，超负荷工作，不慎出了工伤事故，造成右腿粉碎性骨折，也住进了医院。家里一下子乱了套，幸好老家来了一个哥哥，才让我们家度过了那段难熬的日子。

父母的工资很低，除了维持一家人的生活，还要寄钱给远在山东的爷爷奶奶、姥姥姥爷。家里男孩子多又正是长个子的年龄，特别能吃，再加上山东来的哥哥没户口，我们家经常不到月底就断粮了。最作难的是母亲，为了让我们吃饱，每月食堂发粮，就到邻居家1公斤细粮换3公斤粗粮。夏天多晒些干菜，冬天多窖上些大白菜、土豆、萝卜，这样才能勉强维持到月底。每月一家人才1斤多清油，天天喝菜糊糊，顿顿啃苞谷窝头、高粱米菜饭。高粱米蒸的干豆角菜饭，看上去很有食欲，吃到嘴里真是难以下咽……小时候特别盼着过生日，谁一过生日，母亲蒸高粱米菜饭时就多蒸一小碗米饭、一个鸡蛋，吃起来美美的，其他的几个看着直流口水。

砖坯烧得差不多了，连队从红山搬进马兰，担负部队营房施工任务。十多年里，建了办公楼、二十多栋住宅、十二栋厂房、七栋车库、水塔、弹药库……那时施工很艰苦，没有塔吊、龙门架、电梯这些机械，盖营区楼房全是搭步道，砖、砂浆这些建筑材料全是人工运送，大型构件全是二三十个壮劳力喊着号子，步道上一步一步挪着扛着运送到使用部位。

搬到马兰后，最让人高兴的事是到马兰广场、部队警卫营、汽车三十六团看露天电影。到马兰礼堂看一场电影或是到军人服务社旁边的澡堂洗个热水澡，简直是一种奢侈。

长大了些知道马兰是原子弹试验场，感到很自豪，父亲母亲在这儿做了贡献。每年部队招新兵，看他们在训练场训练，兴奋得跟自己穿上了军装一样。每年八一建军节，我们早早到马兰广场看部队阅兵，那场面真是激动人心。

近年来，无论是阿尔泰山深处的可可托海，还是新疆大地的兵团，都不再那么神秘。一首《可可托海的牧羊人》让可可托海远近知名，多年来关于兵团的多个版本的顺口溜也已让中央文件单列的"兵团"渐为社会认识。

老兵团三大怪，
粗粮吃细粮卖，
雨天当星期日，
大姑娘不对外。

是军队，没军费；
是政府，要纳税；
是企业，办社会；
是农民，入工会。

1949年12月29日，中共中央军事委员会命令，新疆起义部队改编为中国人民解放军第二十二兵团。

在这之后不久，又一声庄严无比、响彻长天大地、带有浓重的湖南韵调的指令：

……你们现在可以把战斗的武器保存起来，拿起生产建设的武器。当祖国有事需要召唤你们的时候，我将命令你们重新拿起战斗的武器，捍卫祖国。

此令

主席　毛泽东
1952 年 2 月

1954 年 10 月，中国人民解放军第一野战军第一兵团二军、六军大部，陶峙岳起义部队改编的中国人民解放军第二十二兵团，三区民族军整编的第五军的一部分，组建成立新疆军区生产建设兵团。

度尽劫波兄弟在，相逢一笑泯恩仇。面对亘古荒原，曾经手执干戈的军人从此在中国西部共同肩负起屯垦戍边的重任。

再难有比这更阔大的土地：它占中华疆域的六分之一。地球最崇高的山群，最低凹的盆地，连同中国最浩瀚的两大沙漠，它都揽在了这儿。荒原的确荒凉，风沙最是肆虐猖狂，贯通欧亚大陆文明的丝绸古道，被蚕食得遍体鳞伤，最终落得黄沙漫漫。盛极一时的丝路文明，也只有交河、高昌、楼兰的遗骸葬身沙漠戈壁留下难解的神秘。

这儿最诱人的魅力，还是一直伸入地平线的处女地。炮火硝烟走出来的二十万将士，作战地图换成生产区划图，战马套上了犁绳，枪杆换成了锄杆，包围了中国最大的两个沙漠——

天山之南，东起米兰，南到喀什，南指且末、和田，北抵天山——农一师、农二师、农三师、和田农场管理局，环绕世界第二大沙漠塔克拉玛干，形成合围之势；

天山之北，农四师、农五师、农六师、农七师、农八师、农九师、农十师，沿古尔班通古特沙漠布点设防安营扎寨。

新疆生产建设兵团的创始人张仲瀚将军，登高遥指准噶尔荒原无垠的处女地："我们干的千秋大业，要付出比战争更大的坚韧。"

沧海桑田。1600万亩荒漠、戈壁变为绿洲良田，中国六分之一疆域，每三亩半耕地中，有一亩是老兵和他们的后代开垦。

"白银王国"品质优良的棉花呼唤棉纺厂；含糖量高于国内外甜菜种植区的大面积糖料基地呼唤制糖厂；草原云朵样的羊群呼唤毛纺厂……

老兵从他们拓荒的田野收获了第一季庄稼，就在农耕文明古老的树干上嫁接一枝枝现代工业的枝条。新疆的现代化工业企业几乎都以"八一"命名：八一钢铁厂、八一棉纺厂、八一面粉厂、八一毛纺厂、八一糖厂、八一造纸厂……这些个"八一"，不仅仅注释着它们诞生于老兵之手，还道出了新疆现代工业原始积累的来源：说来难以相信，这些现代企业，竟是老兵节省一顶军帽、节约一层衣领、军衣口袋由四个改为两个、一个月的菜金吃两个月、每月三元津贴费拿出两元建起来的。

"八一"，老兵的军人情结，是青春刻骨铭心的纪念。兵团人把包括大型骨干企业八一钢铁厂、八一棉纺厂、八一面粉厂、十月拖拉机厂、红雁池电厂、通用机械厂在内的四十二个骨干企业无偿移交地方政府，奠定了新疆现代工业的基础。

赛福鼎·艾则孜说："1949年以前，新疆连一颗标准的螺丝钉都生产不出来。"

新疆和平解放之初，200公斤小麦换一把坎土曼；一只羊换一盒"洋火"；一只大肥羊换一只手电筒；1500—3000公斤小麦换一匹平纹布。

在以后的三十多年里，兵团自身工业迅速发展，现有产品已经超过一千种，其中棉纱、棉布、呢绒、毛绒、食粮、水泥数十种产品，已成为新疆的支柱产品，并进入国际市场。新疆出口商品创汇率，兵团占48%。

1975年，兵团又将铁门关电厂、新疆化肥厂、新疆卷烟厂、天山化工厂、和静钢铁厂等八十二家企业移交地方政府，为新疆新时期的经济建设创造了良好的基础条件。

道路是人类生活的动脉，更是城市的神经。对于远在西北边陲的新疆，这神经和动脉尤为重要。

新疆万里交通线——兰新铁路、南疆铁路、北疆铁路、乌伊公路、独库公路、中巴公路……是老兵手推独轮车、肩挑柳条筐筑出来的。修建兰新铁路，兵团担任了二分之一的施工任务，施工条件最差的路段——百里风区，是兵团完成的。蜿蜒穿行于天山山脉中的独库公路（北疆独山子—南疆库车）是在天山海拔三四千米的山崖间一点儿一点儿凿出来的。修筑这条公路，一百多个年轻的生命悄无声息地融入寂静的山岭。当我们行走于这条天山公路，随它崇山峻岭间盘旋上下，不能不肃然起敬，心潮起伏。

这时，皑皑白雪下，青青塔松前，你就看见了这一百多个灵魂的纪念——哈希勒根，蒙古语"此路不通"的意思。在哈希勒根耸立着一座纪念碑，塔松挽幛，雪峰致哀，纪念筑路亡灵。

1962年12月9日，边城乌鲁木齐鼓乐喧天，随着一声响彻长天的笛鸣，一列披红挂彩的火车由东徐徐驶来，新疆没有铁路的历史宣告结束。

1979年10月，跨越帕米尔高原、全长1200公里的中国—巴基斯坦喀喇昆仑公路正式通车，这条1966年7月开始建设的友谊之路，是由兵团一万一千多名工程技术人员和筑路员工修筑的。

帕米尔高原古谓"葱岭"，丝绸之路南道穿越高原，通往西亚、南亚、中亚和欧洲。据中西通道要冲的葱岭，峻岭奔驰，冰雪覆盖，自古以来被视为畏途。《大唐西域记》记载：玄奘从印度取经回国，有一头驮经大象从山崖坠入深涧，立时被急流卷没。一支万余人的商队遭遇暴风雪，无一人幸免于难。1913年，英国探险家斯坦因翻越葱岭时惊叹："可怕的嶂壁！"

车行在中巴公路喀什至帕米尔途中一个叫老虎嘴的地方，慢速鸣笛，塌落的巨石把正在工作的"斯大林-100"型推土机整个压成了钢板。推土机手的英魂，融入帕米尔高原。贯通欧亚大陆的新丝绸之路，哪一段没有兵团人的血流疏通？哪一段没有兵团人的骨骼组接？

守边人是世界的孤儿，与他们相伴的只有沉默的大山，流淌的河水，一茬又一茬绿了黄黄了又绿的牧草。一向低调，从不评功摆好的张仲瀚，在1959年农十师恢复建制成立大会上也忍不住提到：

> 修乌库公路。我们说赔本也要干……最后赔本800万元，伤亡数百人，流血地完成了这个任务，可见到兵团在生产上的任务吧。再举

个例子：克拉玛依，中外人士都知道。可以说是石油管理局建的，也可以说是兵团建设起来的。石油局主要是负责技术工作。当石油局负责同志到兵团来提出国家需要，我不过一秒钟就答复了同意，第三天就派人去。有人说我们是为利润，现在怎样呢，主要是为国家为社会主义建设。修兰新铁路，我们担负了二分之一的任务。"把最困难的任务交给兵团"，兵团就是愿意担负困难，找困难的去干。

（摘自 1959 年 4 月 9 日张仲瀚《在农十师成立大会上的讲话》）

出生在可可托海的工五团子弟李伟，他的人生足迹与工五团建设可可托海深水电站同步。

"穷家难舍，工五团是我们这些漂泊者心底的老酒和乡愁。"

李伟（新疆生产建设兵团工五团"兵二代"）：

工五团这个老企业的前身，是中国人民解放军第二十二兵团骑七师二十一团。

1949 年 9 月 25 日，国民党新疆警备总司令陶峙岳将军率部通电全国和平起义。12 月，中共中央军事委员会下令整编国民党新疆起义部队为中国人民解放军第二十二兵团。暂编骑一师骑兵团与暂编骑六旅、骑七旅部分编余人员整编为第二十二兵团骑七师第二十一团。

1949 年底，中国人民解放军一兵团六军十七师派出四十名政工干部到骑兵团，建立政工组织和政治制度，连队设政治指导员，骑兵团配置政治委员。骑兵二十一团首任团长还是整编前的团长马希哲。整编完成，骑二十一团指战员一千四百七十八人。

1951 年上半年，我父亲和部分同学从甘肃省武威中学被进疆的解放军一兵团六军招干入伍，分配到骑二十一团军务股任参谋。差不多时间，还有四十多个湖南女兵分到了骑二十一团。

下半年，骑二十一团接上级命令，派一营三百五十五名指战员前往可可托海矿务局担任一、二、三、四矿警戒任务。1952 年，新疆军区命令骑二十一团全员开拔可可托海，执行四大任务：矿区武装警戒、剿匪、采矿、垦荒种粮。下半年，又有几十个湖南、山东参军进疆的女兵分配在骑兵二十一团。

我父亲多次参加剿匪战斗。5月，一辆送给养的车遭到土匪伏击，押运战士全部牺牲。骑二十一团指战员一手拿枪剿匪，一手开采矿石，垦荒种粮。1952年当年开荒11万亩，缓解地方粮食紧张，造福一方百姓。

1953年春天，接新疆军区命令，矿区警戒任务移交中苏有色公司，二台、哈拉同沟、可可托海的两万多亩土地移交富蕴县人民政府，四百多匹马、三万多只羊、五百多头牛移交二十八团。

骑二十一团整编的中国人民解放军新疆军区建筑工程处独立第四团，从此开始了以建筑工程为主业的转型、定位。

第一批建设项目有可可托海中苏有色金属公司四栋大库房、矿区俱乐部、职工食堂、宿舍、苏联专家楼、学校、医院、机修厂、柴油电站，富蕴县政府新址、金属公司办公楼……总之，可可托海的第一批建筑全出自部队之手。

1954年，新疆军区生产建设兵团成立，工程处独立第四团划归兵团。新疆军区工程处整编为兵团工一师。骑兵二十一团、独立第四团整编为兵团工一师五团。

1955年，工五团开始做可可托海深水电站施工准备。1958年5月进驻可可托海水电站工地，1964年4月撤出。完成了除拦水大坝以外的水工工程和土建工程，合龙了拦河围堰，"沉箱法"建地下截水墙，用手中的钢钎大锤在花岗伟晶岩山体掏出了深入地下136米的水电站主厂房，在花岗岩山体凿通了导流洞、引水隧道、高压水道、安全交通隧洞等。这是一个奇迹！赤手空拳的一群军人是在极端困难的条件下完成了如此艰巨的任务。可可托海是中国的寒极，海子口又是可可托海最冷的地方，平常就零下三四十度，没有毡筒皮大衣寸步难行。吃着半饱的高粱米苞谷面，住山根下现挖的地窝子，硬是凿通了一座山，打通了几条洞。只有钢钎铁锤炸药，这么硬的骨头是怎么啃出来的？想想后怕。一支骑兵转业的部队哪里搞过水电工程，没有设备没有经验，二十多个年轻的战士牺牲在工地。

我父亲一说起这些就泪流满面。

1964年2月，接上级命令工五团转战克拉玛依油田，完成油田土木建筑工程和石油配套工业项目。这之后，这支骑兵部队转业的建筑企业隶属关系、番号变来变去，却万变不离其宗。

我父亲一直没有离开过老部队，我就跟着父母天山南北搬迁、漂泊。从克拉玛依转战南疆阿克苏、泽普、库尔勒……天山南北所有地州几乎都留下了这支老部队老企业的足迹和汗水。库尔勒铁门关水电站、泽普水利工程、红其拉甫中巴公路、阿克苏温宿军用机场等等工程，条件一个比一个恶劣，困难一个比一个多，完全是在考验体能和极限状态下人的毅力。中巴公路，海拔4000米以上的高山，除了一年不间断的大风，还要面临高山缺氧、严寒，自然条件十分恶劣。为了中巴公路项目，国家从苏联引进了大型设备，空压机、推土机、压路机，但是开山凿洞、爆破峭壁还是要靠人力完成。在中巴公路指挥部统一领导下，这支老部队按期完成了中央军委的这项任务。

转战库尔勒的第一个项目是修建库尔勒飞机场。然后是依奇克里克油田基建项目；轮台县火力发电厂和邮电工程；巴伦台山区战备工程、军用飞机库；五〇一、五〇四兵工厂军用民用建设项目；解放军二七三医院；盐湖化工厂工业、民用建筑……

记忆最深的是马兰核试验基地，军用核设施、防化设施、医院等永久核试验建筑的建设。

在这个过程中，不断有新鲜血液充实、壮大这支老部队。1952年湖南、山东女兵，1956年河南支边青年，1959年安徽支边青壮年，上海知识青年，温州、广州、武汉知识青年，南京军区、成都军区转业军官和战士，数批自愿支边的青年，这是数量最多的。无论他们来自哪里，都给这支老部队增强了活力。

辗转漂泊了一辈子，最后在库尔勒扎了根。别的不说，光是库尔勒市区，就有他们建的邮电大楼、客运站、新华印刷厂、修造厂、新华书店、团结商场、华山中学、部队营房、农二师纺织厂、巴州医院、巴州财校……库尔勒第一高楼农垦大厦，四十四层，144米。这支老部队的根脉扯也扯不动了。修南疆铁路，兵团工一师一再和农二师协商让我们团归队，巴州和农二师坚决不放。这支有军队基因的老企业已经发展成巴州地区经营规模最大、最具影响力、最有实力的工业建筑企业，是新疆建筑施工企业中唯一有建筑设计院的企业，有新疆历史最长的标准建材实验室，你说牛不牛！

1977年春，华国锋找张爱萍面谈，请将军出任中央专委主持日常工作的副主任。不久后，这位组织领导"两弹一星"研制、试验、发射，为我国战略核力量、战略导弹部队第二炮兵的创建和发展做出重大贡献，被军界誉为"神剑将军"的张爱萍再次复出。

将军即刻联系因病出狱不久的张仲瀚。

有"军中才子""马上诗人"之誉的张爱萍将军与儒将张仲瀚交谊深厚。1946年，张仲瀚渤海扩军，受陈毅司令员之托，张爱萍将军帮助张仲瀚组建新军。张爱萍将军长于书法，尤擅行草，得米芾、张旭神韵；张仲瀚自小饱读诗书，亦长书法，习颜体，他们情趣相投。在张爱萍将军和胡耀邦的帮助下，张仲瀚就任第二炮兵部队顾问。

1980年5月，国防科工委主任、解放军副总参谋长张爱萍将军成功组织指挥了中国第一颗洲际导弹发射。

这或许是对已于两月前辞世的挚友张仲瀚最好的纪念。

卷五

你说，最亮的那颗星就是我

石迹耿千秋 ·· 311

我的大学 ·· 322

君子之风 ·· 341

我们那个年月的风花雪月 ·· 356

天上一颗星，地上一个人 ·· 367

艰苦创业组图

石迹耿千秋

地质工程师贾富义陪同中国科学院院士涂光炽在阿尔泰考察期间，涂先生对贾富义说："可可托海有一群仰望星空、成就传奇的人。"

涂光炽是贾富义、曹惠志等地质人景仰的前辈。

乱世中成长的涂光炽，1944年毕业于西南联合大学地质系，随后进入地质学科较强的美国明尼苏达大学深造，决心以地质科学改变贫弱的祖国。

涂光炽能与地质结缘，只因童年时捡得一块白色的石头，又得母亲对这块石头的解释，心底落下了一粒日后注定要发芽的种子。母亲对他说，这是一块石灰石，因为它坚硬，又白净，人们喜欢用它造房子。明朝大臣于谦十二岁时写诗赞美石灰石："千锤万凿出深山，烈火焚烧若等闲。粉身碎骨浑不怕，要留清白在人间。"于谦写的是石灰石，但说出了自己要清白做人的想法。

1949年，涂光炽获得美国明尼苏达大学博士学位。之后的涂光炽，成了中国地球化学的奠基人和开拓者，是中国科学院地球化学研究所和广州地球化学研究所的奠基人，是中国科学院院士、俄罗斯科学院院士、第三世界科学院院士。

铀资源是发展核工业的重要物质前提。涂光炽基于铀金属的地球化学性质研究，用一句顺口溜概括了铀矿地质成矿理论："生性活泼，易聚易散，深源浅成，后来居上。"

这是涂光炽跑遍全国各地后，用心血和汗水做出的总结。涂光炽的老伴蔡凤英曾在2008年1月20日日记中记载过这些经历：

……在研制"两弹一星"过程中,老涂去找铀矿的经历:上世纪50年代末苏联专家撤走后,为了寻找造原子弹的铀矿,叶连俊、涂光炽等专家不畏放射物质对身体的损伤,到各地找铀矿。此后,为了研究各种矿藏的成因和分布,找到国家急需的矿,老涂走了中国的五百多个矿山,国外的矿山也去考察不少,通过与外国专家的交流提升了国内的地质研究水平。

涂光炽的很多超前思想,为矿产资源勘探指明了方向。在伊犁河谷寻找铀矿资源,采用地浸工艺开采铀矿,即是成功一例。

由贾富义陪同的这次考察,是涂光炽担任国家"305"项目首席科学家后第二次来新疆考察。"305"项目是指国家科技攻关项目"加速查明新疆矿产资源的地质、地球物理、地球化学综合研究",因1985年3月国家计委、科委以计、科【1985】305号文件批复,简称国家"305"项目。

进疆考察前,涂光炽刚做完心脏手术。

贾富义说:"老先生的敬业精神令人敬佩。实地探察岩体矿脉,乘罐笼下矿井,奔七十岁的人了,还有心脏病,从早颠到晚。涂光炽这次,贾富义才知道老先生的足迹遍及国内外四五百个大大小小的矿点。在喀拉通克铜镍矿,下到井下时涂光炽突然对贾富义说,'地质工作走在前面,才能为经济建设提供不竭的动力和资源。'"

老伴儿蔡凤英说:"老涂眼里,矿石都是一块块宝贝,是他的'孩子',他在这些'孩子'身上倾注了太多的感情。他对新疆的大山——阿尔泰山、天山、昆仑山很有感情,他给我说,'这些大石头都会给国家做大贡献'。昨天(1987年7月24日,可可托海)老涂突然说,'要把老骨头放在新疆',一下子把我惊住了。"

蔡凤英(中国科学院院士涂光炽妻子):

　　如果这次不与他出来,我还以为他在外到处风光,好吃好住好风景。实际上,野外考察的条件是多么艰苦和危险啊!有时连住宿吃饭的地方都找不到,甚至喝上一口水也是幸运的。

老涂今天被折腾得够呛,坐了十二小时的车,在布尔根转了一大圈,没有找到什么河狸保护站,也没有找到布尔根花岗岩矿点,因此情绪不高。我又急又难受,宽慰了他几句。同时,我也暗自在想,一个六十五岁的人,却要一直在野外考察,东奔西跑,而且时间安排得那样紧,这不是自己找罪受吗?

"蔡大姐,这就是信仰的力量啊!涂先生就是一位仰望星空、成就传奇的人啊!"

这次陪同涂光炽先生,贾富义对同门师兄曹惠志说:"受益匪浅!先生的学术思想深入浅出。"

> 设想要海阔天空,
> 观察要全面细致,
> 实验要准确可靠,
> 分析要宏观周到,
> 立论要有根有据,
> 推论要适可而止,
> 结论要留有余地,
> 文字要言简意赅。

大学者的治学生涯,体现了一个学者的崇高境界!贾富义问师兄:"先生都这个岁数了,早已功成名就,还翻山越岭忍饥挨饿,到喀拉通克还非要到井下,为什么要这么拼?"

曹惠志回答:"我们的老校长不也一样吗?他们这一代知识分子,成长于中国传统文化里,曾经有过灿烂文化的祖国,近百年来却蒙受屈辱、剥削和战火,这在每个中国人的心灵都留下了深深的烙印,任何一个青年学子都怀抱复兴中华的百年梦想。他们不是一时感情迸发,而是一种责任感、担当意识促使他们一生为国家、民族默默奉献。"

曹惠志、贾富义说的"老校长",是1951年新中国创办的第一所地质学校——长春地质专科学校的首任校长李四光。

当年，李四光冲破层层阻力从英国回到积弱积贫的祖国，创立了地质力学，并以力学观点研究地壳运动现象，探索地质运动与矿产分布规律，研究新华夏构造体系的特点，分析了中国地质条件，从理论上推翻了中国"贫油"的结论，为在松辽平原、华北平原的大规模石油普查提供了理论依据，并亲自主持石油普查勘探，为相继找到大庆油田、大港油田、胜利油田、华北油田等油气资源建立了不朽功勋。

为培养更多地质人才，李四光又义无反顾地担起中国第一所地质院校校长的重任。李四光说："我是炎黄子孙，理所当然地要把学到的知识全部奉献给我亲爱的祖国。"

一年又一年，一代又一代，多少青年学子在老校长一腔爱国热血的激励下发愤图强，奔赴祖国的边陲远地，坚守人生信仰，表白赤子之心。

在美国、德国和苏联秘密研制原子弹，在有色稀有金属相关领域深入探寻、研究时，中国对稀有金属领域的认知基本上还是一片空白。

新中国第一个五年计划期间，中苏有色及稀有金属股份公司成立，苏联人引导中国进入稀有金属领域。1952年前后，国家有计划地从全国各地大中专院校毕业生中分配学生充实可可托海，向苏联专家和苏方管理人员学习地质勘探、采矿、选矿、动力动能、分析化验、企业管理。为了适应这一现实，部队进疆后开办了俄语学校，王震将军夫人王季青任校长。可可托海矿管处开办俄语培训班，几乎所有新分配来的学生、管理干部都要在工作之余去培训班学习俄语，在工作中用俄语交流。1955年前到可可托海的工人、大中专院校毕业生、从部队转业的有色稀有金属工业领域的管理干部，如白成铭、安桂槐、王从义等，基本上都可以用俄语交流，不影响工作。

李庆昌：

中苏合营时，可可托海有苏联专家近三百人，中方配合苏联专家工作的技术人员不到三十人。

苏联专家撤离可可托海时，没带走任何资料。拉宾克提出两项建议：建海子口水电站；建机械选矿厂，人工选矿矿产资源浪费太大。拉宾克走之前已经建起了水文站，这是为建水电站做前期工作。拉宾克离开可可托海时依依不舍，十分友好。回国后，拉宾克升为苏联地质部部长。

可可托海的近三百名苏联专家不是断崖式撤离的，他们陆续离岗，最后一批是1958年离岗，保证矿山正常运转。

我国有色稀有金属人才是苏联专家领上路的。50年代来可可托海的学生，哪一个没有受苏联专家的专业影响？中国原本就有师徒传承的文化传统。可可托海尊重知识分子，信任、重用工程技术人员的传统是苏联专家留下来的底子。

可可托海可谓得天独厚，除了每年分配的大中专院校毕业生，还有北京有色金属设计院、中国矿冶研究院、新疆有色金属设计院等近十家国内顶尖的研究、设计院所在可可托海进行专业研究科技创新。涂光炽、宗家源、吕永信等专家学者，带领团队在可可托海连续工作了二十二个月。正值三年困难时期，两个春节大家都在矿山度过。依靠在生产实践中摸爬滚打出来的各族矿工，在一无资料可查，二无经验可以借鉴的背景下，专家们大胆进行机选厂设计改造，施工、调试，改革创新，终于攻克可可托海花岗伟晶岩锂铍钽铌矿多金属选矿分离技术及综合回收难题，部分指标超过了当时美、苏同类矿石分选技术水平，创新了中国自己的锂辉石、绿柱石、钽铌矿物工业分选工艺技术。

冶金工业部有色冶金设计总院的设计团队常驻可可托海搞现场设计，有的专家把孩子也带到可可托海上学，最大限度地节省时间。

中国地质科学院矿产资源研究所研究员邹天人，自20世纪60年代开始，作为主要科研人员参与"新疆可可托海稀有金属花岗伟晶岩矿床三号脉物质成分、钽铌评价及稀有元素成矿规律"研究课题，深入可可托海矿务局二矿、三矿、四矿以及青河地区矿脉的野外勘探，完成了大量标本、样品的采集、鉴定，矿物种类从50年代的不到三十种增加到七十四种，包括国内首次发现的新变种矿物。在野外勘测的基础上，完成著作《阿尔泰伟晶岩矿物研究》（王贤觉、邹天人、徐建国、于学元、裘愉卓著）、《新疆可可托海3号伟晶岩脉的稀有元素成矿规律》，同时发表了大量论文。

20世纪80年代，邹天人参与"305"项目，深入研究新疆稀有及有色金属分布规律，完成著作《中国新疆稀有及稀土金属矿床》（邹天人、李庆昌著），书中以大量篇幅介绍了世界最典型的稀有金属伟晶岩矿床新疆可可托海三号伟晶岩脉。

当年苏联专家陆续撤离，可可托海遇到了技术人才瓶颈，但是并没有造成空窗期。在国家政策支持的背景下，可可托海集中了国内物理、化学、地质、选矿等专业领域的尖端人才，形成了人才聚合，学术思想碰撞、升华，科研创新也就势在必行，中国也就有了自己的地质学家，采矿、选矿专家。

踏遍天山南北的五一九地质普查勘探大队是地质踏勘的先行者。地质勘探、采矿、选矿，涂光炽、宗家源、吕永信、邹天人、李庆昌、葛振北等专家八仙过海，各显其能。在与世隔绝的岁月里，在中国地图找不见的可可托海，他们这些一届又一届、一代又一代的后来者，继往开来地创建中国的地质学、采矿学、选矿学……

肖柏阳：

我们那一届，东北工学院来了二十九个。好儿女志在四方，科技报国，是我们填报志愿的信念。

比我们早来的宗家源、李庆昌前辈；清华的刘履中、蔡祖风、张广华等；北京工学院1952届的李藩，妻子袁俊秀是沈阳财大的。李藩两口子了不起！李藩的全部心思都在三号脉，打竖井，露天开采，一个又一个技术难关就像一只又一只拦路虎，可以说是经历了千难万险，为中国稀有金属工业创造了一个又一个奇迹。两口子忙得顾不了家，四个孩子全是保姆带大的，后来四个孩子给保姆阿姨养老送终。1958年刘爽调到八一钢铁厂，李藩接任，二十八岁已经是矿务局主管生产的副局长。

中国知识分子的家国情怀，一脉相传。对物质条件的要求仅是床前一桌一灯足矣，脚下的每一步走得踏踏实实。

可可托海的很多技术创新，也是形势逼出来的。苏产铲车大多是柴油机铲车，苏联专家回国后，零配件断供。矿山机械损毁率高，总不能因为没有配件停产吧！此路不通，总有通的路。改电动最现实，柴油机铲车改成电动铲车涉及一系列技术层面的改进、创新。

攻关，在一次次失败中探索路径，找到办法。攻关就是创新的过程，也是锤炼培养人才的过程。三号脉露天开采疏干排水和宁重华；彻底解决硬根，实现高台阶光面爆破和张志呈。这些故事多了。正如一场场战役，攻克了一个个技术堡垒，可可托海也培养出一大批能打硬仗的精兵强将。

实践出真知。

在承担国家使命为国分忧的同时，可可托海也因一时眼前利益、突击采掘，付出了矿脉资源严重受损、施工条件破坏、不修复难以继续生产的惨重代价。

在关涉三号矿脉未来发展的关键时刻，从可可托海走出了中国爆破专家张志呈。

"1955年从昆明工学院采矿专业毕业来到可可托海，实习没结束，我就开始搞科研攻关。还记得1956年1月17日，中央人民广播电台播报富蕴县气温零下五十二点五摄氏度，极寒中我们还在做低温爆破试验，补充苏联学者提出的炸药爆力修正系数。

"那些年三号脉的瓶颈主要是硬根问题，这个难题不解决，三号脉没法儿生产了。我们技术攻关组解决了多项关键技术，其中有多项国内首创科研成果，填补了国内空白。微差起爆器和耐高寒铵油炸药对解决三号脉硬根难题，实现高台阶光面爆破起了关键作用。这些科研成果在全国推广，成功解决了爆破地震影响、爆炸质量控制等难题。"

自1955年毕业分配至可可托海，到1967年"文革"波及阿尔泰深山老林，十二年间张志呈记了四十五本工作日记，主持完成了二十二项卓有成效的科研项目。四十五本工作日记所记地质、采矿实践总结、经验乃至教训，奠定了张志呈坚实的专业基础。《爆破原理与设计》《爆破基础理论与设计》等多部专著，脱胎于勤思考、善总结的工作日记。

宁广进

1967年，张志呈的日记中断了。革委会的人收走了张志呈的四十五本工作日记。

"文革"前，张志呈虽然年年受表扬，但也不无批评，"只埋头拉车，不抬头看路""只专不红"。

"我不这样认为，没有知识，技术不过硬，怎么建设国家？我的态度是，你说你的，我干我的。

"每一次爆破作业，我都当作是第一次爆破作业，严格按作业规程操作，违反规程的事坚决不准，不管你是什么领导，我只做好我这件事。"

可可托海以三号矿脉为重点的矿床地质研究代表人物宁广进，是早期可可托海矿区从事地质工作时间最长的地质勘测人员。

宁广进1954年从西北大学地质系毕业，分配到可可托海，此后足迹遍布阿尔泰矿山。从七〇一地质勘探大队、可可托海矿务局地测科、地质研究所、地质勘探公司，一直到国家加速查明新疆矿产资源的地质、地球物理、地球化学综合研究重点科研项目技术委员会委员，宁广进先后参与十多处大型矿床地质勘探、研究。参与、主编稀有金属矿床地质勘探系列科研报告，结合勘测实践撰写了《中国阿勒泰稀有元素矿床矿物志》。此外，由宁广进主持编写的《可可托海矿勘探报告》，为三号矿脉后期生产提供了理论指导，也为最终提交勘探报告提供了资料依据。

一生只做一件事，功德圆满者在可可托海大有人在。

当年，可可托海水电站建设，困扰施工进展的最大难题是拦河大坝坝基下深厚20多米的崩石层和角砾层透水，在技术层面一直没能突破。

现场施工技术员王俊卿、谢重开提出用"沉箱法"建造坝下截水墙，工五团现场制作沉箱，试验获得成功。设计院采用这一技术手段，用"沉箱法"

穿过崩石层和角砾层建造坝下截水墙，获得成功。水利部援华苏联专家评说，"这一技术为世界首创"。

1956年，谢重开从西北工业大学水利系河川结构及水电站建设专业毕业，同年分配至可可托海矿管处。1956年可可托海水电站项目启动，到1975年全面建成的二十年里，从立项、设计、施工到工程验收，谢重开全程参与。大会战期间，他是施工科研技术负责人。冬季施工时，遇到了各种难题。兵来将挡，水来土掩，还很年轻的谢重开和大家面对现实，群策群力，最终实现了第一台机组1967年2月发电的预期目标。

围绕可可托海水电站，谢重开忙碌了一生，呕心沥血。

泛黄的纸页上，"为国分忧"四个字格外醒目，冲撞着人的情感，这是当年国防科工委致谢可可托海的一句话。

肩负国家使命，不断探索、创新的过程中，可可托海已是中国有色及

为解决可可托海三号矿脉露天开采矿坑渗水问题，矿区组织技术力量进行科技攻关，以宁重华为主，创造并实施了深孔排水预先疏干新技术。图为1977年庆祝三号矿脉疏干排水成功

稀有金属工业人才成长的摇篮。

被少数民族矿工买地师傅他们称为"电力之父"的蔡祖风，20世纪70年代调至上海宝山钢铁公司设备备件处、进出口公司电气科。在新的岗位，他发挥精通英、俄、日多门外语特长和多年机电、机械从业经验，验收日本到货设备、易损备件，发现排除了多项技术隐患，缺陷备件成功索赔，为宝钢挽回上千万元损失。

咸阳非金属研究所原所长、武汉理工大学资源与环境学院院长朱瀛波，东北大学辽宁分院原院长余仁顺，著名矿山爆破专家、西南科技大学教授张志呈等，他们也来自可可托海。

中国工程院院士、北京矿冶研究总院原院长孙传尧，长沙矿冶研究院原院长张泾生，中国以采矿、选矿和冶金材料为主的南北两大研究院院长也都来自可可托海。

星空浩瀚深邃，犹闻鲁迅先生《中国地质略论》中的醒世警言："毋曰一文弱之地质家，而眼光足迹间，实涵有无量刚劲善战之军队。"

1897年11月13日，三艘德国军舰突然进入风平浪静的胶州湾，一天一夜间登陆、占领青岛。这就是震惊中外的"胶州湾事件"。

如此神速，源于德国著名地理、地质学家斐迪南·冯·李希霍芬八次来华的地理、地质考察。李希霍芬以其地理、地质考察为依据，向德国政府献策："支那大陆均蓄石炭，而山西尤盛；然矿业盛衰，首关输运，唯扼胶州，则足制山西之矿业，故分割支那，以先得胶州为第一着。"出自李希霍芬之手的《山东及其门户胶州湾》地形图上，胶州湾作为山东半岛出海口的战略位置被诠释得一目了然。

李希霍芬的建议被德国以军事行动付诸实施。德国强租胶州湾，直接引发西方列强在华强占港湾、划分势力范围的狼子野心。

鲁迅先生和中国的有识之士，也从"胶州湾事件"认识到地质学的巨大作用。

中国地质事业奠基人之一、中国现代地质学先行者丁文江东渡日本求学，继而由日本远渡重洋前往英国，先后在剑桥大学、格拉斯哥大学求学。

1911年，二十五岁的丁文江深植"科学救国"信念，怀揣地质学、动物学双学位，掌握英、法、德、日多门外语学成归国，入职工商部矿政司地质科，旨在集聚"眼光足迹间，实涵有无量刚劲善战之军队"的地质学人才，锻造国之利器。然而，"万马齐喑究可哀"，北京大学因为地质学招不到学生，竟不得不停办这门学科。丁文江转而以工商部名义开办了一个地质研究班，后改称地质研究所，借助自己的人脉，邀请东京大学地质系毕业的章鸿钊、比利时鲁汶大学地质学博士翁文灏、德国地质学家梭尔格、瑞典地质学家安特尔来研究所担任教职。

"沉舟侧畔千帆过，病树前头万木春"。中国知识分子传统深厚的爱国情怀，推动着中国地质学艰难启航。

我的大学

走访可可托海,奔波于新疆有色稀有金属工业领域,听到最多的两个人名,一个是安桂槐,一个是孙传尧。

安桂槐曾无限深情地说:"可可托海是我的第二故乡。"

孙传尧也曾泪花闪闪地说:"可可托海是我上的第二所大学。"

可可托海亦如她蕴藏的晶石,已是一种能量和精神的化身。

孙传尧(东北工学院1968届选矿专业毕业生,可可托海87-66机选厂副厂长,北京矿冶研究总院原院长,中国工程院院士):

1963年到1968年,我在沈阳东北工学院有色冶金系选矿专业本科学习。毕业前夕,"文革"尚未结束,我们毕业分配受三个因素制约:其一,当时的冶金部机关工作秩序没有恢复正常,原来的毕业生分配计划已无法执行;其二,中央发出"四个面向"的通知,即面向基层、面向农村、面向边疆和面向厂矿;其三,国家在新疆有色金属管理局可可托海矿务局新建了当时国内最大的稀有金属锂铍钽铌采选联合企业,新建的87-66选矿厂急需大学毕业生,而东北工学院的毕业生有多少要多少。

可可托海88-59选矿试验厂,右一为孙传尧

在这样的形势下，东北工学院选矿专业当年七十五名毕业生中分去二十三人，再加上机械系的毕业生六人，共二十九人分到可可托海。

十四人分到野外四矿。该矿在阿尔泰山腹地，距可可托海41公里，交通极为不便，冬天大雪封路，不通汽车，只有履带拖拉机和马拉爬犁可行，不然就骑马。

另有十二人分配到二矿，距可可托海9公里，条件比四矿略好，有一个日处理能力50吨的小选矿厂，女同学在厂里工作，男生在露天干体力劳动，也是当工人。

当初到可可托海工作，国家首先是让我们接受工人阶级的再教育，老老实实当工人。到可可托海的前六年，我先后当过装卸工、搬运工、房屋修缮工，在井下当过采矿工、掘进工、选矿厂的磨矿工、重选工、磁选工、浮选工和值班长。第一线的工作，许多艰苦的活儿我都干过。当装卸工运粮、油、面时，我扛过八袋面160公斤。干采矿和掘进工时冬天住帐篷，有时早晨起来，一夜的大雪几乎把帐篷埋上，门都出不去。

在和工人师傅共同劳动过程中，我们和工人师傅结下了深厚的友谊。师傅们热情、坦诚，不把我们当外人。在四矿选矿厂上班，我们同学都是单身汉，上班时只带馒头，没有菜带。当班的师傅经常多带一些菜分给我们吃，至于到师傅家吃饭也是常事。可可托海的冬天没有卖菜的，家家都挖一个菜窖储存冬菜，主要是土豆、胡萝卜，其他菜很少。过春节谁家的家宴上能见点儿绿叶，或包一顿白菜馅的饺子，那可是奢华的生活了！就是这样的条件，师傅们也常把我们叫到家里聚聚。我在大学就常给班里的同学理发，在可可托海矿成了义务理发员。下班后或星期天，在多人同住的大单身宿舍，找我理发的人不断，也包括给孩子理发，偶尔也给女性家属理发。有一次，我给一幼儿理发，孩子哭，不老实，无法用推子，情急之下年轻的母亲解开怀喂奶，孩子一边吃奶，我一边理发，谁也没感到难为情。工人师傅的生产经验很丰富，有的是技工学校毕业的，还有中专毕业的。他们把积累的经验无私地传授给我们，很快，我们就成了岗位操作的骨干。有的工人说:"若不是看你戴眼镜,就和我们工人一样了。"这说明我们真的融入工人堆里了。

工人师傅的优秀品格感染了我,教育了我。

几年以后,我和同学们以实力得到领导和工人们的认可,先后从工人岗位上调出来从事技术工作。

在我们的同学中,我是第一个抽调出来搞技术工作的,那已经是大学毕业后第六年的1974年了。我和江西冶金学院的毕业生肖友茂搞生产技术管理,他比我搞技术工作的时间早,我向他学了不少东西。当时矿务局从上到下都在搞大批判,还在搞政治运动,因此,厂里工人把仅由我们两人组成的生产管理组戏称为"生产维持会"。但是,我们也不顾别人的嘲笑,坚持搞技术工作,搞流程考察,抓设备管理。其结果,生产见实效,我本人也提升了专业技术水平。

正是在生产第一线工人岗位上的磨炼,使我练就了一身工艺操作和设备维修的技能,这为我以后三十多年从事选矿工程技术工作奠定了坚实的实践基础。以至于1984年我以北京矿冶研究总院选矿工程师的身份在广东凡口铅锌矿搞工业试验时,不少人还误认为我是一个机械工程师。

在1974年前后,88-59选矿厂处理低品位的锂矿石,因流程结构和工艺条件不适应,在相当长的一段时间内浮选锂精矿均为废品,冶炼厂拒收,产品质量成了瓶颈。一堆堆的废品堆满了原本不大的厂区。中午吃饭时,食堂炊事员说:"你们天天生产废品卖不出去,不管正品废品我每天都得伺候你们给你们做饭吃。"本来心里就着急,这话又刺激了我,尽管无任何人授意,我仍独自在实验室做实验。

实验有了头绪后,我向主管生产的88-59选矿厂副厂长——老工程师李金海报告,在他的支持下,我独自搞设计并组织工业化实施,改了流程结构:在锂辉石浮洗前先加反浮选排除影响精矿质量的易浮脉石,采用多槽串联强化搅拌,调整了浮选药剂。采用这三项技术措施使得原矿含氧化锂0.32%时,所获得的浮选精矿含锂达4.42%(4.0%就是合格品),此生产指标在国内外绝无仅有,不仅结束了锂精矿长期废品的历史，而且为提高低品位锂资源的利用率提供了技术保证。我当时只有三十岁。

这一成果在当时"以阶级斗争为纲"的年代里，居然得到矿务局党委的重视，专门派生产处处长杜发清到选矿厂宣布对我表扬。仅仅是口头表扬，这已经足够了！

我国制造原子弹、氢弹、卫星所用的锂、铍、钽、铌、铯等稀有金属主要来自该矿。

可可托海的01号产品绿柱石精矿（铍精矿），是中国提取金属铍的唯一原料，上世纪70年代以前，全部产自可可托海。

铍是国防工业的重要材料，由于它的中子吸收截面小，散射截面大，对热中子有很大的反射性能和减速作用，因而金属铍被用作原子能反应堆的防护材料和制备中子源，也用于制造原子弹和氢弹的壳体。在宇航和航空工业用于制造火箭、导弹、宇宙飞船的转接壳体和蒙皮，大型飞船的结构材料，飞机制动器和飞机、飞船、导弹的导航部件，火箭、导弹、喷气飞机的高能燃料的添加剂。其中，我国洲际导弹的惯性导航系统主要用金属铍。

另外，金属铍经抛光的表面，对紫外线的反射率是55%，对红外线的反射率是99%，特别适合做光学镜体。再加上质轻和优异的力学性能及尺寸稳定性，使铍成为各类卫星空间遥感系统最理想的镜体材料。

02号产品锂辉石精矿（锂精矿）运往乌鲁木齐的一一五厂冶炼，生产碳酸锂、氢氧化锂和氯化锂等产品。钴酸锂作为锂电池的正极材料广泛应用。还有一项不为常人所知的用途，就是部分锂产品送往二机部的保密厂提取氢弹的原料氘化锂、气化锂和氚化锂，这是热核爆炸的原料。可以肯定地说，中国第一颗氢弹的原料产自可可托海。

03号产品钽铌精矿，全部运往九〇五厂冶炼和深加工，生产的钽粉、钽丝及有良好的耐高温、耐腐蚀性能的钽铌及其合金，同样用在国防军工和高技术领域。

用可可托海的铯榴石提取的铯用于我国"东方红一号"人造卫星

的铯原子钟。

1975年夏，为了最终确定建设中的87-66选矿厂1号系统的浮选流程，冶金部下达命令，要求可可托海矿务局与广州有色金属研究院合作尽快完成选矿工业试验，为大选矿厂最后的设备安装提供依据。可可托海矿务局把这副现场工业试验负责人的重担压在我的身上。厂里浮选机不够，在那个边远的地区，若去东北长春采购计划外的设备在时间上已无可能，唯一的办法就是自己设计，自己造。我领着一批技术人员，有肖柏阳、舒荣贵、努尔居曼，还有十几名工人，日夜奋战了二十多天，崭新的十台浮选机终于按期在88-59选矿厂安装到位，而此期间我不满四周岁的女儿正因病住院，我竟然没能舍得花一个小时的时间去医院看一眼。刻苦的攻关、勤劳的汗水终于开花结果，工业试验开车后一次成功，保证了大选厂的建设进度。

87-66选矿厂原设计只在3号系统有两段磨矿回收钽铌的工艺。我经流程考察，发现在二段球磨排矿中有细粒钽铌流失。于是，在1978年我研究成功用自制扇形溜槽和细粒级摇床组合重选设备，在二段球磨排矿产品中回收细粒钽铌矿物并用于工业生产，提高了钽铌回收率。

我与二机部一八二队合作完成了88-59选矿厂放射性流程考察，为87-66选矿厂精选车间电磁选工段放射性防护设计提供了依据。

1974年，二机部一八二队接受任务在可可托海88-59选矿厂进行放射性流程考察。此项研究的目的是从原矿破碎开始，沿选矿厂全流程考察放射性的走向和各作业放射性剂量的分布，以便为87-66选矿厂的放射性防护的设计标准提供依据。我参与考察并亲自在成品库的三盘干式强磁选机进行精选操作。这里是全流程中放射性最强的地方。我操作完毕后，一八二队的技术人员用量程最大的放射性测量仪测得口罩内外、帽子内外、工作服袖口内外均具有很强的放射性。依据放射性流程考察的结果，在87-66选矿厂的设计中，将精选车间远离主厂房；钽铌精矿成品库建在厂区的最边缘；精选车间的干燥、强磁选和电选等放射性集中的电磁选工段全部密封，而且毗邻浴室，是按照放射性工业场地的标准设计和建设的。

1976年10月,我被提升任命为新建的87-66选矿厂的副厂长,主管生产技术和安全,我几乎把全部精力都投入大选厂的投产试车和技术改造上。选矿厂刚投产问题多,在最困难最紧张的时候,我在现场工作经常是通宵达旦地一干就是十几至二十几个小时。在周宝光书记的领导下,我和李金海厂长带领工程技术人员和工人同志完成了上百项大大小小的技术改造,先后解决了零下五十摄氏度至零下六十摄氏度的严冬水源地供水、非保温矿浆管道两相流输送、粉矿仓冻结、尾矿库冰下沉积放矿等关键性的工程技术难题和大量的工艺、设备改造任务,终于使全厂打通流程。1号和2号系统铍锂浮选分离工业试验及转产成功,为该厂的成功投产做出了重要贡献。我的某些成果一直沿用至今。

我多次看到工人同志现场抢修设备、排除故障时的忘我牺牲精神。我亲眼看到在零下五十摄氏度的严寒深夜中,维吾尔族电铲司机为了方便抢修不得不摘下手套,裸露双手在电铲底盘下操作,几分钟后接触冻铁的双手和小臂上已是一道道红黑色的冻伤痕。我也曾看到寒冬深夜在尾矿库工作的哈萨克族老工人,打着手电在风雪的旷野中独自在尾矿坝上巡回检查的身影。我心疼这些工人同志,这一幕幕的动人场面深深地刻在我的头脑里,使我进一步净化了心灵,提高了责任感,也更加严于律己。

1976年11月,儿子出生了,正是选矿厂技术改造最艰难的时刻。此时,我忙得顾不上高兴,更无精力照顾自己的妻子,便买了一面袋子当地产的像发面饼一样的"饼干",外加一暖壶水,放在了妻子的床前,无可奈何地说:"你饿了就先对付吃点儿吧,我什么时候下班也没个准点儿。"

1978年,国家招收"文革"后的第一批研究生,当时全厂六名领导中有四人在外,由我主持工作,根本无心报考,也无时间复习。在同学拉我做陪考的鼓动下,我匆忙上了考场。好在大学期间我功底尚可,再说当陪考的也没有压力,居然以北京矿冶研究总院专业第一名的考分考上了该院的研究生。

离开矿区去北京报到那个秋日的早晨，我没惊动任何人，在妻子、孩子和朋友的陪伴下来到民航候车站乘去机场的班车。可我万万没有想到，竟有几十人在民航班车前等着我，大清早赶来为我送行。我无言以对，默默地控制着感情和列队送行的人们一一握手道别。去机场的民航班车正好路过选矿厂，当我看到一座座洒下自己汗水的车间、厂房和那静如湖面的尾矿库时，一种强烈的眷恋使我百感交集，我强忍着眼中的泪水使它不在亲人面前落下来。

在可可托海的十年，我从四矿到五矿，到88-59选矿厂，再到87-66选矿厂，从工人干起，到技术员，再到87-66选矿厂的副厂长，想象不到的艰苦生活我们扛过来了，几乎所有的重活儿、累活儿也挺过来了，生产技术的难题也一一攻破。最令我欣慰和放心的是，"87-66"，中国最大的锂铍钽铌选矿厂，能生产出高质量的锂精矿、铍精矿和钽铌精矿。87-66选矿厂的设计、建设安装、技术改造和投产，经历了一个曲折的过程，但是它为中国稀有金属选矿，特别是极端寒冷地区选矿厂的建设和生产留下了宝贵的经验。这其中有我的汗水。

可可托海是我上的第二所大学，我从工人师傅、老技术人员、领导干部的言传身教中学到了难得的学问和经验。是的，在可可托海磨炼过的人，劳累、艰苦、困难、压力都难不住，面对金钱和物质的诱惑都无所动心。这绝不是我一个人的感受。

我感谢，也不能忘却众多老领导对我的教诲、培养和帮助，如刘履中、李藩、陈淳诗、祝天学、王勤俭、刘灏、周宝光、李金海、潘厚辉、看加尔汗等；也忘不了数不清的兄弟单位的领导、同事、朋友、同学对我工作的支持。在那极端艰苦的环境中，大家患难与共，手挽着手从冰雪和泥水中蹚了出来。

从阿尔泰山腹地来到人才济济的北京矿冶研究总院读研究生和工作，只想在专业技术领域能做出些业绩，从来没想当什么干部，可我终究未摆脱"干部"二字。

我在专题组搞科研正值学术思想活跃，也容易出成果的黄金时期。

1985年1月，院长何伯泉和党委书记李永蔚决定让我代理科研处处长。九个月以后，在我毫无思想准备、毫无察觉的情况下，上级党组又宣布我任副院长，主管科研工作。1988年2月，上级党组又任命我接任院长，直到2007年2月离任。

我孤身一人从新疆来到北京，没有任何背景，我的资历浅、院龄短，在1985年一年内连升两级，两年半后又升到矿冶总院顶尖的位置。当院长时我四十三岁，人们戏称，矿冶总院的人员结构是老兵、中将、少帅。这"少帅"自然指我了。这一年龄当时在大型院所或大中型国企中是属于年轻的，也看得出我的老领导和部长们的思想是何等的开明！我深感责任之重大，只是由于我是在新疆可可托海艰苦的环境里顶着一个接一个的压力走过来的，因此我并未感到有多大的压力。可我万万没想到这院长一干就是二十个年头，并且，这二十年正是国企改革最艰难的时期，我总算挺过来了。只是每年从年初到年末的每一天，我从未敢松懈过。好在大家看我还出于公心，从新疆山沟里走出的人也不想图什么，看我办事还公道，有事业心和责任感，人品不错，还有改革精神，决策比较民主，也敢承担责任，于是院领导班子成员、中层干部和广大职工都支持我、理解我，没有给我出难题的。这使得我值得与大家合作共事，共建矿冶总院这一和谐的人文环境，使矿冶总院成为国资委直属的大型科技型央企。

1997年一年内，北京矿冶研究总院兼并了濒临破产的丹东冶金机械厂和北京钨钼材料厂，开了中国大型研究院兼并企业的先河。两个企业均在规定的三年时间内实现转亏为盈。当然，我和院领导班子也下了不少功夫。

在一年内兼并两个企业，并且不久都扭亏为盈，在当时是少有的。我兼并企业和管企业有瘾，不能不说与我在可可托海工作过并在基层管过企业有关，我的不少工作方法都是从可可托海每周的调度会上向矿务局领导学来的，我与企业、与工人、与一线的员工有深厚的感情。

我当院长和搞专业技术双肩挑。在我国最大的铅锌矿广东凡口铅锌矿选矿科研项目投标时，我很有信心地在投标书上加了一句话："如果工业试验失败，北京矿冶研究总院赔偿现场技术改造的全部损失。"无疑地，我们中标了，并且工业试验开车后一次成功。

有一次，河北省棒槌山铁矿选矿厂因尾矿系统出事故，停产。该厂领导打电话向矿冶总院求援。其实我们两人互不相识，放下电话后我立即找来工程爆破公司经理邓国治研究员去处理事故。他面带难色地说，不了解现场情况。其实，我也没去过现场，但是我参考可可托海87-66选矿厂的尾矿系统给他画了一张图，告诉他可能的事故点位和处理方法。三天后邓国治回来报告："事故处理完毕。"我问："什么情况？"他说："和你画的图一样。"

由于我在可可托海选矿厂打下了坚实的功底，使我在后来几十年的科研生涯中比较顺手，也要求矿冶总院的工程技术人员，科研成果必须在企业中成功应用。

我四次荣获国家科技进步二等奖；2000年我荣获全国劳动模范奖章；2003年我当选为中国工程院院士；2003年，又获得了一枚象征着北京矿冶研究总院最高荣誉的矿冶勋章；2004年荣获中国有色金属科技进步特别贡献奖；2006年荣获光华工程科技奖。

我很清楚，是众多的合作者共同托起我来戴上了这些荣誉的光环，是新疆有色金属公司、可可托海矿务局和北京矿冶研究总院共同培养了我，我个人的努力只是其中的一部分。我的工作激情，对企业的感情，对干部、员工的关爱，以及刻苦钻研、不怕困难、奋斗不止和敢于担当的基因，是源于可可托海。

一个人在一个地方生活久了，身上就会烙上与这个地域自然及人文相辅相成的印记，包括观念、性格和行事风格。可可托海人的慷慨大方、热情好客、纯朴善良是公认的，在可可托海生活的人行事中清澈见底，让人一目了然。即使离开很久，在他乡不期而遇，依然有熟悉的影子：

"你是可可托海人？"

"是。你怎么知道？"

"你身上有可可托海人的特质。"

这兴许就是一方水土养一方人。

冬天零下四十摄氏度的气温常见。三号脉露天矿，气温在零下六十摄氏度时柴油汽车停驶，汽油车照常拉矿石。我任87-66选矿厂副厂长管生产时，遇到过零下五十八摄氏度的低温，选矿厂照常生产，我以矿浆管道不冻为第一要务。

我在可可托海的十年间，商店里没买过一个鸡蛋，也没有自由市场。妻子生小孩没有鸡蛋，早上8点钟我下了大夜班，工人宫春才师傅领我骑自行车到10里外的村庄。这里没有一个汉族人，语言不通，连比画带说，用一上午的时间挨家挨户地收了四十个鸡蛋，又买了几只鸡。这是妻子月子里仅有的营养品。

十年间商店没供应过食用油。把定量的羊肉买回来，把肥肉剔下来炼成羊油，省着吃要用一年。

都说新疆是瓜果之乡，可我们十年间没见过一粒葡萄干，没吃过一块哈密瓜。

我们冬天在达尔恰特野外住帐篷，一场雪把帐篷埋住，早上醒来一个个从雪里钻出来去上班。

邮递员从可可托海骑马去五矿，雪深得过马膝盖。一匹狼追在马后，哈萨克族邮递员不停地挥舞马鞭，前面催马，后面赶狼，终于把邮件送到职工手里。

为了多生产，87-66选矿厂的四班职工倡议春节不休息，得到全厂响应，我们就在生产岗位上过了年。

1970年冬季，我在达尔恰特——五号矿脉打掘进。平巷里破碎带发育，凿岩机开起来震得顶板上的石头噼里啪啦往下落，落石不时地砸在安全帽上、凿岩机上和工人身上。一天半夜12点我到井下接零点班，走到我的师傅汪荣根面前时，看见他穿的棉衣湿得直冒气，忙问："汪师傅，你怎么出这么多汗？"他回答："传尧，不瞒你说，我这汗一半是累出来的，一半是吓出来的。"上世纪90年代，我领导湖南柿竹园钨铋钼多金属矿选矿科技攻关项目时，与一位采矿工程师说到了这件事，他没等我往下说就打断说："孙院长，我明白了，你是选矿专家，可你懂采矿，理解采矿！"

测量专家荣亮生，1968年毕业于中南矿冶学院测量专业，在可可托海一干就是十几年。本来矿务局已批准他调往湖南岳阳老家工作。当时他正忙于喀拉通克铜镍矿新建竖井的测量，他既然已调离，完全可以交代工作就走，但是他放心不下，也可能因测量情结的驱动，走前他最后一次下井测量井筒的偏差。不幸的是，他没有上来，就在测量即将结束的一瞬间被一落物击中头部，当场因公殉职。平时他很低调，也少语，没有任何文艺和体育爱好，是一个不显山不露水的人，人们戏称他为"小个子兵"。然而，他最后的举动使他变得崇高伟大。

可可托海矿务局局长陈淳诗，1953年中南矿冶学院毕业，是公认的好领导和采矿专家。那时我们一位女同学叫吴晓清，任检查站负责人。按照产品标准，02号产品需要水分达到8%以下才能够出厂。有一次，矿务局等着02号产品销售款项发工资，而恰恰水分超标，吴晓清把住不放行。有关部门几次交涉无果，局长陈淳诗竟然放下身段到了吴晓清的家里做工作。"小吴，都在等着发工资，你就放行吧！""不行，制度不是你们定的吗？"可想而知，最后不欢而散。而后，吴晓清照样当她的检查站站长，陈局长也没有给她穿小鞋。这就是上下级的责任感、认真态度和正常的上下级工作关系，陈淳诗局长和吴晓清都令人敬佩。为了完成生产任务，有一个星期天陈局长竟然到我家里商谈工作。矿区的最高领导就是这样扎实，接地气，平易近人深入基层甚至到家里。

地质专家王汝聪，1957年从苏联莫斯科黄金学院毕业，回国后一直在可可托海搞地质工作。1985年，他回国将近三十年后终于有机会来北京出差，住国谊宾馆。我当时已在北京矿冶研究总院任科研处处长。一个周日，我陪王老去街上转转，他提议去前门，事后我才明白，这大概是他唯一留下深刻记忆的地方。到了前门他问我："从苏联回来下火车的前门火车站怎么没有了？"我顿时目瞪口呆，心里一阵酸楚，好一阵子没有说话。我敬重的老实巴交的王老先生，留学回国后的几十年一直在可可托海工作，居然不知道前门火车站已改到北京站。

可可托海，
心头为何抹不掉对你的回想？
我留下青春洒下汗水的地方，
早已是我的第二故乡。
…………

1968年，东北工学院二十九名毕业生统一分配到可可托海，其中选矿专业二十三人。

十年后，国家恢复高考。可可托海三年为国家输送了十名硕士研究生，东北工学院1968届毕业生包括孙传尧共有七人考取。

朱瀛波（东北工学院1968届选矿专业毕业生，可可托海87-66机选厂技术员，武汉理工大学资源与环境工程学院原院长）：

当时我们是按照接受再教育的要求被分配到可可托海的，组织上分配到哪里，学生就必须奔赴哪里，完全没有个人选择的余地。我父母都在东北，当时都是七十岁高龄了，我在家里是独子，把我安排到新疆，也没有办法，就得去。那时候如果不服从分配，连户口和粮票都没有。

新疆对我们来说，是个遥远而陌生的地方。特别是火车过了甘南以后，

20世纪50年代，矿区职工学习苏联电铲操作技术

看到的是漫漫黄沙和茫茫的戈壁滩，环境越来越荒凉，大家的心情也越来越低落。

到了乌鲁木齐，每人发了一件羊皮大衣。正是12月，最冷的时候，冰天雪地。那个羊皮大衣真是羊皮做的，里面是细细的羊毛，外面就是一层白皮子。

可可托海有一个选矿试验厂，代号88-59，这是为大选厂建设承担研究任务的试验厂。我们分配来的学生有二十三人是学选矿的，理应分到选矿试验厂，但出乎意料地把我们分配到了两个野外矿山——四矿和二矿，没有一人进选矿厂。我和十几位同学一起分到离可可托海最远最偏僻的四矿。四矿冬天不通汽车，只能坐马爬犁。那种原始的交通工具只有在苏联电影里见过，一匹马拉一个爬犁，十几个人每人一个爬犁，再加上行李基本上就满载了。启程那天正赶上下大雪，一眼望去一片白雪皑皑。风吹雪飘，天地一色，看不见路在哪里，一行人像大海中的孤舟，更像沙漠中的驼队，在莽莽雪原和崇山峻岭的峡谷中蠕动。

四矿矿脉分散，矿工叫它"鸡窝矿"。苏联人把大块钽铌矿石运走了，剩下的尾矿堆积在井口，选矿主要处理这些尾矿，从中回收细粒的钽铌精矿。

四矿有一个流程极简单的小选厂，每天处理几十吨矿石。冬天选厂开工生产，夏天为冬天的生产和生活做储备。伐木，准备冬天的燃料；打马草，储存草料；入冬前还要把全矿职工家属冬天用的粮食、蔬菜、牛羊肉、柴油等物资提前运上山，到冬季大雪封山就无法正常通行了。

在四矿我从事过各种重体力劳动，风钻工、伐木、打马草、盖房子……那时候能干，跟现在的学生不一样，虽然对我们的待遇感到不公平，但是首先想到的还是要报效祖国。

四矿干了两年，绝大多数同学调回可可托海，进入88-59选矿试验厂，总算可以从事本专业的工作了。不过回忆起在四矿的两年，我们从事的种种劳动，让我学到了很多技能，丰富了知识，学到了各族职工的优秀品质，为我今后的人生道路打下了坚实的基础。

在选矿试验厂负责一段时间的磨矿之后，组织调我到技工学校，当了一段时间老师。就是把职工子女召集在一起培训。那时候的可可托海，孩子们没有更多的出路，只能在当地就业，技工学校就是为招工做培训。

教了孩子们两年，从技工学校回到新投产的87-66选矿厂，主管选矿厂的防尘工作。选矿厂尤其是破碎车间的粉尘，给工人的健康带来很大危害。硅石又叫矽石，即二氧化硅，长期过量吸入易导致矽肺病。硅石粉尘在肺里逐渐堆积，人的肺会慢慢硬化，失去弹性，最终肺功能丧失人被憋死。

87-66选矿厂设计时，没有考虑到可可托海高寒地区的气候条件，防尘净化依旧采用通常的室内抽风、室外净化方案设计，结果是室内暖湿空气被抽出，室外净化器被冷却后的冷凝水暴露在可可托海室外零下四五十度的严寒里，除尘净化器被冻结无法运行，整个破碎车间粉尘飞扬。

为了解决除尘问题，我带着两个徒弟前往内地学习。还在路上，发生了唐山大地震，京沈铁路中断。我们考察了江西大吉山钨矿后转道上海乘船去大连，到东北气候条件跟可可托海类似的单位学习除尘经验，确定了改室外净化为室内净化技术路线，采取扬尘点密闭抽风、湿式室内净化联合流程。自己动手制作湿式高速旋流除尘器、泡沫除尘器、旋流喷雾器等除尘设备。旋流，就是把携带粉尘的空气抽到一个设备里，设备内空气高速旋转，在离心力的作用下粉尘附着设备内壁，出来的空气就是净化了的空气。泡沫除尘的原理，是在有粉尘的空间加个隔板，在隔板上钻出上万个小孔，然后水淋隔板，鼓风机从下往上送风，风经过隔板的时候，附着小孔的水跟沸腾了一样，空气中大部分粉尘就会跟隔板上的水结合，水吸收粉尘后，通过流动实现粉尘降解、排除。这个技术措施的关键之处就是控制风量，控制水量。风太小不行，太大也不行；水流量太多不行，太少也不行。这些发明创造，对降解粉尘有明显效果，破碎车间扬尘点的粉尘浓度由2408毫克/立方米下降到2—4毫克/立方米，基本达到了国家标准。

这一成果得到矿务局和新疆有色局的重视、推广。1978年新疆安全生产先进集体和先进个人代表大会，可可托海选矿厂被授予安全生产先进集体光荣称号。我在新疆人民广播电台发表了广播讲话。大会发给了我一个文件包做纪念，几次搬家我都保留着，每当我看到它，就回忆起当年和工人师傅们一起奋斗的情景。

随着年龄增长，通过介绍我在当地娶妻生子。1973年，我把父母接到可可托海，准备扎根边疆。母亲气管炎很严重，没想到到可可托海一年多就因心肺病离世。母亲去世时正值12月，可可托海气温在零下三四十度，天寒地冻。冰冻三尺的地上一镐下去只是一个白印子，我的同学想尽各种办法，用了一天时间才挖好墓穴，安葬了母亲。母亲走后，老父亲怕死在新疆，坚决回东北老家。第二年我把父亲送到黑龙江姐姐家里。

1978年高考恢复，很多同学都想报考研究生。那时候白天要上班，只能下班后复习功课。我们这批同学已经在可可托海工作了十年，很多在大学学的知识基本上还给了老师。"文革"那段时间，学习环境很苦，看专业书都偷偷摸摸，怕被当成"白专"典型，很多同学的外语书都扔了。复习的时候，同学互相帮助，各自留下来的课本换着看。

第一年矿务局支持大家报考，大客车专门送考生去阿勒泰市参加考试，坐汽车要走一天。1978年，孙传尧、张泾生等四位同学考取了北京、长沙等地研究生。当时轰动了整个阿勒泰地区，为可可托海争了光，也为我们母校争了光。他们四个全是东北工学院我们那批的，专业又都是学的选矿。可可托海的工人师傅开始对这些学生刮目相看，对东北工学院的教学质量给予了很高评价。可我却没考上，心情十分沮丧。

当时我已经是两个孩子的爸爸，又想着照顾老父亲，考研是唯一的出路。第二年我又和几位同学报考研究生，但结果又是名落孙山，只有余仁焕考取母校东北工学院。我没有灰心，仍然向着既定目标奋斗。小女儿寄养别人家帮忙照顾，住在办公室，只回家吃三顿饭，家务全交给了妻子。晚上在办公室复习功课，困了就睡，醒来再接着干。第三年我们一共六个人报考，考上了五个。我报考的是中南矿冶学院，听说是这个学校由于名额已满,把我的材料转到了武汉建筑材料工业学院。收到录取通知书,心情比考中状元还高兴。

可可托海三年为国家输送了十名研究生,东北工学院就有七名同学考取。这些同学以后都成为我国矿业精英,孙传尧同学当选中国工程院院士。

可可托海矿务局机械厂自制的炼钢高炉

在武汉读研期间,妻子带着女儿在可可托海工作,我带儿子在大学读书,儿子上小学,我读研究生。当时我在学校很有名,就因为读书的时候后面有个小尾巴。儿子总是跟在后面,学校里多数人都认识我。读研期间,我只在1981年回可可托海探了一次亲。那时候要从郑州或西安转车,到乌鲁木齐再转汽车,来回一次就要半个多月,而且成本也很高,所以三年的读书期间只有一次探亲。

人的一生有很多机遇,我不信命,但相信机遇。遇到机遇的时候,不见得每个人都能把握住。不论困难的时候,还是顺利的时候,都要努力奋斗。努力了,不见得能成功,但毕竟我在人生的道路上努力过,当回忆起经历的往事,不会因为没有把握住机会而后悔。

刚到四矿的第一个夏天,我们三个学生和三位民族师傅到野外寻找钽铌矿点。深山野岭,住在一个早已废弃的牛棚里,地上铺上草就是床。外面垒个灶台,搭个案板,就是厨房。三个民族师傅把我们当小兄弟一样呵护,教我们寻找矿点的经验,教我们学哈语。他们勤劳勇敢,跳入冰冷的河里搬石头,匍匐在冰川上炸冰修路。这些都深深感动着我们,深受我们的尊敬和爱戴。

可可托海与世隔绝,文化生活极度贫乏。我们初到四矿,给这个偏僻的角落带来了欢乐。我们爱打篮球，矿上经常组织我们和周围兵团连队进行篮球比赛。我们这些学生为主的篮球队名震可可托海。一到比赛，大人小孩早早就来到球场，带给大家快乐我们很高兴！

我们到四矿的第一个春节，就为四矿职工办了一次春节联欢晚会。尽我们所能，表演了歌舞、乐器演奏，虽然水平有限，但毕竟给沉寂的矿点带来了欢乐，也减少了我们对家乡的思念。

记忆最深的是那时人与人的关系。干部和群众之间除了工作的分工外，没有什么大的差别。干部在生活上没有什么特殊的待遇，他们和工人一样散居在平房里。我曾和王宗泗总工住上下楼。当时新疆的工资是11类地区，工资比内地高。可可托海有地区津贴，工人是66%，而干部只有38%，所以工人工资和干部之间相差并不是很大。人们在那个环境中，没有那么多的奢望，也没有那么多的诱惑，风清气正。选矿厂的厂长周宝光、李金海既是我们的领导，也是职工的朋友。

可可托海的经历是我生命中的重要组成部分，我把它视作我的第二故乡，它为我国的社会主义建设事业做出了重要贡献，这包括资源上的贡献和几代可可托海人奋斗精神的贡献。我作为可可托海人中的一份子而感到骄傲和自豪。那段刻骨铭心的经历总是让我魂牵梦绕。那里有我奋斗的足迹，有埋葬我母亲的坟墓；有悲伤，有喜悦，是我生命交响乐的第一乐章。我怀念可可托海，怀念那里的山、水和冰雪，更怀念那里的领导、同学、工人师傅和我众多学生。

2010年8月11日，由武汉理工大学和新疆博鑫非金属材料公司联合举办的非金属矿综合利用研讨会在可可托海召开。

孙传尧、张泾生、朱瀛波终于又相聚可可托海。三个人，久久相拥一处。"三十二年啦！"自1978年孙传尧北上北京，张泾生南下长沙，一别竟有三十二年！如果自1964年求学东北工学院算起，他们的同窗之谊已近半个世纪。

"自强不息，知行合一"，是东北工学院校训。三十年弹指一挥间，莫等闲，白了少年头。

学有所长，他们依然奋战在选矿研究领域。孙传尧曾经担任北京矿冶研究总院矿物加工科学与技术国家重点实验室主任、研究员、院长，1991年当选俄罗斯圣彼得堡工程科学院院士，2003年当选中国工程院院士。张泾生曾担任"七五"国家攻关项目"齐大山合理选矿"工艺流程研究课题负责人，该课题荣获国家计委、国家科委和财政部颁发的"七五"攻关阶段优胜成果奖。朱瀛波曾任国家建材局咸阳非金属矿研究所所长，武汉工业大学非金属矿研究所所长，武汉理工大学资源与环境工程学院院长、教授、博士生导师。

　　据不完全统计，1955—1982年东北工学院分配可可托海的毕业生有三十七人之多。至今，还有三人在新疆，其他同学已如蒲公英的种子，张开一簇簇雪白的降落伞，听从诗与远方的召唤，从雪水滋养的可可托海去往四川、湖南、江西、江苏、福建……参与国内稀有金属、有色金属矿区开采、选矿、科研，开枝散叶，开花结果。

　　除了东北工学院的学生，从1975年开始，可可托海陆陆续续向全国有色金属行业输送专家、研究人员、技术骨干，到1982年输送全国二十个省份各类专业技术人才一千六百一十五人。

　　在国内最早开采稀有金属，积累了技术和经验的可可托海，被称为"中国稀有金属工业的摇篮"。

　　一腔家国情怀，让他们殊途同归："我们也许不能在约定的时日里同时抵达港湾，但我们一定在同一条航线鼓满风帆。"

　　岁月留痕。会议期间，他们相伴去了可可托海人心中的"圣坑"——三号矿脉。一座山，几十年间成为一个层级清晰的大坑，这是一个时代的纪实。

　　可可托海人，每个人都有一段难忘的记忆。

　　张泾生下夜班，骑自行车从额尔齐斯河南岸过老木桥回河北岸宿舍，从桥上掉入冰冷湍急的河水，黑暗中他奋力挣扎爬上岸，无奈自行车留在河里。

　　肖柏阳背着装满野外勘测工具的地质包、生活用品，去往9号山的途中遇到了暴风雪，幸亏哈萨克族工友及时找到了他，九死一生。

　　刘人辅夜班，推矿车跌入废石坑，有惊无险。

　　……

可可托海三号矿脉被国人誉为"中国的功勋矿",也是地质学者精彩的人生舞台。

个人命运逃不脱国家的命运。一个人的机遇总是同国家的发展、时代的进步紧紧关联,孙猴儿一个筋斗十万八千里也没有翻出如来佛的手掌。青年学子接受了可可托海独特的洗礼,激情洋溢以智慧的创造成就了可可托海的高度。

他们还去了四矿。那是属于他们的可可托海精神的原生地。

白桦林又挺拔起了秀美的身姿,人一离开,山野就恢复了生态,一切都像不曾发生过一样。原木搭建的房屋还在,还有权作篮球场的那片平坝……

矿上的老人们至今常常提起,篮球场上,孙传尧鹰一样,动作好看得很!山高水寒的这儿,留下了多少青春亮丽的风景。

可还有"相逢意气为君饮,系马高楼垂柳边"的侠胆豪气?

雪野茫茫,木刻楞一烛如豆。让人怀念的哈萨克族师傅、崇尚实干说干就干的学长、四矿掌门潘厚辉……昨天好像已离得十分遥远,却又近在眼前,就跟放眼望出去,辽远的天空还是以前一样和雪山连在一起,散布草坡的牛羊云朵一样亲吻着草地。

时光滤镜留下了所有美好。

在 87-66 机选厂,孙传尧发现自己当年发明的显微镜选矿法还在使用。原来用油做媒介提升折射率,这时已经被水替代,"显微镜还是我当初拿来的,只是没有告诉现场技术员,原先媒介用油折射率更好。"

当年,孙传尧和工人师傅一起琢磨透了关键技术的焦点在哪儿,突破、整改了大大小小一百多项工艺,锂精矿品位提高了三分之一,获得全国科学大会"优秀科技成果奖",成为当时国际最先进的选矿工艺技术。

一道又一道难迈的坎儿啊!每当寒夜孤灯苦苦求索,鬼使神差地突然间电闪雷鸣,心灵的火苗瞬间点燃,灵感回归活力无限!他自问,我们为什么这样舍命?激情何以复燃?十年冰天雪地,十年矿井石尘,十年手足深情,这些都是因为信仰!

君子之风

走访可可托海，走访新疆有色稀有金属领域，提起最多的是安桂槐、孙传尧，还有蔡祖风。每每说起蔡祖风，老人们都十分惋惜，总是感叹地说："可惜了，清华大学的高才生！"

宋万夫：

我们分配到可可托海，认识的第一个人是蔡祖风。报到后，在俱乐部参加"批判右派分子"大会。老俱乐部是中苏合营时盖的，看上

可可托海三号矿脉引进当时先进的潜孔钻机。图为钻机改造技术攻关小组成员一起合影

去很破旧了。批判大会上不停地喊口号："打倒蔡祖风！""小鱼儿划清界限！"……

蔡祖风那会儿还在机动科，我分到了一矿机械厂。刚到矿上，好奇，私下问哪个是小鱼儿，机械厂的师傅说，矿上最漂亮的那个。

小鱼儿是宁波人，长得很漂亮，落落大方，学财会，她和蔡祖风郎才女貌让人羡慕。谈婚论嫁了，"反右"开始了，组织施加压力，非要拆散人家。唉，那个年代……

蔡祖风挨批判，工作还是尽职尽责，维修老木桥，他负责电，整夜守在工地。我心里想，这人真敬业！我们一起工作时，他悄悄对我说："你还年轻，不要忘了自己的技术工作。"我刚毕业，又碰上了政治运动，出墙报宣传栏呀，业余演出呀，这些活动特别多。蔡祖风的诚恳打动了我，他的关心发自肺腑。他都到这个地步了，还想着别人，要是遇上一个人品不好、心术不正的人，不是又要罪加一等嘛！鼓吹"白专道路"啦，腐蚀青年啦什么的。

蔡祖风的这句话我记了一辈子，对我的工作方向、人生目标有很大影响和规导。蔡祖风对我说的这句话，我对耿升富说了，他是我们科长，也是我师傅，我知道他一直保护蔡祖风。耿升富听了很激动，对我说："一个很了不起的好人！有君子之风！"

可可托海是中国有色人才摇篮，柳园辉铜山矿是我们可可托海的全套人马；兰州设计院、邯郸矿山局、唐山铁矿、甘肃白银矿山……都是可可托海去的骨干，这与可可托海人敬业爱岗的传统分不开。就是蔡祖风说的，不要忘了自己的技术工作。我这一生的经验是，搞专业的不能脱离技术工作，蔡祖风说得对。

1977年高考恢复，可可托海的孙传尧、张泾生、耿直、洪尚印他们都考研究生走了。如果不是政治运动被打成"右派"，蔡祖风、

蔡祖风

张广华考研也是一点儿问题没有。他们这批人个个是才子，太可惜了。他们是真有本事，比我们强，让人心痛。

杨德宽：

蔡祖风、张广华都是跟我的实习生。他们叫我"洋师傅"，我是跟苏联专家契柯连阔学徒的嘛。

蔡祖风、张广华是清华大学的高才生，大学生架子没有，人稳重。我们岁数差不多，玩得好。三个月后，蔡祖风成了我的顶头上司，我是小水电站的主任，他是矿上机动科科长。我骂他们，你们他妈的来我这儿，叫了几天"洋师傅"，就成了我的头头儿了，不就是来镀镀金嘛！玩笑归玩笑，说实话人家是有真本事。苏联专家撤了，矿区电力系统建设，小水电站改造，蔡祖风是大拿。挖掘机柴油动力改电力，没有蔡祖风能行吗？

有本事有文化的人打成了"右派"，胡闹呢！我就搞不懂，一个上海长大、清华毕业的高才生，跑到这么艰苦的一个山旮旯里，从来不问给我什么，一心一意只想着给国家多少，这样的人哪里找去？矿务局最优秀的电气专家！

蔡祖风这人有本事，还有德行。一腔热血，一盆子凉水下来，可以说是蒙难受冤。我们都气不过，他一句抱怨没有，跟以前一样，早早上班晚晚下班，批斗过了又回到班上。

我劝蔡祖风，你要相信，事情总有搞清楚的一天，你年轻着呢，怕啥！蔡祖风朝我笑笑，点点头。我们小水电站的人全护着他。哈萨克工友没有啥话，办实事，山上给蔡祖风弄了不少烤火的干树股子，还有师傅耿升富给他留着的引火劈柴……

可以想象，雪拥前路，寒风凛冽，风雪中回到泥坯小屋，工友和师傅的关心暖意将给失意学子怎样的阳光天堂啊！

耿升富：

蔡祖风、张广华最大的痛苦，是学富五车却无处发挥。照理说，他们是最得宠的一代，因为国家急需建设人才。百年动乱啊！举全国之力打败了日本鬼子，他们赶上了时候。要让祖国强大，这是开国一代的情怀！要说这是信仰，就是我们共同的信仰。

"到祖国最需要的地方去！"就在一瞬间，一颗种子在心里发芽了。

少年不知愁滋味啊！一群刚走出大学校门的小青年，坐上几天几夜绿皮火车，再坐几天几夜八面透风的敞篷卡车，穿戈壁，走荒原。他们当然知道，这可不是抬脚就走、拔腿就回的一次旅行。

满怀热情从中国一流名校到这深山老林，他们深信，每一个有才能的人都能为国家做出贡献，只要你有决心和毅力。

才华初露，为矿山做出了成绩，莫名其妙被划成了"右派"，你说能没有怨愤吗？从机动科发配小水电，我没听到蔡祖风一句抱怨。哪里有了故障还是找他，还是随叫随到。我的乖乖，这得多硬的心才撑得住！蔡祖风我了解，他不是一时伪装，这是气度和涵养。现在想想，这得益家学传承和多年修为。

蔡祖风也有自己的毛病。上海人，又是世家子弟，清华的高才生，英语、俄语没的说，和苏联专家交流工作，苏联专家竖大拇指。啥时候你看见他都是干干净净、整整齐齐，他不少下井，工地修机子，勤快，脏了就洗。看上去鹤立鸡群，玉树临风。

他这样的知识分子，谁随口一句"骄傲得很"，"资产阶级"的帽子就给你扣头上了。我说他，咱们越"土"越好。小子不以为然，说："我觉得自己的感受是正确的，君子可内敛，不可懦弱，我还是坚持自己的认识吧。"你看，我还能说什么。我发现蔡祖风还真是有股子倔劲，不撞南墙不回头，撞了南墙也不回头。人活一世，谁敢说从没遭过难受过屈？碰上了倒霉事，你得敢于面对，你得相信自个儿，你得有底气。蔡祖风，倒是他硬到骨头里的倔劲成全了他。

蔡祖风、张广华，他们在可可托海没受太大委屈。这主要是矿区工人素质好，民风淳朴。老工人苏联人开矿、中苏合资企业时干出来的，生产实践中长期摸爬滚打成长起来的,不仅技术水平高,有丰富的生产经验,解决实际问题的能力很强,也养成了良好的工作、学习习惯,团队意识强,崇尚知识、技术,务实,工作就是乐趣。人际关系简单、干净,再大的政治风浪到了这儿也弱化了。

买地·纳斯依

买地·纳斯依:

蔡祖风,噢哟,这个人大本事有!"电力之父"嘛!

可可托海一等一的大师傅!机子不转了,找蔡祖风;挖掘机趴窝了,找蔡祖风,挖掘机长长的手臂一下一下又动了。可可托海贡献大的人。

蔡祖风,清华的大学生,天上星星一样的人,他们来了,可可托海的电灯越来越亮了。

蔡祖风这个人好!你不懂的问题问他,给你耐心讲,从不嫌麻烦,一直到你说全会了,他才放心。好人!

唉,政治运动来了,鹰翅子折了。安桂槐书记早一年来可可托海,这个事情可能没有。咋办?我们悄悄帮他,不让心里有脏东西的人欺负他。我们给国家出下力的人,不怕!

买地师傅、加潘师傅,工匠精神的承载者和传承者,也是草原文化的承载者和传承者。阿尔泰草原博大、包容的胸襟,面对严酷的自然环境世世代代涵养出的善良,庇护大地生灵。蔡祖风、张广华们何其不幸难避"反右"一劫;蔡祖风、张广华们又何其幸运得草原母亲佑护,没有遭受其他地方"右派"所遭遇的那么多的磨难。

朱吉林：

说起蔡祖风，他这一辈子让人泪目。

让人泪目的是他的爱情、婚姻。蔡祖风的初恋是浙江宁波人，可以说是老乡，蔡祖风上海人。初恋有一个不同常人的名字，可以推测也出身书香门第，依她姓氏，暂且叫她"小鱼儿"吧，表示对她也是对蔡祖风的尊重。小鱼儿也是科班，人长得漂亮。他们很般配，郎才女貌。已经谈婚论嫁了，蔡祖风给打成了"右派"。小鱼儿要等蔡祖风摘了"右派"帽子嫁他。坚持了三年啊！到底屈从了组织的意志，嫁了一个山东科班。人不错，性子倔，绰号"老绝户"。

李藩的夫人袁俊秀也给蔡祖风介绍了一个。

十一届三中全会后，蔡祖风、张广华……可可托海当年打成"右派"的，统统平反。蔡祖风调有色设计院。

小鱼儿已经是设计院财务处处长，小鱼儿的丈夫"老绝户"是设计院院长。蔡祖风老婆为此跑到设计院闹，蔡祖风被调回可可托海。

可可托海小水电站，蔡祖风曾作为中方技术人员与苏方专家共同负责660千瓦电站建设

这时，老天开了眼：宝钢上马，筹建宝钢的工程技术人员，蔡祖风同学不止一个两个。调宝钢！蔡祖风的专长可不只是机电，全才！英语、俄语、日语，活字典，小时候在上海教会学校读小学中学。英雄有了用武之地，去了就立了大功，成了宝钢的功臣！

1978年12月23日，党的十一届三中全会闭幕的第二天，上海宝山长江之畔打下了第一根基桩——中国第一个新型现代化大型钢铁基地上海宝山钢铁总厂奠基。

正如三号矿脉历经陆海沉浮、烈火金刚的花岗伟晶岩，在可可托海经历过人格晶化、能量蓄积的蔡祖风，亮相中国改革开放前沿的宝钢大舞台。

不等今日去，已盼春来归。

蔡祖风参加了宝钢一期、二期建设，他以经过实践锤炼的专业之长，在与外商的谈判中洞若观火，发现设备隐患，为国家索赔数千万元，赢得民族尊严和宝钢的器重。

他也以丰厚的学养、精湛的专业技术，为母校和他称为第二故乡的可可托海赢得了声誉。

人情重怀土，飞鸟思故乡。

清明时节，蔡祖风前往青浦扫墓祭祖。他祖籍上海青浦朱家角。

漕港河南岸珠溪园内外三棵百年古树：一株百岁广玉兰，南向与一隅小学新操场隔河相望，此树可谓"一隅学堂济阳里老宅"纪念树；一株一百五十岁的古樟木，位处元号油坊河东厂区东南角，可以看作"元号油坊"纪念树；一株百岁榉树，在珠溪园内，位于一隅公墓前东侧，此树堪称"一隅公"纪

蔡祖风（前排右一）与苏联专家合影

念树。

"课植园"内一处碑刻,铭记开明实业家蔡承烈"勤俭创业,巨资兴学,造福乡里"的人生轨迹。蔡承烈,字一隅,是蔡祖风的祖父。

子孙承家训,他们书山登攀、学海竞舟均学有所成,二十余人留学海外获硕士、博士学位,在国内外各自岗位服务、贡献社会。蔡祖风是蔡氏家族远行西北第一人。

希腊德尔菲太阳神庙镌刻箴言中最有名的一条:认识你自己。

面对宇宙洪荒、时代洪流,个体的命运如同一片飘零的叶子。属于你的只有你的心路历程,忠诚于你的只有你的经历。

这一代人啊,激情似火,纯粹如雪,人人身怀绝技,个个青春俊朗。

自古英雄出少年。哪一个不渴望建功立业?却少有追名逐利;哪一个没有人生蓝图?专业方向就是山巅雪冠。他们敢于面对,勇于担当,永不言败,哪怕一叶遇飞流!

刘履中曾任海子口大会战指挥部副总指挥,负责可可托海水电站项目建设。图为20世纪60年代在可可托海水电站大坝建设中举办比武的场景

巴哈提别克·加斯木汗:

记不清是1967年还是1968年,批斗刘履中,细铁丝吊了一截子木头,挂在刘履中脖子上。铁丝细得很,肉里面去了。

我小得很,七八岁,小娃娃,挤到跟前看。回家给爸爸说,爸爸对我说:"巴哈尔,你记住,北京来的学生娃娃全是好人,有大本事的人。他们远远地来,给国家挖宝石,还苏联的债,苦吃了,罪受了。这个刘履中,清华大学来的,海子口水电站,他领上我们干的。你见过这样的坏人吗?"

1987年,我已经从部队回到可可托海了,记得是9月20号,我们这儿发生了5.4级地震,海子口深水电站经受住了考验。现在六十多年过去了,我们的水电站还是好好的。时间已经证明了刘履中的好,我们能不感谢北京来的大学生吗?

记得小时候老爸告诉我,刘履中要求石头一个一个刷洗干净,严格得很。现在当然知道,这是为了石头和水泥粘在一起。哈萨克矿工当时不理解,天气冷得受不了,零下四五十摄氏度。要知道,第一代哈萨克矿工90%以上都是当地牧民,放下羊鞭子拿起矿铲子,不知道石头为啥还要一个一个洗这么干净。

我老爸支持刘履中。他说群羊跟上头羊走,北京来的大学生有知识,他说的有他的道理。他和我们一起住地窝子,和我们一起拉石头、洗石头。我们羊鞭子拿上雪地里草滩上滚大,还比不上人家北京城里来的大学生吗?我们放羊的时候,羊越放越瘦行吗?蔡祖风、刘履中大本事有,这个地方来,建电站,电灯亮了,机器转了。给我们草原干下好事情的人,是我们哈萨克的朋友。

我老爸是班长,他威信有,大家听他的。

冯先述(电力专家,可可托海机械动力师):

我在可可托海工作了四十年,干了一件事——保证供电,满足矿区生产动力需求。

我是可可托海建设的见证者、参与者。

1955年我从燃料工业部郑州电力学校毕业。郑州电力学校是1952年燃料工业部整合了湖南、湖北、广东、广西、河南五省工业中专的电力专业组建的。

我到可可托海只有十九岁,中苏合营公司全部移交给我国也半年不到,三号脉还是井下开采。我先是分到小水电站实习半年。小水电站中苏合营时建的。转正后采矿、拣宝石。保出口,还欠债,轰轰烈烈。矿长陈淳诗带我们二百多人到四矿采云母，干了一个冬天，打手钻、爆破，云母拉到矿上加工云母片。我是最后一个撤离四矿的。不能小看四矿这一个冬天，给以后打下了底子。

一年后，三号脉井下开采转为露天开采，剥离覆盖层，上的设备多了，冲击钻、挖掘机，全是苏联设备，矿山千把人三班倒。剥离的废石运出去，量很大。苏联"吉斯"3.5吨的载重卡车八九十台运不及。

我的工作保障供电，电气设备维修，现场解决不了的问题最后都会到我这儿。专门在我宿舍装了一部电话。最怕夜里电话铃，电话铃一响，一阵紧张，哪里又出故障了？夜里故障多。夏天好说，冬天夜里零下三四十度，从被窝里爬出来，赶紧去现场，常常是边穿衣服边跑。

可可托海矿山是苏联人留下的底子。中苏合营时期，矿山动力主要是苏制柴油机。苏联专家回国后，配件短缺，渐渐断供。挖掘机的柴油动力故障多，配件进不来，柴油机无法修复，总不能让挖掘机趴窝吧，只有改电动。我先改了一台0.5吨的挖掘机，从库房找到一台旧水泵不用的电动机，转速和挖掘机上的柴油机转速相差不大，机械厂制作了导电滑环，没想到一次试车成功！接着又改了三台1立方的苏制柴油挖掘机，还有两台捷克进口的1立方柴油挖掘机，捷克机子和苏制挖掘机结构差别很大，没有匹配合适的电动机。捷克机子动力置换得80千瓦的，库房找到的几台闲置旧电机是60千瓦的。计算下来，60千瓦电机完全够空压机用了，置换后没有影响空压机能量。挖掘机效率得到提升，节约了资金，赶出了时间。

做这些，都不是矿上下的任务，全是自己找的活儿，万一失败责任全是我的。万无一失才敢动手，功夫要足，计算、测绘，有十足把握。

为什么要担这些风险？这就

冯先述

是职业的责任，知识分子的良知。

客观地说，在实践中，电学专业知识技术水准得到不断提高。

苏制1立方挖掘机的操控系统是液压传导。柴油机改电动机，冬天问题来了。可可托海冬天冷到零下三四十摄氏度，原来动力是柴油机，柴油机工作时产生热能，改成电动机，天气越冷温度越低，液压系统的工作介质液压油黏度越大，就像人的血液黏稠不畅通,心梗脑梗一样。挖掘机液压油黏稠得流不动了，机子也就动不了了，趴窝了。可可托海一年中有半年冬天，最冷的一两个月挖掘机停摆，这怎么行？

我脑子转啊转，一定要解决这个问题。根据钢铁这类磁的良导体，在交变磁场的作用下感应涡流发热的原理，我设计了一个给液压油加热的装置。这套装置并不复杂，关键元件是一个感应线圈，线圈内窗口大小和液压油箱外壁尺寸配合，绝缘护套套在油箱外部，通电不见火,功率不大,2000瓦左右。这与电炉原理不同。电炉是通过电阻发热，我的线圈本身几乎没有热量，线圈形成交变磁场产生涡流，使得油箱发热，而这个热能设计控制在燃点以下。问题解决了，液压操控的挖掘机全部加装了液压油加热装置，冬天再也没有因严寒停工。

还有一个问题长期没有解决，挖掘机工作时机身抖动太厉害，造成零部件损毁停机。这是因为挖掘机电铲使用的电动机是绕线转子交流感应电动机，电阻器是金属油浸式电阻器，在不频繁启动的固定场合使用没有什么问题。可是电铲就不同了，启动频繁，电阻器触头烧损严重，更换易损触头就得停机，设备运转率下降。

这些问题就没办法解决吗？蔡祖风告诉我，频敏变阻器可以解决这个问题。他说："频敏变阻器还在研究阶段，没有成型产品。你干，我支持你。"

我决心自己动手。电气设计复杂，没有试验设备，参数计算也有难度，反复思考，推算各个组成部分的材料、参数，拿出初步设计。电气部分就是三个线圈。库房没有合用的材料，我指导工人裸铜线手工缠上白布条做绝缘层，绕线圈，线圈涂虫胶强化绝缘强度，外层再用白布包扎做保证层。磁路也是利用废旧料。磁轮用的是挖掘机报废的斗柄花滑块，铁芯用的是圆钢。自己设计，废旧料制作的频敏变阻器上机试用，效果良好！启动性能良好，转速平稳上升，运行中还能起到一定的调速作用。可可托海的挖掘机电铲，全部用上了频敏变阻器。

说了没人信，当时三号脉没有欧姆计，没有电桥，甚至一只万用电表都没有。必须用仪表检测的，比如转子绕组有没有短路，怎么办？自己动手土法上马。我用一节干电池，正负两极焊一根绝缘软导线，一根导线压在转子滑环上，另一根导线在另一根滑环上滑动，如果产生火花，则说明该绕组没有短路；哪只滑环不产生火花，则此绕组有短路。用这种土办法检测出了多少电动机转子绕组短路啊！在没有检测仪器的情况下，在没有条件的情况下，灵活运用技术知识，创造性地工作，解决实际问题，是一个技术人员应具备的素质。

挖掘机、冲击钻这些移动机械，橡胶软电缆都在200米以上。采矿场地面全是有棱角的石块，载重卡车碾轧，电缆损坏，造成短路。市场采购的绝缘胶布沾了水就不绝缘了，且不说损耗量还很大。我制作沥青胶布。沥青是绝缘材料，防水且具有黏性，价格便宜，容易买到。但是棉布在当时可是紧缺物资，凭票供应。我先把自己积攒的10米布票交采购员买回10米白布，裁成约4厘米宽、1.5米长的布条。找了一个报废的汽车油箱，割去三分之一，熬沥青。为增加沥青的流动性和黏性，熬制时加入少量变压机油。沥青熬化了，把布条浸入沥青中，然后均匀地拉出来晾干。试用效果非常好，便宜好用。只是棉布来源是个问题，库房棉质包皮布、生胶衬布都被我找到制作成沥青胶布。这种沥青胶布一直使用到我离开可可托海的时候。

三号脉工作的十年，从专业上讲也是我解决问题最多的十年，啃了不少难啃的骨头，奠定了扎实的专业基础。还有一个人生体会，一个人只要一心一意干一件事，就一定能干好。

1965年海子口水电站大会战，我调安装科，主要协调用电。大会战用电量大，从可可托海输送电力，我负责勘测设计输电线路。吃、住海子口新挖的半地窝子，喊的口号是1967年元旦发电，最后焦点集中到机电设备安装。加班加点，一天休息不了几个小时。

12月31日水电站试车，从早忙到黑，各项准备工作就绪。差不多晚上10点，四号机组如期开起来了，达到一定转速，电压慢慢升到4700伏、4800伏，却再也上不去了，达不到额定电压6000伏。找了一晚上没找到毛病。已经连轴干了三十多个小时，现场领导吴文跃，乌鲁木齐建工局派来的，说大家辛苦了，回去休息吧。那时候"文革"开始了，矿领导说了不算了。

我没办法休息呀！吃饭时在想，睡在床上也想，做白日梦都是这个事。

突然就有了灵感，想到了一个公式：n=60F/p。n是电机转速（转/分），60是指每分钟（秒），F是电源频率（赫兹），P是电机旋转磁场的极对数。水轮发电机额定转速6000转/分，频率50赫兹，P的数值应为5，即10个磁极，满足这些数据发电机才能正常发电。发电机的转速、频率是固定的，不能改变的，只有P值存有疑问。如果磁极对数不对，频率、电压上不去。假如磁极线圈有一个是反向，就等于少了一对磁极，电压肯定升不到额定值。我推断问题极有可能出在这儿。怎么验证？又如何找出来可能装反了的线圈？脑子一闪有了办法：很简单，一个特一号电池，老电话机用的那种直流电源，一个指南针，一个线圈一个线圈测试，指南针界定每个线圈南北极。我没对人讲，只找了同学马克强帮忙，带上电池、指南针、粉笔，直接到水电站。

果然是一对相邻线圈同性极，厂家多发了一个同性极线圈。故障找到了，给领导汇报，大水电站总指挥、总工程师刘履中，清华的，设备安装科赵立民、刘延贤，刘延贤是刘履中的老婆，也是清华的，他们没任何反应。

海子口施工电工我不放心。我找徐树金师傅。老徐半路出家，三号脉跟着我干，胆大心细。我和老徐重新调整线圈，改变极性，处理完重新开机，一举成功，皆大欢喜。小年轻们一激动，在墙上写了"热烈祝贺今日发电"。

排除大水电站这个故障,我的专业信心更坚定了。学历不代表水平,坚定信念,不舍专业,实践出真知!

大水电站送电了,我又回到可可托海。这时候"文革"闹起来了,我哪派也不参加,和几个像我一样的工友一起干活儿,改造可可托海的电线杆。矿区电杆全是就地取材,砍山上的松树、桦树,风呀雪的,有了年头,埋在地下的木头朽了,倒电杆砸死了两个电工。为避免倒杆,下半截换水泥桩子,水泥桩嫁接原先的木杆子。我们自己下河淘沙,浇筑水泥桩子,找废料做抱箍。三年工夫,可可托海的木电杆全部改掉了,消除了安全隐患。

大水电站运行了一段时间,突然一天又不发电了。蔡祖风找到我。我对蔡工很尊敬,他有水平,为人很好。不就是看了《参考消息》,多说了几句话嘛,这算什么"右派"呀!批斗他的大会我只参加过一次,全是莫须有的罪名。一个出身不好,一个知识分子,十有八九就被盯上了。

我叫上徐树金一起跟蔡祖风到了水电站。一时没找到毛病,我说,会不会是励磁电机的问题?直流发电机是靠剩磁建立起电压。一测,果然是励磁电机剩磁消失,引直流电激发励磁电机磁极充电,正常了,送电了。

我也想过,现场解决问题、处理问题我的办法多一些,人的智慧、能力表现不一样,我这方面的能力主要是思考问题的角度会独辟蹊径。

自小爷爷和父母亲就教导我,干一件事就要干好。湖南人性格有一股子蛮劲,一条道走到黑。我的先辈崇拜鲁班,家里穷,也要想办法供我读书,望我成才。我身上也有这种工匠精神。我童年少年经历过抗日战争、解放战争,颠沛流离,常常是辣椒水泡饭吃。很小,报效国家的信念就很强。

冯先述只是他那个时代众多科技人员的一名,蔡祖风是一名,孙传尧是一名。

日复一日,年复一年,他们专注于一件事——为国家勘探、开采更多更优的矿石。春秋冬夏,酸甜苦辣,敢问路在何方,路在脚下。

骤然连根拔起,从北京、长春、长沙等地西行塞外,移植苦寒之地。无论是主动追求还是被动漂流,却没有一棵枯萎,每一株都挺拔葳蕤。

仰望长空,有的星光似乎没有那么耀眼。不过你再仔细瞧瞧,哪怕是一颗流星,也会留下星光轨迹。

我们那个年月的风花雪月

我们刚来时,满眼都是树啊!叶子浅绿的是白桦,灰绿色是俄罗斯杨,还有买地师傅他们叫的"野山杨",远望一片墨绿的是松树。

可可托海,哈萨克语"绿色丛林"的意思。我对买地师傅说:"你们真会起名儿,多好听的名儿啊!"买地师傅说:"这是我们爷爷的爷爷叫下的。"

最好看的还是白桦,挺拔高大,气度不凡,分明是森林中的伟丈夫!难怪俄罗斯的国树是白桦。

多漂亮啊!银白色树干上的大眼睛真是楚楚动人!看一眼,记一生。

最漂亮的还是秋天。不知不觉秋风已掠过原野,霜花落地。桦树的叶片变成了金黄,涂抹了太阳的光泽。野山杨的叶子渐渐变成了红色,霜重色愈浓,真是"霜叶红于二月花"。只剩下松树,依然泛着绿意,只是多了几分苍然。

世界真奇妙。在一片舒缓的草坡上,两棵高矮差不多的树紧紧相依。秋风轻拂,絮语沙沙;夕阳晚照,相守相随。这是可可托海最动人的风景:夫妻树。绿衫是松,黄袍是桦。桦柔情似水,松俊朗挺拔。啥时间缠绵得你就是我,我就是你。有彼此

在可可托海的幽幽山谷里,一棵是端直有力的云杉,一棵是娉婷多姿的白桦,恩爱相守,犹如夫妻,人们称之为"夫妻树"

的依偎，天地间不再孤独。东起的朝霞把你的影子拉得很长很长，那我就靠着你；西落的斜阳把你的影子画得很长很长，那我就扯着你。大地山川，无论什么事，都有它发生、存在的缘由。随日月走过四季轮回的树夫妻，是要告诉我们，世间还是有在天比翼在地连理、地久天长海枯石烂的真情，还是说，可可托海秋天里演绎的那场爱情，你猜中了开头，却猜不出结果。

不管怎样吧，我们还是相信，"有毡房和墓地的地方，就有爱情的花朵开放"，就像你们一样。

杨云新：

我一辈子最幸运的事是遇见了我的刘灏。

刘灏高高大大的，很帅气！专业优秀，为人很好。我还要感谢哥哥！哥哥是老资格，境界高，是他支持我"到祖国最需要的地方去"，来了可可托海。

我生在昆明，长在昆明。父母老家是浙江绍兴，我们叫"金外公"的绍兴乡党在昆明开中华书局，看上了父亲勤勉能干，把父亲招到昆明，帮父亲开了一间洗染店，又接来母亲。转道上海时，母亲生了哥哥，所以哥哥叫杨海生。我与哥哥年龄相差七岁，1933年秋天我出生在昆明。哥哥考上了南京金陵大学，家里困难又回到昆明，受西南联大影响，参加地下党闹革命。

1949年冬天，我去楚雄找哥哥，只是听说哥哥在第八游击纵队。找到哥哥时，哥哥要我读好书，解放了，祖国需要大批有科学知识的建设者。我从昆明省立女子中学考入长春会计专科学校。1954年8月毕业，我想回昆明重新考大学，哥哥要我"到祖国最需要的地方去"。哥哥说："国家百废待兴，各行各业都要人，你已经学有专长，哪里最需要就

刘灏和杨云新夫妇

到哪里去。"从小听哥哥的话，志愿表上填了"服从分配"。

这一"服从"，就到了西天边边的可可托海。几天几夜的火车，又是几天几夜的汽车，荒凉的戈壁滩，走一天见不到一个人影。到迪化后先去俄文专科学校学了两个月俄语，好配合苏联专家工作。我刚满十八岁，开始独自漂泊了。

我和袁俊秀跟总会计师玛丽娅·安德罗夫娜实习，她是财会专家。玛丽娅年纪比我们大多了，满头白发，但是人很精神，喜欢唱歌跳舞，《莫斯科郊外的晚上》《红莓花儿开》《小路》……都是跟她学的。玛丽娅人很好，她是我的师傅，也是我最好的朋友，忘年交。她丈夫在苏联卫国战争中牺牲了。还有一位苏联同事瑞娜奇卡，她财会业务十分熟练，我一面听她讲，一面把她讲的内容用中文记下来。工作中，我们也结下了深厚的友谊。

那会儿哪有什么计算机啊，全是算盘。玛丽娅的算盘很大，我们都说"玛丽娅的大算盘"。

我的俄语口语还不错，专业基础也还扎实。苏联专家回国前，组织要我负责中苏双方的财务交接。我还是积极努力，大家都很欢迎我，稀里糊涂成了矿务局先进工作者、职工代表。

1956年是我的幸运年，春天我入了党。这年春天来得早，雪没化完草绿了。那时，树很多，盖住了大山。山的上半截是西伯利亚云杉、西伯利亚红松，下半截是西伯利亚落叶松，阳坡上是西伯利亚冷杉和西伯利亚红杉，最漂亮的还是西伯利亚小叶白桦。

就在这个春天，我遇见了我的刘灏。那天，在财务室我遇上了总公司来矿上的苏联专家，专家身边的翻译让我眼前一亮：那眉眼，那个头儿，那谈吐……洋溢着春天的朝气！我悄悄打量他时，发现他也注视着我，那双眼睛哟……老天！我心里说，这就是一见钟情吗？

向身边同事打听，知道他是总公司搞技术的刘灏，1952年从北京工学院毕业来的，学采矿。三号脉从竖井到露天开采，他参与完成，专业水平、能力、为人，没人不夸的。我这边有了心思，没想到人家刘灏比我还热。事后知道，总公司来矿上的苏联专家加巴利孜对刘灏说，这个小姑娘很不错,加油吧!

我们身边的人在我面前夸刘灏,在刘灏面前夸我。李藩让袁俊秀找我,他俩一家子嘛,李藩和刘灏又是北京工学院的校友。玛丽娅听袁俊秀说大家都在撮合刘灏和我,指着我说:"Ты, самый хороший! Самый лучший!"(你是最好最棒的!)丁力大姐也说刘灏是个难得的好小伙儿。丁力大姐是我们会计室的头儿。丁力大姐的爱人张子宽点着我的鼻子说:"小鬼,我告诉你,这个人,"他指的是刘灏嘛,"优秀!很优秀!"张子宽可是和安桂槐书记一起来矿上的老革命,我们矿务局的头儿!还有带队援建可可托海的刘爽,出差回来就跑到我办公室,那个关心劲真让人感动!问我:"小杨,没问题吧?我看没问题,就这么定了!"第二天一早刘爽去苏联专家西餐厅,我和刘灏也在。他扯开嗓子说,现在我宣布,昨天看电影,她、他一见钟情!总工程师加巴利孜把我拉到刘灏身边对他说:"Ты, забери эту девушку. Ты, Лю, идеальная пара!"(大家都希望你们走到一起!)

我真是感谢老天爷!感谢哥哥!感谢大家!

1957年4月,山前的雪开化了,我和刘灏结婚了。刘灏年长我四岁,二十四岁,那个时候不算小了。没房子,黄书春腾出自己的房子布置成新房。婚礼在矿长冯博久家举行,好热闹!张子宽就像个父亲一样在我身边高兴得不得了。那时候的领导真好!那时候的人真好!

刘灏的确很优秀。他家穷,是靠自己刻苦考上大学。他非常孝顺,每个月要把工资分出一大半寄给远在河北乡下的父母。刘灏人很诚实,还在大家起哄时,他就告诉我,他的左右手不一样粗,是小时候干活儿受伤断了筋,差不多是个残疾人。这让我感到很温暖,因为刘灏,我有了归属感。

我到可可托海时,可可托海还叫"111",地图上找不到。刚进入10月,开始下雪了。太阳一落,整夜整夜刮风,风带着响声,还有狼嚎,很吓人。不下雪的夜晚,月光也是冰冷冰冷的。如果说那时候不想逃离可可托海,那是假话。有了刘灏,我在可可托海待了二十年,在新疆待了一辈子。

可可托海不相信眼泪，可可托海相信爱情。窈窕淑女，君子好逑；聚少离多，相约相守；无名有品，无位有尊……平平常常、忙忙碌碌的日子过出风花雪月，走出地久天长。

车逸民（可可托海高级工程师）：

我出生在江苏金坛。1937年底南京沦陷前，父母随颠沛流离的人流离家逃难，沿长江南下，到湘西沅陵，我只有两岁。

1953年我初中毕业，报名参军，先是进入中国人民解放军第八航空预科总队，第二年去了地质勘探训练班，两年制中专，苏联专家讲课，课讲得真好！苏联专家要回国了，走之前办训练班，全国有色系统派学员参加培训。翻译也有水平，虽然只有两年，还是学得扎实。我还记得课讲得最好的是谢尔盖耶夫老师，真是传道授业解惑。

1956年3月到了可可托海。填毕业分配志愿表，"到祖国最需要的地方去"，那时候几乎全是这样填写。结果，一路西行，越走越荒凉，到了最需要我的可可托海（大笑）。

车逸民在可可托海三矿

阿依果孜矿干了两年。三号脉开始露天开采，我调新三矿。新三矿致命的伤害是矽肺，海拔高，缺水，天寒地冻，只能打干钻，一百多个工友得矽肺病。我的徒弟郑官政，四十多岁，矽肺病死了。陈东科，住我隔壁，也是矽肺病死了……为了国家强盛、中国人挺直腰杆，多少工友、同学过早离开了我们啊！全是最优秀的人！

告诉你一个小秘密，我心里一直埋藏着。怎么说呢，"纯洁的友情"比较恰当吧，支持着我在山窝窝里努力工作。

在长沙读初中时，只有十六岁，班里有一个女同学，叫蔡岭梅，学习好，长得俊俏。她待我好，比对其他同学特别一些，常借书给我，交流读书心得。记得深的，是要我读《牛虻》。她家书香门第，哥哥在中国科学院，姐姐留学苏联回国后是第一机械工业部机械研究所所长。我对她呢，就是《诗经》里"窈窕淑女，君子好逑"那种，很朦胧，很害羞，心里又很有她。去浏阳河游水，她要去，不带她去，但是心里又一时半刻想着她。同学笑我们俩好，起哄：

车麻子找蔡梅子
提着一个菜篮子
跑到山坡摘梅子
…………

我的小名叫"麻子"，小时候出天花，留下了几点麻子。我们一直保持着联系。我到可可托海那年，蔡岭梅在武汉长江水运工程学院，现在的武汉理工大学，读大一。三年困难时期最难过的时候，她给我寄罐头、寄腊肉。我心里自然清楚，全国闹饥荒，谁的日子也不好过，她不知动了多少心思，克俭自己。关山几度，从江南到西北山窝里，一个包裹的分量有多重！梅子对我，那是真情无价、义薄云天啊！挂历也是年年寄，全是那种信念坚定的励志名言。

我们只隔着一层纸，这层纸始终没捅破。我咬紧牙关不说那句话，是心里太有她。她的明天，前途，可以看得见。我呢？藏在深山里的可可托海太远了，冬天太冷了。舍不得她受罪，又不甘心，还要顾一个男人的脸面，就这样等着。等到1962年，二十七岁了，那时候就是大龄青年了。矿上一直待我如弟弟的罗大姐，给我介绍现在的老伴儿。罗大姐，1952年益阳参军进疆的湖南女兵。她对我太了解，就把自己的妹子罗丽萍介绍给她的小老乡。老伴儿当年二十岁不到，从她工作的农七师小拐农场直接上了海拔3000多米的新三矿，山上住了三天，和我一起下山，走了三天到可可托海。一年后有了长女车毅，接着有了儿子新海，又添了小女儿念湘。

湘妹子能吃苦、贤惠，我二期矽肺合并结核，活到了八十五岁，全依仗我的老伴儿呀！

这时，女主人罗丽萍起身，给老伴儿车逸民和我的茶杯续水，对我点头笑笑，进了厨房——快到中饭时间了。窗下沙发上的车逸民向我倾过身，压低了声音说："前些天又有湖南老腊肉寄来。老伴儿理解我和梅子的故事，但是我要尊重老伴儿的感情。她去了厨房我才对你说，我心里一直想着梅子，还是不能忘，她一直支撑着我往前走……"正午阳光里，老人斑白的双鬓泛着柔美的银波，真实、祥和。

我能做什么呢？我能做的只有一件事，努力工作，对国家多做贡献，让梅子看到她的一片心没有白费，她付出的感情值得。我一辈子都在想，绝不能亵渎了梅子纯洁的感情。

我们那一代人的风花雪月，你能理解吧（笑）……

尽管天南地北，阴错阳差，让他们情深缘浅，但那两小无猜、青梅竹马的记忆，永远是心底珍藏。生命有多长，牵挂就有多长。

杨清辉（新疆大学教授，耿升富夫人）：

我们院子的人，特别是认识了几十年，一块儿住的老邻居，看见我和老耿手拉上手散步，噢哟，眼馋得很！说，你看人家老两口！我讲给他们，这不是亲热，是相互扶持。八九十的人了，骨头酥了，转了几十年的老机器一样，碰一下就散架了。

我和耿升富就是战友们瞎哄哄，稀里糊涂成了一家。

我是老新疆，父亲是山西骆驼客，外祖父满族，镶蓝旗的，人老几辈子就到了伊犁，平定蒙古准噶尔噶尔丹叛乱，留在了伊犁守边。我母亲就出生在惠远城。

我出生在古城子，就是奇台，四岁上随母亲到了迪化。1949年我从迪化女子师范毕业,刚刚十六岁。新疆和平解放，王震的部队进来了，招兵，还招女兵。那时候女兵多稀罕！受外公外婆影响，我性子野不怕事，报名参军。分在二军工兵团，耿升富是我们中队长，一身军装板板正正的，神气得很！

翻过年，耿升富苏联留学去了。我们真是羡慕得很。苏联留学？千里挑一,万里挑一。我从工兵团调到了兵团，兵团机关的院子原来是李老板家的菜园子。李老板的先人是跟上左大帅左宗棠赶大营的杨柳青货郎担，左大帅赶走了阿古柏收复新疆后，李老板的先人留下了。杨柳青赶大营的货郎担留下做生意的不少，大小十字的街铺多数是他们的。1954年兵团成立，张仲瀚政委从李老板手里买下了这块地,兵团机关的围墙是我们义务劳动脱土块打墙垒起来的。

当时，国家急需建设人才，号召在职干部考大学。1959年我考上了中国人民大学哲学系，五年制，还考了数学。这是人大第一次在新疆招生。

考完试，结婚。婚后第四天北京上学去了。

还能和谁结呀！1956年老耿回国，战友们哄哄他，你看人家杨清辉一直在等你呀！哄哄我，耿队长心里一直装着你呀，那么好的俄罗斯美女追都不动心呀！哄哄了几年,好像真是这么回事了。老耿三十了，我二十六了，那个年代这都大龄"剩男剩女"。老耿从苏联回来也有了些变化，虽然板板正正，但是听他唱苏联歌美得很！

"……夜色多么好，令我心神往，在这迷人的晚上……多么幽静的晚上，我的心上人坐在我身旁……多少话儿留在心上……"

噢哟，美得很！我们年轻那会儿，喜欢苏联歌曲，和苏联邻居嘛。

结了婚才知道人家没等我，我心里也没他，我们谁也没等谁。这就很别扭了。老耿身高只有一米六六，我一米六七，感到他矮得不行，开始咋没有看出他这么矮！我晚长，上学回来有一米七一高了。老耿看上去更矮了，又矮又小的，高女人和矮丈夫。唱的苏联歌也不那么好听了。离婚吧,人家留学你高攀，上了大学就离婚,道德品质问题……

我们只有顾惜、同情，没有爱情，都怕伤害对方。真要离时，离不了了，这个家还得维系呀。

就这么过了一天又一天，拖了一年又一年，拖老了。越老越好了，价值观一致，都是好人，都乐于帮助人，就这样一起走过六十二年了。

吴焕宗（阿勒泰群库尔矿、伊犁七三一矿地质工程师）：

患难见真情。不是有句话吗？夫妻本是同林鸟，大难临头各自飞。

"文革"期间，矿领导都"靠边站"了，工人大多数搞革命去了，井下没人作业。水火无情，矿井地下水不及时排出，就会淹井。我不是"当权派"，也不是"走资派"，但是留过学，吃过苏联的洋面包，穿过西服，跳过舞，是"修正主义的走狗"，"造反派"发配我井下抽水保矿井。泵站在井下。井下停产，整个工业广场和偌大一个矿井只有我一个人在300多米深的井下抽水。提升罐笼也停了，只能步行上下井。又是夜晚，妻子十分担心，放心不下非要陪我下井。

水泵房冷风飕飕，寒气袭人，老鼠窜来窜去，水泵隆隆作响。正常上班时这不算啥，独独一个人在300多米的地下，寂寞、恐惧……这些日子都是妻子陪着我一起度过的。

我从苏联留学回国后，分到了阿勒泰群库尔矿。1956年新疆稀有金属公司从江苏选招了一批知识青年，到公司所属矿校学习专业技术，充实基层岗位，陈枚如是其中之一。1958年，陈枚如下到群库尔矿锻炼，我们有了接触，一起组织文艺活动。陈枚如歌唱得好，会唱很多苏联歌，那时候流行苏联歌，《莫斯科郊外的晚上》人人都会唱。一起谈工作，谈理想，渐渐产生了感情。群库尔虽然没有大城市的霓虹灯大马路，但是有满山坡的野山花，有明晃晃的月亮，冬天的冰雪就像宝石一样亮晶晶的。战地黄花，边关冷月也浪漫着呢！1962年阿勒泰矿有四对青年举办集体婚礼，我们是一对。6月23日，趁我到阿勒泰出差，矿领导主持婚礼。婚礼在矿部食堂举行，简单热闹。那时物资匮乏，同事们用糖票买了些糖果瓜子。新房就在矿部招待所，婚后第三天我就返回群库尔工作岗位。没多久，陈枚如毫不犹豫地放弃了矿部的科室工作，跟我到了大山深处的群库尔。我们的小窝是一间用原木搭建的小木屋，俄罗斯童话里的那种。冬天积雪很厚，1米多的积雪掩过了屋门，屋门只能向里开。木屋外积雪厚实的地方挖出一个雪洞，做天然冰箱，存放食物，其实也只有土豆、萝卜。土豆冻成了冰疙瘩，化开才能食用。压实的积雪铁锹切成一块一块，化雪水。夏天接石缝里的泉水。

1964年4月，大儿子在群库尔出生，取名吴磊。巍巍阿尔泰山是石头堆起来的，希望儿子一生光明磊落。

那些年工作太忙，我任矿段长，带头干活儿，辛苦。陈枚如心疼我，不让我操心家里的事，常常把我反锁在屋里，她在外面劈柴火，我发脾气也没用。枚如的心思全在我和儿子身上。

按照国家布局，有色公司支援伊犁铀矿，枚如又随我离开有了感情的群库尔，到了伊犁河谷。一切又是从头开始。

风风雨雨，我们一起走过了一个甲子，同甘共苦，相濡以沫。养育了三个儿子，个个学有所成。过去的日子自己想想都感动。在伊犁七三一那会儿，没有洗衣机，碰上一个休息天，枚如家大扫除，一边手搓衣服，一边唱歌。我在一旁拉二胡伴奏，自娱自乐，琴瑟和鸣，邻居们都很羡慕。找上了枚如，是我一辈子的幸福。

总是在一些不经意的瞬间，因为一句相关联的话，或是偶尔提到的一个人名，就会记起耿升富前辈说过的那些动感十足的场景。当然，这些场景的主人公是蔡祖风，还有小鱼儿。

可可托海最美的季节不是山花争艳的春、夏，也不是黄绿杂陈、河水沉静的金秋，可可托海最美的季节是冰清玉洁的冬日。额尔齐斯河谷雾凇织出一条银色飘带，沿河流蜿蜒，冰面泉眼涌流，水雾蒸腾，构筑出如梦如幻的仙境——恋人眼里的风景。

蔡祖风给热心肠的师傅耿升富说，他和小鱼儿看见了玫瑰色的月亮！那是一个雪后的夜晚，星星一颗比一颗大，银河怕要接上了额尔齐斯河水面，星星似乎伸手可摘，玫瑰色的月亮给夜空涂上了一层柔和的色晕。

小鱼儿说:"玫瑰色,那是月亮恋爱了!"蔡祖风接话:"你脸颊红红,和月亮一样。"

小鱼儿抬头,看见了一颗最亮的星!

蔡祖风也抬头远望,"你说,最亮的那颗星就是我?"

"这是我们可可托海冬天的童话。"但是,耿升富、李庆昌、买地·纳斯依、杨德宽他们,没有看到想看到的玫瑰色月亮和想看到的结果。

耿升富前辈告诉我,蔡祖风、小鱼儿在老木桥上从这头走到那头,又从那头踱回这头的日子里,常有流星划过夜空。一颗很亮的星划出一道灿亮的弧线,蔡祖风说,"我就是一颗流星。"小鱼儿流泪,"我看见了一颗最亮的星。"

"蔡祖风这辈子啊,小鱼儿游不出他的心潭……我了解他。"耿升富前辈的话让人心头一紧。

爱,是不能忘记的。

天上一颗星，地上一个人

2019年7月11日，一位白发苍苍的老人，在女儿、女婿的陪同下，不远万里，从南国回到可可托海，追寻一个甲子的记忆。

还留在可可托海的老人认出，这是和他们前后来到可可托海的刘菊梅。

可不是吗，是她呀！1955年从沈阳化工学校毕业来到可可托海，时光匆匆走过了六十四年。

老人感叹大自然自我修复的神奇！她就职的第一个岗位小水电站，早已不见踪影。她准确指出的八台机组的位置，已是一片冬雪夏雨滋养的葱绿。

风雪之夜，狼嚎声声，一次次蹚过没膝积雪排除线路故障……那些日子已是云中月雾里花。美丽的记忆，正值芳华遇上了早她三年到可可托海、多看了一眼就印在了心里的张广华。她分到小水电站时，那位清华大学高才生是电站主任、工程师。

老人找到了2号楼，比她年长的俄式建筑历经沧桑。刘菊梅深情地抚摸着依然明净的窗户。这是她和张广华的婚房。走进这个门，刘家的闺女成了张家的媳妇。

那是一段苦中有甜的岁月。结婚这年，张广华和他的同学蔡祖风被打成"右派"，从电站下到三号矿脉装矿石。张广华比蔡祖风幸运，他身边有刘菊梅。刘菊梅最清楚她爱的人对祖国的爱有多么纯粹，爱她的人为事业付出了多少心血又经历了多少艰辛，即便是蒙冤受屈也矢志不渝。她以母性的胸怀为她爱的人挡风遮雨，给他温暖，给他希望——她已孕育有他的骨血，聚合了母子二人的能量。"我们一生最好的年华都搁可可托海了，可可托海是广华灵魂淬火之地！"

之后，张广华任教新疆工学院理论电工、电气维修、计算机专业，是教授，20世纪八九十年代新疆计算机推广应用中心首席专家。

2018年，张广华辞世远行。次年，刘菊梅携夫君回到他们魂牵梦绕的可可托海。

这就是草原，北面掠过几阵风，西边扫过几场雨，金秋就霸蛮地闯到了。山林匆匆收纳一个春夏的蓬勃，可可托海的夫妻树相依相伴，准备共度又一个严冬。

1995年霜重秋正浓的日子，钱启穆女士遵老伴儿刘家明遗愿，送老伴儿魂归可可托海。和刘家明、钱启穆一起走过难忘岁月的老矿工们感叹人世无常，人生苦短，"这才几年啊，说走就走了……"

1990年7月，第15届国际矿物学大会考察组二十多名专家来可可托海考察。有位美国专家想用40万美元购买可可托海一块1.6公斤重的钽铌铁锰矿，时任可可托海矿务局局长刘家明对他说："对不起，这个不能卖，这是我们的宝贝。"矿上的师傅们都知道，可可托海的哪块石头在刘家明眼里都是宝贝。

刘家明是东北工学院的先行者，1955届采矿专业毕业生。刘家明和当时的同学、后来的妻子钱启穆从学校直接启程，一路西行到了可可托海，将毕生精力奉献给中国有色事业，最后融入阿尔泰的神山圣水。

可可托海的东大人啊，每一个人生都是一部传奇。

2004年，如织的烟雨给伊雷木湖披上了一层迷蒙的轻纱。烟雨中，刘延贤女士怀抱先生刘履中的骨灰走向可可托海水电站大坝，她身后左右是儿子和儿媳。

站立坝上，烟波浩渺。两山对峙，峡谷险峻。额尔齐斯河经此奔涌出山，梳理滋养阿尔泰草原万物生灵，在克孜乌雍克依依不舍告别草原，一路向西，注流北冰洋。

一捧骨灰，一捧花瓣；一捧花瓣，一捧骨灰……魂归可可托海，化入已有先生心血智慧的山川大地。

马玉琪去了一趟库儒尔特，开斋节到了，他去祭拜父亲。

他说，我们回族有句话，"黄叶子落，青叶子也落"，就是你们汉族说的"黄泉路上无老少"。

马玉琪：

父亲五十四岁就过世了。他井下只干了五年，也得了矽肺病，最后归宿库儒尔特。

可可托海三道桥、库儒尔特，汉族和少数民族的公墓。每次去库儒尔特，心情很复杂。一块青石一簇山花，一草一木，无论看到什么，就会回忆起几十年间的某一个人、某一件事、某一个场景。都是前辈啊，还在可可托海，只是到了另一个世界……不是故事了，几代人的沧桑。

一辈子没出过可可托海，可可托海我这样的"井底蛙"多。哈那皮亚，我熟悉的一个老矿工，吉木乃人，他脑子里，可可托海最美最大。七十多岁的时候病重了，儿子丫头硬扯上把他拉到乌鲁木齐看病。一下车，老人转着身看了一圈，惊叹说："噢哟，乌鲁木齐咋比我可可托海还大呢！"

这是可可托海人的心态。

小小的可可托海，有二十三个民族。除过墓地各是各的，我们这儿不分你是这个族我是那个族。我写过些顺口溜：

> 我不用看见他
> 只听声音
> 就能听出他
> 是谁家的阿塔
> 又是谁家的阿帕

清明前，当年跟随母亲从石家庄追寻父亲到了伊犁河谷达拉地的"川子"，20 世纪 80 年代末核工业军转民随单位落脚河北三河燕郊的"核二代"

康湖川，惦念着谁会去给杨伯点炷香、烧张纸……

康湖川：

  1965年3月13日下午，第二节课下课铃声余音犹在，我从教室窗户看到很多人向马路对面的矿医院跑。

  教室外面有人大声喊："出事了！出事了！马车班的杨伯伯被马车轧了！"我心慌意乱地随着前面的同学跑向医院。

  在医院走廊南头门外，我一眼就看出挂在铁丝上的棉工作服和衬衣是杨伯伯的。近前看见棉衣里边、衬衣上满是血，衬衣上的血还在滴答滴答往下掉。抢救室外的走廊里、窗户外挤满了人。

  矿医院是由一栋职工宿舍改建的，是五一九地质大队留下的那种苏俄建筑，中间长长的走廊，对开门，铺着木地板。猛然间，从抢救室传出撕心裂肺的哭喊声，是新嫁杨伯的张姨。

  听一位现场目击的婶子说，杨伯赶着装满了家具的槽子车，在红铁皮房子的下坡处，捆绑家具的绳子松脱，一口箱子掉下来惊吓了马，杨伯猝不及防，从马车上栽下来，被马车车轮碾压。那个时间段，生活区只有几个老人和孩子，没能及时救助。为众人服务劳累的好人，就这样离开了我们。

  杨伯生前一直是个马夫。那时候，人人吃喝拉撒住，都得总务科打理，马车班是运输主力。生产设备、生活物资，学校、医院、生活区取暖煤，搬家……都是马车班的活儿。矿上没有不认识杨伯的。

  那天夜里，我和娘一样，睡不着。只要闭上眼，就看见铁丝上那件滴血的衬衣。父亲在伊宁县搞"四清"，哥在察布查尔县上初中，娘一遍遍给我念叨："老杨是个好人，你杨伯是个苦命人。"娘说："你杨伯的爹娘走得早，跟着哥嫂长大，十几岁就当兵在外，四十多岁了，刚有了个家，怎么撒手就走了呢？留下孤儿寡母日子怎么过？"娘还讲，前些日子矿上开党员大会，有个糊涂领导不点名批评杨伯不顾矿上住房、粮食困难，一把抓了五个人到矿上落户，是个人主义、自由主义。虽然没点名，大家心里都明白，会后矿上的职工家属都为杨伯鸣不平。

我娘和领导理论，娘是家属队的领导。用娘的话说，一个光棍老兵成个家不容易，张姨一个寡妇拉扯四个孩子嫁给杨伯，既成全了杨大哥，又救活了一家人，老天爷看着都应该高兴！

杨伯的追悼会在墓地举行，就是当年大山脚下采石队工区。那天除离不了人的岗位，全矿各工区停工，学校停课，给杨伯送行。娘说，矿上的领导一定是看了杨伯的档案。

有些新调入的年轻人不知天高地厚，胡言乱语，妄言："死了个马车班的马夫，值得这样兴师动众大张旗鼓吗？"

矿领导致悼词："杨彦芳同志在抗日战争中，随所在部队转战晋西北、冀中平原；解放战争中，保卫延安荣立二等功；攻克兰州，所在连队荣立集体一等功；进军新疆巴里坤，剿匪荣获部队嘉奖；1956年4月由新疆军区派驻五一九地质大队野外勘探骑兵排，任职班长，担负安全保卫。同年10月转入五一九地质大队一分队……"

念悼词的矿领导几次哽咽念不下去。会场里一片抽泣声，我们学生哭成了一片。全体三鞠躬，我们少先队员给杨伯行队礼，鸣炮送灵。

我记住了杨伯是陕西人，十六岁参加革命队伍，随彭老总的第一野战军进疆。

日后很长一段时间矿上的长辈们还在念叨着杨伯，说真没想到老杨是老革命，资历一点儿不比矿长差，他们可是同年的兵啊！孩子们更是怀念他。那时电影《七天七夜》是家喻户晓的战争片，演的就是杨伯亲身经历的事。

杨伯献身核工业也是早的那批，是以现役军人骑兵身份调入五一九地质大队的。我枕头底下压着杨伯送我的军用风镜，是我缠磨过来的，杨伯说那是他当骑兵时的宝贝。

可能是缘分吧，杨伯是我童年少年记忆里最厚重的一份财富，我无法割舍。

我们哥俩头回见识杨伯是1960年的岁末，在五一九地质大队所辖的喀拉达木渡口。那年我俩从河北老家到乌孙山下的伊犁河边，路上走走停停二十多天。在伊宁市五一九地质大队转运站搭乘单位的"嘎斯"

汽车，走老公路，绕道墩麻扎，南折经巴依托海到河边的喀拉达木渡口。那天，一路上雪下得很大，几乎见不到来往车辆，大人们时常下车挖雪、推车，折腾了一天才赶到河边。

次日队里派了两架爬犁来接，妇女和孩子还有紧要的随身行李上爬犁，大人随爬犁步行。在伊宁大街上见过爬犁，头回坐马拉爬犁，很好奇又兴奋。更让我好奇的是，人称"老杨"的赶爬犁人竟然知道我和哥哥的名字！他说话南腔北调，沙哑的声音里掺杂着"日鬼""佛""这娃"这些我闻所未闻的词语。但有几句话我听明白了，他说老康和老温（娘的姓）已答应，我们哥俩里有一个要给他当儿子。小时候我胆子比哥哥大，不怵生，属于那种爱顶嘴敢接话茬的调皮小子。看他笑眯着眼很得意的样子，我不知深浅地脱口而出："大伯，俺才不给使唤头夫（石家庄方言'头夫'指牲口）的人当小子。"他愣了一会儿转眼看哥哥，憋红了脸的哥哥笑着说："我愿意给您当儿子。"杨伯哈哈大笑，指着哥哥说："这个好办，那就你了！"旁边观景的叔叔婶子笑闹着逗杨伯："你这趟爬犁没白跑，赚了个儿子回山。"

杨伯总是笑着逗我们，有时还用长满胡茬的脸亲我一口。他老人家身上总有一股马粪味，可能是长年侍弄牲口的缘故吧。喜欢抽莫合烟。记得我们从蒙其古尔又搬回达拉地的时候，杨伯住在马号里，那里紧挨着学校，放学后我们几个捣蛋的孩子经常到他屋里玩，一个大帆布包挂在柱子上，里面是莫合烟和报纸。在我眼里，杨伯天天都乐呵呵的。马号里一到冬天雪后落满成群的野鸽子，他老人家布网，孩子们忙着清雪，然后躲到屋里。杨伯一手摁住我们的头，另一只手拉着张网的细绳，我们大气都不敢出。杨伯手中的细绳一扯，我们疯跑出去，回回都有收获。

60年代初期，杨伯和我家隔邻而居。1963年元月，最冷的天，我四弟出生了。那时候日子苦，杨伯赶着马车到下扎克斯坦老乡家给娘买鸡蛋，晃悠了一天买回来两个鸡蛋。天寒地冻的，娘说："你杨伯尽心了。"

儿时眼中的杨伯，个儿不高，很有劲，坐槽子车上，用手轻轻一提，我就坐在他身后了。

家里添了两个半大小子，多了两张能吃能喝的嘴，尽管有好心邻居的周济和娘的精打细算，家里还是月月粮食亏欠。俗话说"半大小子，吃死老子"，那时有余粮的人家不多。队里为了让职工家属度过困难时期，号召大家开荒种地。地开多了粪成了宝贝，爹娘合计着趁天还冷，抓紧攒点儿粪，开春多种点儿可以当饭吃的土豆、玉米。娘三个拉着爬犁来到马号，娘敲开杨伯的门，杨伯伸手穿上皮大衣，嘴里数落着娘："说早点儿来也太早了吧，这才几更天，刚上罢二遍草躺下，让娃们跟着受罪！"说着打开了马号的门。就要跨进去了，杨伯说："麻达来了，粪还没扫呢。"娘说："我们自己扫。"杨伯说："不行不行，你们扫不成，马认生哩，粪都在马沟蛋子后面，你们进去，还不把娃踢飞了。这样行不行，先领你们到后面羊圈扫点儿羊粪，等我扫拢，你们回头来拉。"

羊圈离马号很近，那里的狗叫得很凶。快走到羊圈，杨伯喊了几嗓子，一只大黑狗摇着尾巴凑到杨伯跟前。半地下小矮房里钻出来一个高个儿汉子，我们哥俩都认识，他叫吐拉洪。前几天我和哥哥第一次随小伙伴们到南边坡地上滑爬犁，他骑在马上，几个孩子齐声喊："吐拉洪，吐拉洪，吃酸奶疙瘩一辈子穷。"我和哥没喊。

杨伯上前拉住吐拉洪的手嘀咕着说了些什么，吐拉洪把狗拴在门前，把羊圈门向里推开一条缝，我们跟着挤进去，里边的羊粪满地都是。杨伯站在圈外大声说："老温，说妥了，让你们连着拉五个早上，到秋后给送半麻袋洋芋。"娘高兴地应着："行，行，杨大哥你放心吧，忘不了。"

那天早上的饭桌上，娘端着饭碗说，吐拉洪是队上雇请的临时工，一家子的户口在牧区，没有供应粮。他是杨伯的朋友，天暖和后赶羊进山，秋后才返回羊圈。一家子没有粮食供应，也不知道人家的日子是怎么过的。

听娘讲，杨伯结识了不少周边的牧民，有不少朋友。"有一年这些人举行刁羊，你杨伯露了回脸。他马骑得好，人又壮实，别看他个儿不高，上了马真有股子威风劲。打那以后，经常有牧民不约而同地上门找他。你杨伯心肠好，不少款待他们。马号南边空地上那架修马掌的大柱桩经常拴着马，有蹭酒喝的，有出门办事的，还有到矿上医院看病的，马号成了这些牧民的冬窝子、招待所了。你杨伯当兵出身，好喝两口，有酒量。唉，单身光棍的日子……"

娘的话让我想到前些天在马号南边见到的场景。杨伯胸前罩着厚实的帆布围裙，一匹马被绑在两个柱子中间，铲刀、榔头、铁钳子、铁掌、钉子摆了一地。杨伯把马后蹄架在腿上，用一把平头刀清理马蹄凹坑里的杂物和马掌老皮，可能把马抠痛了，马仰头弓腰一阵折腾，吓得我直往后躲。围了一群人看热闹，有人夸杨伯胆子大手艺好。杨伯笑着说，这活儿不能胡日鬼，用的是寸劲，看着容易上手难。小孩子不懂什么手艺好坏，眼里看到的是又脏又臭还危险，心里想我杨伯咋干这？

2006年，我回伊犁接爹娘，饭局上见到了杨伯的老朋友、当年矿上有名的锻工万老伯。他是杨伯的隔行老搭档，说起杨伯，老人家动了感情。

"杨大哥是个干活儿不挑拣的人。那时马车班没有专职修钉马掌的，都是总务科临时到山外农村雇师傅干活儿，一把一清结算工钱，误工误事还麻烦。马掉了掌，干不了活儿，老杨就修修补补。他修钉马掌能凑合，铁掌他打不了。他提上酒瓶子来找我，商量让我把打马掌的活儿揽下。先前给他帮忙打过几副，一年下来量也不是很大，麻烦的是尺寸大小不一，为了那二两铁，我还得生上一炉子火，再说这又不是矿上派的活儿。经不住他缠磨，他又里外上下撺掇，队里派下了这活儿，一干就好多年，我们可一分钱的工钱也没拿过。"

说着说着万老伯眼含泪花叹息一声："杨哥这人命不强，多老的资格，随部队转业后干什么不好，就知道用鞭杆子鼓捣马屁股，当了二十年的兵，枪林弹雨闯过了，最后躺倒马车轮下……"万老伯的泪珠顺着嘴角滴到他面前只剩下大半两酒的杯子里，酒席上静得掉一根针都能听到。

1964年，我国第一颗原子弹在罗布泊爆炸成功。爹回家告诉我们，国家举行了隆重的庆功表彰大会，给达拉地沟五○二队颁发了一枚沉甸甸的金质大奖章。我立马想到了杨伯,想到铁丝上往下滴血的衬衣。天下事无所谓大小,只要在自己的责任内尽自己的力量去做,便是第一等人物。在我心里,杨伯像碑一样耸立了几十年!他是神一样的人。

月明之夜,仰望星空,天上一颗星,地上一个人。

奔腾的额尔齐斯河成就了伊雷木湖,阿尔泰延伸出的小小一支脉,被可可托海人称为"北山",面水背山,好去处!春日一缕暖风在伊雷木湖旋了个身,带着响声掠过原野,翻着跟头去了山顶,不知名的雀子嬉笑着斜斜滑过。

已是牛羊长膘的6月了,这儿还是疏草远看,醒目的是这一季还没开败、黄色居多、白色粉色点染的山花。漫坡山花乱石间散布着一座座坟茔——可可托海最后的归宿地,大多是由几块石头堆出,也有土堆墓。墓碑大多是简陋的水泥浇铸,经历了一个甲子的雨雪山洪,有的残断为两三截,更多已被泥土掩埋,亦如默默无闻而来又默默无闻而去的墓主。只是细细辨认,他们遥远的故乡山东、四川、湖南、湖北、河南、河北、安徽、甘肃……让你心头阵阵发紧。

我注意到一方断为两截又接为一体、十多人合葬一处的坟茔,墓碑有"烈士永垂不朽:马文舟、朱兆元、韩福保、贾天贤、赵世庆、杨金光、谈得福、马社生、李瑞、陈得义、孙国庆、孙国光"字样,立碑者为"新疆生产建设兵团工一师五团",立碑时间是"一九六四年二月十日"。这一片还有不少断成半截埋在土中的残碑,可以辨识出也是兵团工一师五团的人。

事后了解到,合葬墓中的烈士来自山东青州,在可可托海水电站建设中遭遇塌方。青春蓬勃的他们胸怀梦想,有各自的故事和秘密,却在梦想还没张开翅膀就告别了这个世界。

往上继续走,还是墓地。每一个墓穴都是土坯垒墙围成的院落,墓穴上面同样用土坯砌成不高的菱形。木拉提最终也归宿在这儿。他来这儿后,矿区医院矽肺科没有病人了。

天风无形。一只苍鹰从山头滑翔而下,荒草疏影更显寂寥。这让人心中涌起一种莫名的悲凉。

山根下，是可可托海的"半坡遗址"——深水电站三千多建设者穴居的废墟，残垣断壁依稀可见尺把长宽的"窗"。这一片曾经的存在，呼应暖阳缓坡永恒的存在。

　　天上一颗星，地上一个人。巴哈尔说："我们哈萨克也是这样看世界的。我爷爷说，生命是不死的。一个人死了，他只是到另一个世界去了，人不回来了，他还是和他的家人在一起呢。天上的星星都是离开我们的人，我们在地上，他们在天上。我喜欢在老木桥上数星星，爷爷哪儿呢，老爸哪儿呢，安书记哪儿呢……哪儿的星星也比不上我们可可托海的星星亮。"

　　无边无际一片星群，那是无穷、无数、无尽的星辰。圣哲们向我们宣称：那里有许多不同的世界，无数的太阳在那里闪烁，那里还有人类永恒地生存。

　　一个伟大的民族，一定有一群仰望星空的人。他们中每一个灵魂的生命中，一定会有一颗璀璨的星。

卷六

只有草原能留住骏马的蹄印

一个留在可可托海记忆中的日子 ·· 379

乌孙山下杏花沟 ·· 388

你眼中银装素裹，我脚下风雪茫茫 ·· 400

杏花沟酿出了我要的甜蜜 ·· 409

我对爷爷有一个承诺 ·· 417

天山铀业组图

一个留在可可托海记忆中的日子

　　新电梯有了,小笼梯退役了。没装新电梯前,最怕电梯故障,地下136米,安全楼梯六百多级台阶,至少爬半小时。六十多年前的工程,混凝土和钢结构还是结结实实、稳稳当当。早先的小笼梯四周就拉个铁丝网一围,满眼全是龇牙咧嘴的岩石,坐在上面摇摇晃晃。新电梯全封闭,安全舒适,就是贵了。除了电梯和安全楼梯,还有两条安全交通隧道,以防遇到紧急情况、突发事件。新电梯全程只需2分15秒,小笼梯要近4分钟。

　　第一次下深水电站,电站副经理程守军一路引导。下到地下主厂房,水轮发电机轰鸣,不进隔音室,对着耳朵说话才听得见。程守军大声介绍着:"主厂房差不多37米长,9米宽,5.5米高,四台机组。"跟随程守军环绕机组前行,"你看,就这儿,机组对面水泥墙上——

　　"热烈祝贺今日发电,一九六七年二月五日十七点整,普通一兵贺电。"

　　1967年2月5日17时,可可托海水电站第一台机组正式发电。

　　这是当年留下的电站一景,也是可可托海一景。

　　岂止是一景,这凝聚了建设者的青春、汗水,甚至生命的留言,历经半个多世纪的沉淀,已成为可可托海历史厚重的一页。

　　程守军指着4号机组旁边说,这里有一条180米的安全出口,洞内全是裸露的花岗岩山体,就像坐小笼梯看到的。摸着冰凉的岩石,顺着水泥台阶一步步往前走,脑子里会不自觉地想老一辈建设者是怎样用钢钎、大锤、十字镐在花岗岩山体凿出这么宏伟的地下工程的。

　　电站历经"大跃进"、三年困难时期、"文革",最苦最乱,近二十年,还是建成了。宗家源、李庆昌他们说:"国家兴亡,匹夫有责。"

因处在高寒与地震断裂带上，可可托海水电站从开工到最后一台发电机组投产，历时近二十年，又叫"胡子工程"。图为1967年2月5日第一台水轮发电机发电时，一名不知名的建设者留在墙壁上的手迹

1967年2月5日，宗家源记得很清楚："可可托海水电站终于顺利发电了。那天晚上七八点，我们设计组的人驱车从海子口到二厂房，坐吊笼穿过136米的竖井，来到地下。机器运转已很稳定。不过正是'文革'期间，大家谁也不敢喜形于色，没有激动，没有眼泪，但内心是非常高兴的。"

自1967年2月5日始，深水电站已经安全运转了五十三年。一代又一代可可托海人青春接力，在井下坚守了五十三年。已届知天命之年的"矿二代"程守军，白天晚上在井下陪着水轮发电机也默默转了三十一年。

"老爹老娘安徽支边到可可托海，他们这一批人多，秦凤华父母、刘树东父母都是这一批。我们在可可托海出生。现在可不是老爹老娘那个时候了，一句'建设边疆，保卫边疆'，二话不说就来了。"

刘志敏（可可托海水电站带班班长）：

我和女朋友刚分手。我们俩青梅竹马，两小无猜。我爷爷那辈从甘南武威迁徙哈巴河。"金张掖，银武威"，我们老家应该不错吧，不知道爷爷为了什么从河西走廊一下子跑了这么远，隔着阿拉克别克河，那边就是人家苏联了，现在是哈萨克斯坦。

我和女朋友在哈巴河从小一起长大。我读阿勒泰职业技术学院，毕业实习在电站，毕业后留职可可托海。她学的是财会，去了北屯市一家金融机构。

还不仅仅是人分两地。毕业后的这一千三百多天，我们看上去还正常，不争不吵，却渐渐越走越远。若两情相悦又岂在朝朝暮暮，主要不在此，还是与对生活的认识、人生追求有关。

无论在哪儿，总会有得有失。眼下的世界越来越趋利，我虽然走向社会不久，只有二十三岁，但是很享受可可托海的安静，这里的人文环境没有那么复杂、功利，历史情感重。当地人永远不会把你当外人，矿区老人"胖儿子，胖儿子，来家里吃肉"，叫得人心里暖融融的。这儿的传统你不能不敬重，不知不觉中就感到，既然走上了这个岗位就要担起这份责任。现在都是模块，远程控制，人轻松了，但是对人的技术水准要求更高。一个科班毕业的学生最少有三年工龄才可以单独工作。书本知识是死的，实践理论是活的。要听得懂：机组故障最显著就是声音不对，水轮机、高压设备等要从轰鸣声中听出细微的声响异常，得有顺风耳。要看得准：运行几十年的老机组，一眼能看出运行稳定性。水涡轮上面是顶盖，看水量和水温，判断密封圈的磨损程度。要闻得对：胶布、电缆、齿轮机油等都有自己的气息，你的鼻子要有辨别气息异常变化的敏感。要摸得清：电机、冷却水等温度变化直接反映运行状况，手背触碰，把脉问诊，结合远程控制，及时发现问题，保证机组安全运行。

刚上班，自己很不适应，仰着头数星星，数来数去就巴掌大那么一块天，难熬。要对抗寂寞，买了辆摩托，下班周游山野，探秘可可托海的山山水水，都跑遍了。一开始漫无目的，沿着一条路一直跑，跑到边境线。有时候骑十个小时直接回哈巴河。

刚来时，电站有七十多个工友，这几年我送走了最少三四十号人。关系近的有，远的也有，每走一个，心里难受好一阵儿，大家的关系超越了同事、朋友，是家人和亲情。就是关系不那么近的，也会想起他的好。这就是矿上老人说的"山远人亲"吧。

加娜尔古丽·吐尔逊青春洋溢，脸庞如秋日熟透的红富士苹果圆润光泽。国旗红工装很亮眼，左胸机绣标识"稀有公司"，配有英文。

深藏于地下136米的可可托海水电站地下发电机房

加娜尔古丽·吐尔逊（可可托海水电站技术工人）：

我是"矿三代"，出生在可可托海。

苏联人开矿的时候，爷爷从塔尔巴哈台到可可托海打工，三号脉竖井打风钻。爷爷1992年走了，他是在矿医院矽肺科去世的，喘不上气，憋死了。

我奶奶家是可可托海的牧民，奶奶十多岁在矿上拣宝石。

爸爸也是十多岁就在矿上拣宝石，长大了矿上培训，选矿上干过，矿务局车队干过。

爷爷奶奶、爸爸妈妈都没上过学，他们自己没有，总是希望孩子有，让我们多多上学。我矿区子弟学校读完高中，参加招工考试、培训，2015年到电站上运行班。

程师傅说的，"刚出师"。每隔一小时抄一次表，巡检，维护维修。地下电站三层，水轮机组、水泵、发电机组……隔音间在地下一层，4平方米大小。刚上班不适应，说话听不见，70分贝。抬头望出去，巴掌大一块天，井底下的青蛙一样嘛！

咋办呢？我有办法呢，唱歌。我从小爱唱歌，《天路》，韩红的，《春

20世纪60年代可可托海水电站水泥坝体修建场景

天的芭蕾》《玛依拉》……

> 人们都叫我玛依拉 诗人玛依拉
> 牙齿白声音好 歌手玛依拉
> 高兴时唱上一首歌
> 弹起冬不拉冬不拉
> 来往人们挤在我的屋檐底下……

最多的时候,我一个班绕着机组边走边唱,唱了八个小时,越唱嗓子越亮。

我有男朋友(羞涩一笑)。他爱听我唱歌,我们十年前认识了。他是新疆师范大学毕业,分配到富蕴县中学,他喜欢历史。我们可可托海的少数民族都晚婚。先上好学,工作有了……下班他接我呢,星期天他摩托骑上可可托海来呢。

加娜尔古丽的独唱,已是矿区文艺演出的保留节目。她从可可托海走向阿尔泰,是草原欢迎的歌手。加娜尔古丽·吐尔逊和帕里哈提·阿不拉哈提的新房装修好后,在可可托海办喜事。

陈磊(可可托海"矿二代",可可托海水电站副经理,祖籍河南周口):

最早,水电站保障可可托海矿务局生产生活用电,还有富蕴县两乡一镇。电用不完,现在已并入国家电网。

六七十年代,可可托海有四五万人,矿工就有一万多。虽然在大山深处,但是矿区麻雀虽小五脏俱全,有一个完整的社会体系,医疗、教育、工资待遇、福利也高,在阿勒泰那是首屈一指。山外面的人都叫可可托海"小上海""夜巴黎"。可可托海最红火的时候是80年代。好景不长,锂、铍精矿不再出口,军转民国内消耗不了,撑到90年代末,撑不住了,三号脉闭坑,矿山关停并转,企业分流,树倒猢狲散。

我正赶上这个过渡期,1990年从技校毕业,在电站实习。

我老爹在甘肃当兵,转业可可托海。我1969年出生在可可托海。我们这一代人激情尚存。花岗岩大山里凿穿了几条洞,筑起一座坝,掏出一座电站,容易吗!自1955年野外勘测,到1975年6月第四台5000千瓦发电机组投入运行,二十年啊!终得大功告成。这一代人付出了多少艰辛啊!可可托海深井电站留名中国水电建设史,是奇迹!

我们接受了上一代的精神传承,到现在还是想着给国家多一些奉献,我在山上干了十八年了。

从住宅区到工作岗位四五公里,山上的四五公里和山下的四五公里可不是一个概念。夏天雨下得大点儿,塌方落石,冬天雪崩,真是行路难。我刚上班的那年冬天就遇上了雪崩,风雪交加,没有一个人走回头路,也走不了回头路,硬是顶着风雪连滚带爬走到工作岗位。那时女工多,没有因为怀孕空岗的。这四五公里路上,什么情况都可能遇上。一直到2015年才有了一条比较通畅的路。

时代发展,社会进步,你不能永远以不变应万变。2005年,我们招收了二十个人,目前只剩一个。2007年电站又招了二十个学生,一个没留住。由于地理封闭,人际环境狭小,找个媳妇都困难。即便是暂时留了下来，有了孩子后也还是找门路往外走，孩子的教育是一个小家的头等大事。我们的工作对技术水平、应急能力要求高，哪怕是科班出身，也得有个五六年的实践经验，还要有心学，才会有解决问题的能力。2007年来的一个挺有前景的青年，毕业院校层面高，好学。也就是五年吧，刚能放手干活儿就走了，很可惜。临走小伙子动了感情，说："今天不叫你师傅，兄弟，你知道我是谁，你是在期待我——我相信。"

真发愁，单位没办法集聚技术力量，企业技术水准下滑。

实习三个月最难熬。夜班晚上6点半上到第二天早上9点半，碰上下雨天，数雨点子落井底……有的实习还没结束悄悄走了。

人生活在天地之间，不接地气不行，不见太阳更不行。井下分不清白天黑夜，人会莫名其妙地烦躁，抬头看天，井口的阳光离井下还有136米。

我心情不好，也站在井口下淋雨，淋得一身湿透。当年太封闭，去阿勒泰就要走两天，没能见母亲最后一面……这两年，生产生活条件有了不少改善。公司、镇政府在可可托海新装修了中转公寓，休班时回可可托海，方便青工融入社会，有定点通勤车。大环境更是不用说了，富蕴机场复航，高速全程贯通，下半年火车就通了。但愿更多有追求的青年来可可托海和我们一起青春守护。

程守军（可可托海"矿二代"，可可托海水电站副经理，祖籍安徽）：

就是陈磊说的，现在的小年轻，学校毕业干上个三五年，看不见医疗、教育改善，再碰不上个小恋人，他就会走。再不走就晚了呀，二十六七、二十七八了。而我们这儿，有三五年工作经历那是刚入门，刚能放手顶事，一下子就走了，很可惜，也很无奈。

从水电站到可可托海，31公里。路不远，这条路却不寻常，石壁、悬崖夹持的一条碎石路，从大坝到电站的9公里盘山道，坡陡、弯急、道窄，雨天雪天常有巨石滚落。可可托海一年大半年雪。我1989年到水电站，水电站记录的极端最低气温是零下51.5摄氏度。我上的第一个夜班，一个晚上下了90厘米厚的雪。2009年冬天连着下了七场大雪。

碰上这样的大雪天,山里的人出不去,山外的人进不来,天大的事也只有步行跋山涉雪,要能等就等推土机推开路。

有一年冬天,雪太大,水电站推土机使用频率太高,零件损坏了。只有蹚雪送零件,从大坝口到水电站走了六个多小时。10月一落雪,十天半个月下不了山是常有的事。进山上班走盘山道,我遇上过不止一次雪崩,汽车埋住了,从雪里扒出来,保住命就算你运大了。

直到2014年,凿了四五年的进山隧道才终于贯通了。

2016年冬,大坝新厂房引水洞拦污栅枯树朽木杂物堆积太多,急需清理,因为天太冷抓污机撂了挑子。厂家技术人员赶到后,我们配合一起往大坝赶。

车到距大坝还有四五公里处,雪崩阻断了路。我看了看,路一时肯定通不了,决定沿着悬崖步行下去。山路陡峭,太阳直射下,雪结了冰。所有人都打起了精神,小心翼翼向山下走着,滑着。寒风一阵一阵,吹得眼泪禁不住流,睫毛、眉毛瞬间就冻在了一起。厂家的技术员第一次来可可托海,穿得单薄,下车就冻透了。我们几个能脱的就脱吧,都给他加上。我们跳着跑着保持体温。几个小时后,所有人的腿脚都冻得失去了知觉,好在机器修好了。

厂家技术员从没见过条件这样艰苦的深山电站,忍不住发问:"你们是怎么坚持下来的呀?"

曹钰说:"我也不知道是怎样坚持下来的,每次想离开,

可可托海水电站建设者居住地遗址

又总是依依不舍。"

曹钰说的是实话。总要有人在这里,父辈打下的江山你不守谁守。我们还好,土生土长,井下抬头看,就这么一块天。上了井,四周群山,比井下大些的天。

水滴石穿。千万不要小看水的力量,花岗伟晶岩,多硬的石头,抗不过水。就是坚守下去,一滴一滴,汇集在一起。水的冲击力吓人,一秒几十立方!

乌孙山下杏花沟

出伊宁市斯大林大街四巷,云层灰暗,雨丝似有似无。

车过城区不一会儿,云收日出,碧空如洗,远山含烟。收罢秋的田野,牛羊悠然。黄绿杂染的层林,清晰可辨昨天和今天的衔接,却丝毫不见秋风涂抹的萧瑟凄清。

过加克斯坦河谷,进入矿区路口,迎面立有一块标牌:"核工业新疆矿冶局,核放射性监护区"。

七三五矿区,乌孙山北麓蒙其古尔沟就要到了。

党总支书记赵乔付,小个儿,小得显瘦弱,肤黑,笑得腼腆。这肩头挑得起一个铀矿山的担子吗?

东华理工大学地质物探专业1997届毕业生赵乔付,是珠江源头云南曲靖人,在伊犁河谷落地扎根二十多年了。

"先转转?"

秋日斜斜,掠过原野的风,借助嬉戏的光束,给一片杏林镀了一层深浅不一的金色,赋予大地柔美温情。

"这些杏树是前些年种植的,我们受益了,多好看!春天杏花开得更好看,一条沟全是花。杏子下来了谁想吃谁摘,鸟也来了。

"你看,一棵树就像站在阳光里的一个人……"

时有叶片飘落,驾驭着命运,开始下一个轮回。

起伏的山野,风中的花大多只剩下个光杆杆。乌孙山下已不见昔日矿山的踪影,不见堆积如山的矿石。没有露天开采的矿石,也看不见飞扬的烟尘里人拉肩扛忙忙碌碌、进进出出的矿工。望出去，冰峰雪岭下，也看不到铁塔、烟囱林立，不见烟雾环绕的厂房、吊塔、天车、罐笼……没有工业异味，这里的山野静悄悄。

记起天山铀业女掌门黄群英昨天说的一句话："你明天去，看到的和想象的会不一样。"

只见散落山野漫坡尺把见方的蓝色、红色箱盒，箱盒保护着的就是铀矿原地浸出开采工艺注入孔、抽液孔露出地面的管道龙头，类如油田俗称"磕头机"的抽油设备，只是比"磕头机"小巧太多了。管道埋在地下，封闭循环。采区显眼的是高10米左右的储气塔罐，罐体上"天山铀业"很醒目。井场无人值守，集控中心数字化操作，监控井场生产运行。

水冶车间差不多有三层楼高，简洁明亮。铀金属萃取工艺流程在罐装塔和管道内封闭完成，运行自动化，电脑数控，偌大的水冶车间只有两人值班。

生产工艺流程各个环节的化学成分、含量报告，由现代数控技术自动输入生产中心控制室终端，调节、控制各生产环节。矿山技术骨干有伊犁"核二代"，近年科班毕业分配的大中专院校毕业生，东华理工大学、南华大学的为多。

现代科技，鸟枪换炮，这是矿山今天的现实。

书记小赵告诉我，原地浸出采铀技术是通过注入井注入浸出剂溶解矿岩中的铀，再从抽出井中抽出含铀溶液的一种采矿技术。这一技术要求矿床具备两个基础条件：矿体有较稳定的顶、底板隔水层，含矿层具有一定的渗透性。

"天山铀业能有今天，首先得感谢老天爷给了我们得天独厚的地质条件。

"伊犁盆地位于哈萨克斯坦—准噶尔板块与塔里木板块夹持的伊犁小板块上，在南北挤压应力下形成大型山间拗陷盆地。亿万年地壳演变，上古生界火山岩和海西期花岗岩构成了伊犁盆地坚实的盆底。

"侏罗纪是伊犁盆地沉积成煤期，盆地内的沉积层形成了八个沉积旋回，在八个沉积旋回中发育了厚度和规模不等的十三层煤。

"晚侏罗世时，盆地南缘相继发生地壳抬升，含矿建造被抬升到近地表；白垩纪以后，含氧大气降水渗入风化裂隙，地层中的铀被氧化溶解迁移，逐渐渗入到侏罗系承压含水层中，地下水携带被氧化的铀元素沿地层向盆地中心迁移，被氧化的铀在地层中遇到还原剂——H_2S、CH_4、H_2这些时，铀被还原沉淀、富集，形成矿体。

"原地浸出采铀我国起步晚。我国五六十年代地质勘探技术还是大海捞针的普查，开采也是矿井掘进坑道开采。当时地浸成矿理论尚未形成系统学说。随着电子科技的发展，探测仪器精度不断提升，低品位矿脉也有了经济开采技术储备。在国外探索研究基础上，国内开始研究填补地浸技术空白。

"1985年11月1日，核工业部新疆矿冶局任命张彦英为副总工程师。五天后，11月6日，新疆矿冶局上报核工业部：关停七三一矿、七三五矿、七三四厂。

"早在1985年4月，七三五矿已先行终产。年底前，七三一矿、七三四厂相继关停。1986年，核工业部行文，对退役厂矿封井闭坑、污染治理提出明确要求，拨专款实施。

"一个七三五矿就是两千多员工。住马厩搭帐篷，边筹建边设计边施工，吃了大苦，奋斗了二十多年——那不就是一个人的一生吗？打造出一个军工企业，就这么完了？还是这些人，只不过当年是血气方刚的小伙子，如今已是快退休的老汉了，再亲手把自己辛苦建起来的企业埋葬掉，实在舍不得，更不甘心！

"留学苏联的地质工程师、'核一代'张彦英说，我头一次进七三五，过伊犁河还是木船古渡，两岸栈桥引渡，牲畜牵引助力，没想到……

"老矿工们说，1964年第一颗原子弹爆炸成功，中央不是给我们达拉地沟发了一个大奖章吗，这么快又把我们忘了？

"好在我国实施核工业规划之初，确立了'两条腿走路'的方针，无论苏联给予怎样的援助，中国核规划必须立足本国战略基础，积极争取苏联帮助的同时，坚持独立自主。50年代初，五一九地质普查勘探大队在蒙其古尔、达拉地发现五〇九矿床、五一〇矿床后，在五一〇矿床以西5公里处发现砂岩铀矿体，编号五一一矿床，40公里外的砂岩铀矿体编号五一二矿床。客观说，前辈们的努力为科技水平发展后的矿山建设提前奠定了基础。

"很多事情都是这样，山重水复疑无路，柳暗花明又一村。对新疆'核一代'来说是逼上梁山，背水一战。1985年七八月间，核工业部第六研究所王西文高级工程师和七三一矿技术人员一起，对新疆铀矿资源又进行了一次全面调研梳理，联合向核工业部上交调研报告，认为伊犁盆地五一一、五一二矿床含铀砂岩疏松，渗透性好，底板坚实，适合地浸采铀。10月2日，七三一矿向核工业部呈报《原地浸出采铀工作计划》，要求尽快开展地浸采铀试验。11月，核工业部函复：'七三一矿在调查研究的基础上可以考虑进行一些小型试验准备，明年可先派人参与六所在云南的试验工作。待云南试验告一段落后，再由六所与七三一矿共同进行新疆的地浸采铀试验。'七三一矿在五一二矿床取原生含铀砂岩矿样，送第六研究所，并参与云南地浸采铀现场试验。

"1986年，新疆矿冶局和七三一矿会同六所共同编制新疆五一二矿床地浸试验五年规划，向核工业部上报《关于在新疆五一二矿床进行原地浸出采铀试验的报告》。1987年3月，核工业部正式批复，同意在五一二矿床进行地浸条件试验，并核批了1987年度地质勘探计划及投资。

"1988年4月，七三一矿地浸队进入五一二矿床地浸试验基地，进行

1988年，地浸条件试验开始试车

地浸抽注试验。单孔抽出溶液达3—4立方米/时，金属浓度逐步上升到18毫克/升。原地浸出铀金属试验获得成功，不仅取得了第一手数据，还很快收获了第一桶金。我们天山铀业可以说是绝路逢生。

"我1997年到七三七厂。七三七厂依托老七三一矿地浸试验队发展起家，我来时，七三七厂还处于工业化生产初始起步。衡阳六所王西文高级工程师是中国地浸鼻祖。从1987年七三一矿地浸试验队到1997年七三七厂，十年间填补了国内地浸工业生产空白。1997年后，由七三七厂到七三九、七三八、七三五厂，开枝散叶，走向铀工业化生产。1999年开始起飞，技术再次提升，浸出液不加硫酸，改进为氧气加二氧化碳，有选择性分解，对地下水更环保。整个运行过程全封闭，对人体生命的保护更安全，对地质构造破坏更小。传统生产工艺开采不了的，地浸技术没问题，资源利用率高达90%以上。解放了生产力，七三一矿运行时差不多有五千人，七三七厂一百二十多人，科班出身三十七人，大多是东华理工大学、南华大学的，整个天山铀业也就五百多人。

"我们天山铀业第三代技术提升获得国家奖。七三七厂，还有七三九、七三八、七三五厂打包申请千吨级绿色地浸铀开采基地，智能化、数字化矿山的目标指日可待。

"七三七厂是地浸技术人才的摇篮，张彦英前辈——'核一代'，他的小儿子张勇就是从我们七三五厂去了内蒙古，内蒙古铀矿基地也是砂岩地质构造。

"我是七三一矿的女婿，媳妇的父亲从阿勒泰矿到七三一矿，老人家夸奖我们的工作，达拉地沟、蒙其古尔沟又是水清见石了，流到伊犁河的水干干净净，春天又是一沟杏花了。

"我扎根了，儿子初三，明年中考……"

张彦英（中国第一批苏联留学生，伊犁七三一矿地质工程师）：
　　我这一生遗憾很多……
　　临洮解放了，我考入了临洮高中。学校动员我们学工科，早日建设新中国。我放弃了高中，读了兰州工业学校化工科，1953年毕业，分配到新疆有色金属公司，迪化报到后分到了阿勒泰三矿。10月底，矿务局选派我去苏联留学,还有一个维吾尔族同学、一个哈萨克族同学,两个学地质,一个学掘进,我学地质。

1959年毕业回国,国内形势大变,"大跃进""庐山会议""反右派"。中苏关系很紧张,回国留学生先集中北京学习,然后回原单位。回到新疆我先在局机关工作了一年多,1961年回阿勒泰三矿。三矿开采锂辉石,三矿的业务渐渐进入状态。1964年局长赵庆云率领三矿大部分整体搬迁到伊犁,伊犁七三一矿的底子就是阿勒泰三矿。

刚刚两年,后脚跟还没扎稳,"文革"动乱开始。军事管制、交兵团,越整越乱。

1985年七三一矿封井闭坑,国家政策。说是运行了二十多年,实际上没有那么长时间,"文革"期间交兵团,基本上是停产状态。中国老百姓是最好的,伊犁"核一代"让人感动。

贺德喜(衡阳矿冶工程学院首届毕业生,伊犁七三五矿地质工程师):

中国核工业人才培养基地南华大学,最早的底子是我们衡阳矿冶工程学院,当时是二机部的直属院校。

我是衡阳矿院首届毕业生,1959年进校,1964年毕业,学制五年。毕业直接分配到伊犁七三五矿。

到新疆前满怀希望,报效祖国,为大国重器贡献一份力量。到了后完全不是那么回事,先去伊犁搞了大半年"社教",1965年回到七三五矿才接触专业。从下井打矿硐掘进开始,干到1966年。1969年珍宝岛中苏打了起来,矿务局交兵团。人心浮动,人员流失。

我们一百多个大学生,湖南、江西、北京、四川、东北的学生都有,还有一批转业兵,一直坚守生产岗位,生产断断续续一直没停。辐射污染严重,家里床单、厨房案板都测出辐射污染。

我一直带班在井下干,可以说是九死一生,不是水淹巷道,就是火烧矿井,突然又是一个大冒顶,一直干到1985年封井闭坑。

1964年衡阳矿院我们一起来了三个——我一个,韩藕池、刘卿元。三人同年生,1938年生人;同是湖南老乡,我湘乡,刘卿元衡阳,韩藕池桃源；同一所院校，分到同一座矿山，干同一种活路，采掘第一线防火防水防流沙，一辈子心思全在软岩层巷道掘进、支护、施工……

我们是熬过来了，说好听点儿是坚持下来了，坚持到实施先进的地浸技术。感谢老天爷，伊犁蒙其古尔、达拉地矿床具备实施地浸技术手段的地质条件，上、下层都有不透水层，上、下不透水层夹有砂岩层。不具备地质条件就无法实施地浸技术。国家地质勘探、采掘科技水平提升，因为实施了地浸工艺，天山铀业才有了大发展的今天。

秦云洲（伊犁七三一矿技术员，祖籍河南焦作）：

我是北京大学工农兵学员，放射化学专业。工农兵学员第一年补初、高中课程，后三年学专业课。1975年毕业我被分到核工业部四〇四厂。四〇四厂底子是核工业西北地勘局二二四大队，早先叫"一八二队"。1964年第一颗原子弹爆炸，一八二队立了大功。1965年从新疆转到了甘肃柳园和陕西丹凤山区探矿，后勤基地在嘉峪关西边的五华山。支援新疆，四〇四厂来了三个人，两矿一厂，一个单位一个。

我分到了七三一矿，下井挖煤。七三一矿是世界唯一一家从褐煤中提取铀的煤矿。从七三一矿挖出的褐煤铀矿石拉到七三四的自备电厂，从燃烧后的煤灰里提取铀。塔式萃取工艺，代号"111"，最初级的产品，火车运到衡阳二七二厂。二七二厂是"二五"期间苏联援建的重点项目，工艺流程是苏联莫斯科设计院设计，生产设备苏联提供。中国第一个铀水冶纯化厂，进一步提炼制造核武器的主要材料铀-235。我在井下挖了几年褐煤铀矿石。

1985、1986年我们伊犁两矿一厂就关闭了，国家政策是"封井闭坑"。

秦建伟（新疆"矿二代""核二代"，祖籍北京怀柔）：

我是"矿二代"，也是"核二代"。父亲随部队进疆后，新疆组建有色金属局，父亲从部队到了有色局，我出生在乌鲁木齐明园。1958年末，父亲去了阿勒泰三矿，在离俄罗斯村不远的冲乎尔。1964年，三矿搬迁到伊犁，组建七三一矿，一直干到七三一矿封井闭坑。

1987年，依托七三一矿的地浸试验工程队成立。背景是"核一代"的情怀还在，不甘心；"核二代"从小就在封闭的矿山，矿山关闭何以立足。关键是这时候对地浸技术已经逐渐有了认识。伊犁的铀伴生煤中，我们传统工艺是挖煤，建电厂，然后煤灰中提取铀。美国、法国、苏联四五十年代就研究地浸技术提取铀，技术手段很成熟了，我国搞地浸研究是核工业衡阳六所的副所长王西文。从苏联人到五一九队留下的地质资料，七三一、七三五矿属砂岩地质，有底板、顶板。砂岩矿是实施地浸技术的必需地质条件。不破坏底板，打通顶板，注入化学溶液，起化学反应后提取含铀溶液。地浸技术不产生粉尘，环保，化学反应在地下矿床完成，减轻辐射。地浸工艺对专业素质要求很高，王西文副所长去美国、捷克、苏联考察过，也到我们伊犁来过。地浸试验初期我们也请过苏联专家。我们的地浸人才是在实践中锻造出来的，技术骨干主体是大专院校毕业生，更有学成归来的"核二代"。我学地质测量，王西文的衡阳六所是我们的技术支撑。

最难的时候是1994、1995年，技术不成熟，产量上不来，科研资金匮乏，已经封井闭坑的七三一矿举步维艰，寄希望于地浸，又很无望，万一试验不成功怎么办？地浸试验队副队长包成栋，青海人，东华理工来的，一直在七三一矿干，1987、1988年硬撑起了地浸试验队。马新林，新疆人，回族，成都地质学院工农兵学员，回到七三一矿地测科。他们两个管技术，吃饭都没情绪，一天黑着个脸。我们最困难的时候一个月五百块工资，那真是苦！穷心竭智一定要把这个家伙从地下请出来！那真是玩了命干啊！包成栋，四十五岁过世，肝癌。马新林五十出头走了，肝癌，不抽烟不喝酒。人生就像过河的卒子，只有拼了命往前。包成栋、马新林是拿上命拼地浸，我们可不敢忘了他们呀！

新疆天山铀业是地浸技术人才摇篮，技术手段越来越成熟，生产在国内比重靠前，要"打造核工业粮仓"。在我们这儿就是科学技术是第一生产力。天山铀业发展到今天蒸蒸日上，关键是苏联人和五一九队留下来的地质水文资料，我们在这个基础上摸索着走出了自己的路。

沈红伟（新疆中核天山铀业有限公司总工程师，祖籍云南红河）：

我还是挺幸运的，踩上了企业咸鱼翻身的点。

我是东华理工1996年应届毕业生。我们那一年是国家包分配最后一年，一定要分下去。我没什么"高大上"的理想，我相信人的命运就是一种缘分。云南的接收函晚到了，我就跟新疆矿冶局要人的人来了。我学地球物理的，冷门。新疆刚买了一台测井车，专业对口，签下协议。结果云南的函到了，晚了。所以说，这就是缘分。

其实，地浸最早试点在我们云南，然后才是新疆的达拉地。从1987年开始，艰苦探索了十年，1996年起飞，实现了工业化生产。所以说，人不可能一辈子总是倒霉。

我们总是说上帝是公平的，沧海桑田啊，看一看，上帝哪里公平过啊！我们国家是"贫铀国"，矿石品位低，地质条件复杂，水文条件也非常复杂，我们这样的矿，国外很少开采。没办法，老天爷给我们的就是这个，我们只得认。铀对于一个国家的战略发展，具有不言而喻的影响：是军工的基石，核电的粮仓。目前世界各国的核电站原料都采用铀。

手中有粮，心里不慌。看看"核一代"的历史是很感人的，土法上马的竖井，安全度很低，超极限的劳动强度啊！国家战略安全需要，牺牲了自己的生命安全。整个矿务局的产能连我们现在一个试验小厂都比不了。一种悲壮，让人禁不住落泪的虽败犹荣。

我们现在铀矿勘探，一根内置电路板和探测器的钢管进入钻孔井，捕捉铀矿释放的射线，地面工作人员根据仪器显示数据判断铀矿的深度和规模，工作过程以分钟计算。"核一代"使用伽马测井，要测算出铀矿相关准确度，必须有两个前提：矿床成矿时间在二百五十万年以上；矿床赋存环境没有遭到任何破坏。满足这两个条件的砂岩铀矿少之又少，地浸采铀的过程就是利用铀和镭的地球化学性质差异，留下镭，铀、镭平衡遭到破坏，很难对采区剩余铀量进行客观评价。目前，只有美、俄两国利用中子测井技术较好解决了这一矛盾。我国试图引进这一技术，由于技术壁垒制约，这项技术在我国铀矿勘查和开采方面还没能得到运用。

没办法，老天爷的吝啬倒逼我们奋力技术研发，提升技术体系。就说地浸技术吧，不是我们想象得那么简单，也不可能如工业化那样统一，每一座矿山都是一个独特的个体，老天爷赋予它独特的个性。要像中医那样把脉问诊辨证施治，否则就要出问题。地浸技术的进步、发展，已是世界铀业生产的主流技术。核心技术谁也不会恩赐给你，花再多的钱也买不来。只有掌握核心技术才能从根本上保障国家经济安全、国防安全，掌握竞争和发展的主动权。

我们天山铀业是中国地浸技术的先行者，是中国地浸人才的摇篮。如果没有地浸技术的不断进步，就没有中国最大的铀业生产基地，天山铀业的发展又一次印证了科学技术是第一生产力。天山铀业的发展史，就是中国铀业的科技进步史。我在七三七厂干了几年，去了吐鲁番七三八厂。2006年到内蒙古通辽厂，建成一期，实现产能，2010年又回到伊犁。我的人生见证了中国铀业地浸科技水平发展。

我感恩母校东华理工大学，母校的前身是华东地质学院。还有南华大学，底子是二机部创办的衡阳矿冶工程学院，东华和南华被称为"中国核地学人才的摇篮"，为我国核大国地位确立和铀矿地质事业的发展做出了无可替代的贡献。

我去的几个地方，七三八厂条件最苦。吐鲁番夏天的热，冬天的冷，没完没了的风沙。热得受不了，冷得受不了，亲眼见十级大风把火车吹翻了。到七三八厂第一夜刮大风，沙尘顶得喘不过气。能在七三八厂待二十年的老员工，就是共和国最伟大的公民！七三八厂水文地质很复杂，高矿化度，就像人容易得心脑血管病，经常堵，动不动就堵。绞尽脑汁搞了五组试验，终于搞出了氧气加二氧化碳这项技术。还是摸清了铀金属的个性，铀是亲氧元素，加入氧激活铀，氧化成6价铀，络合反应后易溶于水。二氧化碳的作用如同阿司匹林于人体，调节pH环境，避免产生矿物沉淀，不要患心梗脑梗。注入量、工业参数没有最优，没有极限，但有相对适度，还是中医辨证施治的理论。七三八厂终于找到了适用此类矿山的技术途径——加注氧化剂。

在内蒙古通辽,实现了工业化生产,获国家科技进步二等奖。

万事万物都没有绝对的好,老天爷再吝啬还是给了我们铀元素,可以流动的水。我们努力掌握技术,拿出我们想用的,留下我们暂时不用的,尽量避免破坏环境。天山铀业地浸技术的发展,就像小孩子成长的过程一样,有摔打,跌得头破血流,在这个过程中一天天成长。科学技术也一样,摸爬滚打,历经失败,多年积累,终会有突破的那一天。

人啊,不能不信缘分,到新疆来是一种缘分。在每一节点上,缘是一种选择,分是机遇,哪怕是被动的。每种职业,都有吸引你的魅力和兴趣,都能穷尽你一生的智慧,就像爬山一样,一旦往上爬就想爬到山顶。"会当凌绝顶,一览众山小",所以你就得不断地鼓起劲继续爬。有选择就得有平台,对我来说,云南晚来的接收函,伊犁七三七、七三八厂是我的平台,才进入地浸这一奥妙无穷的技术领域。这六年是我人生最大的缘。通辽,地质条件更复杂,对我在七三八厂进入地浸专业技术的系统化有了融会贯通、巩固提升的平台。有缘无分不行,七三八厂、通辽这两个平台因为存在技术难题,没有七三八厂、通辽一系列技术难题,就没有我的今天,就不可能在2012年我三十九岁那年成为天山铀业总工程师。

没有战争何来将军!认命的将军不值钱。想一想自己的工作是在给祖国强筋骨,很自豪的。有核无核国家的分量是不一样的,我们"两弹"响了,进入联合国。

由于科技提升,我们公司的社会认知度也在提升。员工收入、福利待遇在伊犁州是中上水平。我到七三七厂第一个月的工资只有一百八十块,二百块奖金,一共三百八十块。刚来时路面都没硬化,还是住"核一代"留下的地窝子、干打垒。心里想,这是个什么地方啊!后来的小年轻也嘲笑前辈"土老帽""不开窍"。我告诉他们,你们知道这些"土老帽"不少是留洋回来的吗?他们唱《莫斯科郊外的晚上》《小路》……全是俄语原版哎!科技报国把我们聚到了一起,一代又一代薪火相传。小伙子们,对昨天的尊重就是对今天的推进,理解历史也就理解了现实。

我在云南长到十八岁,江西读了四年书,在伊犁干了二十四年了!媳妇是"核二代",岳父大人是七三一矿的元老,核工业的有功之臣。儿子在伊宁市读高中了……

从厂区回到杏花沟,高高悬挂天际的月亮已把汗腾格里的剪影贴在灰蓝色的夜幕上。月光下,那一片杏林闪烁着银色的光波。这是一座铀矿山吗?

你眼中银装素裹，我脚下风雪茫茫

红海沟，一个给你许多想象的地名。陆海沉浮，沧海桑田。

2014年，天山铀业将开发重点转移到了红海沟以西，一处大有前景的资源续接地。

2020年仲秋，我认识了一支在红海沟探宝的青年方队。他们中"70后"都是老大了，多为"80后""90后"。

祖籍湖南的"70后"易志刚，东华理工大学1997年应届毕业生，和赵乔付一起来的。

陈箭光是"80后"，祖籍江西，湖南科技大学2004年应届毕业生。小陈告诉我，2005年他就成家了，"找了个大媳妇，新疆大学的，比我早来伊犁两年。我阿婆说，女大三抱金砖，哈哈哈……"

甘肃庆阳的陈立，"90后"，东华理工大学2012年应届毕业生。周意如说："人家是机灵鬼，在学校早早瞄上了媳妇，抚州医学院的，近水楼台先得月，比翼双飞到伊犁，杏花沟酿甜蜜。"

周意如是"90后"，湖南邵阳人，南华大学2014年应届毕业生。2017年也找了媳妇，"找了媳妇扎了根"，"红海沟地浸采铀试验实现了远程监控。比前辈的生活条件更是不可同日而语，红海沟有兵团的六十七团，蔬菜瓜果很好。"

在一间不大的板房，红海沟地浸采铀试验远程中控室，湖南小伙儿周意如热情地聊着。

周意如（新疆中核天山铀业有限公司技术人员）：

我到伊犁，赶上了天山铀业"科学的春天"，地浸采铀取得了突破，也遇到瓶颈，我们有了练兵的平台。

天山铀业无论技术还是产能，在全国居于领先地位。地浸搞了这么些年了，也有许多新问题新困难要探索、突破。大自然就像一个喜怒无常的暴君，地火雷电随意点化，千变万化的地质构造只能是具体问题具体分析具体对待。看起来很小的一个问题，地浸液进塔，流速流量达不到预期要求，理论设计与实践有距离。穷尽心智，有时幸运得近在咫尺，有时翻山越岭也难见真身。往往是踏破铁鞋无觅处，得来全不费功夫。找到了问题，解决了难题的瞬间，那种喜悦、成就感真是难以言表。

干一行爱一行，一生干好一件事，算不算信仰呢？

2014年我从南华毕业到七三七厂。工作三年，遇到了不少技术问题。我考取了母校的研究生，有的放矢，寻找技术层面更多专业途径，解决工作中碰到的难题，不断提升自己。2020年5月去衡阳，论文答辩，遇上了陈老师。陈祥标老师瘦高瘦高的，拄个拐杖，人显得更高更瘦了。老人家是清华老一代科学家，搞了一辈子水冶，八十多岁了，还在继续。遇上老师时，他正要去实验室做试验。

晚上和陈老师一起吃了饭。听说我刚从新疆过来，又是搞水冶的，陈老师很高兴，说新疆的铀业大有前途，地浸技术有创造。又说："你要好好干，准备考南华的核化工博士。我们老了，你们后生要努力，世界核化工水平很高了，我们要赶上去。"

这就是中国知识分子的家国情怀啊！还有一生研究地浸采铀的王西文老师，见面也是聊专业、国家。他们一生只做一件事，锲而不舍。让人感动的赤子之情，他们是我心中的榜样。

这些年，看到眼皮子底下许多人、事，自己也迷惘过、怀疑过，不是说"这是一个怀疑的时代"吗？但是我一遇到我的导师，想起陈祥标、王西文这些令人敬仰的先生，我就会问自己，我们和老师、先生们之间横亘有六七十年的时光，他们已经到了人生暮年，仍然怀抱曾经的理想和激情，他们一生经受的磨难甚或凌辱是我们难以想象的，他们何以能如此坚守？

还是那句话，人是要有点儿精神的。我们拥有先生们不曾拥有的时代机遇，也有他们不曾经历的挑战。谁不想活得有点儿精神？从个人价值说，必须有信仰才能在这儿扎根。考取南华研究生那年，我娶了媳妇，安家扎根。

　　把自己分内的活儿干得好一点儿是我的乐趣……

　　从现场回到驻地，又是月上汗腾格里，星落莽莽天山。月光星辉，漫步霜林。突然记起刘禹锡律诗《乐天见示伤微之敦诗晦叔三君子皆有深分因成是诗以寄》，尤感颈联所蕴含的哲思："芳林新叶催陈叶，流水前波让后波。"

　　于周意如、赵乔付、沈红伟、易志刚这些"70后"，可不就是"陈叶""前波"资深学长了嘛。

　　易志刚给我说，他们"70后"这一批已经是天山铀业地浸技术骨干。

　　天山铀业已发展成为国内产能最大的铀矿山，采用世界当下最先进的二氧化碳加氧气注入浸出工艺，对矿山地面、地下地质、生态环境影响降到最小。谈"核"色变，是社会普遍心理。实际上，自然铀对人的辐射很小，因为它是以一种化合物存在。实施地浸技术，所有化学反应在地层下完成。蒙其古尔项目从300米到了750米，员工只有一百四十五人，老七三五矿六千矿工还不够。

　　易志刚又给我科普了一番核武器知识——

易志刚（新疆中核天山铀业有限公司技术人员）：

　　核武器追求威力大，污染小。第一代核武器原子弹，主要原理是核裂变，是唯一参加过实战的核武器；第二代核武器氢弹，释放能量的方式是核聚变，威力远远大于原子弹；第三代核武器追求小型化、高机动性，核弹头与导弹相结合，实现洲际核打击；第四代核武器蕴含的能量更大，体形却小得多，不用操心对环境造成污染，因为是全氮阴离子盐制造。

　　中国的铀矿在别人眼里是"呆矿""贫矿"，这是中国地质的现实。

因为地浸技术在我们手里日趋成熟，中国人勤奋，不懈追求，我们的"呆矿""贫矿"形成了规模效应。我们把自己叫"核工业的农民"，我们天山铀业自动化矿山的目标已经实现，数字化矿山建设稳步推进，我们"核工业的农民"要把伊犁河谷种成"核电粮仓"。

七三八厂，在吐鲁番托克逊县戈壁荒漠里，那里是百里风区，地质条件更复杂，又给了我们一个练兵平台。红海沟以西初步探测，前景可能更好，大家都憋着一股劲呢。最近挺忙，冬天来之前，还有好多事……

进厂第一天，赵乔付也不止一次说到"忙"，紧着"赶活儿"。赵乔付说得很形象，到了这个季节，别看太阳亮亮的，树叶还挂在树上，只要山口起风，一夜间白茫茫大地真干净！

起先想着人家是推辞，看来还真不是。

赵乔付说，一年的生产第一季度最关键，一季度第一个月意味着新的起点，"起步就是冲刺。"

赵乔付（伊犁七三五矿党总支书记）：

天上、地下，哪头都扯着你的神经。伊犁盆地，三面环山，只有西边的山口迎来北冰洋的湿气流，交汇盆地的暖气流，形成了一个逆温层，伊犁盆地的冬天比北疆其他地方，比如阿尔泰草原湿润温暖得多。伊犁人都知道，伊犁的雪是"水雪"。这也是伊犁有个苹果城阿力麻里的原因，温润的气候适宜苹果的生长。伊犁盆地自成一体的小气候也留住了阿尔卑斯山南麓的娇客薰衣草，还得了一个好听的名号：湿岛。

伊犁盆地的这个小气候却给了我们天山铀业员工不少苦头。一条一条绷扯得紧紧的高压线冰雪结得厚了，线路很容易出故障。线路巡查一点儿也不能马虎，别说风雪严寒，下刀子也得顶着巡查。管路、设备是防寒防冻重点，确保地浸工艺生产线连续畅通。冰天雪地，野外井场的活儿不好干，设备外露的金属部件闹不好就扯掉手上一层皮。那种冷啊，能冻到骨头里。去年井区最低气温有零下三十摄氏度。

井场采区生产设备最经不起严冬考验，动不动就跟个小女子一样使个小性儿。你就要紧着清理周边积雪，调整车位，提电缆，割绳子，更换潜水泵，下泵，紧固电缆……排除故障。

　　新疆人，我指的是北疆，对冰雪有一种特殊的感情，该下雪不下雪，雪下得少了，人就急了慌了。就像我们云南天旱不下雨人的焦虑一样，我老婆、老丈人、丈母娘都这样。这两年儿子长大了，也这样。早晨起来一推门推不开，下了一场大雪，高兴得不行。

　　白雪皑皑，远处的乌孙山银装素裹，很美。冬天来山里寻风景套野兔的游客，兴奋得一蹦三尺高。你眼里银装素裹分外妖娆，我脚下风雪茫茫举步维艰。坐上提泵车去井场采区，开始一天的忙碌。原液进塔，吸附淋洗，沉淀浆体，板框卸料……该吃干粮了，伸伸腿，直起腰，这才看见树上的雾凇在冬天的阳光里晶莹剔透。

群山无语，大地有知。

天山铀业女掌门黄群英问我："怎么样？看到的和想象的不一样吧？你来之前，我跑了几天刚回来。"

黄群英（中核新疆矿业有限公司、新疆中核天山铀业有限公司副总经理〈主持工件〉、党委副书记）：

　　2005年，我从基层调到天山铀业总部，到了这个岗位。角色转换，变成了管理者。管理的核心是识人、用人。对我们这个行业，技术是有效管理的基石，技术层面之上是执行力。矿上元老拍桌子，你敢吗？底气何来？天底下的事没有比人更复杂的，一巴掌下去，令行禁止还是土崩瓦解，看你的实力。实力何来？基层摸爬滚打来了个遍，岗位熟悉得闭上眼睛手到擒来，你就敢拍桌子了。

　　我只读了个中专，心疼我妈，早点儿工作，赚钱养家。我在七三一矿长大，"核二代"。家里三个丫头，父亲1974年就过世了，肝癌，发现已是晚期。我妈在七三一矿开了个小商店，日常用品杂货铺，养大了我们姐妹三个。三个丫头都上学，我早毕业早工作，一个妹妹读了博士。我受母亲影响深。我妈人善良、大气,特别有主见。

中专毕业分七三七厂,现场干了整整十二年。从技术员做起,每一步都走了,一步一个坑,扎扎实实。三大主业,生产、科研、项目全经手干过,企业岗位轮了一遍。冥冥之中,每一步都没白走。要不然,你在这儿,凭什么?一个个不是久经沙场、身怀绝技的权威,就是科班出身的高工,凭什么服你?闹不好就把你掀翻了。没有金刚钻,你揽不了瓷器活儿。

我对天山铀业的人才队伍,就跟我们的新技术一样,是乐观的。企业好就是员工好。员工表现不好,是你没带好,你领头羊领得不好。当领导要找着你自己的立足点,首先要公平公正,员工不管谁当官,你要做好三件事:吃饱吃好饭;上班环境公平公正;月底能不能拿上钱。我记着一句话:若资本能与劳工凑到一起,那么对我们其他的人来说,就能睡上一个好觉。记不得是在哪里看到还是听到的。

新时代,老传统。改革开放触动技术、市场、利益格局,影响到社会生活的所有层面,渗透到社会肌体每一个毛孔。我们必须接受新思维,研究新问题。要了解青年人的心思、追求,珍惜老一辈创业者打下的基础、留下的传统,传承马新林、包成栋,还有像我父亲一样的老矿工,他们的爱国情怀、奉献精神。老传统如何在新时代发扬光大?这么些年我不断感悟着,一个掌门人能把好门口,首先要了解问题、情况。工作进展是否顺利?发现的问题是否及时得到了解决?没有解决是技术层面还是资源保障,或是人的因素?说得再好,事还得人干。现代企业管理是门大学问,首先你要尊重人、爱员工。你爱员工,员工才会爱你,爱企业。

今年上半年我紧里忙里跑了六个基层单位。红海沟你也去了,小伙子们很朴实吧?刚出校门的大学生,我比他们也就大个七八岁、十来岁,但是在我眼里这些小年轻还都是些孩子。每次看见他们,我就会想起以往的岁月,想起月亮底下我妈还在门前屁股大的小菜地里忙着,想起围上火炉子烤苞谷面发糕、烤洋芋,这是我们一家人最幸福的时候,就看见了我妈山一样的背影……

红海沟以西是我们的一个试验项目，一个系统工程。首先我们借鉴成功的组织管理模式，集中优秀的专业技术人才，既要完成矿山建设预期目标，还能把最优秀的人才汇聚到我们这个小山沟里来。赵乔付他们这一批，已经个儿顶个儿了，技术骨干。你见到的那个小蒋，人聪明，也努力，两年读完了研究生，但是不合群，怎么用他？如何让他尽快认识到团队精神的内涵？刚走上工作岗位的青年学生一定要先到基层接上地气，我从自身的经历得到的经验。2011年，有个女同志分到了我部门，如果一直在机关跟着跑，那五年、十年以后还是跟着跑。到了基层，摸爬滚打，遇到各种问题困难要处理解决，岗位熟悉了，心中有底气了，可以独当一面了。在这个过程中，信任是最大的关爱，是动力。

这些年，我们天山铀业的情况越来越乐观了。天山铀业已是我国采用原地浸出采铀技术开采天然铀的主要生产基地，也是首批国家级矿产资源综合利用示范基地之一。应用二氧化碳加氧气地浸开采，是当今世界最先进的铀矿开采方法，开发出了"低酸氧气浸出""细菌酸法强化浸出""二氧化碳加氧碱法浸出"多种浸出工艺。应用无人机进行现场安全环保巡视，及时发现

天山铀业某厂外景

生产运行中存在的问题，快速响应。天山铀业在多个领域加大投入，获得多项国家科技奖和专利知识产权。围岩止水工艺施工取得成功。我们天山铀业通过建立自动化控制、调动指挥系统、地下水软件建模分析系统、网络平台系统等矿山信息化系统工程，实现了中核集团信息化"纵向一体化、横向集成化"的战略思路，企业已由经验型、传统型向科学定量分析与处理、自动化控制方向发展，逐步实现远程遥控监控、自动化采矿，打造绿色智能化矿山。

中核集团定位天山铀业："中国规模最大、技术最先进、自动化最高、经济效益最好的铀矿地浸开采企业。"

我们天山铀业是继美国之后，第二个掌握、应用第三代铀矿地浸开采技术的企业。

2020年，天山铀业入选全国绿色矿山名录。一句实实在在的话："没有科学技术的进步，就没有天山铀业的今天。"

如何走出一条铀矿冶的新路？万事万物，未雨绸缪；逆水行舟，不进则退。虽说老天对我们刻薄了些，却倒逼着我们想办法，又给了我们搞地浸的地质条件，我们因此摸索出了一些门道，积累了一些经验教训。我们的近邻哈萨克斯坦非常欢迎我们的技术。

这些年我把伊犁跑遍了。站在格登山上望出去，想着清朝收复伊犁，立下纪功碑，又想到自己干的活儿和大国重器的关系，就有了自豪感。事情一件一件做，每一件都做好。我们天山铀业要走出去，寻找更大的天地。

有山就有矿。天山是亚洲内陆最有名的山系，东西差不多有1800公里，横跨中国、哈萨克斯坦、吉尔吉斯共和国、乌兹别克斯坦。天山地质史，经过加里东运动，尤其是华力西运动，构成山地的主要岩石是古生代变质岩和华力西期的侵入岩。但是局部成岩条件不一样，岩石的矿物品种、品位就不一样。哈萨克斯坦境内矿山含铀金属品位比我们高，50年代苏联专家、五一九地质大队留有地质资料。

2020年11月18日，中核集团在北京召开阿拉山口综合保税区天然铀保税仓库和交易中心项目专家评审会议，项目通过了专家审核。

中核集团阿拉山口天然铀保税仓储项目是我国建设的第一个天然铀保税库，项目总规模2.3万吨，是全球最大的天然铀保税库。项目建成后，实现天然铀仓储、保税、交易和定价四大功能。今后我国80%的天然铀将通过阿拉山口综保区进口，每年属地贸易约150亿元人民币，为完善我国天然铀储备体系，培养自主价格指数，彻底摆脱西方垄断定价奠定基础。

不是有一句话吗，"商业在所有政治利益中都是最重要的"。近水楼台先得月，阿拉山口天然铀保税库对我们天山铀业又是一个天大的发展机遇。做隐姓埋名人，干惊天动地事，我们就在伊犁的达拉地沟、蒙其古尔沟、红海沟、杏花沟……螺蛳壳里做道场，好好干一场。我管不了三代人，管一代人行吧？这是我对国家的责任。

秋天的伊犁河谷，天净山远，田野空旷，给人无限遐想。

杏花沟酿出了我要的甜蜜

陈国贞（东华理工大学1991年毕业生，天山铀业技术人员，祖籍广西）：

毕业那年，1991年，我差点儿去了玉林的。我是广西人，玉林气候亚热带季风，很宜人的南方城市。可惜我已经谈了恋爱，先生阳奕汉——我们大学同班同学，工程测量专业。他是"核二代"，父辈作为技术骨干从衡阳七一二厂支援新疆过来伊犁。七一二厂了得呀，为国家做出大贡献的，1964年罗布泊第一颗原子弹爆炸成功，七一二厂提供了原料。

伊犁如何如何好，在我的脑子里已经定了格。阳奕汉说："一定回伊犁。"为了和他在一起，我酿的酒喝醉了我自己，跟着他稀里糊涂来了伊犁。

乌鲁木齐、伊犁跟我们玉林比反差太大。到乌鲁木齐下了火车当天就坐汽车往西走，走了两天，一进伊宁市就感到像我们南方的小村落。我们大学学地质、工程测量，跑了很多地方，南方村镇跟城市没有太大差距。伊宁市到处都是干打垒的土房子，最好看最高的红旗商场也只有两层楼。到矿冶局报到，分七三一矿。

哎哟我的妈！一个大斜坡，满眼荒草。我很纳闷，看着阳奕汉，"到了？"阳奕汉说："到了。"真是颠覆了我对单位的想象，眼泪就在眼眶里打转转。

阳奕汉说："'核一代'付出得太多了，我老爸他们从衡阳来，这里什么都没有，地窝子也要自己挖。你不是说，为了爱情汗腾格里不嫌远嘛，刚到就打退堂鼓啊？""是啊，我是说过啊，我没有后悔呀……"

我们俩分地浸试验队，老七三一矿的地盘，七三七厂前身。当时也就几十号人,从七三一、七三五矿弄了点儿破烂。伊犁"两矿一厂"关闭时,有七八千职工要分流安置,搞了很多厂,亚麻厂、糖厂什么的,都不太成功。"核一代"不甘心,坚持搞地浸试验。地浸技术国外三四十年代就在探索采用了,国内衡阳六所提出,五一九地质普查勘探大队勘探出伊犁盆地砂岩伴生天然铀。我们来之前,七三一试验队1987年进入现场,对全国而言,这是中国核工业第二次创业。我们到了后直接投入工作,进一步进行地质勘探、测量。到了1992年,半工业性试验生产线投产,有了产量。我和阳奕汉又搞测量,又搞生产管理。1993年,规模又扩大了些,但是这一年又走了一批人。一年四季,与世隔绝,都是青年人,找不到对象。

我们刚到时,试验队除了地窝子,只有三栋干打垒的房子。连我一起女同志有八九个,我们一间房住了五个,床铺沿墙摆了一圈。又是宿舍又是办公室,包装箱拆了做凳子,趴床上计算,吃饭两只水桶架块木板。土里钻泥里蹚的,哪有澡堂啊!烧点儿水擦一擦。大夏天很少见叶子菜,还是土豆、萝卜、冬瓜这些,就别说冬天能有什么了。还好,察布查尔有品质很好的大米,心里多少有点儿安慰。

我们也觉得累,心累。就这种环境了,还总有人没事找事,总是嘀咕把阳奕汉和我分开两个单位,不拆散我们心不甘一样。我真是动摇了。想家,想南方的溪流、竹林和雨水……

1993年初,我们俩一起回了一次广西老家,也去了深圳。玉林、深圳都找到了适合我们的工作,商调函开出了,阳奕汉又变卦了。我心里清楚他,他搞了这么一下就是安抚一下我,他实在是舍不了故乡,不是衡阳,是他的伊犁,他的杏花沟。他心里也知道,我舍不了他。没办法,他舍不了伊犁,我舍不了他。我妈就说我,现世里还真有梁山伯和祝英台呀!

这还没嫁呢,又跟着他回到伊犁。没条件结婚,连一间茅草棚都找不到。你听我阳奕汉咋说:"不急,爱情也和伊犁老窖一样越酿越香醇,再等等。"

老师傅高锦升,地浸试验队第一任队长,仗义执言,斥责矿领导:

"你们总是这么不近情理,这么优秀的青年人,还是我们的子弟,不想办法解决问题,还非要拆分他们,你们也不要找老婆嘛!人才一个留不住,你搞鬼地浸呀!"骂得这些人不敢抬头。

到年底,生产情况好转,产能从×吨扩到了×吨,大家看到了希望。阳奕汉是技术组组长。我们也终于熬到了房子,局里分给我们一套大房子,虽说也只有七十平米。

1994年开始,伊犁地浸大发展,1995年投产×吨工业试验生产线,最高产能达到×吨,翻了四番,经济上翻了身。1996年蒙其古尔的地浸试验开始前景诱人。1997年终于摘掉了吃国家"维持费"的包袱。1999年七三七厂半自动工业生产线投产,中国有了自己的自动化控制生产线。2001年开始,七三八矿根据地质成矿条件,开始试验精准度要求更高的氧化地浸工艺试验。我们的地浸技术发展速度越来越快,核工业技术水平飞速提升!我先生阳奕汉成了七三七厂的掌门人。我早就给我妈说,你要相信你女儿的眼光。2019年,中核集团调阳奕汉任内蒙古矿业总经理,那边的规模将来比我们这边的还要大。先生到内蒙古矿业前,我已是天山铀业副总工程师。先生在他的杏花沟干了二十八年,到明年,我在伊犁也干了整整三十年!人生最好的日子都给了核工业。我们这一代人还是有很浓的家国情怀,总是希望把自己的工作干得更好,总想能干成一件事。我们俩一起见证了祖国核工业铀的发展,眼见一株小草长成了大树。科技发展太快了!真是恍若做梦,怎么就要退休了?我还有两年退休,先去内蒙古,陪我先生。最后还是要回到伊犁,先生离不开,我也离不开了。过了一辈子了,我和我阳奕汉的故事,不知要比可可托海的牧羊人和伊犁的养蜂女浪漫多少,感人多少。我们的生命和爱情融入了天山铀业发展的整个过程。

春天来了,杏花沟的杏花开了,各种野花也含苞欲放。"李子沟""麦子山""地瓢山",都是七三一人叫出来的。当然,"大石门"也是他们叫出来的。沿着达拉地沟溯流向南,到了一个更深的沟边,便可以看到深沟里溪水潺潺。溪边长满灌木丛,一棵棵野杏树排列溪沟的两边。人在上边只看到眼前光秃秃的，可探头往下一看，真是别有洞天。要想从上面下到沟底，必须找到一个门、一个阶梯才行。而这个门，这个阶梯，就在脚下。这个被七三一的人称作"大石门"的地方，从沟底像阶梯似的一层一层的石块走到上面，快到顶部有两块大石头分列两边，中间刚好能容一人通过。左边的石头大些，右边的石头稍小些，极像石头砌成的"门"。从上面下到沟底要经过大石门，从杏花沟上来，返回矿区也要经过大石门，"大石门"就这么叫出来了。春天，从大石门下到沟底赏杏花，还有满沟满坡的野花，让清新的花香洗一洗他们被煤尘染黑的肺。夏天还没走过去，秋天就到了，挂满枝头的麦黄杏，灌木丛一簇簇黄的红的晶莹剔透的野山果。

又一个春天到了，这里的春天静悄悄。

肖碧泉（湖南湘潭大学1997年毕业生，天山铀业七三七厂厂长，祖籍湖南岳阳）：

2000年，我跨入而立之年，娶媳妇安家了，媳妇是察布查尔县中学老师。我们是"裸婚"，婚房租的，一套桌凳，一套茶具，一张大床。同学、同事、工友逗我，简单点儿好，直奔主题。我们志趣相投，热爱本职工作，有社会责任感，彼此欣赏。老婆是我眼中素面朝天的仙女，我是她嘴里"造原子弹的英雄，不食烟酒的男神，聪明绝顶的大傻"。

1997年6月从学校一毕业，没来得及回岳阳老家和父母告别，就一路向西，一头扎进天山支脉乌孙山下七三七厂。

我出生在湖南岳阳钱粮湖农场，父母都是老实本分的农工。家里的农活儿是个无底洞，劳累和清贫让我从小读书很吃苦。当年我以农场第一的成绩考上了湖南湘潭大学化学系，大四加入了党组织。毕业那年，天山铀业来我们学校招人，我记起上高中时读的课文《天山景物记》，美丽神秘的天山是我向往的地方，毫不犹豫报名新疆，那时候真是一腔热血。

到伊犁我赶上了地浸采铀发展阶段。七三七是中国第一个地浸矿山，在这里我有幸遇到了陈祥标老师。陈老师清华老牌毕业生，化工专家。我分到实验室，跟着陈老师学习。陈老师对我们毫无保留，我不仅巩固提升了在校期间学习的化工理论基础，还对地浸采铀新技术有了浓厚的专业兴趣，有目标，有信心，整天琢磨地浸工艺。当时还在做工业试验，陈老师带着我一起做。老师要求很严，每一步试验都有具体细致的计划，试验中操作严谨，记录详细，认真分析试验结果，做好总结。每次试验我都会反复琢磨试验过程中的细节，从细节中寻求突破，突破中面对新的挑战。有人说科研太苦，那是因为还没有感悟到其中的乐趣。在我眼里科研就是闯迷宫破关隘，破关夺隘其乐无穷，试验成果一旦破解了生产中的瓶颈，注入了活力，那种心情真是难以言表。

2001年七三九厂原地浸出试采提到议事日程，调我到七三九厂，从试验开始。作为技术人员，我组建起化验室、工艺室，有效衔接两个室的业务，带了一批学员开展原地浸出研究。矿山采掘的确要具体问题具体分析具体研究，因为每一处矿床的地质构造都只是"这一个"，有它独特的个性。七三九厂要开采的扎吉斯坦矿床，位于察布查尔锡伯自治县扎吉斯坦乡。对于原地浸出采铀技术来讲，一个很关键的条件就是矿层内必须满足一定的承压水。而七三九厂的疏干矿床恰恰是地下缺水，不能满足这一条件，这类矿床的开采技术在国外也没有可以借鉴的成功先例。

自2002年，七三九厂开始对满足地下浸铀开采条件的反复探索、试验、研究。这一年，我被任命为化验室主任。又摸索了两三年，2005年七三九厂原地浸出采铀工程立项，我从实验室调任生产技术科科长。9月，天山铀业试行岗位竞聘，通过竞聘，我走上了七三九厂副厂长岗位，负责技术工作。

七三九厂面临的技术瓶颈是无法回避的地质、水文条件，原地浸出采铀技术所需其他条件都很好，只是缺水。50年代苏联专家结论是无法开展地浸技术。跑中科院、北京化工研究院、衡阳六所，多途径反复试验、摸索，最终确定采用帷幕注水技术手段。就是在矿区外围布置一定数量的注水孔注水地层，抬升中间矿层地下水水位，解决矿层承压水头不足，实现矿床原地浸出采铀。

帷幕注水试验取得初步成果，跑北京申请"739项目"立项。从2009年跑到2010年，最后一关专家评审。科工局一位处长问我："你有把握吗？"我也一遍遍问过自己，有多少风险，心里还是有底的。从2001年到七三九厂开始地浸技术探索，已经干了十二年！刚开始工作条件、生活条件都很艰苦，从七三七厂搬了些旧设备，生活艰苦得难以想象，干打垒屋顶不停往下掉土，薄膜扯个顶，老鼠在薄膜上窜来窜去敲鼓一样。实在脏得难受，跳到加克斯台河洗个冷水澡，全仗着年轻，冬天就没办法了。对七三九厂地质条件比对自己的身体还知根底，心里有谱才敢跑北京。我对科工局的处长说："我有信心。"

结果，2010年"739项目"批了下来。接着是成熟、细化项目，做得更完善些。七三九厂疏干矿床当年实现原地浸出采铀，有了意想不到的收获，努力了这么多年终于看到了希望，高兴留在了脸上，泪水落在了肚里。

这是我到伊犁后最忙的一段日子，在矿上一待几个月回不了一次家。其实从矿上到家最多四十分钟，但实在是没时间。儿子在电话里哭喊想爸爸了，我鼻子酸酸的。我问儿子："你是霸蛮的湖南人，还哭鼻子！"儿子说："我是伊犁湖南人。"我说："傻小子，伊犁湖南人更不该哭鼻子。"儿子说："聪明的大傻爸爸，我长大了就不想你了，自己回湖南老家看爷爷奶奶。"我到矿上后过了二十四个春节了，只有一次是在岳阳老家陪父母。湖南人传统意识很浓的，传统节日最看重春节，在外的儿孙不管路途再远也是要赶回家吃年夜饭的。我怎能不知父母的心思，盼儿孙心切，但是岗位真是离不开，生产线不过春节啊！我，加上媳妇、孙子的话最管用，说服父母两次远行伊犁，和儿子、孙子一起过了团圆年。儿子十六岁了，十分盼望寒暑假能回老家看爷爷奶奶，爷爷奶奶更希望孙子能回来认认自己的祖脉。早答应儿子了，却一拖再拖到现在还没带儿子回过老家。不是不想，实在是忙得走不开，忙七三九厂告一段落，又忙七三七厂。

2013年任命我为七三七厂厂长。国家对环境保护的要求越来越高，随着社会发展，老百姓对原子弹、切尔诺贝利核事故知道得越来越多，企业压力大。同时，七三七厂作为地浸技术的摇篮，走过巅峰期，产量回落。我回七三七厂前几个月，产量下滑10%。水涨船高，水落帆收。

产量下滑一定伴随人才流失，2013年又走了五个，走的都是个儿顶个儿的技术骨干，大学毕业干了四五年的，刚打磨出来的业务尖子。

回到七三七厂，我面对的首要难题是如何遏止企业产量下滑。和同伴们天天干到（凌晨）两三点，躺在床上也是整夜失眠，真不知一天天是怎么过来的，精神出了状况，思想抛锚，别人说什么不知道，只有一个念头：怎样才能遏止产量下滑？

媳妇一到周末就往山上跑，怕我发生意外。她善解人意，理解我。媳妇说："欲速则不达，谋定而后动。自己都没琢磨清楚，千万不能盲目决策。七三七厂是企业给你的一个平台，你不能辜负组织的信任，自然要把工作做好。"

我真是天底下最幸运的男人！都说"恋爱是长天阔地的自由，婚姻是高墙难破的围城"，我倒是宁愿永远在老婆的围城里。

既然七三七厂只有这么多资源，我们只有在现有条件下穷尽心智把能拿到的都拿回来就好。同时实施了多项技术措施，借助采区外围观测孔获得的数据信息，进行技术分析，捡漏拾遗，实现老采区残矿回收；与高校院所合作，开展地下浸出生物技术研究，强化老采区浸采效果；创新低酸加氧浸出技术，盘活当年因浸采难度大遗留的资源；开展生产设备设施维修、技术改造，提升工艺运行可靠性、稳定性，确保有效生产时间。

设备老化已是七三七厂的顽疾。比如，抽出浸液进入网箱，套网箱纱网损坏率很高，树脂溢流。我提出研究、改造。纱网为什么会损坏？以前树脂移动，带甩纱网在网箱摩擦频率太高，我建议由外套内，示范怎么做。开始工人有抵触，说装不上去。我心里清楚，七三七厂顺风顺水运行十多年了，工资高，福利好，老传统慢慢没人提了，怕苦怕累的毛病多了。我对车间主任说："你们车间有多少机修高级工？装不上去全部降为低级工！"不到两小时，车间主任汇报，装好了。

我这是"谋定而后动"，心里有谱，你装不上去，我装上去给你看，有了这张底牌，我才敢说那句话。

我回七三七厂第二年，工人提出："我们凌晨两三点去矿点抢修，一次两次好说，次数多了应该有奖金。"我说："应该，当然应该。但是我有个问题，为什么总是半夜三更有抢修任务，那么你们白天日常维修的功夫哪儿去了？如果给了你奖金，是不是提倡、鼓励夜里抢修？机械和人一样，当然会有突发情况，就像你说的一次两次很正常，总是夜里有抢修任务说明了什么？"

到2013年，七三七厂产量下滑趋势减缓，人才外流也终止了。修修补补，七三七厂的产量规模一直维系在一个平衡点，运转平稳。老百姓的话，"不怕慢，只怕站"。2014年曙光初露，在兵团六十七团红海沟以西新的矿点，小周他们进驻开始试采，这一续接资源让大家看到了新的希望。

让我回七三七厂时我是顾虑重重的。我搞技术起家，接手一个新课题——管理。牵扯到人，人与人的关系，生产又处于低迷期，能做好吗？

"欲速则不达，谋定而后动"，要感谢媳妇啊。面对诸多难题，调整好心态，多方面听取意见，得到公司领导支持，从提高人的创造性、提高生产力出发，找问题的症结。从制度层面、人事管理进行改革。改革就要触动既有利益格局，就会产生矛盾。经过七三七厂这一番历练，我有自己的感悟：方向一旦确定，咬定青山不放松；制度是成功的基石，制度一经制定必须严格执行，不能有丝毫含糊；只要出以公心，公平廉洁，再普通的人，哪怕是刺头，都会成为优秀的员工；第一责任人，也就是领导，必须勇于担当责任，这是人格、品质，更是职责之首要；科学技术是第一生产力，交流和沟通也是生产力。老人们说得好，"心诚石头也开花。"

回到七三七厂这六年里，带出了一批技术骨干；员工感恩"737"，感恩天山铀业，这是我对企业的贡献。同时，我的能力和水平在这个平台得到提升，最大的收获是自信。

七三七厂是发挥光、热的平台，也是我的家园。我和小伙子们植树种花，扩大厂区果林。春暖花开，杏花、苹果花开满了我们的小山沟，厂区静卧在绿树花草中。

你看，不知不觉中黄叶点金又一秋……

我对爷爷有一个承诺

巴哈提别克·加斯木汗告诉我，转业时他有多种选择。

巴哈提别克·加斯木汗：

1982年，我们1978年入伍的这一批该复员了。部队征求我的意见，说我是哈萨克族第一代空降兵，哈萨克语、维吾尔语、汉语说得好，部队希望我留下来。我说，我回可可托海，我答应过爷爷。

部队首长不理解。班长、排长、战友都问我呢："巴哈尔，武汉不留吗？非要回到你的山窝窝吗？"我说："我答应过爷爷。"

20世纪70年代，"矿二代"巴哈提别克·加斯木汗入伍，成为哈萨克族第一代空降兵

我从来没有犹豫过。

我的档案寄不出去，地图上也找不到"可可托海"。那时候可可托海代号"111"，为了保密。最后档案寄到乌鲁木齐自治区民政厅，去民政厅报到。那时候还看重"三块钢板"：贫农贫牧、共产党员、转业军人。有军旅经历，又是哈萨克族第一代空降兵，民政厅的同志太热情，问我想到哪个单位。我说回可可托海，我答应过爷爷。

几经周折，巴哈尔最终还是回到了日思夜想的可可托海。回到可可托海的巴哈尔在矿务局的关怀下，先去湖南培训了三个月，又到乌鲁木齐有色职工大学委培深造了三年，在可可托海安装工程公司一干十七年。不惑之年担任综合公司副经理。经历了国家稀有金属产业政策调整，矿山产业转型、转岗、下岗……

巴哈提别克·加斯木汗：

没想到，突然失业了。在家晃荡了四年。想不通，实在想不通，准备和媳妇沙依拉离开这里。可可托海中心库郭建昆主任把我的离职报告撕掉了，说："巴哈尔，你们老家阿尔泰草原，三代可可托海人，你离开心不痛吗？巴哈尔，我的好兄弟……"郭主任说得很伤心。

我咋不心痛，我眼里流泪，心里流血呢！爷爷山上石头房子呢，爸爸山上石头房子呢，爸爸拖着矽肺，一天一天熬了四十年啊！为了矿山，喘不上气的爸爸"文革"中也遭到批斗，那时候我七八岁。当兵前我长大了，我追问打爸爸的人是谁，他一直不告诉我。爸爸说："巴哈尔，你记住，草原的雨一阵儿就过了，再高的男人心里也装不下私仇。"

我听见爷爷的冬不拉弹唱呢，听见篝火旁爸爸说咋样从草原到矿山呢。我看见满坡的牛羊撒欢，辽阔的草原等我呢。

很小的时候，爷爷就给我说过，只有草原能留住骏马的蹄印。我们哈萨克顺应四季时令游牧辽阔的草原，我陶醉草原接着地平线的辽阔。你们说，"海为龙世界，云是鹤家乡"，牧人眼里，雄鹰翱翔蓝天，骏马奔驰草原。只有蓝天的辽阔才能舒展雄鹰的双翅，只有草原的辽阔等待骏马驰骋。《黑走马》《大眼睛的马》《矫健的褐马》《快马》……爷爷的冬不拉也告诉我：只有草原能留住骏马的蹄印。

我，巴哈提别克·加斯木汗，草原走出的"矿二代"。我跟可可托海，就是额尔齐斯河跟阿尔泰山，千百年河绕着山转，山缠上水行。我不敢多想，离开了留下童年、初恋、奋斗、遗憾和痛苦，当然还有许多难忘快乐的矿山，离开那么多曾经朝夕相处的长辈、工友、朋友，离开熟悉的老木桥、伊雷木湖，那将会是怎样一种感受啊！

羊娃子跪上吃奶呢，只要养大我的可可托海在，我巴哈提别克在呢！

企业改制，产业转型，职工分流到乌鲁木齐、阜康、奎屯等地，留守处副经理巴哈提别克·加斯木汗站好最后一班岗。之后，他以装卸工的身份重新上岗。

新老交接的混乱中，巴哈尔奔走矿区那些"关、停、并、转"的场所。一个孤寂的身影穿行额尔齐斯河南北两岸弥漫着苍凉伤感气息，被雪水污泥包围的垃圾桶、垃圾堆，翻找散落的档案、文书，捡拾遗弃的废旧书报、老旧物件，清洗、编号、归类……

"这些就是可可托海的故事，可可托海的岁月。爷爷给我说过，我们哈萨克有一句谚语：头是宝库，舌头是钥匙，眼是勇士，手是财富。

"可可托海的故事，可可托海的人，国家一个特殊的时期，可可托海做出特殊贡献。我们可可托海'地质圣坑'三号脉，装得太多！一个人一个脚印，一个老物件一个故事，也装得多！我们不能忘记给国家做出贡献的人。"

巴哈尔对"老物件"的心思，缘起父亲加斯木汗的工牌。

这枚苏联经营矿山时使用的工牌，圆形，铝材压制，是巴哈尔小时的玩物。有了记忆后，巴哈尔知道这是"我爸爸的工牌"。长大了，当兵了，巴哈尔看见铝制圆形编号"470"的工牌，就会记起伴随着老爸的那把铁锤，那根钢钎；就会想起夕阳里老木桥上老爸匆匆的步履，矿硐里旋转的风钻……这些个"老物件"托载着老爸的青春、激情和信念，还有一天比一天重的咳喘声……

可可托海苏联经营时期铝制、圆形，编号"470"的工牌，是巴哈尔的第一件收藏。

巴哈尔的第二件收藏是1953年10月22日《新疆日报》。这张花了一百三十元从北京收购的《新疆日报》登载了爷爷司马古勒的事迹，"看到它，就会想起爷爷做了多么了不起的事情。"

"每一个'老物件'背后都有故事。"巴哈尔让我看一卷残破的档案，"我心里过不去，感觉就是要把他们一一找回来。"这是巴哈尔扑灭死火余烬从垃圾桶里抢救出的文档。

从巴哈尔手中接过已被烟火熏燎过的档案，拂去残留的泥沙，翻开一页页：

王顺成，甘肃武威永丰乡。1920年出生，贫农，自小在家种地；1936年武威抓壮丁，战士，班长；1949年九二五起义；1952年转业可可托海，一矿选矿工，一矿2号竖井修理工，工号00293。

　　李子臣，1940年4月28日出生，北京市昌平县南郊公社；1961年8月入伍，北京军区，××部队；1963年3月31日由连长陈隆定、班长李信介绍入党；1966年3月转业可可托海一矿，矿工。

　　曹志训，汉族，1937年4月出生，河北省昌黎县犁湾河公社；1956年入伍，××部队，汽车兵；1962年转业可可托海一矿，开矿车。

　　马德忠，回族，1936年3月出生，新疆奇台县八街三村；1953年，可可托海一矿，矿工；1954年，培训，汽车司机。

　　任秉修，安徽太和县城北姜寨人，1932年生人；1959年支边分可可托海，工人，选矿，学徒；1961年3月—1963年，压气机；1963年压气机驾驶员。

　　克林别克，哈萨克族，原籍伊宁，1938年生人；1956年6月来可可托海，一矿采矿车间，冲击钻司机。

　　哈依沙，哈萨克族，1949年生人，阿尔泰冲乎尔人。父亲托哈伯，1946年到可可托海，1963年因矽肺病死亡。父亲过世后，哈依沙进厂选矿，1971年一矿正式工人。

　　常新才，1944年1月12日出生，山西蒲城城关；1961年入伍，北京八大处，××部队；1966年元月5日入党，副连长李强尔、三排长张振民介绍人；1966年3月转业可可托海一矿，冲击钻工人。

　　…………

　　"这一张纸，就是一个人。一张纸烧了，丢了，这个人就好像没有来过可可托海，这不公平。"

　　巴哈尔说得好。一页档案文书，就是一行历史的脚印。对国家的忠诚，对故乡的深情，一步一个脚印地留下了，你望上一眼，就明白了可可托海的前世今生。

2018年10月10日，可可托海世界地质公园揭牌开园。

辽阔的阿尔泰草原，为中外游客熟知的是溯喀纳斯河上行，拥有卧龙湾、月亮湾、神仙湾……蓝天碧水、冰峰雪冠、层林叠翠的喀纳斯。

八百年前，喀纳斯已青史有名。成吉思汗随帐军师耶律楚材追随一代天骄西征，途经喀纳斯，为湖光山色所动，触景生情赋诗留记："谁知西域逢佳景，始信东君不世情。圆沼方池三百所，澄澄春水一时平。"

与喀纳斯一脉相承的可可托海，就像阿尔泰山花岗伟晶岩脉珍藏的宝石，后来居上。

2005年9月，可可托海地质公园荣膺中国国家地质公园称号。

2012年5月，可可托海国家地质公园晋级国家5A级景区。

脱缰阿尔泰山的额尔齐斯河，以初生牛犊不怕虎的势头冲刷出额尔齐斯大峡谷。两岸花岗岩或孤峰傲立，或峭壁千仞；泉石叠流，千岩竞壑；奇山异峰，巧夺天工——一派独特的阿尔泰花岗岩地貌景观。

1931年8月卡拉先格尔里氏八级大地震造成了南起阿尔曼特山，北达可可托海盆地，长176公里，宛若一条巨龙游走峡谷的断层破裂带。这是世界罕见的最典型、保存最完好的地震遗迹。可可托海退休老矿工叶里斯汗·马尔旦的爷爷经历了这场惊心动魄的大地震，爷爷告诉他，天掉下来了，地塌下去了，人刚站起来又震倒，想爬爬不起来。

沿断裂带形成了宽阔的断陷盆地，堰塞湖。野鸭湖、伊雷木湖都是卡拉先格尔大地震造就的水乡泽国。

这一切，使可可托海地质公园具有丰富多样的科学内涵和美学价值。可可托海地质公园因为拥有以"地质圣坑"三号矿脉为典型的花

2017年，联合国教科文组织专家在可可托海阿依果孜矿硐进行考察

岗伟晶岩型稀有金属矿山、矿床遗址，而成为中国第一个以典型矿床和矿山遗址为主体景观的地质公园。

厚德载物，有容乃大。联合国教科文组织专家组一行，对可可托海申报世界地质公园进行了实地评估和验收。2017年5月5日，联合国教科文组织正式批准，中国新疆可可托海国家地质公园列入世界地质公园网络名录。可可托海地质公园跻身一百二十七个世界地质公园网络名录，成为中国三十五个联合国教科文组织世界地质公园大家庭中的一员，也是新疆首个有世界级声誉的国家地质公园。

在学界，可可托海地质公园有"地震遗迹现场博物馆""伟晶岩矿床、稀有金属矿床和矿物学研究的圣殿""探究中亚造山带地质演化奥秘的一把金钥匙"之誉。

集科学研究、科学普及、地学实习、观光游览和休闲度假于一体，科学内涵丰富、地方特色浓郁、自然景观奇特的地质科普基地，这是可可托海的现实目标。

到了可可托海，三号矿脉、可可托海地质博物馆是一定要去的。地质博物馆，巴哈提别克·加斯木汗提供的照片有五百多张，"老物件"八十六件。

巴哈提别克·加斯木汗慧眼独具、日积月累收集的"老物件"，悄然无声沉淀着可可托海的岁月，阿尔泰山花岗伟晶岩一样点石成晶、积石成山。

山阴的积雪还没褪尽，河畔桦树泛绿的枝条已见大大小小的叶苞。

伊雷木湖的又一个春天走近了。

若隐若现，晨岚渐渐散去，远远望见一人迎面走来。及近，腰挺背直的阿依达尔汗前辈声如洪钟："老朋友，缘分有，连上三天一个地方见呢！"

八十五岁的老人，哪里有丝毫岁月留痕！眉宇间英气不减，灰蓝色的眸子依然是可可托海雨住雪后的清澈。

一位耆宿老人，一个看上去繁华落尽的矿坑，一声"大坑子"，一句"看上一眼"，道尽了人与石的情同手足，恋恋风尘。

阿依达尔汗·恰勒哈尔拜：

自己的家园我们不会离开，爷爷在这儿，爸爸在这儿。这儿是阿尔泰，这儿是可可托海。爷爷羊鞭子甩上，夏牧场，冬牧场，阿肯弹唱，冬宰。转场路上，驼峰两边巴郎子、羊娃子。

我可可托海长大，羊鞭子放下，钢钎、大锤拿上大坑子转了一辈子。结婚、生娃娃，汗水、石头，养家糊口，最后也库儒尔特去呢。

只有我的眼睛看见早上的太阳，晚上的月亮，我们的可可托海，祖祖辈辈生活的地方。

我矿上刚来的时候，额尔齐斯河看不见，树把河盖住了。你知道了嘛，可可托海，我们哈萨克语"绿色丛林"的意思。

草场，羊子的阿娜。春天的青草，老人不让拔。拔了嫩草，你家的巴郎死掉呢！我们哈萨克不砍树。树是水的毡房，山是树的毡房。树砍了，水没有家了，发脾气呢！砍一棵树，你欠下一笔账，账你要还呢，你不还上，你的巴郎子还。水泉边上、河边上的独树更是不能砍，哈萨克人眼睛里，这种水边的独树，有灵性的神树。树受伤流出的汁液，就是它的眼泪和血液。砍树的人碰上树的眼泪和血液，得怪病死呢。

为了国家，矿山建设，"两弹一星"，我们斧头、锯子拿上……树一年比一年少。可可托海人最多的时候四五万，下井的矿工就有一万多。硐子要木头支护，人要吃要活命，顾不上树了。现在种树，赎罪，年年种。春天种，秋天种，绿色越来越多了。

我一直有个心愿：大坑子边上立个碑。外面来领导，开会，我也说，大坑子边上立个纪念碑，刻上为国家做了贡献，为"两弹一星"牺牲了的工友的名字，早早去了库儒尔特的工友的名字。想他们了，来看上一眼。外面来的人，对为了国家做出贡献的人表达纪念，也有个地方。山上阿依果孜矿硐跟前，放上一块大石头，大坑子里挖出来的大石头，多一点儿刻上花岗伟晶岩的知识，也是对多多给了我们恩赐的阿尔泰的感恩，不好吗？

你说，啥叫英雄？要我说，给国家立下大功的人就是英雄！不为自己为大家的人就是英雄！

安桂槐就是英雄，抗日英雄，建设英雄！多么困难的日子啊！高

阿依达尔汗退休后定居在可可托海，捡石头成了他的爱好。这天他在河边看到一个石窝，简直像极了三号矿脉，令他爱不释手，逢人便拿出来展示

梁米苞谷面都吃不饱，饿得指头按一下，腿上的窝窝半天起不来。安书记让我们休息，他塔城、和布克赛尔搞粮食。饿出来的病躺下有啥用，还不如拉一车矿石加一碗苞谷糊糊……

这些人，这些事，不该让儿子、孙子记下吗？

我向阿依达尔汗前辈辞行时，老人家送我一首诗，"给你说过，我没有上过学。河滩边上捡了一本哈语写的爱情诗，晾干，自学。"

一个跟在羊屁股后面甩石头的牧童，为了吃饱肚子流落可可托海拣石头的少年，成长为矿山挖掘机手、推土机手的阿依达尔汗·恰勒哈尔拜的心声——

晨光映照雪山
松林尽染
山花绽放时
额尔齐斯浩荡

矿厂红顶白墙
袅袅炊烟
牧羊人出牧时
矿工已下天井

孩童们晨读响起

山林百鸟争鸣
冲击钻响起时
"解放"满载希望和矿石

我的可可托海
三号坑里有家的故事
"两弹一星"誉满天下
也有我一份努力

离开可可托海的前一天清晨，去伊雷木湖，与伊雷木湖相守相望的那片沿坡而上的墓园告别。

云淡风轻。天空如海蓝宝石般清澈，天地间静得没有一丝儿声响。伊雷木湖的水波前涌着，让人感到亲切。阿尔泰山也走近了。

阿尔泰山，金山，"日出之光"，一个多么美丽的名字！

时光就像一匹从没调教过的烈性小马，动不动就扬鬃飞蹄，把今天扔给昨天，把明天甩给今天。"这才走过了多少年啊，俱乐部庆祝第一颗人造卫星'东方红'上天，好像就是昨天的事嘛！""墨子"号飞向太空，"悟空"已在轨运行多年，神舟11号、天宫2号邀游星汉……2016年，"中国天眼"落成启用。

历史又会留给人类多少神话和传奇？

"百年之后，天空还将如钻石般澄澈吗？人还会如天神般美丽吗？"

我们草原的神——阿尔泰山，一定会比人类的寿限长吧？它会怎样讲述我们的可可托海呢？神话展开鹰的羽翼，俯瞰沧海桑田；史诗流淌水的韵律，梳理黄金草原。

山野有神灵，草木皆魂魄。

可可托海走出的中国工程院院士孙传尧情动深处，"可可托海人为国家立了功，还了债，但是限于当时的国情，国家却欠他们许多。可是，他们始终无怨无悔。很多感人肺腑的人和事，一次次教育了我，使泪水模糊了我的双眼……

"他们有不少已长眠地下……"

这是另一种形态的村落,依山而居,错落有致,习俗各然。生命力顽强的老榆杂陈其间,虬枝苍劲,根脉绵延。

他们到了这边,我们还在那边。

"那时,与我们共同度过漫长岁月的人和那些早已入土的同胞,他们与我们仍然近在咫尺,他们仍然与我们情同手足。"

"青山一道同云雨,明月何曾是两乡"。旅游大巴一辆接一辆,宛若一条条飘拂的彩带匆匆绕过伊雷木湖。

风景只属于眼里始终有它的人。

后 记

此著记录、书写的是一众追梦祖国复兴、聚集可可托海和伊犁河谷的人及与他们紧紧相关的事。追梦者心中种下了一颗太阳的种子——信仰,为梦想支付青春、健康、甚至生命,成就关系国家命运的千秋大业。

"文章千古事,得失寸心知"。

非虚构文学的创作,凝聚了众多朋友的热情和力量,非笔者一己之力可成就。

本著力求为有功于国家的平凡人生建造一座殿堂,珍藏那些可能被遗忘的激情、奋斗、爱情、愿望、失落、牺牲……

正如评论家李建军所论:"追求真实却是一件极其艰难的事情。因为这不仅需要热情,也需要能力,更需要承受压力和痛苦的勇气。"除了大量田野调查,我运用口述史—受访者—当事人,共同完成这一非虚构文本。"历史,就是通过那些没有任何人记住的见证者和参与者的讲述而保存下来的。"致力用真实的细节重构历史,是对他们最基本的尊重。"每个讲述者都有自己的版本",但千条溪流归大海,各自的故事终不离方向一致的主题。本著追求一个问题多层次、多角度的表达和呈现。

在这里敬谢所有受访者,你们尊重历史、激情不减的家国情怀,感动、激励作者的创作。

衷心感谢巴哈提别克·加斯木汗、顾智勇、哈丽达、秦凤华、代玉伟、曲云霞、康雨洁、贾新农、施维佳、蒋小华、蒋晓辉、赵孝林、卢洪山、王红涛等友人。

敬谢中共新疆维吾尔自治区委员会宣传部、中共阿勒泰地区委员会宣传部、中共富蕴县委员会宣传部、新疆有色金属工业（集团）有限责任公司群工部、新疆中核天山铀业有限公司党群工作部的协助支持。

敬谢人民文学出版社、新疆人民出版社。

敬谢微信公众号"蓝色河湾""伊犁老故事"的友情帮助。

敬谢张懿玲先生。

敬谢郭永辉先生。

20世纪80年代，我收到大学同窗寄自美国纽约的一张题名《化剑为犁》的雕塑摄影照片。为纪念第一次世界和平大会召开，苏联艺术家叶夫根尼·武切季奇创作的这尊雕塑矗立于美国西海岸联合国总部。

因为我这一代人的成长背景，可以想见，当我看到这张来自美利坚合众国国土、表述和平愿望的雕塑写真时的惊叹和许多似乎没有多少关联的意识流。

1964年10月16日，中国第一颗原子弹在罗布泊成功爆炸。第二天，国务院总理周恩来昭告世界："中国政府郑重声明，在任何时间、任何情况下，中国都不会首先使用核武器。"并建议召开世界各国首脑会议，"讨论全面禁止和彻底销毁核武器"。

在这个充斥着刀光剑影、战火硝烟的世界，和平发展是人类共同的追求。

纵观自收到这张《化剑为犁》的照片，至今仍战乱不断的人类世界现实，不得不感念邓小平不容置疑的论断："没有以原子弹为核心的战略武器，我们就进不了世界大三角，就不会有今天的国际地位。"